落幕的叙事

李晓珞 著

江苏凤凰文艺出版社

图书在版编目(CIP)数据

落幕的叙事 / 李晓珞著. —南京:江苏凤凰文艺出版社,2020.10
ISBN978-7-5594-4960-3

Ⅰ.①落… Ⅱ.①李… Ⅲ.①长篇小说-中国-当代 Ⅳ.①I247.5

中国版本图书馆 CIP 数据核字(2020)第 104626 号

落幕的叙事

李晓珞 著

出 版 人	张在健
责任编辑	唐 婧
责任印制	刘 巍
出版发行	江苏凤凰文艺出版社
	南京市中央路 165 号,邮编:210009
网 址	http://www.jswenyi.com
印 刷	江苏凤凰通达印刷有限公司
开 本	880 毫米×1230 毫米 1/32
印 张	13
字 数	301 千字
版 次	2020 年 10 月第 1 版
印 次	2020 年 10 月第 1 次印刷
书 号	ISBN 978-7-5594-4960-3
定 价	68.00 元

江苏凤凰文艺版图书凡印刷、装订错误,可向出版社调换,联系电话 025-83280257

我让老人发出孩子般的笑声。

——波德莱尔

目 录

上册·往事（王逸凡）\ 001

　　第一章｜低欲人群调查 \ 003

　　第二章｜伤痕 \ 043

　　第三章｜相忘于江湖 \ 083

　　第四章｜文武财神 \ 134

　　第五章｜进步，进步，进步步 \ 161

　　第六章｜反向进化论 \ 184

中册·凝固的事 \ 199

下册·来事（纪　遹）\ 241

　　第一章｜如果没有水 \ 243

　　第二章｜如果没有种子 \ 279

　　第三章｜如果没有电 \ 305

　　第四章｜如果我死了 \ 323

　　第五章｜只要能够祈祷 \ 343

　　第六章｜来了一群人 \ 371

上册·往事

王逸凡

第一章 ｜ 低欲人群调查

一

无趣，太无趣！怎么这样呢？为什么要这样呢？"食草族""御宅族""单身寄生虫"，这都什么跟什么，真的进入"低欲"时代了吗？不该啊！难道只有低欲才说得通他们呈现的软塌，才能解释他们整体的消极和败落？的确，他们一点朝气也没有，做什么都觉得无趣。但是，性，是人类天生又必然的一种能力，他们怎会对性失去兴趣，没有需求呢？

不行，我得把她叫来。我要求证，要弄清楚她。

现在两点一刻，三点钟开会，还有四十五分钟，足够深谈了。
我立刻给她打电话："把上星期例会的记录打印出来，拿过来。"
"不是给你了吗？开完会就给你了。"她在对面说。
"给过我吗？那我找不着了。你再重新印一份，赶快给我拿过来。"

"你很急吗？我现在不在楼里。"

"很急！打印来不及你就过来给我找一下。你什么时候给过我？我完全没印象。"

"一般都在你身后那张桌子上。你别着急，耐心找一下，眼前的东西你总是找不到。"

"不行，我就是着急，哪里有啊？肯定找不到的。"

"你找都不找就急。信不信？我一来就能找到！"

她不知道，她的话正中我意："那你快来，反正我是找不到的。"

"我想起来了，就在你身后那张桌上，右边第二摞。你转个身，面向桌子的右侧，桌上第二摞纸堆，大概就在最上面……"

我真的不想转身看，不过我还是稍微往那里斜了一眼，上星期例会记录就在她说的位置，第一份就是。但她仍然不知道，她惹怒我了！

"我什么也没有看见，什么都没有！你要么打印一份过来，要么就过来给我找！这份材料很重要，我现在就要。"

"真服了。什么东西都找不着，又跟找不见打火机似的，就在你手边，非要我过来找不可。"

"别废话，快过来！"

她觉察到什么了吗？算了，管她呢，她现在想什么不重要，而我现在需要她很重要。

低欲人群，真的吗？为什么看到这篇关于低欲人群的文章反倒引生了我的欲望？是他们不正常，还是我不正常？我已经什么都想不了，什么都顾不上了，头脑里无法自控地涌出她的腰，还有酥润的臀。二十岁看脸，三十岁看胸，四十岁看臀，五十岁就开始要看手看脚、看发丝、看神态,看以前不懂得看的地方。六十岁看什么呢?我现在已经六十多了。

三十出头,是女人最好的年纪。年纪小的,太生,啃不动;年纪大的,又松懒,耗不起。三十出头才刚刚好,熟透了,却是嫩里的劲道,火力和弹性都最好。对,是经济问题。现在世界的经济形势都不好,性需求的下降和经济增速应该成正比。还好我跑了,从他们的生态圈里逃走了。我是幸存者,一个还保有欲望的幸存者。所以我现在要救她,救遹遹,救纪遹。我不能让她被这股大势裹挟,我要还原她的本身。

她怎么还没来?我给她传信息:"你过来没有?"

结果刚发送出去,就见她急吼吼进来了。

"绝对在第二摞的文件堆,不会在别的地方。"她一边说一边走向工作台,看都没看我一眼。

还好她来了,我本就不多的耐心已经用尽,再晚一秒我都要光火了!

"可以了,不用找了,你来得这么慢!我已经想别的办法了!"我不能让她搞清楚我的目的,好在这一直是我的强项。

"你是已经找到了吧?"

"找没找到都无所谓了。我说了,我有别的替代方案了,还不明白吗?"

"不明白。你有什么替代方案?你等会儿跟农业大学的老师们开会,我不知道上星期的行政例会记录会有什么用。前言不搭后语的,你就是折腾人!我刚准备到村里去看看玉米,你就来电话了。本来想得好好的,你下午开会我总算清闲了,哪知道你事情那么多!"

"不要着急,先喝口水。来,坐一会儿,坐坐也好。"其实,她提醒了我,玉米快收了。我的"云居社"项目,除了现已竣工的二十多幢商业办公楼,还包括在后村包租的近两千亩田地。虽然我的农业种植计划至今尚未全面试验成功,但这次我小范围地投了大约两百亩地的玉米种子,的确是到时候了,这批玉米该收获了。

"别提那些要烦着我的事好不好,我够操心了,难得有那么几分钟可以闲一下。"她是故意的吗?还站在那翻腾,太拎不清也是个麻烦。两点半了,我真有点急了:"别翻了,你找到也没用了,我不需要了。你先过来陪我坐一会儿好吗?"

"你太逗了,你这是什么意思?什么节奏?"她走过来了。这就对了,任她多说几句我也无所谓了。

"你现在陪我玩一会儿,我就放过你。"我开始耍一种小孩子劲儿。我晓得,她就吃这套。

"你太折磨人了,就是个磨人精!"

"我磨人,我哪有你磨人啊,你这也不行那也不行的,一点儿实际的都没有,总蜻蜓点水,若有似无的,坏死了,极坏极坏。知道吗?你是最坏的那种女人,天下最精,天下最坏!"

"我看,你叫我过来是居心不良,不怀好意。"

"来了就好,我就是想玩一下。一会儿我就要开会了,这些会烦死了,又只好去。"我往她肩膀和胸前靠,无所谓精确位置,但要给她造成一种母性感,这是她喜欢的;然后我的手在她的肩、腰、臀之间来回抚弄,这是我喜欢的。

"又来了,怎么又来了?安静歇一下不行吗?一会儿还要去开会。"她跟平常一样,身体想避开我胡乱翻腾的手,怀中又想留住我的头。但今天我的心思有些不同,我想弄清楚她是不是所谓的低欲人群。是的,她已经不止一次说这些套话了,此前我会认为这是女人一贯的腼腆推脱，欲擒故纵。但今天我不得不往另一种可能性去想，她是真的欲望寡淡，清心冷漠？好吧，这样我便非要试试了。我要撕破她的遮蔽，看看究竟。

"妹妹，我要玩你手。"

她不会收回她的手，她喜欢我弄她的手。这就是她奇妙的地方。当然，这也是低欲人群的嫌疑症候。她反复强调，她喜欢我是因为她发现我是个孩子，她喜欢我在她怀中发出的那些孩童般的声音——讨好，撒娇，胡闹，放声大笑。我没有告诉她，这是我跟她交往以后才有的毛病。或者说了也没什么，但很奇怪，我就是不想告诉她，这对她应该不重要。真的，好像一切都对她不重要。当然，我搞不懂为什么她能把一切都看得不重要，都看得简单。依据呢？我至今都没找到她可以看淡一切的依据。或者说，索性简单直接也就算了，但她也会难过，也会有不满、烦恼和忧虑。只是她的那些忧虑在我看来总显得幼稚，或者浅薄。但她是实在的，我很明确这一点。她是很质朴的那种人，她的要求都很好满足。所以我才更想不通，想不通一个自己还很幼稚又涉世不深的孩子，为什么会喜欢一个半截入土的皱巴巴的老头子，为什么这么快就走进了老头的陷阱？难道真如她所声称的，她迷恋于我变回小孩子在她怀里讨索的那种感觉？

丁律师突然来电话，说我们有三头牛死了，靳先生认为是被谋杀的，已经让丁律师报案了。靳先生为什么不直接跟我联系，而要联系丁律师呢？这事说起来琐碎，想起来就闹心。有村民报案说靳尚义拖欠赌债，举证材料齐全，都递送上去了，警署不得不把他给带走了。我立刻找到丁律师，给靳先生做担保人，付了一笔不小的保证金，才给他办妥取保候审。丁律师还警告，只有初犯才可以取保，下一次再办难度就大了。靳先生除了要保证传讯时随叫随到,还不能无故离开住地。为了避嫌,他尽量不与我直接联系,任何一点鸡毛蒜皮的小事都只好劳烦丁律师转达。他目前被迫待在村里了。

云居社始建以来,零零碎碎的事情就没有停过,最不省心的,是后村那点地。靳尚义是我生意的老搭档,他当初决意要跟我一起离开城市重新建设乡村,于是我就把云居社的农业发展计划交给他来打理。但我们都没想到,农业建设竟存在那么多令人崩溃的难题。首先,我们根本就找不到人干活。江南的农村,在中国是顶富裕的,但至今还留在村里且会种地的人,却凤毛麟角,甚至可以说,一个都没有。稍微能干一点的,都去城市了,实在走不动的,才留在村里。结果,我们好不容易招来的,都是年纪比我还大些的,身体比我还差些的。这些人干不动就罢了,关键是他们还不会干,非常无赖,总要出乱子,所以就变成现在这种白拿工资不好好劳动,还三天两头撂挑子的局面。鸡一群群地死、菜整片整片受虫灾。为了防止他们私打农药,靳先生不得不强制规定一切农药不予报销。

复兴农业的计划遇到重重阻碍,举步维艰,所以,近两千亩的土地,现在只启用了三百亩,一点一点来,才方便管理。鸡也不养了,换成三十多头水牛,这便好养些,也卫生些,好在这次的玉米总算种成功了。谁知道刚有点起色,牛就出问题了。死了三头不是最主要的,靳先生说,可怕的是剩下的那些牛都受了刺激不对劲了,几个做工的都吓跑了,场面现在很难控制。我找人通知专家们,说会议取消了。这下,也无心弄什么低欲调查,索性带着纪遹去后村调查牛的死因了。

二

　　人多,愿望就多,愿望多,情念就多。时间载负的情愿太多了,所以比年龄走得慢。

　　我倒习惯了。习惯年纪总比时间走得快一点。人只有读懂自己的过去,才有可能读懂历史的过去。真的走向低欲望社会了吗?欲望有或无、高或低,度量的底线在哪里?标准何在?我拿起那份报告,再读。这个问题缠住我了,想不出究竟,若无结论,我的气血经脉就难以贯通,就无法正常生活。低生育率、超高龄化、消费缩减、富裕阶层出逃、年轻人丧志……真的吗?为什么?日本在2015年的调查中,统计出十八到三十四岁的日本青年有43%未曾有过性经验。这个百分比凭我已有的认识,听起来就像是造谣。如果是十四至十八岁间,这种比例还说得通;年龄上限在三十四岁,太可怕了,不能深想。又说,在三十五至三十九的年龄段中,女性有26%、男性有28%从未有过性经验,不婚族的比例、人口数字的危机也都在持续上升,青年一代不仅性需求在减退,对生育、消费和投资的欲望也徐徐亏弱。这不是亚洲个例,报告中提到的美国《大西洋月刊》也刊登过一篇相关报道。这篇报道表示在最近的统计数据中,美国青年的首次性行为年龄平均值逐步推后,即使有性行为的青年,较之其父辈的频率也大幅降低。自1991年到2017年,有过性经验的高中生比例从54%降到了40%,与之前的两代青年相比,他们的性伴侣人数也明显减少。统计数据还显示,生于1965到1980年代的"X世代(Generation X)"们二十岁时,比如今的同龄青年性行为频率要高得多,这种优势一直持续到他们年长——从1990年到2014年,美国成人的年平均性行为次数从 62 次下降到 54 次。

现象如此，问题有那么简单吗？我从 1970 年代后期开始定居中国大陆，以我所见的现实，必须要承认报告所指出的现象。但其所暗示的问题源于经济问题，就实在显得肤浅了。资本的动力根本不那么简单。人的消费欲望是随认识产生的，需求决定消费。产品不是主要的，内容也不是主要的，一个产品所能完成和服务的需求才是关键。谁掌握了需求，谁就掌握了财富。几年前疯狂的地产、股市、金融神话，都是因为从认识上改变了人们的需求，才获得四面八方的虔诚香客源源不断地不吝善款。我不否认，我曾经就是攫取者中的一员。但鬼子们现在才发现中国的机遇，不好意思，晚了。他们现在无非把中国看成一个巨型超市，有许多铺位和货柜还在等待招商。他们甚至幼稚地以为，成就这种经济需求的，是中国的人口红利，以及中国落后于他们的所谓民主化进程。显然，中国的问题比这要复杂得多。他们没搞清楚，这并不是中国的问题，也不是主义和制度的问题，这是人的问题。

要知道，认识是很难统一的。在人口众多的中国，人们的认识和需求几乎奇迹般地获得了一种趋同。我厌恶趋同，我就是从对趋同的反抗和斗争中，从南洋一路来到中国的。我从生养我的地界，来到我先祖血脉的地界。我从原先的趋同，走到另一种趋同，却并不反感这一种趋同。我反而学会了一种利用趋同的手段，且就是这种对趋同的利用成就了今天的我。我越来越发现，趋同并非是由上而下的，而是由下至上的。上层对下面的影响微乎其微，而来自下层的影响力，绝对是对社会整体结构的必然调整。因为所有的上层，都是从下层出发奋斗上升的。也就是说，无论他们最终坐在多高的位置，有着多么优越的社会资源，他的认识和需求仍是下层的，下层的根源很难改变。

与我同时代的人，都老去了。他们怀揣着紧缩的道德资源，在压抑的困苦中，反复地自虐，惯于自虐，继而再病态地转移成他虐。在这里，我没法与比我年长的老人交往，也从来没有同龄的朋友。我等了很多年，才终于等到可以与我正常说话的人。这些正常人，就是所谓的低欲望人群。只有他们，才有面对各种思想和体验的正常反应。只有和他们讲话，我才可以幸免于那些冗长沉闷的抱怨。但是，我始终会觉得不透彻，不舒爽。或者说，会有一种不服，一种恼怒。因为对许多青年人近乎平淡的反应，我找不到充分切实的理论依据。

比如纪遆。我和她的交谈，是自然而健康的。但是那种不服和不满常常产生。她对很多我所关心的话题之漠然，是我无法理解而且憎怒的。尽管她一直呈现出一种有质量的纯粹，但我始终无法在她的行为表现中获得足够的验证支持。首先，她是不是屈服于我，在性中是否满足，就让我足够闹心。如果一个女人毫无羞怯，会使男人生出恐慌；而羞怯过多，长久地羞怯，就会指向厌烦和虚伪，或者指向性能力的不足。我讨厌一切模糊的可能性判断，担心自己成了她特殊癖好的实验品。

遆是日本汉字，晴、好的意思。我喜欢遆这个字，因为纪遆给我的感觉就是晴好。纪，除了是古老的姓氏，还有一个意义，是别丝。茧之性为丝，然非得工女煮以热汤而抽其统纪，则不能成丝。散丝的头绪，为纪。但是纪遆不是我的别丝，她是开端，是我各种散乱思绪的开始。我从疯狂的城市化建设中遁走，来到这个被弃置的小镇，我的思绪是清晰和健全的。这一切也许正源于我祖父给我的名字——逸凡。谁晓得字的神力真的会影响人一生的走向呢？我是凡俗人群的逃逸者，我要逸出人群，逃离同一种认识，同一种需求，同一种没有吃饱喝足的欲望。直到纪遹出现，直到她给了我一种我不曾有过，也未曾想到的体验。她在演戏吗？这是她的表演作业吗？她是同性恋，双性恋？她的不懂绝对是装的，她太懂了，演技太好了。我真想吃透她，吞死她，觑她不堪，蔑她跪在我脚边哀乞求饶的败象。我也知道，我已中计，已走进她设好的埋伏，只等她哪日玩得厌弃而掷之如芥。

她是恬静的、婉然的，欢愉时会呈现女神一般的净雅。怎么会这样呢？不应该啊。她引你跪倒膜拜，甚至不惜潜匿到她怀中一直依赖。她一旦快活，肌肤就会软化，紧致处也开始柔滑。她的微笑是娇逸的，喘气和呼吸都是轻盈的。她会把节奏拖得很长，那种我期待的牲口一般的嚎叫从不登场。尽管我总觉得她的平静是对我的怀疑和挑衅，但我无法抗拒地会在那种强大的平静和舒适感中丢掉自己。所以，我也会缓下来，任自己被这种舒适感醉倒，回到幼时在祖母怀里撒娇的天真。没有了，一切都不存在了，王逸凡不存在了，没有了，什么哲学、理想、名利，都没有了，我只是一个孩子、宝宝，只期待被人亲爱。得到亲爱就不闹，不亲爱我就哭、喊、蹬腿、甩手，一直闹，直闹到你不耐烦，直闹到你不得不如我的愿！然后我就得到了，每一次都会。我得到了妈妈、奶奶、姐姐、妹妹、女孩儿，得到了遹遹的亲爱。她会宝贝我，会用她雨雪的身躯怀抱我，将我全部揽进去，轻拍慢哄，吻我的耳后、脖子。我的野兽经验总窜出来激励我恣睢妄为，但在她强大的亲爱中，野兽也平静了，野兽也对亲爱生出贪恋。我渴慕这样的慰藉，沉湎于她对我的疼爱和宽慰。为什么她轻吻我的脖子，竟比任何人生吞活剥还刺激呢？她的暖唇有微微的电流，到我耳后，我就安宁，就什么都忘记了。真好！我再不需要证明我自己，再也没有丢掉自己后的懊恼和挫败感！我好想被她亲爱，被她融化，想一直被她亲爱,想她的亲昵和宠爱只能是我一个人的,想妈妈只有我一个宝贝。纪遹是最坏的女人,纪遹是最坏的女孩儿,她是最坏最坏最坏的人。但我就是喜欢她这样坏,我离不开她。

这种平静在我每次把自己扔出去以后,立刻就消失了。我开始讨厌她、恨她,鄙视这个狡黠阴毒的女人,埋怨她玩弄了我。她用青春、肉体,操纵戏谑了一个可怜的老人。一个行走江湖的老手,怎会突然在她这里失手?他们说的是真的,这个女人不简单,她是有故事的人。噢,完了!原来这是低欲望圈套,她在用低欲来腐蚀我,击溃我!

三

云居社的草坪,每个星期要修两回。我开窗,让草腥飘进来。多久了,青草的味道,总算可以常常闻见了。我就是追着这味道来的,我需要很多很多草坪,要有规律地修整它们,然后再吸走它们的香气。雨天,草香混合水气、湿土,气味会因此沉滞,呼吸起来重重的;日头下,草的味道又聚得很紧,浓浓的,扑过来,一下就沁入心肺。

我是在四十岁的某一天,忽然被青草逮回来的。那是在坎特伯雷老城,一座旧塔的后花园中。花园中间有一块空地,三条木制的长椅分布在三个不同的方向。正对塔的长椅后方,连接了一片巨大的草坪。另外两条长椅的后面是葱郁的灌木堆,紫丁香和白雏菊星罗其间。左侧那条长椅上有一对恋人在亲热。我走到塔对面那张长椅上坐下,背对草坪,看着塔。这是我喜欢的,一张标准的,理想中的,朴素的长椅。那对沉浸于忘我恋爱的相好男女,成了我的背景。他们既没有被我影响,也没有影响我。也许我的眉头正紧锁,让人看上去在想些什么。但我什么也没想,只从口袋里拿出香烟和火机,极享受地抽了一根,然后踩灭烟头,坐在长椅上发呆。那对恋人什么时候从背景中抽离的,我浑然不知。

我忽然伤心了。一个四十几岁的大男人伤心了。英格兰忽晴忽阴的天色也来助长我的情绪。它有好戏看了,看一个可笑的中年男人落寞,迷失,不知所往。我一点儿力气都没有了,不知道自己庸庸碌碌四处奔忙在干些什么,不知道我所追求的到底有没有价值。我把我所经历的过往先全部怀疑一通,继而便开始怀疑起自己,思考我所信靠的究竟是什么。我好难过,真的,我好难过,但同时又有一种虚弱的男人的骄傲,以所谓男儿有泪不轻弹的骄傲来堵塞我的情志。我本是难受得要哭出来了,又被那虚弱的骄傲吓得哭不出来,更难受了。

一大团阴云飘过去,我忽然就闻到一股浓烈的草香。这种瞬间是没有过渡的,精妙得近乎神话。多久了,我早忘了青草的味道!这味道,只在我儿时闻到过,后来就再没有了。难道是后来的草都失去气味了吗?青草解救了我,把我从沉重的怀疑和迷茫中救出。我意识到我把自己找回来了,意识到我那迷茫挣扎而又糊涂的旅行即将结束,我要获得我的安宁和幸福了。

我是在国王十字站买了一张最快出发去坎特伯雷的车票的。去坎特伯雷,不是我预先的安排,而是伦敦的公务理妥后,在有限的时间中为了避免喧杂而选择的出行。我的一个癖好,就是坐火车。相比起火车所至之终,我更喜欢的是坐火车这件事。一根长线,穿过孔洞,梭行驻足一个又一个点,最终在布面上留下封口的痕迹,或者是衣履中必要的折边。英格兰的树竟然是含蓄的。我以前不知道原来西方人这么简单。曾经,我以一个典型东方人的复杂思绪错误地想象了西方的复杂。原来他们是十分简单的,甚至可以说是单纯、幼稚的。这在我二十多岁时绝想不到。尽管新加坡有很好的西化基础,但我的父母都是非常典型的传统中国人,甚至是其中极端保守、遵守道德的典范。我年轻时很向往西方人那种露骨直接的表述,认为东方的含蓄和害羞,都是怯懦与思想不够解放的表现。殊不知那时的我才是真的幼稚,不明白西人的露骨是因为他们思维简单,不懂复杂,只稍微拐一点弯的妙处,他们就体会不到了。

火车带我穿过村庄,看农业工业青黄相接的起伏;还有田野,水乡,道路。我看见羊群,耕牛,还有远处小道上缩成蝼蚁一般大小的某个人,然后猜想他的来处去向。我喜欢被列车窗外的景象埋没的感觉。真实的树,在火车上看就变得不真实了。在匀速前进的列车中,任何真实都会变成景象、虚、假象。人或者天生就是要对抗真实的,只有对抗和反抗到头了,才会转头回来去寻找真实的力量。自然是自然而然的,是起点,也是终点。起点和终点间的道路,或长或短,都是躲不掉的。不存在没有目的的旅途,旅途本身就是目的。所以,我总是宁可坐慢车,车开得缓些,停的地方也多。当然,最好再避开列车员,进到最后一截车厢,倚靠于车尾的大窗欣赏。看列车把一切都抛在后面!站点,山脉,路口,溪流……一切经过的都被抛弃,不管是阿尔卑斯山的雪,还是苏黎世郊外的泽……火车不会被任何一处牵滞,它从来不用说你好,只消说再见,再见!

火车哐当哐当晃动,轨道上擦出的火花,就是代价。任何灿烂的欣赏,极致的美艳,都由昂贵的代价铺设。我所能看见的风景,都来自车轮和钢轨的厮磨。一次次刮擦,捶打,你只是经过,并不停顿,你只需要掠夺，一味索取，无须偿付，也无须担心亏损。如果人生像乘坐一趟火车一样简单，直奔目的，而所需偿付都属于别人，多好！

全是血，你闻见的，全是血。割草后的清香，是草的腥气。让你勾连起青春、裙子、伤痕、湾流，都是来自青草被割裂的血腥。稠，稠的血。你欣赏的，就是血，是列车滑擦轨道的味道，是钢铁的腥气，是工业化的靡靡渗淌的血，是一切带来血腥的罪孽。

草与铁。软的和硬的。女人和男人。

云居社窗外的草腥牵出我的欲望，缤纷又罪恶的欲望。曾经，摸到一个女人与看见一个女人，对我是完全不一样的。现在，无须经受，有时甚至想一想就行了。

我开始查阅列车时刻，试图在当下烦扰无聊的路线中，寻摸出一趟近程的慢车，计划带纪遹坐一次。我还没有带她坐过火车，这可不行，人的乐趣是要分享的。

查阅近十分钟，仍没找到令我满意的路线。能令我满意的，始发都在北京，我的公务不给我那么长的空闲。无奈，我从办公室出来，准备下楼到园区去走走。为了刻意拉长我到园区的时间，我避开了升降机，直接走楼梯。走楼梯还有一个原因，就是看楼道窗户对面的那一群蒲苇。整个云居社的环境规划中，我最上心的，就是草种的选择。不仅是蒲苇，还有一些细叶芒堆，华东常见的五节芒堆。许多人行小径的脚边，还杂养了些许北婆罗洲的直长筒蕨。

在我精心设计的若干草群中，每一处都有一条木制的长椅，样子和坎特伯雷的一模一样。每张长椅的侧边，都有一盏路灯。这是我想象中常常坐着，也常常带纪遹坐着的地方。但实际上这种情况一次也没有发生。今天那里竟坐人了。谁会那么有闲情坐在那里？看蒲苇吗？我放慢脚步，生出观望的兴致。是个女人，体态臃肿的女人。她应该年纪不小，是个典型对自己放弃要求的中年妇女。那女人全身穿着荒腔走板完全不适合自己的衣服，发型的风尚又停在上世纪的某个浪潮中。显然，她不是来欣赏蒲苇的。她在长椅上坐下，没多久又起身走开，走不多远又回转，然后又到长椅坐下，就这样来回好几趟，莫名其妙的。

我的脚步索性停住了，我看清楚了，是她，周瑾。

她，是一段牵扯一般现在时的过去完成时。她是我在北方的往事，是我在北京的最后一个女人。我和她断续交往了五年，她是我迷茫时期重要的女人，也是我往后无法躲开的债主。我们之间虽没有法律约束，但形同夫妻。我历来会善待我的女人。除非她不要我，放过我，不需我尽责，不然，我都会管到底。每个月我准点给她转账，有时也汇出相当数额的补助。我不会躲避责任，只是躲避这个人。我不想见到她，也绝不想让纪谪看见她。我不能让纪谪见到我以前的女人是这样的，她会看不起我。

周瑾过来了，她正走过来，我立刻回到办公室，坐到位置上等她。

这是她第二次过来。云居社只造成了这栋楼，其余楼群还在建时，我带她来看过。我从不欺骗我的女人，也许会有遮蔽，但不会讲假话。我们分手后，她一人留在北京。之后，我来到江南建设云居社，只带她来这里看过。那时云居社还没有招聘行政员工，纪谪还没有出现。

这个如今浑身不靠谱的妇女，也是我曾经的女人啊！以前的她不是这样的，不是一副对自己没要求的样子。她比我小十几岁，是我当时女友的同学，正是我女友引我认识了她。那时我刚从药品买卖里出来，正值投身地产的早期。跟所有那时候的女青年一样，她对我新加坡华裔的身份颇有兴趣，这是那个时代非常有效的一味催情兴奋剂。我要承认，是我找上她的。我还没跟女友分手，就瞄上她了。我单独约她出来，陪我去前门23号看表。入秋的北京，银杏黄得很热闹，一簇簇的，跌在地上扎堆讲话。明艳的暖色想骗你怠忽匿伏的寒意。她穿着一条短皮裙就过来了，远远地，向我招手，特别灿烂。她觉得自己美死了，可是，她的腿并不完美。周瑾的腿虽然很细，但偏偏小腿与膝盖连结处往外拐出了一点角度。不过，好就好在那点拐弯，美就美在对完美的破格。我把她想象成格鲁吉亚女骑士，看作是墨西哥女将军静思……我觉得自己要去征服一个骑马的大女人了，我的欲望被点燃了……

　　一个女人，只要能让男人生出邪念，就成功了。曾经纪逎常在我耳边说，谁谁谁真好看，某某某真漂亮。太恐怖了，灾难啊，那些女的没有一个可堪入目——目光呆滞，姿态愚蠢，全是一张小家子气的道德面孔，毫无活气，更不要说勾起兴趣了。我一直觉得她是故意的，故意要拿那些丑陋的女人来恐吓我，让那些蜡像脸做她的陪衬，用以证明和稳固她的地位。但事实也许并非如此，她好像是真心认为那些女人是好看的。感谢她，让我终于搞懂了原来女人看女人与男人看女人，是完全不一样的。女人天生的嫉妒，会驱使她们在看其他女人时，首要就想到安全。她们本能会抗拒带有侵略特征的，支棱出来的女人，倾向于去欣赏那些安全周正，看起来对她无害的女人。一言以蔽之，就是欣赏那些不会抢她们男人的女人。某天，我终于放弃忍耐为了某某是不是好看而跟她进行的无聊争吵，跟她摊牌了。我告诉她，她欣赏的那些女人太丑陋了，丑到会吓哭小孩儿的地步，女人说好看的，从来都是最难看的，女人觉得不好看的，往往才会有几分姿色。她停顿了一会,听进去了,再也不给我看一些莫名其妙的女人了。

我从前门买回一只瑞士产的金怀表,随后也把周瑾给睡了。当我后来发现她和那个摇滚歌手厮混于床笫,看见她那畜牲一样的狂野蛮劲时,整个人都坍塌了。这是一个人吗?是那个来回摆弄,这也不行,那也不行,讲个性、要独立,追求自由解放的周瑾吗?怎么到了这张床上,她就是烂泥、贱人、牲口了呢?她现在扭得比任何时候都娇艳,喊得比以往哪次都狂烈。她求他,贪婪他,任他粗蛮地抽、打、咬、掐,任他亵骂,竟还浪笑,还贱成那副样子去求讨!那小子哪里比我强呢?他比我好看?年轻?有钱?成功?屁!他就是一个粗鄙不堪的野混混,个头比周瑾还矮,一副邋里邋遢的五短身型,明明扯着娘儿们的尖细嗓,却号称是玩摇滚乐的。我想不通,长久地想不通。我不知道周瑾在我跟前的自尊是装出来的,还是现在跟这摇滚混子的一出是装出来的。

刚到中国不久,我就成了记者,在媒体圈里混迹,后来又混到广告圈、医药界,还倒腾过股票证券,现在又做了地产商。什么风头上的热闹地儿我都去过了,哪里人声鼎沸我就往哪里钻,要说浪的、野的,真没少见,可遇见周瑾,原是冲着她那份特别去的,没想到她也不过如此,前店后厂,根底上还是粗俗!

周瑾说要有精神生活,两个人在一起不能只是最浅层的肉体关系,这是男性对女性的封建压榨,是女人奴性的体现;她说要将生活和工作分开,不能随意带她出席我工作应酬的场合,那是生活和工作分区不分明的表现;她要环保,甚至限制我使用避孕套,无数次迫使我在接近胜利时离开她的身体;她不跟我同居,说要有自己的独立空间。好吧,她的独立空间、代步工具,全是我给她支付埋单的。于是,就在我给她创建的所谓独立空间里,她独立自主地完成了与那个摇滚赖子的性交。

算了,往事不提也罢。我不如只面对她的到来,不要让她见着纪遹。这只是一个麻烦而已!

纪遹是知道周瑾的,也清楚我曾经在马岛的旧账,可我不能让她见到周瑾,她会因此看不起我的。我一定要小心,因为只有她,只有纪遹是我现在唯一得到爱的机会,尽管她从来没有对我讲过爱我,尽管她常常说东道西,赞美环境、季节、饮食,也赞美我、夸耀我,却从来不说她爱我。我如今有点懂了夏目漱石教导学生时说的,不如将"I love you"译作"今晚的月色真美"。

我是经常对她说爱的。我抱着她,弄她手,亲吻她脸颊的时候,总会用双手捧住她的头,然后凝视她,对她说,我爱你。她不睬我,我还是接着说,甚至耍无赖地非要她也回应我,可她却总低头想躲,只有逼急了才点点头,然后抓旁边的枕头来挡我,一叶障目地自欺欺人。

我觉得她对我是好的,是真的认我,爱护我的。但这说不通啊,为什么她不像别的那些陷入爱情的女人一样,俯跪在我脚边求我要我呢?我真的闹心啊,搞不懂啊,我真的没办法让自己相信她是爱我的。我发怒、哄骗,威逼利诱全用上了,她就是这样,没有结论。她说,只要在我身边,只要我像孩子一样靠着她,求她宠爱,她就很满足了。她不要名分、婚姻、形式,不需要财富、独立、汽车或者自尊,她好像真的不在乎那些,比我都不在乎。这一切应该指向的就是爱啊!可她为什么就是不像别的女人有那种畜生一样的欲望呢?她不渴求我吗?我不值得被渴求吗?她是不是在别处藏着一个可以令她摇尾乞怜的男人呢!

我没有机会深想下去,周瑾就进来了。看得出来,她有点紧张,"好快啊,这里都建得这么好了。"

"你怎么过来了？也不跟我打个招呼。"我平静地说,并不从座位上站起来。

"我在上海,想着离你也近,干脆就过来看看。"她自己走到沙发椅那里,想坐又不坐的样子。

"你住到上海了?"

"姑奶奶去世了,我过来参加葬礼的。"她坐下,"我听姑父说,父母的墓地好像换地方了,他去金山那边的时候,感觉不一样了,也不知道究竟怎么回事。我难得过来,肯定要扫墓的,就到金山去了,结果真的整片墓园都没有了,我还怀疑是不是走错了,到处打听才知道那里好久以前就被征收了。据说当时是有选择的,要不就领补贴,要不就随集体换到新地方,我们家的好像是被换走了。"

"你确定换到了别的墓园吗？原先管墓园的人找到没有,他们怎么讲的?"

"我根本找不到他们,后来姑父又托人查,传来话说,当时不要补贴和联系不上家属的应该都换到青浦那边的新墓园了。"

"那你去青浦了吗?"

"去了。"她支吾起来,"以前手续都是你办的,老墓园那边只有你留的资料,但他们一直联系不上你,也没有办法联系到别人,所以就僵在那了。现在骨灰放在青浦,但是墓碑是没有的。老园迁过来的政策是给你土地指标,但不包括墓碑和刻字的工本还有劳务,托管维护的费用也要自理。我们没买墓碑,他们也没有家属来认领签字,所以骨灰就一直堆在储藏室,没有落葬。"

"那你重新签字把手续弄齐不就好了吗?该买的买好,该刻字刻字,这事有多复杂呢?"

"要先把欠款还掉,还有滞纳金,转移过去都三年多了,我们一直没缴费,都欠着。"

"这能有多少钱啊?加上滞纳金也不会多到哪里去的。你钱不够吗?"

"多是不多的,但既然如此,我想干脆把他们迁到北京得了,在北京新买一处。"

我总算听明白她的意图了。她不像纪遹,能简单说清楚自己的意思。同样的事,纪遹的开场白大概就是:王逸凡,我需要一笔钱。而周瑾不一样,那一代女人普遍都不行。她们道千说万,各种包装、掩盖,思维跳来跳去的,常常只为一个很小很小的目的。多小呢?不过是想一会儿犯个懒不收拾屋子,就能跟你把摇滚音乐史、爱因斯坦的相对论全部扯一遍。有次因为要买一条围巾,周瑾足足跟我谈了半个月的现代派绘画。原来那些艺术家和各种流派都是为了给她买一条名牌围巾垫底的。

"我的意见是你要尊重你父亲的意思,他是明确说死后要回到上海的。青浦那个墓园怎么样呢?你觉得不好,我们可以在上海好些的墓园再买一处。弄到北京的话意思变了,你要想清楚。"我其实只想知道她这次打算要多少。

"我也考虑到这一点了,但是我现在年纪大了,不能总是到上海来看他们。现在房地产这么疯狂,鬼知道是不是没多久又要拆迁征收。我知道,要尊重死者,但终归还是生者为大。他们在的时候,我没好好照顾他们,现在我还不得补上?我左思右想,怎么我也不可能搬到上海,所以迁到北京是最好的,不管拆不拆换不换,都离得近,我好管他们。"

"你定吧,想清楚了就行。大概需要多少?"我终于问了。

"妞妞她们家……"接下来的絮叨我就屏蔽了,这是与她多年相处下来自然练成的,只要提到类似内容,那些妞妞、小芳,还有人家如何如何、别人怎样怎样的,我的耳朵就会自动阻隔掉,让我的心和脑子都歇一歇。我听得太多了。以前我还会跟她吵,后来就算了,放弃了。这个号称要追求独立解放的女性,实际就是个最平庸最碎叨的阿姨妈妈。我非常厌恶她那些奇怪的朋友,一个比一个惊悚。鲁迅说过,国人妇女有母性,有女儿性,偏偏无女人性。可不是吗?年轻的时候都是女儿,转眼间就变成婆婆,独独就是不做女人。那些个青春时候闹得厉害的女孩,哪一个不是结婚有了儿子就看不惯自己的媳妇?都是日子太好闲出来的。让她真玩一把女权,到社会上去闯一闯,我看她还有没有时间讨要什么自由!行,终于讲到我关心的实质内容了——"所以,估计大概要三百万左右。"

"三百万?要这么多吗?我现在正是用钱的时候,资金进进出出,一下子取用这么多很麻烦。"再好的地域,再豪华的周边,一块墓地五十万也到头了。

"你能有多少呢?实在不行我就分期付款,首付够就可以。"

我确信她不是要给父母换墓地,是要给自己换房子。人,很可怜的。我曾经就是那个制造地产神话哄骗别人的人,但架不住你的女人成了要进那个圈套的人。资本市场中,两类人的钱最好挣。一是女人,二是孩子。小孩子自身是没有消费力的,但他们是诱发父母消费的发动机。进一步说,孩子的钱又是赚在女人头上。算了,懒得揭穿她,讲不动,我现在付不起这周折理论的成本,不如花钱买安宁。

钱能解决的，都是小事。但我要把战线推得远一点，留点缓冲，不能让这个昏女人吃了甜头逼我太甚："一百二十万，目前只有这么多。这个月刚转的十万用完了吗？"

"剩下的部分多久可以到呢？现在物价都在涨，十万一个月其实是不够的，但我不想给你添麻烦，说实话，汽车去年就过不了年检了……"

我必须打断她了："我这里工作运转不了，你想要什么不都是白搭吗？先给你一百二十万，再给你八十万，但要过几个月。再说，你每个月的十万还是照常给，只是近期就没有补贴了。你心不要那么黑，两百万可以换很好的地方了。"我想暗示她我已经看穿她了，但还是有些不忍戳破她，话就故意说含糊了。这个背叛了我的混蛋女人，我却总是可怜她。

"好吧。你说什么我都接受，是我对不起你。我知道，只有你是待我好的。谁叫我那么没用呢，也没办法还报你。"

我看一眼时间，下午四点了。

"你有住的地方吗？"我问。

"不用担心，这都搞不定我就太没用了。我一会就坐车回上海。你同意了，我就抓紧办，尽量这次就带他们一起回去。"

"也好，那我就不留你吃饭了。我这边没弄停当，里里外外事情多得要命。你既然要走就最好抓紧，天晚了总不好。"

"那好，我走了。你注意身体。"她起身要走，又说，"对了，姑父要我代问你好。"

"知道了，你回去小心。"我并不起身送她出去，而是等她走了，才站起来，走到窗边想看看那群蒲苇。

现在不是蒲苇的花期，不开花就不值得看吗？人的一生很长，有很多历程。植物也是这样,等待开放,或者忘记要开放时也是好看的。回头想想,一切目的都显得可笑了。但是没有目的,不是更荒唐吗?谁能做到呢?人只能欺骗自己没有目的,不正视自己的目的,人做不到没有目的。想看蒲苇是我的目的,蒲苇要开放是它的目的。我也清楚,我的目的是徒劳的,没关系,清楚就好,怕的就是你自己不清楚。我现在所站的位置,是怎样也望不到那片蒲苇的。而我,其实并不是为看不到蒲苇在烦闷,是被纪遹困住了,因为我始终摸不透她的目的。即使周瑾这么拐着弯来讨账,我也能理清她那本账,但纪遹什么话都直接讲的,我却拎不出任何她背后的目的。她真的那么简单吗?那也太简单了吧!

周瑾要把两个死人带回去,她不知道,她也已经死了,她是个死人。"青春是最大的苍老。全部的花都死于绽放。"我想不起诗人的名字,却记得这句诗。周瑾早就死了,死于青春,死于绽放。她要漂亮,要自由,要解放,要独立,在一切欲望账目的追讨下,她却死了。她生于欲望,又死于欲望。好可怜的,她自己还不知道。我也有罪,我就是她追寻欲望人生的一部分,我认识的,就是生于欲望的她,又亲眼见证她死于自己的欲望。我对她没有欲望了,但是真的产生了可怜。我希望我认识的周瑾,不是原本的她,那死掉的,不过是欲望的周瑾,而原本的她,还活着。

四

后村,只是一个村名,不是云居社后面的村,倒是离云居社有点远,驾车过去二百多里。中国有很多"后村",大抵都与那里出过妃后有关。我让纪遹开车,借督收玉米和看望靳先生的原因,拉她到乡僻野地玩耍几日,更便于我充分开展低欲人群的调查。纪逎的驾驶技术并不优异,坐车要比开车累,既要陪她讲话提神,又要当她的眼睛警惕危险。还好不是城区那种复杂熙攘的路况,往村里去的人不多,车也少,她应付起来还算轻松。但凡不着急,慢下来,车如何都能开好的。

靳先生招呼我们到赵师傅家开伙,桌上已摆好焖羊肚、鳝爆虾、酱卤猪尾、爆炒三丁,还有雪菜毛豆、笋烧肉和一锅肚肺三鲜汤,素菜只有一盘生炒薤菜。他叫我们先别急着动筷子,有一锅狗肉正在镬子里焖着,等菜上齐了再一道开餐。纪逎看着这一桌子菜,情绪并不积极,脸有点耷。我赶紧让靳先生找赵师傅再添素菜。赵师傅说有土豆,再来个红烧土豆。我又问他有没有绿叶菜,让他再炒一盘绿叶青菜。赵师傅面露难色,说村里有的是蔬菜,但家里这会儿只有两把苋菜。

话说到这地步,还能再讲什么?

不是我爱吃素,我是在照顾纪逎的口味。靳尚义是个食客,偏爱肉食;我是雨露均沾,比较中庸;纪逎最好对付也最麻烦,就吃点青菜,还只认绿叶菜,肉基本不吃。吃这件事上,我跟她共同语言不多。

狗肉上桌,靳先生就兴奋了,说:"这只狗年轻,肉紧。放心吃,赵师傅很会处理,洗膻去腥都很到位。"

对,烹肉,最重要就是洗膻去腥。做荤的关键在于前期,要彻底去腥,接下来怎么弄都不会差。我不反对狗肉,但确实吃得少,也不好这一口。我劝纪逎吃点,说这东西补力气,你身体虚弱,吃点是好的。她根本不为所动,只往蔬菜下筷子。

这不就是"食草族"吗?只吃草不吃肉,常吃素不吃荤,难怪会清心寡欲,对性爱丧失兴趣。纪遹正是这样的,吃肉包子要把肉挤了,光吃包子;不管什么肉配菜,光吃配蔬,偏不吃肉;在她看来,鸡蛋、豆腐都算荤的,唯有叶子菜才算菜。还有,她从来不吃奶,任何奶制品,不止牛奶,连西人饮食常用的黄油、奶酪,她都是不吃的。蛋糕、甜品、冰激凌一类,只要沾奶,她坚决不碰。她说,从她七个月断奶以后,就再不吃奶了,有奶就反胃、恶心,连气味闻着都受不了。

原来,要害在饮食上。

低欲与饮食的关系,引起我强烈的好奇和警惕——肉食者欲,素食者净。我决定以身试法,从下一顿开始也只吃草,看看是不是真的会欲望寡淡,不思淫邪。

午食后,我就跟靳先生商量,往后的日子尽量以绿叶蔬菜为主。

这里玉米长得太壮太盛,靳先生很担心收割后如何保存。我这几百亩玉米,是农业科学院基因研究所的学者及植物保护研究所的老师共同指导种植的。用最新的技术,有效避开了草地贪夜蛾。整个种植过程中,仅使用他们提供的极微量的农药,就能保证完好的收成。玉米除了可供食用,也有工业用途,秆、叶、穗可作牲口饲料;须、根、叶还能入药。但这些都不是我需要的。我不靠玉米挣钱,至少短期一定是这样。

这些田地,是云居社获得农业自主的关键,也是目前项目投入中支出最大的。我现在只需要试验,要把农业种植的理法和机关摸透。会社里有传言,说靳先生心怀鬼胎,肯定是恶意破坏农业建设,实际就是要榨取钱财。我无意理会这些流言,他们跟我和靳先生犯了同样的病,把农业问题想简单了。人和自然究竟是什么关系呢?食于土,劳作于土,最终又归于土。获得生以后,我们就离不开土。那么,我们到底从哪里来？能不能摆脱土的束缚？我没有下地耕种过，以我所获得的知识与信息，无一不指向劳作的严苛与辛苦。有可能不劳而获吗？

希伯来人的典籍上说，鸟不种不收，也不积蓄，上帝尚且养活它，人不比飞鸟贵重吗？还有野地的百合，不劳苦也不纺线，穿戴却胜于所罗门极荣华的时候。

如果人贵于飞鸟和花草，为什么不能跟它们一样不劳且获？眼前再好的粮田风光，也避不开泥沼、沙土、虫蝇。热爱自然难道等同于投身于这样的自然？以我自己的需求和喜好来说，我只能做到部分地欣赏农田。

还是要回到自然中去找解决自然难题的办法。当村落也拥有城市的一切时，村落当然是优于城市的选择。

靳先生说，我走得太快了。

纪遹往玉米地里去，我找不见她了。

印第安的传说中记述，玉米的种植是由太阳神乱伦相爱的一对儿女教授的。

我拿出香烟，点燃一支，走到路边享用。淡巴菰让我沉静，也让我决定索性不找纪遹了。轻风摇送，茎秆一群一群摆晃。偶尔露出一些须穗，是太阳的颜色，忽闪迷惑，继续为纪遹作掩护。这边在晃，那边也在晃，我不知道是风让它们晃，还是纪遹穿过让它们晃。我想让自己静下来抽一支烟，思索太阳神是不是也应允我的种植，我与太阳神有没有关系。

接下来的几天，纪遹满意了。村里野菜、蔬菜品种多，午饭晚餐顿顿有得换，简直就是她的节日了。

我按计划执行素食试验，没几天，身体就有变化，肢体轻了舒服了，沉滞黏浊感都消散不少，人爽快多了。但是往后就不对劲了，人轻到一定程度反而重了，昏昏沉沉，身体发绵，稍大声些讲话，就会心律不齐，别人语速太快或声音太响，我就耳鸣，人左右没力气，干什么也难集中，欲望确实就没了。有几次刚有兴头，手都没伸，人就累得睡着了。看来是真的，吃得清淡，欲望就淡。短短几天，我就头晕无力。纪适一直吃草，能不低欲吗？可是，她吃素为什么就看起来身体精力都不差，没有我这样那样的反应呢？我看她头脑敏捷，精神体力也好，皮肤紧致，一点没有营养不良的样子。我是不行了，连着几天吃素，肠胃不舒服，早饭过后已经腹泻两次了。

一件可怕的事发生了，冲水时我发现自己的大便是绿色的。菜吃多了，大便会变绿吗？我一下就想到一个人，我年轻时在马岛最好的朋友，马克。马克本名雷德富，跟我一样，华人血统。他现在为吉隆坡监狱署做事，指导监狱犯人的教学工作。我曾和他一起组织过很多运动，后来我到了中国，他却被捕了。他在半山芭监狱关了六年，我们一直保持通信。他曾来信说，有年长的监牢狱卒告诉他，中国人的屎是绿色的。中国人穷，经济不好，所以长年只吃菜，连白面都是高级货，更别说肉了，有些人活一辈子都没吃过肉。中国犯人的大便最难处理，多数不成形，极少成形的，细短粘连，甚至不如稀散的那种好冲洗。由于长年没得吃，只吃菜，中国人的肠道都是绿的，到了马岛不管吃什么东西，排出来都是绿的，监牢里稍微给些鱼肉就腹泻，鱼糜排出来都是青的。后来消息传出去，成为当时重要的稽查偷渡手段，很多身份不详的中国偷渡客，就是因为绿大便，被检举发送到半山芭监狱的。马克是怀着极大的疑虑来信发问的，真的是这样吗？中国真的这么贫穷落后，粮食短缺吗？此刻我彻底陷入惶恐，惊异自己竟成了那些偷渡客，排出一堆象征贫穷的绿色大便！

我突然想，纪遒的大便会是什么样子呢？她是食草族，会不会肠道也是绿色的？我不能忍受将她和我过去概念里那些枯槁柴扁的中国偷渡客归在一起。她难道也是营养不足，落后贫穷的产物？是不是这样就说通了她种种的低欲表现？可我如今身处的中国，已然不是我在故土想象中的面貌。这里的一个普通农民，丰裕程度都堪比星洲的高级社员。庄子曾云，道在屎溺。此刻我倒是真正读懂了！人体升清降浊，脾胃化五谷精微，再由肠道磨消食糜，最后经粕门排出。谅你再懂得装饰面孔，粕门所出也不受你控制。要看透一个人，就去察他的屎溺。如果纪遒的排便跟那些偷渡客一样，那么，她一定对自己的出身、成长经历都有所隐瞒。她会穷到什么地步？她靠近我一定没有别的目的，还是万变不离其宗，还是围绕着钱。是靳先生说的那样吗？在中国，一切问题，都是经济问题？

我走回房间，纪遒睡着了。我本不想凝视她，尤其在她熟睡时。这是最容易让男人消除警惕而掉进陷阱的时刻。女人的躁动、虚伪，全部被恬静的脸、匀称的呼吸掩盖。这时候的她安静得过分，留出所有空间让你对她展开美好的想象。注意了，王逸凡，千万不要陷进去！你已经吃了多少亏了！总是放松戒备神化她们。难道纪遒真的是安静的，真的会爱我吗？

她像孩子一样沉沉地睡了，传出一些适度而不经意的轻鼾。这又给我一种纯净与畜性交织的引诱，我控制不住要用最美好的幻想来精心装点她。她光洁精致的皮肤，细腻的神情姿态，真的没有任何一处会指向贫困。如果伪装，那她的技术也太高超了。难道她穷到了极处，穷到了我不能想象的地步？或许她是在别处吸食过了，一层层台阶,拾级而上,上到我这里？现在的她,很可能是别的男人用钱养出来的。养贵,用贱,贵在于养。她是被养出来的,被别的财富养到我面前的。归根结底,她是贱的。

我回转身子,不再看她。现在,只要我获得她屎溺的证据,一切就大白了。表面标致清雅的女孩,她的屎会是什么样子呢？《创世记》上说,人偷吃了智慧果,于是有了耻心,要拿东西挡私处。人除了私处还有公处吗？看来人的初设本是不知耻的。我收回蔓延的思绪,继续对纪逈屎溺的想象。我曾认真听过她小便的声音。凭声音,可以证明纪逈还是个姑娘,流水的声音是集中的,类似一柱泉流逼注水滩,而不是水花散泻嘀嗒在湖面。但是,吃那么多草,她的大便一定是绿色的,是象征着贫穷荒芜的绿色！任你表面如何妆饰,任你是什么女神、仙女,都要拉屎,都是有粕门的。雪白雪白的妹妹,也要拉屎,也会拉稀的。我被这些疑惑困得太深了,我一定要想办法看到她的屎！

我在后村给靳先生租了一栋新盖的小楼。这是一栋装修齐整的三层小楼,主人刚盖好,就举家迁去杭州了。他们宁愿一家人挤在城里四十平的小房间,也不要村里这敞亮宽阔的三层楼。不过,尽管三层楼,厕所却只有一个,在一楼。我趁着没人,在屋后头拾了块大石头,用力就往蹲坑砸。显然这材料确实粗劣,一砸就砸出一个洞。太好了,在换新的蹲坑之前,楼里的厕所不能用了。纪逈只能去外面解决,去离我们不远的那个公厕。我考察过,那个公厕非常简洁,白瓷片底,白瓷片坑,两边是台阶,中间是水槽,每一节都有一个贴着白瓷的矮墙作隔断。最重要的一点,就是它不能自己冲水,解手后粪便都会留在中间的水槽,只能等水箱定时放水才会被集体冲走,好像专门为我察她屎溺而设。

接下来,我便留心关注纪谪如厕的时间。

她又去外面厕所了,算一下,有二十分钟了,一定是大解。太好了,我的机会来了。我的心跳加速,有点激动。每每如此,一件事在期待的过程是最美妙的。实施时会被具体牵引,实施后又被结果影响,不是失望,就是成功,但很快都会过去,随之而来的就是期待消散的空落。我现在对纪谪的大便充满期待,我既希望它们是绿色的,能解我的疑惑,又有点希望它们不是绿的,事情不那么简单……总而言之,这是我命悬一线的关键时分,我必须要得到结论。

她一回来,我就往外走,去到厕所门口踟蹰了一会,用我力所能及的最大限度的余光扫视了周边,确信没有人,没有目光,才放心右转进入女厕。现在人自己家里都有厕所,因此不会有人来公厕的,我大可以放心进行调查。与我之前考察的样子一致,卫生间里有三个蹲位。我一个一个检视,哪个水槽留有屎溺就必是她的。我直奔主题,走上台阶去看,第一个蹲位,空的;中间位置,空的;第三个蹲位,还是空的。白瓷水槽干干净净的,竟然一点残留物都没有!不正常,无法解释,我烦躁极了。如此完美的计划铺排,竟然没有得到收获。我不死心,一定要找到证据,哪怕只是蛛丝马迹也足够我见微知著。我开始把注意力转移到厕纸篓,只要她擦过私处,纸上就一定会有残余。来都来了,我不能没有结论就走。三个坑三个篓,第一个,空的;中间位置,空的;第三个坑,总算有了!我把篓子拿下来,不给自己产生排斥心理的机会,直接就伸手翻腾。我的答案快揭晓了,我马上就要获得她贫穷的证据。厕纸篓里的纸被湿水沾得有些变形,我捏住它们干燥的地方,取出来看。纸包拿出来后,看着有点透红,扯开黏着处,里面是深红的血渍,稠稠浓浓,好像血中还有什么胶体。连续两团纸,都是这血呼呼的鬼东西。这不是纪逦的,她月事的时间,我很清楚。两团纸拿开,是一张卫生带,卷成一捆粘在袋子底侧。我实在想停手了,我的好奇心到尽头了。突然,我进退两难的尴尬情形被打断了,一个戴塑胶手套的大姐用笤帚杆戳我后背,一边用木杆顶着我,一边嘟囔许多我听不明白的方言……我不知道自己怎么想的,情急中其实也没什么想法,确实是慌乱的,就赶快把地上两张摊平的血纸揉紧了又扔回篓子,举起纸篓站了起来。大姐或许以为我要攻击她,将笤帚头翻过来冲着我。我站起来才发现,她挡住了出口。我转身把纸篓摆回原来的位置,大姐也跟着我慢慢移动。我朝她作揖摆手势,希望她理解我不是坏人,让她放我出去。我不明白,她是不是会错意了,竟然扯起嗓子开始吼了:"来人啊,女厕所里抓人来,来人啊!"这下我顾不了那么多了,直接就往出口冲。真是没吃到羊肉,反倒惹一身羊膻。大姐想拦住我,谁知却被我撞了,重心偏移马上就要跌倒。我赶紧抓住机会,一把将她拎起来扶稳,希望以此证明自己是个好人。还好没摔着,否则受伤留下后患,我这事就要昭告天下了!我当即讨好大姐,怕刚才掐她太紧,马上就松手轻揉几下,又为她抚平衣服,冲着她笑。大姐这回像是懂了,不再喊了,只是受了惊吓,还有些喘气。我怕她顾虑,双手在裤子上来回抹擦几次,然后才接近她,拍抚她的脊背安慰她。谁知她忽然就冲过来亲我一下,这下我彻底糊涂了,不得不跑了,立刻推开她冲了出去。我吓着了,回到楼里好久惊魂不定。

我的心绪停顿了,没有公事,没有私事,不敢联想到纪逦。我突然有一种女人的体验,像是我背叛了什么,被什么人占了便宜,对不起她似的。岂有此理!我不是个老实男人,从来就不缺风流,这算怎么回事?我现在不是哑巴吃了黄连,而是能说话地让人吃了,却苦得讲不出话。都怪她,都是她害的!如果不是为了调查她,我不会经历这样莫名其妙的不堪。我不要看见她,干脆就找借口躲她。我跟她说王以实又出事了,我烦,支开她,让她自己外出活动。

我那磨人的儿子,这次倒帮上我了。借他名,我能躲掉我的尴尬和烦闷,换出时间来修复我的心境。纪邁在王以实的事上,一直挺懂事。她总劝我不要太操心,也历来支持我多对他好。说得轻松,她懂什么?不为人父母,不会懂里头躲不开的不堪和无奈。起初我就是不支持生小孩的,周瑾不听我,非要生。我那么忙,哪有时间管?她那么野,又怎么可能带得好呢?这与我原本想的绝不一样。任何一个男人,都不会希望自己的孩子会这样登场,会变成这样。我不是要藏匿自己的孩子,是太害怕了,不想面对。看见他,就等于看见失败的自己,看见不容逆转的命运,我不能想下去……

纪邁出去了,靳先生上楼喊我,像是有严重的事。楼下几个男人在厅里等我,架势很凶。我刚下去,就被围住,有个人拍了我的照片出去了。等他回来,这些人就散开,站成一排。其中领头的,说我欺负了他老婆,要告我强奸未遂,看我打算怎么处理,要不就道歉私了,要不就闹去衙门,让我立时做出抉择。我懂了,这人是那个厕所大姐的老公。我向他赔礼,又与他谈妥和解条件,事情才算暂时完结。侥幸啊,他男人这样来闹一趟,我倒可以放心了。

我还是受不了素食,受不了自己会拉出绿色的大便,就暗暗恢复了饮食。纪邁还那样,吃素食草。我真不能理解这是为什么,不是说蔬菜不好,是她光吃这些叶子菜,怎么会健康呢?她肯定骗我,她绝不可能是上海的。城市里的姑娘会像她这样偏挑,饮食不平衡吗?她像没吃过肉的。不吃奶也有问题,不是吃不了,是吃不起。西食就很难避开奶制品,这说明她从没接触过正统的西方饮食。奶制品是优良的能量来源,有人会拒绝高能量吗?不会拒绝的,只会买不起。按她的叙述,她爸爸是老师,妈妈下岗在家。这样看起来,出身确实有问题。记得常听她说,外婆给她做过什么,很少听见她说爸爸妈妈做饭的事,也许家里根本就不开伙。她家在哪?我给会社打电话,找人把纪遹的资料重新调出来发给我。淮海路,她家住在淮海路。母亲是妇女用品商店下岗的售货员,父亲是老师。她会住在淮海路?那里是法租界,上海老克拉的地方,她家会在那里吗?她真的很可疑。不管我有没有得到她绿色大便的证据,她都跑不了了。我联系一个熟人,让他帮忙给我查纪遹的相关背景。

一天晚饭时,我忍不住又说她:"你吃那么素,身体怎么会好呢?"
"肉不好吃,我不想吃。"
"不是不想吃,你是没吃过,一开始吃不惯而已。"
"你不懂的,我都吃过,就是不爱吃。"
我无言以对,只好打住话头。
第二天,靳先生弄来了石鸡,事情有了转机。
"这是什么?"纪遹问。
"这是石鸡,很好的东西。现在也有养殖的,不灵。我这是老法师在山上抓来的,野生的。一般还真吃不到。"靳先生来劲了。
"难怪呢,看着就好,我尝尝看。"我和靳先生都惊讶她的反常,她说,"味道真不一样,比田鸡强多了,赵师傅炒得好!靳先生真厉害,可以整来这么好的东西。"
靳先生见有人夸他,就得意,自己顾不上吃,反倒让纪遹多尝:"好吃你就多吃点!这东西对身体很好的,山里老人说,吃一只石鸡,添一岁寿命,就是太难抓了。"

这可不对,她平常这不吃那不吃,怎么石鸡这种冷僻的山货又吃了?牛羊肉不吃,猪肉吃得少,内脏不消说,连鸡鸭鱼和海鲜都只在限定条件下才吃,怎么这会儿石鸡又吃了呢?会不会是她发现了我的观察,故意混淆我的判断,想隐藏什么?她不会这么聪明吧?

我平素夸靳先生,他一般没什么反应,纪遹夸两句,他倒来兴致了,问她还想吃什么。纪遹说要吃蛇。赵师傅告诉我们,龙门山里蛇虽然多,但江南人不懂处理不会做。纪遹就说要吃野兔。大约就是隔天中午,靳尚义真搞来了野兔。我是吃过兔肉的,但后村那盘红烧兔肉,真的比以往我吃过的都要好吃。赵师傅说纪遹懂吃,富春江这片就爱焖野兔,是这里的内行才懂烧的好菜。纪遹也一直称赞靳先生和赵师傅,她只要高兴,嘴就非常甜,很懂夸人。男士都有一个通病,最经不起女人夸。

接下来几天没那些名堂了,靳先生的价值感一下就落空了,他很沮丧,又变着花样讨好纪遹。纪遹这回说要吃甲鱼。这个提议好,我也很爱吃甲鱼。星洲几家很讲究的老字号酒楼,都是以甲鱼烧得好而著称。靳先生又有事做了,没多久就弄来一只甲鱼,专门让赵师傅以猪五花做汤底,煨炖了一锅甲鱼清汤。我也很期待,哪怕是治了别人的福气,反正吃到就好。纪遹盛一碗汤,尝了一小口,没再吃了。我不管她,尽情享用。难道她是专门为我点的?我告诉过她我爱吃甲鱼吗?我想不起来了。在饮食方面我和她的交流大概是不多的。野兔她吃得很好,甲鱼尝了一下就不吃了,败露了,我看她这次是真败露了!一个食草族非要装肉食者,戏唱不下去了。靳先生看她没怎么吃,觉得自己不受肯定,就开始劝,纪遹象征性地意思一下,没下文了。她发觉靳先生不太高兴,就说:"靳先生,这甲鱼不是野生的。"

靳先生叫来赵师傅责问,赵师傅先是敷衍几句,然后就说:"的确不是野生的。那边找不到野生的,你们又要得急,就从养殖场弄来一只,也不坏的,是生态放养的,你们放心吃,绝对干净的,没喂过激素的。"他全盘老实交代了。

纪谪有那么厉害,尝口汤就吃出甲鱼不是野生的?我摸不透了,她开始出现我不能解读的征兆。靳先生也变了,开始佩服纪谪,他想不到纪谪嘴那么刁,跟我示意这女人必然来头不小。我没觉得这甲鱼汤有什么不对头的,只是等他们揭晓后,才觉得有点不对头,又说不上来是哪里不对头。她那么敏锐,感官那么精微吗?那就太可怕了,我还没遇到过这么可怕的女人。

我的低欲人群调查并不顺利,反而让我的疑虑和不解越来越多。产生低欲望的原因,没有按我梳理的线索呈现出来。这时,我得到熟人的复信,他又带来一个动摇我逻辑的消息,原来纪谪对她的家庭几乎没有掩盖,唯一存在隐瞒的,反而是她有意讳饰了自己的优越。她出身书香门第,爷爷先后就读于圣约翰、金陵神学院,毕业了又到耶鲁神学院进修,是国际著名的圣经旧约研究学者。据说他爷爷从美国回来后不久,就到澳洲的慕尔神学院任教,再没回来过。纪谪爸爸也很厉害,复旦法学高材生,毕业后先留校任教,后来被调到华东政法学院,是法学教授。这种家境培养的后代,是她这样的吗?父系都是知名学者,是社会精英人群,怎么她一点没有那种派头,那种知识分子的骄傲呢?我现在愈加摸不准她的饮食特征到底指向了什么,她整个人也越来越是一团迷雾了。

也许投身于欲望,人可以回归简单。她吃得高兴了,就会主动找我玩。我为了调查,把回程的日子一拖再拖,但调查始终得不到结论,让我特别恼火,对那事反而没什么兴致。我拧紧面孔,闭上眼睛,皱着眉头不看她。她不着急,耐心摊开我眉间,抚平褶皱。她一松手,我又皱;我一皱,她又伸手来撑开。她哄我劝我,给我捏捏这里,揉揉那里,拍我,吻我,我就是不顺她好,就是闹。

"你平时这不吃那不吃的,石鸡怎么又吃了?我劝你吃什么你都不吃,靳尚义让你吃你就吃了。"我把困惑藏在男人的嫉妒里。

"你真傻,我是哄他。我最爱吃石鸡了,但我知道这东西很难吃到。我看他们炒了一锅石鸡,就演成第一次吃的样子,多夸他们,这样才能多多地吃到。"真的吗?她这么滑头?

"原来你是个刁嘴妹妹!你不好,不乖,你一直骗我!"

"不要生气了,是我不好。我吃东西太烦了,我是不想麻烦到别人。"

"你怎么就知道别人会烦呢?也许是你小看了别人。你说说看,我倒想听听你到底有多烦。"我还是扭来扭去的,闹情绪,就要折磨她,累她,让她一直哄我,怎么哄我也不做她的宝宝。

"其实我不是不吃肉,是他们都做得不对,我不要吃。"她用双手捧住我的头,用她的额头来贴我的额头,然后顺着抚摸我,从头顶到后脑,又滑到耳朵、耳后,"我家里外婆最会做,妈妈也还可以,但比起外婆要差得远。我外婆从小就告诉我肉要怎样解腥,鸡要吃什么位置,哪些菜要红烧,哪些菜又要清炖,什么天气吃什么菜,身体不舒服了吃什么补养,都是有规矩的,不好瞎来。"

"那你现在怎么光吃青菜?"趁这时候,我的手伸到她大腿,狠狠挠她。

"我说了,是做得不好,不到位。你吃过对的,就一点也忍受不了不对的味道了。现在的人都不会做肉,反正青菜简单,基本做不坏,我就是图个干净，宁愿不吃也受不了不对的味道。"

我用手掐她的腿跟，报复她，说："你这话，好像我们都不会吃一样！"

"你们新加坡的确不灵，菜都偏甜，油脂也高，既不清爽，还不入味。"她伸手过来抓住我乱捏的手，打我手背。我当即就把眉头皱得紧紧的，更有闹情绪的理由了，顺势就转过身，索性背对着她。"好好，不生气不生气，你们新加坡的东西最好吃！你是最好的宝宝，好吗？谁都没有你好。"

我心里还是不舒服，但是身体不受控制，突然想要舒畅，要发泄。或许她有愧于我，正是我扭转战局，彻底实现欲望胜利的好时机。管她低不低欲，我坚守生气的预设，突然就起身将她按倒，压在身下。她别过脸，并不睬我。我寻着她上下里外一通出气，她没有挣脱，但不给任何反应。我不管她，持续进攻。她对我的进犯不作回应，我的攻击越来越显得无聊。游戏是需要配合的，不然怎么玩下去？我不行了，我累了，不管了，按她的规则走也行。我重新躺下，用她喜欢的声音哀求她可怜可怜我。只要我老实下来，她就积极了。她抱住我，轻轻拍我，开始哄我。我让她调整好位置，把她的脚拉过来玩。她一处一处轻柔地吻我胸口、脖子、肩膀和手指。我把她的手引到腿间，诱她指尖跃驻。我似乎变得习惯没有实质的亲爱了，也好像在新规则中体会到妙处。她的笑太好看了，我醉倒了。我真希望全世界都知道我能得到这么美好的笑，又不希望这么美好的笑被任何一个别人看去！为什么？为什么我不能把她贴在我身上，融进我身体？我怎样才能跟她近一点，再近一点，怎样才能让她彻底变成我的，只能是我的。我们两个那么好，为什么不能变成一个人？我开始胡乱喊妈妈，奶奶，妹妹，我分不清她是谁，不知道自己在哪里，要做什么，我又走丢了……

　　坐进浴池,纪遹给我冲凉。她就喜欢干这些,给我理眉毛、胡子,为我擦身体、洗脸。她喜欢我做她小孩,好像是玩不腻的。我也有点被惯坏的意思,自己不收拾自己了,就等她来料理。她把我带偏了,我陷进她的圈套了,我不能深想,也不想面对。等到冲完,弄好,陪她睡下,她睡着了,我才独自起床,去搜获更多关于低欲人群的调查资料。

　　我需要帮助,要寻找那些发达国家对低欲人群问题的研究和对策。越深入探寻,结论越使我瞠目结舌。那些发达国家最新的统计数据表明,低欲人群的覆盖面和人数在近十年间不断攀升,尤其近五年,覆盖面和人群增速达到双向高峰。专家和学者们不得不发出警告和预示,接下来,低欲人群将逐渐取代社会主体人群的位置,成为未来社会的主体构成。也就是说,低欲才是正常的表现。上世纪后半段以来的性解放运动,已大面积地、较成功地取得了"性脱离生育目的"的胜利。发达强国的性自由度和性行为频次呈极速的几何指数上升,又转为平稳有节奏的下降,再突变至近些年成倍地巨跌。当然,这些趋势仅限于已走进后城市文明的发达先进社会。迅猛更迭前进的科技,使传统经济模式不断受到冲击和推进,谁在突变的风浪中保持清晰思考,判出未来的风向,谁就可能走到风口浪尖,在进步中活下来。经济增速,科技增速,人的生活方式在近十年间发生了之前一百年甚至几百年也不可能获得的巨大突变。便捷而高效的生活,产生了当下欲望需求的平复。富足了,就低欲了。那么,是对生活和世界的满足感,带来了低欲吗?北欧有学者提出,欲望产生动力的时代要终结了。欲望的高需求,是文明与科技发展未获得餍足的时代过渡性的产物,无法填满的虚空时间、被放大的饥饿感,都是导致不正常欲望需求的历史动因。我是被那些动因影响过,要被历史牺牲成为过渡的那些人中的一员吗?她叫我"王叔"原来不是贵族的称谓,而是要指向我老了,不行了,要被时代抛弃了!欲望产生需求,社会是由欲望决定的。难道欲望真的要退场,有什么新的优于欲望的东西要出现吗?人怎么会丧失欲望呢?

对低欲人群进一步的调查,让我确认了纪遹的正常和健康。她是健康而前卫的代表,我是错的。我真的错了吗?低欲人群才是前沿社会的普遍存在吗?我只能相信,是我慢了,是我忽视了。

我对纪遹的低欲调查可以结束了,我明天就带她回去。她的一切反应和表现,与进步社会那些前沿青年是一致的——食草族,无志向,低欲望。前沿的性学专家指出,低欲人群,是相较于曾经贫乏单一的性体验的一种说法,实际上,所谓的低欲人群,不仅没带来性的萎缩,反而带来了更深层次的、对性更宽泛的探索。她说,她喜欢我在她怀中孩童般的笑声。原来,我孩童般的笑声就是她达到性欢愉的戏台,她以将我化育成小孩,得到我幼年的笑声而凌空飞腾。她太了不起了,她原来一直都那么舒服!这是进步的,富足而丰裕的表现。而我畜牲一样的、慌乱的、频繁的性需要,才是贫乏的性理解之产物。发达国家的标准就是低欲望,我的欲望太发达,反而是落后的表现。我该放下我的欲望了,不能再任其蔓延,将我拖拽到野蛮退步的境地。我再也不要冲刺夺冠,再也不要寻求像山坡上的野狗一样尽情求欢的刺激了。都过去了!不过,我好像也不那么糟糕,也能在新的亲密模式中体会到滋味。那就好,我没有被时间抛弃。纪遹是我的天使,是领我上升的女神。她果然是名门后代,身上有不凡的血脉。我真的懂她了,能够爱她了。

我往床那边看,却看不见她。我现在真想好好地看她,看个够,可惜她被衾毯覆盖着，一点也看不出身体的形姿，只能揣度出大致的线条、片段的骨骼。没关系，我现在不急了，她是我的，我还有很多时间慢慢看。

刚刚夜里八点，冷僻的后村静得发慌。在进行云居社项目以前，多少个夜晚，我就是这样，在桌前研究那些发达国家的反城市化先进经验。好像我总是离不开夜晚，离不开浓雾，离不开困惑。人啊，欲望为本。需要，证明活着。一路摸爬滚打，从南洋遁逸中国，从欲望的蓬勃四溢到现在的平静低欲。我经历得太多了，一个人怎么能经历那么多呢？那么多思想，那么多进步、退步，又仍然寻求进步。我的内心为什么始终无法着落，没有纪迺那种天然的满足？除了不够低欲，我还有什么缺失，还有什么不足呢？我要向她学习，我要爱她爱她更爱她。一切都是因为我成长的地方太弱了，我成长的地方太小了。

"你在干什么？"她醒了，坐起来，站到我身后说。
"我在做一个调查。"
"做什么调查？"
"低欲人群调查。"
"这有什么意思呢？"
"发达国家已经进入了低欲社会……"

第二章｜伤痕

一

摩卡莫附近出事了。

二楼活动室传来声音。我拿着物理书，要去物理实验室。楼上的音乐室，校乐团一直在演练《罗摩衍那》，喇叭里正在广播天文预告，雨季快到了，我不知道自己是如何在闷热嘈杂中听见这些的。

"丁莱益失踪了，没有他的消息了。"

"上星期还有人在槟城见过他，怎么忽然消失了？"

"看来官府已经知道我们要联合声援了，丁莱益很可能被捕了。"

"怡保学院那边的小组，已经在商量去雪兰莪俱乐部广场示威的事了，我们也得想办法加入进去。"

《大专法令》颁布以来，学生们的抗议热情没有减退。随着热带雨林地区的温度上升，青年们的激愤也持续高亢。新的抗议小组层出不穷，各学院都在组织学生运动。来自于青年的天然的斗争意识，使所有学子都不能对官府厚颜无耻的专权压迫视若无睹。他们要组织游行了，难道游行的队伍中没有我吗？怎么可以没有我呢？我绕开所有杂音,直往活动室走去,那边窗帘拉得很严。

"我们不要等动静了,这次轮到新倾向小组来带领运动了。"我不合时宜地敲门,打断了热烈的讨论。

新倾向啊!我完全没想到,新倾向小组就在我们学校!这是我已经关注很久的一个重要组织。此前,我还为小组刊物投过稿,这个隐秘的抗议小组竟然近在咫尺。

敲门后,里面没声音了,走廊又被广播和音乐室的声音弥漫,又变得跟往常一样无趣。我凑近门边,对活动室送话:"同学,我要加入新倾向。"里面没有任何反应。我不会死心的,又说一遍,"同学,我要加入新倾向。"里头还是没动静。我干脆不管了,大声在走廊里喊,"新倾向的同志者,跟我一起去摩卡莫吧!"

门开了。

二

雨季的第一场雨终于来了,漫长的雨季要开始了。

"摩卡莫那边,我们只赢得部分胜利,这次他们对华玲的恶意压迫,是再一次考验我们抗议行动的时候了。"

"雪兰莪俱乐部广场被封了,明天我们去哪里?"

"明天去高等法院,槟城和柔佛那边的小组跟我们联络过了。我们集中到高等法院,还有一批人会到巴生车站。"

"对,等当局的人布防分散,再去占领雪兰莪俱乐部广场。"

推开窗,街上乱哄哄的,有我们的人装扮的殡仪队,手捧着总裁的遗像,抬着棺材列队穿过。这是我设计的示威活动的一部分,现在是示威初期,还有很多手段留在后头。

"人民意志党的那个丁莱益被杀了。他是力主改革,反对官府专横的。"

"这就是当局专门做给青年看的,他是青年的领袖。好像他去年就被关起来了,一直在遭受折磨。"

"他要为我们减税减租,降物价,现在他死了,没有人为我们说话了。"

卖榴梿的大姐推着她的板车,与身边推着一车子西瓜的大姐说话。

我让马克追过去,把榴梿和西瓜都买下来,阿姨们因为游行,生意都做不成了。马克拖着榴梿和西瓜回来,钱却一分没用出去。阿姨们看出他是示威学生,便不肯收钱,还用自己拉车的麻绳把榴梿都扎好,让马克带回来分给学生们吃。

已经游行两天了。昨天的大雨,丝毫没有撼动我们抗议的决心。去年加入新倾向后,我已成为三个进步组织的核心人物。由于市面萧条,生活必需用具变成奢侈物,树胶价格持续下跌,人们正面对着流离失所和饥饿的双重苦难。饿死不如战死,我坚决要与他们斗争到底!城里现在两极分化严重,人群集中的地方人就很多,赶都赶不走;没有人的地方就静得可怕,家家户户门窗紧闭。要知道,在马岛的雨季不开门窗,是极难受的。这就是说,苦厄猛于虎,甚至猛于大雨!

我让马克和帕斯利带一些人去各个游行点考察情况,我留在学校与其余的组员开会。现在,父亲给我的这辆摩托车,是我们事业的功臣，来往传消息，分派传单，都靠它了。每回启程，我都会重新将金属部分刷成另外的颜色，尽量分散对方注意力，让他们错以为我们有一整个机车队。毕竟机车太显眼了，我必须要开得很快，让人来不及看清我的样子。交通已经阻断了，我们与华玲那边失去了联系，所以我们就直接在吉隆坡行动。我相信，马岛即将迎来真正的新生！

夜里，帕斯利带着人到各处传播信息。我们的人数增多了，我们的成员组织了自行车队，分三组，每组各两人负责运糯米胶、两人运横幅。在街上钉钉锤锤的，响动太大，容易引起注意，米胶虽然成型速度慢，但胜在无声还稳固，可以黏大面积的标语。"反对……""反对……""反对……"各种口号不胜枚举，埋伏好的横幅也将随着晨光在各处浮现。按照计划，我们在几个不同的预设点聚集。除了自发加入的人，各大阵营都提前安排好了相应服装，以便于在现场分辨。

在衙门口，马克带着几个组员演出我们排好的戏。我们把各种无能、暴力、贪婪，用戏剧的方式一一呈现，在现场引起了强烈的反响。演出人员从前区到中区，又到后区及东西各区来回巡演，每到一处都群情激昂，反响热烈。我为游行创作了诗歌，找校乐团的同学帮忙，自己又谱了曲，每隔三十分钟，就带领大家唱一遍。空中的阴云压得很低，却似乎是保护我们的祥云，始终停留在头顶，不跟着气流远去。

人越来越多，声音越来越多，水汽越来越多。

帕斯利推我到人群中，让我踩在一把椅子上，跟大家讲话。汗水，泪水，雨水，跟着我的演说共同倾覆。我们觉醒了，不再沉睡！今年的雨季，旧时光将过去，新生力量的甘露正在降临！马克又领着大家唱我作的歌，我们唱了一遍又一遍：

海面不再平静,
海浪不再安宁,
美好已经远去,
青年们要学会靠自己!

胜利不是过去,
抗争是天生的勇气,
自由引导人民,
斗争换来明天的美丽!

团结起来,走在一起,
不要去做梦求什么奇迹;
相信未来,战斗到底,
没有什么能把我们分离!

我们不相信暴力,
不认同财富可以动摇人心;
我们相信自己,
没有什么能阻挡自由前进!

让荒野重新获得生命,
让光明再一次呼喊光明,
斗争到底,
胜利、胜利!

这是 1974 年。

我出生在新加坡,这年我在马来西亚读大学,我父亲六年前带着全家迁徙到吉隆坡做生意。

三

大家的信心是坚定的,生活已经出离常规。为了隐蔽,我把会议场所换到我们王姓家族在巴生北港的一个仓库间。曾经在讲席授课的老师,现在也加入进来了。我随即就做出判断,去码头!

行动已在标志性区域收获到大面积的胜利,接下来,就往所有交通要点行动,分散他们,疲扰他们,用数量优势消解管限。

"只要我们的点够多,他们防务的地方就多,他们集中的力量就小,分摊到每个区域的人就更少,行动将获得更大的空间。"

"对!最好让那些衙役也加入我们!"我还没有讲完,烈克叻老师就激动地说。

"他们快撑不住了,赶紧道歉妥协算了!"一个声音忽然冒出。

"不要掉以轻心,各位,事情没有那么简单。"帕斯利说。他的父亲就是现任内阁新闻通讯部长,他对他们是有了解的。

"不管发生什么,我们都不要害怕。胜利不远了。他们还不主动让步,是极不明智的。"马克说。

"磁带翻录好没有?"我问马克。

上星期,我们完成了一盘磁带的录音工作。磁带里收录有我们的讲话、宣言、歌曲和诗作。一盘磁带分 A、B 两面,每一面有大约 55 分钟的内容,也就是说,我们录制了 110 分钟的宣讲广播。除了我们自己创作的歌曲,里面还有用卡盒机播放转录的发达国家的音乐。

当时为我们录音的尼卜桑桑,也被我们鼓舞得热血沸腾。

"磁带全部出来要等到明天下午,但卡带播放机已经都到位了。这个计划太好了,又会引起爆炸的!"马克回答道。

所有行动的道具、设备,类似这些卡带播放机、磁带和制作成本,都需要花钱,而来自家族生意的资金,支持了这次抗争。

"行,明天下午检查磁带是否播送正常,晚上再开会确定播放机的放置地点。"我说。

"千万要考虑到,播放机是需要电源的。"烈克叻老师插话了。

"这个好解决,校舍、民居,只要不断电,我们尽可以放声。"有人说。

"如果他们断电,就表示他们害怕我们。"又有人说。

"明天起,殡仪表演队、歌队、戏剧队再各加两组,巡演要覆盖每个角落。"我相信,请愿的热度只会上升,不会跌落的!

就这样,抗议活动在12月9日全线点燃,阵线的战略成功了!所有巴士站、港口、政务机构周围,全被我们布下的阵线会员占领塞满。浪潮涌动了!航船启航了!所有埠头的卸运全面停滞,我们甚至阻拦了部分外国船只靠岸。到我们收回一切的时刻了,当局在狂欢式的游行中受挫了!

"此刻,让我们为仍躺在玛丽安医院的同志者呼喊,他们是英勇的斗士!"

"此刻,让我们向旧时代致哀,为我们将要迎来的光明而歌!"

"此刻,让我们为胜利,为青春,为明天,为我们每一个个人呼喊!"

在短暂的晴阳时分,在阴云下,在雨中,在风里,万千民众,万千同志者在激昂的声腔里啸聚。情势紧张起来,双方剑拔弩张。我对大家喊道:"不要怕,我们在一起!在世界的另外角落,有很多优秀的人也在为我们战斗。我们不是孤独的!如果死,我们也要做一个自由的死人……"

9号盛大的行动后,官府加强了管限。

"雪兰莪俱乐部广场出事了!"
"有人倒了,有人受伤了,快散吧!"

我和马克在俱乐部附近楼区的过道等着,确准安全了,才走出来。

我闻到了肉体的味道。分解的肉体、浆液、内脏,这时候还有什么好奇心呢?我多想把一切都看成假的!再没有曾经解剖课时的狂傲了,还嫌老师只给我们看浸过福尔马林的标本吗?我要避开所有死者的眼睛,太多注视了,那些未合的双眼,求求你们不要看了,不是我干的,不是我干的!

马克从那边冲过来,喊道:"快走,有车来了!"

我赶快从人堆里跑出,一路猛奔,回到巴生北港的仓库。有一些阵线的同学在库房里,我和马克回到仓库间坐下,没急着处理身上的血渍,面面相觑,无声静默了很长时间。

有人一直在问:"找到帕斯利了吗?"

是啊,帕斯利呢?

我一夜没有闭眼,天一亮,就出发去俱乐部。听马克说,有学生在那里聚集,等我到达时,却一个人也没有。

一股刺鼻的焦味传来,在烂榴梿和烂鱼干混杂的味道里,焦腥竟然那么好闻!越往前,味道越浓。啊!那是橡胶融化的味道,或者就是烤肉的诱人香味。我感觉到饥饿,每天中午最后一节课时的饥饿,正要奔向饭堂,饭堂里飘来烤肉的香味,拆骨肉,乳猪,夹杂肥肪的肩胛肉,淋着柠檬汁,有印度的香料和辣椒粉,是的,还有咖喱,如果有一盎司苏格兰威士忌就更好了……

一只烧焦的紧握的拳头落在旁边。是人,人被烧焦了!我着了魔一样被这味道吸引了,我是不是疯了,变态了,精神不正常了?

不远处有一只汽油罐,一些炭末在地上,在这里,闻不到血腥了,全是黑的,地是黑的,骨头是黑的,柱子连接地的部分是黑的,墙是黑的,我也黑了。烧焦的躯骸并不完整,有的地方显露,有的地方只有焦骨。大腿居然还在,脚上的鞋也能看出端倪,另一只手呢?头呢?现在更像是浓重的芭蕉水混合腐烂的扶桑花蕊的味道。这根烧焦的长链太眼熟了!阿兰吗?她的头呢?没有头发了,脸呢?眼睛呢?总算看见了,我为什么要看见呢!就是她,陈兰,所斐亚,阿兰。她的脸模糊了,她的身体枯焦了,只有脚、大腿根、肩膀和一条断了的胳膊还存有形状,其余的部分都烧毁了。我看见她的肋条了,她肩上的肩带我认得,她一定穿着那条米黄的裙子,真的是她!有长裙、有链子、有那张似是而非的面孔,是她。她脱下衣服了,她让我见到底了。那根烧焦的长链是我送给她的,全钢的,不会有第二个人拥有。这是父亲高价从外国商人那里买来给我的,是我悄悄隐藏的暗恋信物!上个星期,那张脸还亲过我,她的嘴碰过我的嘴唇,她的身体和我的身体拥抱。就是这条裙子,和我拥抱的女孩就穿着它。陈兰是陈献的妹妹,陈献是新倾向阵线怡保校区的代表。我们开会时,她总是来给大家送椰子水,雪糕,棒冰和拉茶。我最喜欢她的眼睛,因为羞涩总是泪盈盈的。她的额头有汗珠,我逗她,她笑了,她对我笑过。为什么是她?她怎么在这里?一个人躺在这里?她周围除了黑灰,油罐,一个人也没有,一个死人也没有。不,现在有了,一个活人来看她了。一个本来谁都想接近的女孩,陈兰,现在没人会靠近了。另一只手呢?她现在还少一条胳膊。我好像看见了,肱骨和桡骨烤焦了被压在油罐底下……真傻啊,前几天我们还成立联盟,为与官府协商的提案争得面红耳赤。现在呢?对了,阿兰那天也来了,送来了炒面和芒果糕,只出现一会儿就走了。那是我最后一次看见完整的她,健康正常,还活着的她。她现在倒下了,她哥哥呢?我忽然不行了,想吐了,从昨晚到现在明明没吃过东西,有什么可吐的呢?我是来参加绝食的,我……我快速偏头,但还是有东西从我口里出来,溅到了陈兰的肋骨上。我该下手吗?为她擦一擦?她留下什么话了吗?她最后一刻在想什么?

　　陈兰,是谁把你杀了,烧死了?为什么,你要穿这条裙子来?这是你和我拥抱,亲吻,偷偷传情的记号。你走了吗?带着榴梿棒冰,雪糕和拉茶一起走了。你为什么总是忘记敲门,暗号都教过你多少次了!钱还没还给你,你怎么就能走呢?你不能让我一直欠着你啊!你哥哥呢?爸爸妈妈呢?你不管了吗?我呢?现在,我该拿你怎么办?我可以把你裹起来吗?我可以再抱抱你吗?为什么这个时候是我弄脏了你?原本我在等啊,等请愿之后约你出去,约你跳舞,约你喝酒。你说你没喝过酒,你想喝的。我悄悄刻在长链接口的小字母你发现了吗?心痛吗?我好难过,难受死了,止不住地又反胃要吐。

灯光亮了,机器架好了,剧组成员全部准备就绪。导演朝我看一眼,我点点头,他喊开拍。镜头推近。机械手,机车轨,都架在远处,一个录影师手持一台宝莱克斯16毫米摄影机在我正前方。

"收!下一组镜头。"导演说。

剧务开始更换场景和灯光。我的位置还是同样的,不用动。拍近景特写的录影师,开始跟导演讨论一种叫布朗稳定器的新型录影机稳定器。这种稳定器可以让录影师和相机分开,同时还能提高相机的平衡性,减少振动和摇晃。

"要补妆吗?我出汗了。"我问导演。

化妆师过来检查我的妆饰,导演继续和录影师讲话。某一位副导演走过来让我待在位子上不要动,他来配合我对台本。他带着我把接下来要拍的场景全都过了一遍,办公室、咖啡店、桑拿间。

"我们了解你的情况。"有声音在反复强调。

外面在下雨,但拍摄片场阻隔了外部。摄制间是人工打造的独立世界,场内现在是透亮的阳光明媚的中午。特写录影师用手转动浮客思追视器,他是个左撇子。每次大雨,城里总有部分要遭殃,我真希望这回轮上我们摄制组的机器被淋坏!摄制组有五组机位,两组远景大环境,一组中景,两组特写。特写分为一组主要特写和一组备用特写。场务一直在跟副导演褒奖我有多么专业,台词记得快,情绪反应到位,机点机位移动时间点配合特别好。表演这件事,是有机妙的。作为一个演员,需要具备极不要脸皮的心理基础,这是起步。有基础后,就要启动练习一心多用,同时关注很多问题。演员需要的,是让观众信以为真,而不是把自己感动得要命。掌控他人情绪是很难的,每一个姿态眼神,都要经过精密设计。包括语音、语调、声色,每个部分不仅要有表现力,还需要控制。不是有理性又不要脸皮的人,就不要干这事了。凭感觉和生理反应演戏的,都走不远。

怎么还不喊停?导演入戏了?看进去了?他在监视器前驻足,静止了。人,真的又可笑又贱,明明知道是假的,却要投入真情去看,然后泗涕横流。

有个场务围过来问我:"你这么年轻,就干得这么好,谁是你老师?"

"我是自学的,没人教。"我答。

"你的推荐人也很厉害。你们是一起研究表演的吗?"

"推荐人?我不知道你说的是谁。"

"雷德富你知道吧?行里人都叫他马克,你应该和他很熟呀。"

灯光切了一下,为了片场表演情绪更好,剧务人员开始用卡录机放背景音乐。曲子都是我喜欢和熟悉的,我瞬间就轻松下来。噢,这是一个叫新倾向的乐队录制的作品,听着倒更像一出广播剧,里头有说有唱有对话,背景中还有一些品味不俗的外国歌曲。导演感觉气氛不错,也对这盘收音带感兴趣了,问旁边这是谁弄来的。收音师说是他徒弟,一个叫尼布桑桑的年轻人。导演找人去要尼布桑桑的联系方式,想要找他合作接下来的拍摄计划。

"收!"

这一组镜头完结了,我绷紧的神经终于可以放下了。其实我又饿又渴,被大灯晃得视线模糊。

演员不是人干的,是很苦的行当。

演对手戏就麻烦多了。不仅要考虑自己,还要协同与你搭戏的一方。他们弄来了一个新人,这个新人不太懂规矩,总是出错。现在我不渴了，反而快被水胀死了。转场以来，已经连续喝了 40 升水了。摄制组为了节约开支，咖啡杯里装的都是深色茶水，作为一个专业的演员我必须在演戏的时候真的喝下去。场务冲上来给了新来的人一记巴掌，我看见他左边的上牙从右耳飞出来了。这个场务也是个左撇子。

"不对了，强尼，你现在不太好，跟新来的不融合，太拘谨了。这组镜头需要的是放松，你要扔掉原先的那套。"导演对我说。

可他越要我放松，我却越紧绷，更加不自在，更加尴尬。夸过我的那个场务也过来了，一脚就往新来的胸口踹去。这是帮我呢，还是害我呢？我受不了他们欺负新人的恶劣作风。为了新来的，我要想办法突破，把这个场景加紧圆过去。

人的记忆力、逻辑思维，在没有饮食、不能睡眠的情况下是不能良好运转的。问审室非常憋屈，这个问审官太敬业了，陪我一直耗着，难道他不累吗？不需要睡觉吗？我困得不行，累得不行了。

"你是个聪明孩子。我认为，你是精力太旺盛，没有地方用，所以才弄出这么多名堂耍要风头，是吗？"问审官开始用这些软话来诱引我。我不会当真的，反而更加警惕。

"这个人你认识吗？"他们拿来一个箱子放到我面前，摆得离我很近。问审官递个眼色，他们就打开盖子。浓郁的橡胶味道扑鼻而来，不用看，这气味一下子就让我联系到阿兰的骨骸和面孔模糊的头颅。我止不住地咳嗽，讲不出话了，又要呕吐。因为没有进食，吐出的都是胆汁和胃液，我的食道都被强酸灼伤了。难道他们把陈兰的枯骨存留了吗？怎么还没腐化呢？

"你该学学你爸爸。他是个好父亲，好榜样。"我坚持不作任何回答,不能再入他的套了。

"王逸凡,你想过吗,你们家渔业生意为什么做得那么好?国家港口那么多,做渔业的也不少,为什么就你们家可以成为大户?这其中有什么奥妙,你从没想过吗?"沉默,沉默是最好的回答。

"你父亲对你做的这些事什么态度?他支持你吗?"

"我父亲不知道我的事,我从来不跟他讲。"

"你应该告诉他,这样你就会得到像样的指导。知道吗?以前你爸爸进来,也是我审的。"

我被击中了,凝固了。

"他当时也是脑子发昏,爱出风头,刚到马岛,就与那些政客混在一起,还辅助他们做小动作,运送管制物品,事情就有点大了。"

我不相信他。

"但是,他的表现比你好。"

问审官停了很长时间,一直盯着我看,然后喝一口水,接着说:"他没有抵抗,很快就认错把事情交代了。最重要的,是他帮助我们找到了主要案犯,立功了。所以,他后来做渔业的申报才会核准得那么快那么顺利。你懂吗?"

我父亲会干这种事?他是背叛者?我不会相信的,我不能。

"我们早就想到你不会接受这个现实的,没关系,我们有的是证明。你们家在巴生港、槟城港都有仓库吧?这都是国家提供给你父亲的。勒力委员长认识吗?经常去你家吧?他可不是洋运署的官员,他是我们的情报会长。每隔一段时间,他都会与我们沟通的。"勒力叔叔,父亲的朋友,我很早就认识的。

"我给你先念一段听听。"问审官开始念我父亲的陈述,然后又给我看父亲当时写的悔罪书。我仍然不信,这些都是可以造假的。接着,令我真正迷失的事情发生了,他们播放了几段勒力叔叔和我父亲谈话的录音带。有一次,大约半年前,他们正交谈时,我敲门进父亲房间,打断了他们的谈话,我说话的声音也在录音带里!

四

事情过去四十年了。

我似乎一直伤痛未愈。检查,复查,之后的生活中从未间断。现在我一个人,去城区医院复查。

来来回回,从北中国,到南中国,医生都差不多,病也还是这样,用了这般手段那样疗法,吃了这种药物那类丸剂,几乎没有多少变化。罗丹对既是学生又是情人的珂采曳说:"我与你不一样,你太迷恋痛苦。"人不要迷恋痛苦。如果迷恋,那是你对痛苦尝得还不够,灾难没有临到你身上而已。但等痛苦真的来了,根本没有直面的能力。

过去了,一切都过去了。医生依旧没有给出新的诊疗计划,我又回到云居社。

我是独子。我出生时,父亲已经三十多岁,母亲刚二十,比她丈夫小十几岁。我妈妈稚气,很少在家里,总是喜欢去外头旅游、买货。她最嗜买鞋,仅仅凉鞋就有二百多双。父亲很少出门,除了管理会社,就是在家。他热衷炊食烹调,常常弄些内陆土产,这一方面是随着祖籍无锡的祖父的习惯,另一方面是因为家里搞渔业,对海产品心生厌烦。

马克出来了,他在里面表现很好。

马克读书好,知识多,在监牢里的时候成了监牢教务部的带职犯人。监牢的狱卒很喜欢他,他得到了减刑。在半山芭监狱服刑的时候,有老狱卒告诉他,说罪犯在这里都是暂居,而他们才是真正的无期徒刑,一辈子都困在里面。于是,他便安心起来,决意把接下来的日子都交给牢房。

纪遹呢?她又跑哪去了?我找来书记,让她联系纪遹,要她立刻出现在我面前。

她知道我的往事,部分地知道。

父亲为我做得太多了。为了他好,我不会回去的。我也不能回去,再给他添加麻烦。

书记进来,说纪遹请假回上海了,说是之前跟我说过的。原来是我忘记了,是的,她讲过的,要回上海。我无聊了,停滞了,没有东西能填塞了。每次从医院回来,我都会无比难受,好久不能平复。那些鬼魂都在追我!

有那么容易忘记吗?还有人闲得要迷恋痛苦?痛苦是不值得迷恋的,它会追踪你、缠扰你一辈子。我父亲联络了很多关系,给行刑署交了巨大数目的保金,才让我免了皮肉之罚。为了让我获得去中国的合理借口,他在我被释放后,买通一户穷人家的女孩,与我在婚姻登录署做了婚姻登录。然后,再以派我到中国做公务的理由,让我合理过关。等我顺利到达中国,我的穷妻子就到法院起诉我,说我骗婚，要我家赔偿。我父亲故意把新闻做大，这样至少认识我家的，都知道我是逃婚走了。其实，我出卖了同学，出卖了朋友，我也跪了，违心承认罪过，交代了……

我真是他的儿子，我父亲的儿子，一个叛徒的儿子。我被他迷惑了吗？我明明是受尊贵的教育成长的。尽管他是个叛徒，但他却从小给我尊贵的教育。他也配尊贵吗？他也配有儿子吗？因为他是叛徒，我的血液里就会有这样的基因吗？难道我们子子孙孙都只能是这样一种血族吗？

我把所有我知道的藏匿地点、活动者的姓名都讲出来了。不要责怪我，我也被骗了！马克没有出卖我，是我出卖了马克，还厚颜无耻地跟他通信那么多年，可怜的德富，罪孽啊！你以为我不想要名利，不想进到排行榜里做商界大亨吗？不是我不想，是不能。我不能太出头，出头了马岛那边不会放过我。你以为我真的那么讨厌城市化，非要到野土边地来拓荒吗？我要逃离那些冤魂！我不知道我害死了多少人，我不想知道。一个巴掌？你尝过一个巴掌把你右牙从左耳里打飞出来吗？你知道人可以表面完好无损，但内脏里全是血污淤肿吗？你连续喝40升水，又不许你去洗手间，你怎么办？膀胱被水充满，尿路不受控制地漏尿，还有什么资格谈尊严？当你看见不该看的，听到不能听的，得知你的朋友亲人都出卖了你，你怕得要死，竟跪在那些人面前求饶，你怎么想？你的父亲同样搞了运动，你的父亲配合了他们，你的父亲苟且了，你的父亲苟且后还过得很好，你怎么想？

人会不想活吗？看见了那么多布满广场的眼睛，那么多分解的残骸，你心里不会窃喜你还活着吗？仇恨？如果你还有力气去仇恨外界，你就伤得不够深。你最仇恨的人是你自己，你为你自己活着而恨！可是你真的不想死，怎么办呢？好难啊！你只能麻痹，只能从一种罪孽走向另一种罪孽，用罪洗罪！

她竟然不在，这个坏人！你以为我真的有多爱她吗？其实我在利用她，利用她的母性，来偿还我的缺失，来舔舐我的罪痕。我回不去了，可我想回去，回到原本的时候，回到我最初的样子。

什么东西烤煳了？我又开始咳嗽，刚从医院回来结果犯病了。谁？谁在这里违规了？我不能闻任何一点焦味的东西，纪遹不在就会出乱子，没有她给我盯着那些人，他们就总是出差错。我赶快叫来我的书记，责令她迅速排除这个气味，检查所有角落。还好不是橡胶，如果是橡胶，我会吐的，会吐很多天。我现在一点不能闻到橡胶。烧过的橡胶，烧焦的橡胶和任何东西糊了焦了的味道，只要闻到就头脑发胀，要咳嗽，要呕吐。我不行了，被折磨得要死，但医院说我没有问题，我的肺查不出任何毛病。没有人是健康的。从你生下来，就是得病的开端。不得这种病，就要生那种病。有的病在表面，有的病在内里，你看见或看不见而已。

父亲把我安排在家族会社旗下的北京的一家罐头厂。我还没有从往事中走出，每天睁眼、闭眼、吃东西、喝水，任何事情、物体都会把我带回那几个固定的场所——问审室、仓库间。马克是在巴生北港的仓库被抓的。陈兰的哥哥死了，独立先锋会的安似华他们都被捕了，有一千多人被捕了。帕斯利，还有我的兄弟帕斯利，他没有死，他最先被捕，最先倒下，最先背叛，消息全是他交代的，可现在只有他是完好的。根据后来揭晓的情况，开枪那天他就被抓了。被捕不久，他就顶不住审讯，跪倒在问审官脚下。他承认错罪，还哀情乞怜不要把他关起来。为了求得原谅，他把阵线的情况一清二楚全供出了。他亲笔写了认罪书、悔恨书、誓约书等等，他承诺一定痛改前非，恳请宽大。问审官就是利用他透露的情况，对我和其他人员进行问审的。他们把阵线的活动细节，还有我的个人习惯、嗜好秘趣，以及一些不可能被其他人知道的私事讲得栩栩如生，还暗示我这一切都是马克泄露的。其实都是帕斯利干的！但我不恨他，他干了，才替我把背叛的事给顶了。只是那些亡魂不放过我，活人不知道的，死人都知道！帕斯利只关了一年。谁知道他后来悔悟重生了，又开始组织学生建立协会抗议。他再一次被捕，竟做了英雄。他向全世界承认，他曾经倒下了，这次要站起来，他不后悔，他誓将把牢底坐穿。他获得康复了，没有不安和惶恐了，他健康了。帕斯利啊，我的好兄弟帕斯利！他爸爸是新闻通讯委员会会长。在我们三人里头，他是最内向的一个。他怎么做到的？为什么是他？现在他不仅成了英雄，还得到了世界的认可。

我不完整了，摘除了胆囊，割了扁桃体。但至少我现在只有一种病了，只剩下对某类特定气味的敏感反应。我算是个正常人，是个别人可以理解的人了，不用忍受惊惧和焦虑不时地发作，抽搐，发汗，颤抖，胸闷，心悸……曾经在北京那个罐头厂，我在办公室被人看到惊恐症发作。流言起来了，工人们说我不是逃婚到中国，而可能是个瘾君子。我不想接触偶尔从总部派来督工的监察人，也不想忍耐工人们异样的目光，这些对我的康复都没有益处。我离开了家族的会社，彻底与我的过去、往事告别。我要活下去，苟且地活也能活得很好。

事情过去四十年了，我成功了。

五

我的焦躁发作了。我不能没有纪逎,没有她我会疯的,我一秒都不能忍受。我比任何时候都需要她。我就要不行了。

还有二十分钟,我到酒店还需要二十分钟。

她还没到!她应该比我先到才对。这个坏女人,总是消磨我。我让书记订了锦江饭店窗户朝向草坪的房间,这个酒店对我是有特殊意味的,曾是一个上海女孩带我来的。这时进来的这个房间怎么那么熟?好像所有设置都是为我订制的,用起来很顺。但我现在非常煎熬,没有一点多余的耐心来观赏。水也不烧,茶也不冲,就等着纪逎快出现来解救我。我需要她给我一次彻底的、低贱的、野兽一样的性交。想起来了!二十多年前,二十世纪八十年代左右,就是在这里,就是这个房间,我和那个上海女孩就是在这个房间!鬼使神差的,怎么又会回到这个房间!二十多年了,这个房间竟然完全没变!只有电视屏幕从厚变薄,办公桌上多出几根线,别的格局和设置竟然和二十多年前一模一样,连床单的布料和花纹都没有变。那是个多么畅快的晚上……我发现,只要能有通透的性行为,我的惊惧就会消散。人根本是贱的,背叛的。索性无耻到底,贱到底,倒是安宁了!我开始寻找那段往事的痕迹,我认为,它们或许是幸运的征兆。我下决心了,今天一定要在这里征服纪逎,她行也要行,不行也要行。触景难免生情,我忆起胜利的过去。

我想起她眼神迷醉的昏态。性,像牲口一样的性,是解救我惊惧焦虑的良方。突然,有捶门的声音。

"你怎么那么慢?"我去开门,她太磨蹭了。

"我按了好久门铃你怎么不开门呢?"

"门铃没响过啊?"是我启动了门铃静音,这是我住酒店的习惯。她无奈地对我甩手。

"我陪妈妈去佘山看朋友,路太远,现在能到就不错了。你怎么忽然来了?"

"我想你了。"

"才不是呢!"

"是真的,想死你了。我没有你不行,要生病了。"我搂她,从腰部环抱她,再用力兜到我身前紧贴着我。

"我看你是脑子不正常。"她笑着说。

我开始用小孩的面貌讨巧,索求关注和关爱。

"会社那么多事,你都不管吗?"她真不懂事,这时候还有心思问这个。

"别管那些事好吗? 我真的想你了。没有人对我好,没有人爱我,宝宝没有人疼,心里难过。"

"好好,不难过,你最好了,我疼你。不过我渴死了,让我先喝口水,行吗?"她抱着我摇晃,用手拍我的背。

我还是闹:"不许你喝水,把我当水喝,喝下去,好吗?"

她安抚我,一如既往地用她常用的手段对待我。我强压着躁动,勉强配合,内心却坚守目的。曾经,我就是怯懦,没有勇敢地走下去,我现在过来了,懂了,我要一路走到黑! 黑的尽头不一定是白,但是黑到头了人就宁静了,就没有空余后悔了。我陪她耍弄片刻,就抓紧时机扑上去逼她就范。她今天逃不掉了,她那些温绵的手段不好用了。我不是他怀里乖巧的孩子了,我是个男人,是要打败她、征服她的男人。她没怎么反抗,就应了。可我怎么还是觉得不对呢?她努力了,也尽量配合,但怎么就是不给劲,不让我痛快呢?她不会兴奋吗?为什么不求我,为什么不嘶喊娇嚷呢?我全力冲撞,把自己扔甩出去。但身体走了,心还在这里,怎就那么不畅快,那么不对呢?

我平复一会儿,等呼吸缓下来。不想烦躁感更强了。卑怯、懦弱、无用,种种责难一起来轰击我,我发抖了!

"你配合一点行吗?"我生气了,对她喊出来。

"怎么了?"她莫名其妙。

"你是真不明白,还是在装呢?你就不能振奋一点吗?"

"我已经很配合你了,不明白吗?我都是为了你高兴,一点不考虑自己,还要我怎样呢?"

"你不舒服吗?你能不能喊出来,主动点,像别的正常女人一样,不行吗?"

"你怎么回事?我是为你专门过来的。我不明白你还有什么不满意的?"

"这是满意的问题吗?我现在都开始担心了!"

"担心什么?"

"担心你是有病的,不正常的,是低欲望患者,是性冷淡!"我一定要告诉她。

她不理我了。

"我这是在帮你,知道吗?你要配合我,把自己搁进来,跟着我走,行吗?"我把她翻过去,从后面抱住她。

我又启动了,要作为男人再试验一次。为什么我如此渴求罪孽呢？也许我这么多年无法完全获得解脱的原因，就是因为我不能无耻到头，卑鄙到头！巴掌呢？那样的巴掌为什么再也没有了？再给我一次挨巴掌的机会，再给我一次下跪的机会吧！人如果贱，没有贱到头，是多么可悲啊！既回不到不贱，也不能再贱，怎么办？怎样才能重新获得安宁呢？踩碎我吧，我不是人，我没有自尊，我就是叛徒，我们家都是叛徒，我是卑怯者，是无能的鼠辈。除了哀求我自己，我还可以哀求谁呢？我已经坏掉了，修不好了。现在，我要把这个妹妹也踩碎，弄脏。纪媜不是女人吗？她不是什么女神，她就是天下最普通最虚伪的女人！

我累死了。这个女人累死人了，任我怎么逼迫欺哄，就是一摊死水。她真的是干净纯洁的妹妹吗？我不相信。她不会兴奋吗？

"你老实说，你有没有兴奋？"

"没有。"其实不管她回答什么，我都已经愤怒了。

"有过吗？还是从来没有？"

"有过。但是今天没有。"

我接着说："你不正常，你有问题。"

"我不明白你怎么回事？是专门到上海来找我闹的吗？"

"我以前也碰到过上海女孩，人家就很正常，不是你这样的。"

"那是怎样的？"

"就是正常的，该喊该叫的都会有。很多话平时不能讲，但那个时候就都讲出来，喊出来。人家是正常的，是解放的。"

"王逸凡，不是所有人都一样的，好吗？"

"但是为什么连这种话的苗头你都没有呢？人家也是上海的，还比你要大二十几岁，你到底是不是有病？"

我开始跟她具体描绘二十多年前也发生在这个房间的那段往事。

我对纪遹讲述着,自己兴奋得不得了,焦躁也消失了。我起身,想找墙上的痕迹给她看。那是证据,是我们那次双双迷失的证据。纪遹不关心那个证据,她累了,要睡觉。她缩进被子,说:"你真有病。"

我无话了。到底谁有病?

六

到上海,就住锦江饭店。当然,能住到朝着草坪的房间最好。这个草坪看起来与二十多年前一模一样,它不会变吗?我变了多少呢?第一次到这里,就是那个上海姑娘带我来的。她说,这是正牌上海的好地方。上海虽然大,但最别致,真正能代表上海的,就是法租界一带。她是上海本土人,在淮海路长大。她说,出了有法国梧桐的区域,她就不认识路了。从那以后,只要来上海,我就会住在这里。好快啊,已经二十多年了。那时候,纪遹还不到十岁。云居社离上海那么近,但是光线真的不一样。同样在中国,南与北,东与西,差距都太大了。哪怕相隔很近的两个地方,也会让人产生异域的隔阂。

晚上大家要一起吃饭。我,纪遹,纪遹母亲。尽管她妈妈只是妇女用品商店的卖货员,但是纪遹爷爷给纪家留下了一笔丰厚的遗产。另外,在纪遹爸爸过世后,连同他的抚恤金,全部都交由纪遹母亲管理了。所以,即使她后来下岗了,她们还是过得很富裕的。纪遹爸爸在她小时候就去世了,大概生的是什么病,纪遹没讲清楚,我也不仔细问了。这种事情，我向来不会追问到底。我已经六十多岁了，纪遹妈妈也跟我差不多，两个同龄人，其中一个的女儿成了另一个的女朋友，这种情况多少是令人难堪的。还有，要与她母亲见面，我是不是应该准备些什么，准备什么才合适呢？我真不懂纪遹这是什么局，她好像一点都不在意这些似的。也不知道是谁打了那么多次电话，电话机都没电了。我让纪遹帮我充电，这时有电话打进来，怕是打不通我的，只好打纪遹的。是我的书记打来的，又有麻烦了。

云居社后方有村民闹事了。他们拉横幅、泼油漆，组织了一群人抗议闹事，谴责我们强拆民居。

这个遗留的祸患终于爆发了。

云居社项目是会社和地方政府合作的项目，土地是两边分摊补贴的。这个协议涉及将来可能要建轻轨，要由我们主要承担对村民拆迁的补偿。现在轻轨就要动工了，地方政府要求我必须赶紧把剩下的未迁村户安抚好。我只好安排社员去找村民谈判拆迁事宜。显然，谈得非常不顺利！现在，村民闹，政府那边又催逼，我哪头都不顺遂，卡在绝境。为什么又轮上我！曾经，我明明是为那些被强拆的民众维护民权的英勇斗士，如今怎么成了要逼他们离开自己家园的罪恶资本家呢？如果我能站到村民这边，做一回他们的维护者，或者是我获得一次康复的机会。但我的处境进退两难，能怎么办呢？无论如何，先回去再说。我问纪遹是不是跟我一起走，她竟然满脑袋还想着晚上与她母亲的约会。她说晚饭不能取消，现在她一人过去一趟，两小时去，两小时回，中间只要半个钟头，一定解决。

她太狂妄了。这场纠纷，涉及经济、政治、法律多个方面，给我一个月都不一定能搞定，她说她只消半个小时？我不相信。她非要去，说她一定能搞定，让我就待在房间等着，哪儿也别去，等她回来和她妈妈一道吃饭。她能搞定吗？一个目录学专业的硕士生，就是个书呆子。她能解决这么错综复杂的矛盾？这种矛盾从新航路开辟后，英国人开始搞圈地以来，到现在都没能解决好。她，就凭她？为了不毁掉晚上和她母亲的约会，她就来这一手吗？她难道是把我钉在这里，然后等晚上吃好饭再告诉我她根本没去？我真的搞不懂她，她到底怎么想的。也不能怪她，毕竟她没有经历过，她不懂。她不知道权益的斗争有多惨烈，她太幼稚了。我要把她叫回来，为什么不接电话？事情发展到现在的局面，我不如冲一把！王逸凡，你的机会来了，你应当重新回到新倾向阵线，再一次为民而战！马克，帕斯利，强尼回归了！谢天谢地，我总算有重生康复的机会了。我要感谢后方那些村民，谢谢他们给了我机会，一次彻底的机会。民众们，我归队了！是的，我当过叛徒，但是我还可以再次选择！在哪里跌倒，就在哪里站起来。帕斯利成功了，我也会成功。云居社算什么，不要就不要了。我现在什么都不怕了！不能让自己一错再错！

　　纪谪现在过去了，她会不会有危险？我真蠢啊！刚才为什么不提醒她会有多危险呢？我还有什么心情和她妈妈吃饭，她太胡来了，简直就是幼稚，胡闹！我给我的书记和另外一个助工打电话，通知她们纪谪到了就拦住她，让她迅速回上海。千万不要出事，千万不要出事，万一她出事了，我怎么面对她母亲？她是家里唯一的女儿，我不能对不起她们家。现在怎么办？我也出动吗？这是轮回报应吗？我没有死，叛徒没有死，所以就来惩罚了吗？叛徒不是仍然可以苟且余生，可以苟且得很好吗？我终于明白过来了，其实我就是我父亲的报应啊！哪怕他从小就给了我尊贵有礼的教育，最终呢？我并没有成为一个尊贵的人，却成了卑怯者，成了叛徒、逃犯，再也不能父子相见。死，直接从窗户跳下去，死了就解脱了，一切折磨就都停止了。

我的眼睛发白，所视茫然，窗前的草坪也空白了。为什么白？为什么要发白？我明明是黑的，焦的，烂的，糊的。对我而言，此刻究竟什么最重要呢？来自广场的注视，从凝望变成讥讽，又从讥讽变成愤怒。我为什么当时没有死呢？死了，我就是个英雄，是个烈士。或者残疾了也好啊，作为一个英雄光荣地残疾着活下去。可以对爱人、朋友、儿女讲过去的英勇，伤痛和损裂正是英雄的奖章。我打自己一巴掌，太没滋味了！比起问审室那些力透骨髓的掌掴，我这算什么？连坏人都做不好，都不够坏！草坪上的自动浇水机运转了，水洒到草身上，却淋湿在我这里。尴尬错乱的人生，真的，不能想，除了一直浑噩跟着走，一秒都不能停留，停一秒就会被焦虑和不堪吞噬。白，我的过去白茫茫一片，纪逎白，雪兰莪俱乐部广场白，父亲白，我也白。很好，就让我在上海的白中死去。周瑾刚刚从上海带走两个亡魂，我也要成亡魂了……

　　我闭上眼，有一根睫毛反刺，划破了白，割出一道红。留我命，驱散我死亡决心的，竟然不是纪逎，不是云居社，不是父亲，而是他！是我一直躲避、不忍提及、不堪想，又禁不住要记挂的我的儿子！一个背叛我的女人给我生的儿子，王以实。实，与虚相对。诚实、充满、实在。他是我的真实的、实诚的果实。他已经很可怜了，我死了，他不就更可怜吗？这是叛徒血脉基因的报应在延续，在起作用吗？他会怎样？或者他也会是个叛徒？但是活的叛徒总好过死了的叛徒，这个世界是需要叛徒的！没有叛徒，哪里显得出英雄？点滴颜色就把白毁了，哪怕只有一丝，白也不再称其为白。我想起故地，想起水气蒸腾的烈日，黏着的皮肤，想起父亲在家炒菜，想起我在星洲老宅里蹒跚学步时所看见的一切，想芒果糕、国王泉、咖椰面包，想巴士、树荫、年少的我骑车在城里穿梭……

我联系酒店给客房送餐,要了一份炒饭。吃好,全身就发软发胀。我累了,需要休息,倒在床上睡着了。

　　又是捶门声,是梦吗？我挣脱睡眠,趔趄走到门口,拉开窥视孔看了一眼,是纪遹。我给她开门,人还没有回到现实中。刚才睡得太好太沉了,都快忘记自己为什么会在这里,之前发生了什么。

　　"你睡觉了是吗？敲好久不开门,我都担心了！"

　　"担心什么？我好得很。"

　　"就怕你神经紧张想不开,自己把自己吓出病来。还有就是怕你跑了。"她怎么知道的？这些念头我的确都有过。这下她把我弄醒了,让我回到现实的困境中。

　　"几点了？那边情况怎么样？"我来不及找手表和电话,我记得晚上还有跟她妈妈的约会。

　　"不用想了,都夜里十一点了,村里那边我搞定了。"她搞定了？她真的不是为了把我捆在这里和她母亲见面,而是帮我去解决问题了吗？

　　"你解决了？"

　　"拆迁的事情没你想的那么麻烦,所以很快就解决了。只不过来来往往的路程,比我预想的要复杂,我找到他们,跟他们谈话花了不少时间。"

　　"那边到底什么情况？"

　　"事情很简单,没你想的那么复杂。解决了就行了,别问了！我饿了知道吗？"她别想骗我,这种事情我是知道里外的,哪像她说的那么轻松。

"我不相信。你根本就没去吧?"

"懒得跟你讲,我要叫些吃的来。"

"你到底搞定村民了吗?"

"……"

"与你妈妈的约会呢?"

"我联系过她了,咱们可以下次再约。"

"他们有那么容易搞定?"我疑惑,不放心,又问。

"真挺容易的,是你的认识有问题。"

"你先别想吃饭的事好不好,这么大的事情,什么叫我的认识有问题?你到底怎么解决的,说说明白。"

"说明白点就是要钱,你没钱!"她被我惹怒了,说道,"你觉得拆迁是对村民不好的,不知道其实他们巴不得拆迁,等着拆迁。你只要告诉他你不拆了,他们就都好了不闹了,我就是抓住了他们这个心理。你有多大事情呢?恨不得生意不做了,会社不管了,也要站到村民一边,正义一边。其实就是你没钱了!他们想利用伤痕,你也想利用伤痕,都想利用伤痕解决问题,你们都是有病的人。他们想要钱,不想干活,好不容易等到拆迁你却不拆了,等他知道你一定要拆,那就加把劲努力多要一点,这是讹诈,懂吗?上回你有钱,这次你没钱,事情就这么简单。"

我有点恍惚,似乎有点明白了,又真的有点不相信。

"我有一个朋友,是个诗人。有一次他回乡探亲,乡里有个村要改建水库,要迁走村民,他听说了,就想为他们打抱不平,说要写文章发到网络上,让全社会发动力量来声援。谁知道村民不但不高兴,不感谢,还反问这有什么用呢?你又不认识公安局局长!你听懂了吗?不是他们不想走,是他们就等着机会快快走,只不过是要走就必须多得点,再多得点!"纪遹说,"我知道你曾经的那个经历给你带来很多痛苦,很多伤痕。可你不能守着那些伤痕,甚至沉迷进去吧?你的故事,那些个经历,到现在早该终结了。如果你要继续叙述,那么请你好好做叛徒。但你不愿意好好做叛徒,现在又要重新找补回来做英雄。不管你做叛徒还是做英雄,不过是因为你有钱和没钱,并不是什么理想的追求。理想是被你自己放大的,好借着那些伤痕来安慰你自己的。你曾经不过就是为了出风头,也许你父亲也是这样的。"

这个话怎么那么耳熟?问审室,对,那个提审了我父亲和我的问审官就是这么讲的!

"我知道了,你想在我身上找到的,也不过是一种风头。"我仍旧一言不发,她接着说,"其实人有高潮和没高潮是一样的。虎狼是这样,狗熊也是这样,怎么这个问题在你这里,或者说在你们这种人这里,就变得那么复杂?你们只想要发达,要成功,不能接受失败。但失败也是人生的一部分,冷漠也是人生的一部分,就连死,都是生的一部分。有春天就有秋天,有高个女人就有矮个女人,有追求性高潮的女人就有不追求性高潮的女人,都是正常的。富是穷的一部分,穷也是富的一部分。发达国家是正常的,不发达国家也是正常的。没有落后国家,怎么会有发达国家?发达的标准也是能简单一致的吗?好了,不说了,我真的饿坏了,我要看看还能有什么吃的。"

七

下雨了。上海的雨很温柔,此时到底是静秋还是暖冬呢?总是碰上雨,不强烈的,时缓时急令人感到宽慰和舒心的雨。它们不是来洗刷污泥的,是来润泽你,陪伴你,给你真正的罗曼司的。

我倒乐意走走,在雨中的上海,跟着落雨,从东往西,从下海滩到上海滩。二十多年前,或者十几年前,也是雨天,我这样走了一天。上海是一个包涵一切情感、意外、需求的地方。从繁杂喧嚣、车流不息的街路一拐弯,就会进到树木参天、静谧颐润的小道。这些小道就是留给人步行的。我不知道别的来客怎么想,在我成长的南洋,这种气氛几乎是没有的。

哪里都可以走,哪里都可以停。女孩总带有玫瑰馥郁的怡香,既浓又醇,一不小心就让人醉了。不如停下来歇歇,在街边要一杯咖啡,坐在室外,点一支香烟。室内的人不关心室外的风景,室外的人谈论诗歌、艺术,或者人生。也许他们就是诗人,是一些不需要别人定义身份的诗人。他们抽烟,用一根新的香烟接一根快燃尽的烟头。他们相互读诗,相互赞美、批评,或者争吵。他们是我的风景。

绕着兴国宾馆,有很长很静很幽邃的一条法国梧桐道,另一侧道旁的楼房门户都闭着,大门边上是各家的邮匣。关于文学、音乐、服装、外语的各种类别的刊物小报插进邮匣的口缝,许多留在外头的截角,被斜打的雨水渲染。雨,推迟了住户们取件的钟点。邮差会投错吗?会有人取走别家的小报吗?或者我能先取走读一读,待慵懒的房主起床后,穿着皮拖鞋走在吱呀响动的橡木地板上发呆时再放回去。

哪里人也都有好吃的一口,和马岛一样,上海的小食、点心很多,多到人常常不想吃正餐。这些栏杆不生锈吗?穿布鞋的人不怕沾水吗?他们是神仙,是传说。午后,雨渐渐停了。阴天的空气不叫人贪睡,反而予人以神清气爽。这是个有精神的城市,连树叶都躺在水滩上驻留静思。从永嘉路由西向东,仿佛走了半辈子,一整天的半辈子。天色从亮到暗,上海却从暗到亮。歌声从书局、唱片店、小吃摊传过来,画廊里的墨汁点彩洒到街上,跟着脚步咏叹。街上烟雾浓浓,人自由吸烟,自由嬉闹,嬉闹让我沉静。真好,一切的活力,激情,让我衰枯卑怯的内心有了复苏的爽利。坐进酒馆,点任何饮料,都是醉翁之意不在酒。我想站在他们中间,或是在他们身边看着,看看就能让我有力气,让我能假装理想还活着。有个女孩很好看。她自信,有力,脱离了庸俗女性那种扭捏的步态。她既是女孩,又可以是男孩。她是完整的,没有金属的锈气,没有腐墨的酸涩。她的身体是镲片,碰铃。她吸烟的样子娴熟,她可以自由选择借哪个男人的火,不用还报以世故委蛇的僵笑。跟她相比,我太软了,筋骨松弛,毫无生气。

她上台唱歌了。她加入乐队,成了下一首歌的主唱。她用低落的嗓音唱着撕裂的挣扎,她的声音可以释放痛苦,解开捆锁肢体躯干的囚链。跟她一起嚎叫、欢呼,我可以假装是自由的,我们是一体的!乐手摇晃身体,没有刻意规范的线条和动作。键盘师用手背拍击琴键,有时又用手肘锤打,用腿脚蹬踢;鼓手将自己的身体也当作鼓,他摆动,带领大众呼喊,在澎湃的乐音中,自由胜出,理想胜出,我们胜利了!

每一家店,每一个停脚处,所有大众都在诗行中存在,他们全是诗人!

> 让月亮回答太阳,
> 让骄傲回答虚弱。
> 告诉世界,我不相信!
> 天不是只有一种颜色。
> 红是牺牲,红是庆典,

红更是流血。

世界会在血中新生。

你看见冬天树枝上假笑的树叶吗？

不存在，不坚挺，没有实质。

谁会需要兴奋剂？

需要什么激素一样的东西？

我们自己就是主人，

就是万物，

就是万物的作坊。

追求爱到死，

或者就去恨！

即使是卑劣到极盛，

也好过平庸的一生。

凡·高死了，颜色还活着，

正义死了，理想却可以永恒。

我们可以选择，我们只有选择……

追求爱到死，或者就去恨！斑斓的店灯先于街灯亮起来了。青春的情感胜利了，理想获得了话语权！不需要聚众的广场，不需要横阔的马路，女孩们套着男人的衬衫西装，男孩们身穿夹克，破洞的长裤，垮掉的一代，裤子垮到脚脖子，自由升到天空。如果我晚些出生就好了，晚二十年，我就在青春的时候和他们在一起，就无须经历那壮烈的惨剧。永嘉路走到头，是瑞金路。我被淹没成无声的空气，灰尘都不如。天色越黑人越多，越要与黑天作对。青春越来越浓野，要穿透黑夜的裹挟。暖老须燕玉，枯死的就需要激情。摇滚，反抗，理想,如三餐一样平常的东西。他们的精力充沛得令我惭愧。

又下雨了。纪遹就在这里长大,可惜她那时候还小。她应该要知道这些的,我想和她一起再走一遍。

我们一早就出发。那条路很长,我担心走不完。我告诉她,虽然她是上海人,但今天要由我做主。她完全同意,很高兴我愿意跟她一起外出。不在旅店吃早餐,我们到街上去。从锦江饭店出来,往兰心大剧院那个方向,不要过马路贴着饭店沿街,绕到后侧一家小馆吃早餐。早餐馆对面有一个酒吧,名叫"昨天"。这些树见过多少人了?还记得我吗?有那么多过客、常客,它们更偏爱谁呢?会喜欢曾经,还是现在呢?纪遹要了一碗馄饨,我要了一杯豆浆和一个粢饭团。

粢饭有粢饭团、粢饭糕两种吃法。粢饭糕是将糯米和大米两者混合的熟米块切成方片,再入油锅煎炸到两面黄;粢饭团是蒸好的混有少量粳米的糯米包裹油条,再团团捏紧的饭团。粢饭是我最喜欢的上海小食,尤其是粢饭团。不但爱吃,我还喜欢看大姐师傅们包裹粢饭团,左手摊一张湿布,右手捞一团粢饭铺在湿布上,再裹进热油条,两手拢捏湿布将饭团压紧。吃的时候要当心,要一边吃一边捏,最好一直是一个团,由大团吃到小团。另有一种甜口的,是在裹米团时加进一把砂糖。原汁的豆水和标准的粢饭包油条,是今天美好行程的开始。

纪遹爱吃馄饨。上海馄饨主要分两种,大馄饨和小馄饨。大馄饨以菜肉做馅,小馄饨则是纯肉、虾肉居多。正经饭点,纪遹大概会吃大馄饨,其余时刻的辅餐点心就吃小馄饨。她一回到上海胃口就比平时好很多,刚吃过一碗馄饨,现在又买一两生煎。她说,在上海闲步,就是吃吃停停、逛逛吃吃。带她在茂名路淮海路绕一圈,然后到早餐店对面那家半地下的"昨天"酒吧。这间酒吧我来过很多次，十几年前，十年前，几年前，只要来上海，我都会来。它就在锦江饭店后面。这里只是启程，精彩要保留在后面，层层递进。酒吧的木制桌椅比原先更有风情了。木材到一定年头，经过盘摩使用，会出一种自然的包浆，远远胜过一切人工涂刷的清漆。我点了一盏司黑方威士忌，纪遹要了一杯伯爵茶。这是我第一次带人加入我的漫游，我经历的地点和场所都是我记忆中隐蔽不与人分享的。

从"昨天"出来，走到漫长的淮海中路。街上的热闹看着跟早先一样，男孩女孩也都很好看，可是总觉得比曾经差了些什么。不是冷漠，不是陌生。倘说陌生，曾经的比现在的更甚。路过妇女用品商店，纪遹就指给我看，这是她妈妈以前上班的地方。商店对面有一家老字号包子铺和一家老字号面馆。她说着，露出一丝馋相，我发现了，但故意不作反应，我们要去的地方还很多，我怕时间不够。

兴国路的法国梧桐长高了吗？就算长高了我也不知道，它们曾经就很高，谁能看清比你高的世界呢？两边的房子还是曾经的样子，外墙刷过了，看起来比曾经新些。邮匣呢？它们还在，门户的号码也没变，只是多少匣子都空了，仅有几个有邮件探出来的，不是房产广告就是水电费单，文学、艺术、理想都消失了。

到永嘉路再看看。还是这样，我要带她从西到东。还好，那些咖啡店、小酒馆、画廊、书局都在。路上的小食摊和水果店多出不少，纪遹拉着我一起吃了葱油饼和一种叫油墩子的油炸萝卜丝饼，好吃是好吃的，但是我们不能耽搁，因为我们要去的地方还很多，我要给她看的东西她还没看到，我怕时间不够，我有点急了。

她又要买苹果，我在咖啡店等她。店里的乐队还在，比起曾经，乐手的技艺更高了，乐队也加入了更多的乐器。那个女孩很好看，她高挑洁白,眼睛漂亮却无光。她上台了,她走到乐队中唱下一首歌了!她的声音比曾经那女孩还要低哑,离调的嗓音曳动漂移,绵弱无芯,乐队跟着散拍抑顿,动静很大,可为什么就是没有激情?她不懂痛苦吗?她没有挣扎,没有反抗,没有追求吗?软软的,塌塌的,一点精神都没有。没有精神,音量再大有什么用!

我带纪遹到下一间酒馆。这次,我带她坐在室外伞棚下。室内的人看室外,室外的人看风景。有一群人在聊天,讨论新上市的草莓到底够不够新鲜。倘论好看,这些女孩子比以前更好看了。但好看有什么用呢?都成了塑料,麻木的,无用的,廉价的塑料。纪遹让我看这里,又指给我看那个人,我只能摇头再摇头,都是绵羊,塑料,都是垃圾!还好,室内驻馆的诗人来朗诵了,诗歌还在!

> 你要知道,
> 黄昏只剩下最后三秒。
> 路边的苹果躺着,
> 书打开着,
> 杯子里的咖啡摇晃着。
>
> 饭馆的炉子还在烧火,
> 隔着窗户看,或者闻,
> 哪怕只想想,
> 都觉得温暖。
>
> 所有的花都开了,
> 所有人都在心碎后老了。

爱的极限并不是恨,
恨就在爱的旁边。

鱼在水里哭,
棠棣哭,
朝霞也哭。
你哭,
所有人都哭。
只有我想笑却藏着,
不好意思笑出声来。

一瞬间,
所有事发生,
欢快,痛苦,离开,忘记,
都只是一瞬而已。

人如果真心想醉,
谁说还需要酒呢?
闻闻,说说,
哪怕只想想,
就已经足够醉倒。

那么多雨,
到底会流向哪里?
没有意义,

难道就不是一种意义?

楼影覆住人影,
脚步走走停停。
夜来了,
今晚月色真美。
忘掉的句子想起来了,
现在,我只想回家。

　　雨停了,天渐渐暗了,我的兴头也暗了,希望仅存在于最后的瑞金路了。那里的夜市酒吧依然喧嚣,终于看起来有点劲了!纪遹非要吃一盘炒年糕,我草草应付让她加紧吃了,就带她到夜晚的酒吧里待着。垮掉的一代出现了,不止男孩子,女孩子们的裤子也破洞,也垮到脚跟了。她们甚至穿了更夸张的男士衬衫和西装,而下身索性不再穿外裤。入夜了,纪遹说这时候可以喝点酒了,要了一瓶朝日生啤。人声依然鼎沸,但现在真的是垮掉了,不是衣服垮下去,是精神垮下去了。我的酒还没来,就抢来纪遹的酒猛喝。不对啊,这是怎么回事?这是怎样的一天?一切都在,一切却都不对了!人,是人不对了!理想呢?反抗呢?摇滚呢?如果他们不是要追求这些的人,那么来到承载这些的圣地做什么呢?他们跟街上的树、雨水有什么差别?他们是自然,是万物中的一物,被万物和自然消融,却不再是万物的作坊!他们不需要选择吗?这些蜡像一样的塑料脸孔,跟墓碑上粘贴的遗像有什么差别?曾经,我在这里从黑夜走到黎明。如今,我在这里从白天走到深夜。人头攒动,笑声还那么密集。二十多年前的房间没有变,二十多年前的草坪也没变,餐厅在,梧桐在,热闹的酒馆在，咖啡店也在，可为什么就是没了从前的滋味？

"这正常吗？"我问纪谩。
"有什么不正常呢？一直就是这样的。"她道。
"你不觉得他们都是塑料，都有病吗？"
"没觉得，我跟他们是一样的。"
"难道是我有病吗？我觉得这些人都不对。"
"你的意思是我也有病，不正常？"
"你看，虽然现在的酒吧、咖啡馆、画廊比以前更多了，但这些人都只是当作派对场所在游戏娱乐，又把诗歌音乐变成消费和消遣。"
"这有什么不对呢？"
"这就像曾经的庙堂，现在成了公共洗澡间。"我的酒来了，纪谩索性不要我喝过的那杯，她开始喝我点的黑方。
"这个真难喝。"她皱眉，推开酒杯。
"这些地方是留给反抗、意见和理想的。你看下午唱歌的女孩，她唱了些什么？没有内容，没有表达，都是一些虚浮的无病呻吟！"
"呻吟什么了？我怎么没听见呻吟，就是唱个高兴，有什么不对吗？"
"为什么你这么不认真？你们这些人都那么不认真？这是随便唱唱的事情吗？这是需要破釜沉舟、卧薪尝胆才能获得的登台机会。前人搭建的高台都被你们拆毁了。这不是游戏，也不是练习场，这是舞台，是严肃的事情，是只能成功不许失败的冒险！"我生气了，开始为内地的前辈先锋艺术家抱不平，"有时候国门开放、社会宽容和经济富庶了，并不一定必然会转换成学术和艺术的突破和行业整体水平的上升，就像现在的很多年轻艺术家，有钱出国了，大都在玩，并没有在国外研究博物馆和买资料;现在虽然有很多画廊、艺博会、展览,但大家都只是当派对在玩生活方式和热衷把艺术当奢侈品的生产销售,并没有当作卧薪尝胆的登台机会,基本上都是弄到哪儿算哪儿;现在在大学、美术馆和画廊等,老师、馆长和老板都在鼓励和扶持年轻人,但大部分人都是行政马仔,只会找名人做流程、秀公司式仪式,并没有准备好再上阵,结果老板、老师辛苦创办和撑起来的平台,都是在让一群不懂的小孩玩低端的练兵,并没有真正建立中国高水平的艺术平台……"

毁了,我的一天全毁了。不来还好,现在我的记忆全毁了。这些塑料人还是人吗?会痛会笑会痒吗?我不敢相信他们懂爱。那么恨呢?恨也需要力气的!这些人完了,都是软骨头,都是低欲患者。理想不可靠吗?理想在他们这里就这么云淡风轻不值一提吗?到底谁不正常,谁有病呢?我讨厌陷入对自我的怀疑,把纪遄那杯黑方拿过来一饮而尽。

第三章 | 相忘于江湖

一

马桑布鲁拿拿塔和牙可衮西各判半年,小马哥可以走了。两个月十三天,我已经被收容审查两个月十三天了!我如此配合,第一天就主动交代,反而拘留期满也没被释放,还要继续收容审查。牙可衮西他们是贩卖毒品进来的,小马哥是监房大拿,他说三个月,收审的最长时间是三个月,没事情就出去了,有事情就会被判刑或劳动教养。转到收审所之后,我就被安排在外籍专用房间。这里有一个新加坡人,一个菲律宾人,两个尼日利亚人和一个台湾人。小马哥回来了,他来收拾东西。有什么可收拾的呢?都被没收了,不过就是回来把服装拿走。

他走到我身边:"他们好贼,要在我的通行证上印上'嫖客'二字。"

"你同意了?"我惊讶。

"哪能不同意,他们说要印,你能不答应吗?答应了就可以快点走掉。"

"你太太看见怎么办？"

"出去再说了，能混先混，到时候再想办法。你要做好思想准备，护照上面要印字的。"

小马哥把两包香烟和几袋花生米留给我就走了。为什么？他认错态度没我好，案件情况比我糟，怎么才三天就可以走人？因为内地和两岸三地的特殊关系吗？不过，我是幸运的，跟小马哥关在一起，能学到不少东西。在监房里待着，除了吃饭睡觉，剩下的大部分时间就是在班房坐着。大量的静坐时间，是嫌疑人聊天的好机会，所有的开场白都是同一句话："怎么进来的？"

小马哥是被人举报玩弄女性进来的。他不怕，这是第三次了。前两次都因为证据不足，到十四天就出去了，这次虽然还是证据不充分，但警察实在气不过，就把他按收容审查处理，想治治他。看来上海的警察们终于想到办法了，为了不让这个滑头佬出去后接着轻松，就在他的通行证上印上"嫖客"二字，让他回去没脸做人，想再来也不那么畅快。小马哥长得不过中等水平，但他是拆白党出身，台湾花莲人。他在故地游手好闲没有工作，平常是靠比他大八岁的老婆做点水果生意过日子。来大陆的钱，都是他老婆付的。按他自己的话说，是搭上了一个不太富的富婆。他老婆上一个老公去世了，留下一个儿子和一点遗产，当寡妇不久就被他盯上了。他们结婚后不久，那女人就为小马哥生了一个女儿。所以，小马哥有一个继子，一个女儿。他不是来这里开发市场的，对岸早就有先行者来过了。他听一些道上的前辈说，内地的失足少女很多，很好骗，就借着帮老婆发展生意的借口，办了回乡通行证过来了。刚开始，他还不得其道，等他明白了，那就一发不可收拾了。他说，为了安全，要找年纪偏大的有家室的失足妇女。即使被抓，女方会因为不想让老公知道而竭力否认，犯罪事实就无法确定。每次说起那些潇洒风流的经历，他总是眉飞色舞，面带淫笑。在此之前，我真不知道还有那么多种玩法。他告诉我，女人的接受限度其实很高，甚至可以说是没有边界的。当然，他也是得到先辈高人的指点才知道的。还有很多很多，他不想透露更多，只蜻蜓点水就说过去了。他告诉我，这只是十分之一。小马哥胆子真够大的，拿自己侨胞的身份，欺骗内地妇女的钱财和情感，吃人家睡人家还不把人家当人看……不过，在监室里待着，我的心情难免会变得复杂。以我正常的理解来说，对小马哥犯的事绝对嗤之以鼻。但我现在被拘留羁押了，事情就不一样了。我既期盼他的罪过很重很复杂，又希望他能避开法律的制裁，只得到非常微小的处罚。这样，才能给我们这些剩下的嫌疑人一点希望。

他说对了。这些已婚妇女都不敢供认和他通奸的事实，就连钱财被骗也闭口不谈。每次让他翻船进来的，都是另外的同行。他太骄傲了，得罪这道上的其他人了。抢别人的料，是要付出代价的。

下午，我被叫走了，又要做笔录。我不明白，他们还有什么需要知道的，我已经彻彻底底、完完全全地供认了我的犯罪事实，并诚挚地请求他们的原谅和从轻处理：

"你把那天晚上的情况再说一下。不要只说你愿意坦露的部分，掩藏你要遮盖的情节，我们掌握的消息是很全面的。你的供词和我们了解的事实还是有出入的，你再想想，还有什么忽略的细节……女方已经全说了，你们价格都谈好了，一共三千元，包括她介绍的所有人……差一点，你就更严重了，只要再多一个人，就是聚众淫乱，那你就不是待在我们这里这么简单了。你在海外嫖过吗？为什么要到这里来参与卖淫嫖娼？还有什么你没跟我们讲的情况？你的态度很好，但是好得不正常……不要跟我们耍花样了，我们对你这种人的经验太多了。"

拘留第一天，最初审讯的二十四小时之内，我就已经对我的犯罪事实进行了完整细密、诚实彻底的交代。我是在几天前的一个下午认识对方的。她跟我在北京广告公司的一位客户很熟，我们就聊上了。她说可以带我在上海玩，当天傍晚就叫了一群她的小姐妹和我吃饭。吃罢晚餐，其中有一个人就把我带到了锦江饭店。女方告诉我，那个女的是新认识的朋友，人特别好，很会玩，但她还不习惯和大家一起玩，所以就安排她先跟我接触。等我玩好了，她再安排其他人一起过来。结果那个女孩一走，她就一个人先来了。她说已经把其余人安排在另外的房间了，她是听那个女孩说洋哥哥太厉害，就想先过来跟我玩一下再跟大家分享，我们刚进展到一半，就遇上查夜了。事情就是这样。

两个月二十天了。这个月有三十一天，我还要等十一天吗？千万不要判劳教啊！也不知道北京那边有没有人知道消息，会不会采取措施。小马哥说我太傻了，当时就要马上联系可以想办法捞我的人，通知他们我出事了。如果赶在警方弄拘留许可之前就搞定一切，连拘留都可以避免。我在内地没有家室，没有直系亲属，当时真的脑子里没想到任何人。小马哥说，你的问题不严重，只要好好配合，把罚款交了，很快就能走了。可我已经被拘留十四天，然后转收容审查两个月又二十天了。

"王逸凡，出来。"我走出去，又一次燃起可以出去的希望，但我很小心地不敢太存希望,担心希望再一次落空。

"你干的不是什么好事,知道吗?"

"明白,警察先生,你说得对,我知道错了。"

"为了让你记住教训,我们会在你护照备注页盖戳印上'嫖客',对此你有异议吗?"

"没有异议,警察先生,你们做得对,我应该牢记教训。"

"行,收拾东西吧。吃完午饭下午就可以走了,我们会把你的东西都还给你。"

"谢谢警察先生!"

这天的午饭比任何一天都好吃。我把小马哥留下的香烟和花生米,又传给护照过期的那个菲律宾人。我先出去领自己的东西,换好衣服,再把这边发的服装还回去。永别了,收审所,永远不要再见了!警察告诉我,有朋友来接我,已经在门口等了。谁?谁会知道我出事了?

靳尚义弄了一辆车,站在车边抽烟等我。

"怎么样?在里头还行吗?"他一副戏谑的样子。

"别拿我开心,我是倒大霉了。"

"你啊,喜欢整这种事儿也不跟哥们儿说,自己就偷偷弄。这事儿是有玩法的,懂路子就不会翻船。"

"什么意思?"

"先上车,车上慢慢说,我已经订好旅店了,咱先到宾馆。"

靳尚义从来不自己开车,都是找司机。这会儿,他坐副驾驶座,我坐在后排。

"警察查夜一般都在两点前。要不你就拖到两点后,要不你就下午整。来来往往红包要打点,保安前台其实是一条线,要打点好,人家会给你报信。"

"什么意思?你说清楚点。"他嘱咐停车,下来,转到后面,跟我一起坐到后排。

"旅店订房,你是和那女的一起去的吗?尽量不要一起上楼进房间。上去的时候,前台、门房,哪怕送餐的、搞卫生的,都要发红包打点一遍,这样你就基本安全了。要不你以为呢?"

"你怎么知道我出事了?"

"你都不去公司了,公司找不到你人,就都给我打电话了。我也找不到你,就各方联系吧,好在江烨说一嘴你来上海,不然更麻烦。"

"是不是花了不少钱?"

"钱能解决的都是小问题。你当我们人民警察跟你们资本主义国家的走狗一样吗?也图慕钱财、与黑道沆瀣一气?"

"我也不知道是为什么,又没有聚众淫乱,就是普通的嫖娼,而且交代配合还特别积极,怎么要关我那么久?"

"咳,你就是交代太快了。那女的才惨呢,可算被你坑了!"他不说我都忘记要关心她那边的情况了。

"怎么就被我害了?"

"那女的是条汉子,进去以后坚决不承认。警察一个劲儿跟她说你都交代了,她就是不信。她一口咬定你们是恋爱关系,说了你的名字、职业,还说了你是华侨,自己给你瞎编了好多背景故事,就是不承认卖淫。"这与我听到的完全不一样,靳尚义接着说,"你那收容审查知道怎么来的吗？就是为了要查她，所以继续羁押取证。人家那边说你们是正常的恋爱关系，你这边吧，不但承认嫖娼，还说她有安排群宿群奸的意图，这警察同志们可不就要严肃深究了。"

我完全没想到会这样。这次我没有背叛自己，竟然又出卖了那个女人。

"那现在到底怎样了？没人帮她吗？"

"没用了，已经判了，昨天判的，劳动教养两年。瞧瞧你干的好事儿吧，不是兄弟想说你，但你这事儿真不在道上，干得太没水平了！"

我语塞，不知道说什么好。

"我结果也不好，护照上印了'嫖客'两个字。这是报应啊！"

"得了吧，你就是怕丢脸。人家呢？说真的，我挺服气那女的，你运气不错，碰了个女中豪杰。"

"要不我们再想想办法把她也弄出来？"

"都已经判了，你想什么呢？弄你出来都费了我老鼻子劲儿了，哪还能再弄她出来？你可不知道我遭了啥罪，写保证书，做经济担保，听警察语重心长的教育……就差没替你磕头下跪了！"

我脸都没地方放了，真的，还不如待在监房里算了。

"尚义，从今往后我命都是你的了！不管发生什么，我和你永远是兄弟！我没有亲生兄弟，你比我亲生兄弟还要亲。有你就有我，有我就有你！"

"别废话劳什子，咱早就是哥们儿了啊！为了哥们儿丢点脸面是轻的，丢命我都愿意！"他笑了，接着说，"不过得承认错误，我今天也稍微玩儿了一下，本来你早上就能走了，我跟里边说，我有紧急业务一时去不了，所以就得拖到下午才接你出来。"

这算什么！只要能重新获得自由，多待一天，十天我都愿意！

这一刻，我真心把靳尚义的名字刻在心里了。虽然我们已交往多年，但由于我从前的不堪经历，已经不会真心拿任何人当朋友了。然而他救了我，真的两肋插刀，将我的安危当作自己的安危。所以，从今天起，他就是我的亲兄弟！

二

靳尚义是北京人，与我同岁，但比我大五个月。

整个北京的面积，大约是新加坡的二十二倍。靳尚义出生的门头沟区，面积是新加坡的两倍。靳尚义是门头沟永定镇秋坡村的，父母是耕地的农民。他是家里最小的男丁，上面有三个姐姐。门头沟在北京正西偏南，整区以山地为主。我最喜欢那边的潭柘寺，离靳尚义家的老房子很近。

靳尚义是家里的宠宝，从小调皮捣蛋不服管。他青春期时正值社会氛围活跃，这便更助长了他的不羁个性。靳尚义没念几年书就辍学上街自己闯了。我认识他时，他已经全家迁出农村，家里兄弟姐妹分散居住在城里不同小区的高级商品房里。他那时是古董收藏界小有名声的时髦专家，常有跟风的顽主去寻他掌眼赐教。我那时候刚从家族管理的罐头厂出来，在一个新潮的杂志社做记者。我的主编让我去采访他。

我对古董没有一点兴趣，所以，在众多采访任务中，我把对靳尚义的采访日程一拖再拖。等实在不能拖了，我才联系约谈。谁知道靳尚义也似乎不把这事当事，联系多次都没结果，他的助工只说他没时间，或者又敷衍说他不接受采访。虽然我刚进社不久，但主编很看重我，交给我的，都是大题目大人物，比如皮尔·卡丹中国区的主理人,还有松下会社的副社长。那些身处高位的商界大亨我见多了,可是谁都不会像靳尚义这么摆架子。主编不停催稿,我一时拿不出,无奈就只好向他摊牌,说不做这个采访了。主编很恼火,一脸不解,实际上靳尚义是他朋友,他早就跟对方打过招呼了,该是不会拒访的,于是主编给我靳尚义的地址,让我直接上门堵他。

我去了。他住在一幢非常漂亮的房子里。我按门铃没反应,就敲门,门开了,靳尚义出来了,看着倒很亲切。

他说:"是大冯那边的记者朋友吧?来,别客气,不用换鞋了。"

"靳尚义先生,你好,我是王逸凡。冯主编让我来采访你。"

"你是新加坡人?"

"出生在新加坡,后来去了马岛,在马岛读书。"

"普通话说得不错啊,那边也讲普通话?"他说的是北京话,跟普通话还是有差别的,尤其语速一快,实际上我常常听不懂。

"我们是华人,我在那边上了华文学校。"我说。

"华人?就是中国人嘛,同胞。我看你还挺年轻的,结婚了吗?哪一年的?"

我开始对他介绍我的基本情况,恰好发现我们是同年的。说着说着我突然觉得不对,好像变成他采访我了。

"靳先生,请问你是从什么时候开始进入古董收藏界的呢?"我不得不进入主题,直接向他提问。

靳尚义没有正面回答,反而突然问我:"你们那边有人玩玉吗?"

"那边地方小,主要产业是渔业,没有别的。我不了解玉,也许某些内地过去的大家族才有玩的吧。我们家是没有的,我没见过。"

"好,还是没见过好。这东西水很深,假的特别多。"他说着就起身走到别的房间去了,将我弃在客厅。

他好像进去翻腾什么,一会儿出来了,对我说:"你看看,这东西你喜欢吗?"他递给我一块小方牌,上面什么也没有,没有字也没有花,"这叫平安无事牌。你大老远过来,最重要的是平安。我和你有眼缘,这玉牌就送你了!"

无功不受禄。我受的教育就是这样。我拒绝了他的馈赠。他根本不理会我,又将玉牌硬塞进我手里,我依然不受,谁知他起身进屋又拿出另一样东西来,说:"不喜欢这个是不是?没关系,不喜欢你直接说,我给你换一个。我决定要送出去的,从来就没拿回来的。你放心,我送你的肯定是好东西!我靳尚义从来不给人烂东西,不像那些小气抠缩的人,尽送些自己玩剩的晃悠玩意儿给别人。你看看,这个貔貅怎么样?"

"皮秀?"我看着这个凶凶的怪物,不认识这是什么东西。

靳尚义告诉我这个玉雕的神兽叫貔貅。貔貅能转祸为福,开运辟邪。要是喜欢打牌娱乐,戴上它可以旺手气发横财。他开始跟我描述貔貅的神奇,又讲了平安无事牌、明朝陆子冈、西门庆的很多故事。我这个完全不懂的素人,很快就被他带进去了。

将近晚上七点,他带我到昆仑饭店大堂,给我点了一盘蛋炒饭、一份水饺。我吃着,他讲着,一边说还一边拿东西给我看。临别时,我得到一块平安无事牌、一只玉貔貅和一截老坑翡翠的坠子。

等我晚上回到家,才想起今天的采访任务。我被他带偏了,什么要紧的内容都没得着!无奈之下,我第二天又去找他。

上午十点,没人。

下午一点,没人。

等到傍晚五点,我再去,他开门了。我跟他讲我这一天已经来三趟了,他笑嘻嘻地看我,告诉我他跟我过的日子不一样,这会儿才刚起床不久。

就这样,我又跟他聊了一天、两天,很多很多天。

他跟我的性格非常不一样,也许就是同气相斥,异极相吸。两个完全不同性格的人,反而会强烈地互相吸引。他有一种特别热络的活力,每一次都能把我带到一种我从未经历过的氛围中。什么事情在他那里都不是事,什么规矩、礼仪、人云亦云,在他那里都是小儿科。靳尚义没念过什么书,但是很迷武侠小说。他大度明朗,说话直接幽默。我只要和他在一起,就会被那种大气的风范带动,对繁文缛节和委婉柔弱的东西讨厌起来。他告诉我,北京人管那个叫"矫情",做什么人都行,就是不能做个矫情人,矫情最讨厌。他说他欣赏我对什么事情都认真的态度,但又看不上我畏畏缩缩、瞻前顾后的样子,什么都绕圈不直接。他说,少想一点,活着才会有刺激和快乐。听他说话我不但不讨厌,还总能获得能量。久而久之,我跟靳尚义就成了私密无间的好友。

有一天,我终于告诉他我在南洋的往事,他没责难,反倒说我做得挺好挺对的,他说,他特别能理解我,人不为己,天诛地灭。然后他忽然叹气,告诉我其实他也好不到哪里去。他根本不是什么收藏专家,不过是一个半路出家倒卖假古玉的中间人,一边勾连"倒斗",一边寻摸市场。他说,真以为有那么多倒斗的吗?倒斗是个专业活儿,没有师傅带绝对学不会。从他那里出手的,都是包装了传奇故事的安徽蚌埠出来的仿古玉,这些仿古玉的质料大多数是真玉,只是这些天然材料经过了一些后期的加工。比如刻意损坏边角,以高温烤制包浆,用药材浸染沁色,等等。这些都是专业的手段,砣碾、砂磋、提油、深埋。卖家们并不傻,没有几个把这些当真古玉的,却一味编造故事,欺哄顾客。一切就只好凭眼力了,你自己吃了药,自己咽下肚里去。他说,其实搞古董不是他的爱好,他真正喜欢的,是打牌。做仿古玉器的老孙,就是他打牌认识的牌友。是老孙领他进入这个领域的。他人脉广阔,又懂经营门道,所以进门不久,生意就做得风生水起。

后来,我还给他写过好几篇专题报道,这给他带来了不少名声和收益。

他摊子越来越大了,就把倒腾古董的事交给他一位姐姐管持,准备拿出一笔资金做别的买卖。

他对我说:"逸凡,我一直就说你不是个凡人,虽然我们俩都做过小人,都是小人起家,但是小人惜小人,小人之间的感情是真的。我现在摊子做大了,但这毕竟不是正经营生。我觉得,你挺有能耐的,要不我来投资,我们一起整个公司?你给我弄的那些宣传广告就特别好,我今天能有白道上的头脸,全都是你的功劳。咱们应该开一家广告公司,我正好就认识一哥们儿是做广告的,他下面那些干活的我都很熟,可以直接挖过来由你领导。"

"你这想法是不错,但是搞广告我们没有客户。"我将疑虑托出。

"你采访过那么多人,那么多老板企业家,这些都是现成的资源啊。钱的问题你不用担心,钱能解决的,都是小事,哥们儿就是想投资给你玩,就算赔了我都认!"

"怎么能赔呢!既然做,肯定要做好,你别急,我认真想一想。"

"我就喜欢你这认真劲儿。说实话,我各路兄弟真不少,但就你最靠得住。靠不住也行吧,反正我就是认你。我认准了你肯定能发!只要你肯干,我立刻拿钱,公司你管,赚进来的咱哥俩对半分,我拿多少你就拿多少,一毛钱都得分匀了。"

在此之前，我从来没有想过自己主事经商，但我的野心突然被靳尚义激发了，与其给人做，不如自己来。老实讲，那些所谓的大亨我真正服气的其实寥寥无几。管你什么人，不过就是靠资源和机遇，换谁都行，帝王将相，宁有种乎！

不久，侠客行广告有限公司就注册成立了。

三

靳尚义说准了，我真的不是凡人。

现在全公司对我心悦诚服，因为我仅用十分钟就给公司谈下了第一个大项目。靳尚义说，这叫三月不开张，开张吃三年。我们业务部跟牙膏厂会谈二十多次了，广告方案改了又改，始终通不过。牙膏厂的刘经理是我当记者时认识的，他很诚心想把广告生意给我，但业务部就是给不出让他满意的广告创意。无论怎么公关宴请，喝酒娱乐，都没有用，最终还是要凭硬本事——创意。

老实说，我是真的忍不住要骄傲的。那些快被我视为在人生中无用的东西，忽然在生意场上发挥作用了。书没有白念，我的学问是有用的。而我之前用心策划的公司章程，根本就不是企业成功的核心。

靳尚义托人从北影厂高薪请来一些业界很厉害的人，为公司担纲广告制作。然后，又凭一顿顿酒席、一场场牌局拿下了电视台广告播出时段。

成功竟比我想象的要顺利多了！

公司有了巨额进款后，靳尚义就去买了一辆进口的二手凯迪拉克加长轿车。他找司机开着轿车，带我全北京兜风野逛。车到哪里，都会招来无数目光。女孩子都涌出来了,那么多那么多的女孩子一个接一个地涌出来了。我终于明白男人为何一定要追逐名利,一定要功成名就。原来女人都是为了闻权势的味道而凑过来的。假使无名无利,任何女人都只会把你当过场客,吃着碗里,看着锅里,骑驴找马;一旦你成功了,万千女人就成了你的过客,任你摆布,随你指使。男人实在是懂事太晚,而我在其中更是晚中之晚!进口轿车,公司老板,外籍华裔,这三个具有强大吸引力的标签集中在我一个人身上,很快,我就在圈内火爆了。

几个月后,靳尚义又盘来一桩大事。美国辉瑞制药公司来拓展中国市场了,哪个公司接到这个项目,接下来十年都可以躺着挣钱了。这么好的机会一般轮不上我们这种新进业界的小公司,但靳尚义竟然买通了某家大公司的一个业务员,让我借那家大公司的名义先去谈,谈成后再把案子转到我们这边。我有我的厉害,他也有他的聪明,这招太狠了!没谈成毁别人,谈好了成就自己。当时业界有一家背景很厉害的广告公司,叫通利达。我后来就是以通利达广告公司业务员的身份,见到辉瑞制药厂的中国代理大卫先生的。

辉瑞集团的中国高层,都是美国人。他们对创意方向很谨慎,同时又有他们那种极幼稚的不了解中国市场的妄想。一位高管说,他们很喜欢中国的一句话,叫"不到长城非好汉",长城太壮观、太伟大了,他们希望可以把自己的产品与长城的形象结合起来,让中国人有亲切感和荣誉感。我以一个外籍华裔多年行走中国的丰富经验驳斥了他们,告诉他们曾经我与他们一样,因为没有来过中国而停留在自己对中国的想象中。我并不否认长城的伟大,我自己也很喜欢长城,但以我现在对中国百姓的了解,长城是绝对吸引不了他们的,长城是用来吸引外国人的。能对中国百姓产生吸引和影响的,反而是我们,是外国的东西。这是互相之间的陌生和幻想带来的。我建议他们不仅不要放弃自己的西方来源,反而更要加强,甚至扩大来自西方世界的吸引力。如果我们的产品来自美国,那么就会给中国百姓带来一种陌生的异域感。但是,仅有陌生的吸引力是不够的,还需要引导。如果我们的产品是全球、全世界更多人的选择,那么,除了陌生的吸引,我们还要借助人们的从众心理。有了来自陌生世界的更多人的引导,产品在中国的销售一定会大获成功。

我一个人在辉瑞公司北京办公室同他们谈了一上午,总算赢得了项目。

项目谈完后,大卫让其他人先走,留我与他私谈几句。我万万想不到,他向我请教的苦恼问题,竟然是如何搞定中国女人。在上午的会谈中,他已经确信我是一个在中国过得很好的外籍人了。而他,正陷在对一个中国女孩的单方面的迷恋中。他找我倾吐,希望我能教给他有效的办法。他太傻了,一个美国药业集团的高层人士,竟然傻成这样吗?我告诉他,中文和汉语不是阻碍你的东西,重要的是亮出你的身份。当然,如果你连跟她们说话的机会都没有,显然是无法摆明身份的。所以,搞定一切的是场面,是登场的效果。你要学会营造气氛,令她们顿时眩晕。之后,她们一定会努力学习英语的。

大卫或许听懂了,但似乎并不完全相信。我鼓励他按我的建议试一试。他和我算是成了朋友。

与辉瑞进展到签订合同时,我亮底牌了。这时候他们已经完全不介意我到底是通利达的还是侠客行的,我又成功了。

我和靳尚义发达了,非常非常发达了。

北京真的是大城市。在这里,你可以享受到很多小城,甚至小国都不可能有的好处。人多,女孩就多,你无须担心对前情的处理是否妥当,就可以轻松进入新的感情关系。我深刻体会到男人一生最重要的东西,念书、名利,都是为了赢取女人给你带来的满足。

百代唱片公司的北京主管经常出差,他的老婆却留在北京。我是通过她的好友认识她的。准确地说,我是她好友当时的男友。那时候的基本规律是先认识一个人,然后自然就会认识她周围的一群人。你可以先与其中一个处一阵,然后找机会和周边几个轮番混一混。我就是这么搭上棠棠的。当时我和音乐学院声乐系系主任的女儿有一段关系,然后认识了棠棠、子雯等好几个女孩,就是她周围的那一群人。棠棠和子雯两人都是已婚的,其余几个是单身。我们常约在JJ舞厅,在那里,我有一个长期驻包的卡座,不去的时候空着,去了就是我的。男人出席活动,尽量不要一个人。靳尚义很少出现在这种场合,我一般会带上江烨。江烨是侠客行做了大单之后,从上海一家外资企业撬过来帮我们执行管理的。江烨的口味很奇怪,就瞄那已婚的。起初要追棠棠,棠棠没看上他,他就跟子雯好了。我和声乐系主任的女儿是情侣,又与其中另两个单身女孩有过一些偶尔的暧昧,和子雯、棠棠倒接触不多。

有天晚上,我们又玩疯喝高了。我女朋友运气不好,游戏里一直输,喝太多了,醉得厉害。那天我的凯迪拉克被靳尚义用了,江烨又要载子雯回家,棠棠就主动说她开车送我们。她有一辆红色奔驰轿车,我扶着女朋友坐在后座。她先把我女友送回音乐学院家属楼,然后就送我。

"去哪儿?"

"石景山。"

"还挺远,你一个人住吗?"

"一个人。"

"你去我家听音乐吗?"她太直接了。我吃不准她什么意思,难道以为我是音乐爱好者,想给我听一些最新唱片?

"现在回去确实有点早,问题是,我去你家合适吗?"

"有什么不合适的?我家里又没有人。你要觉得不合适,是你自己有歪心思。"这下我必须同意了,不同意就成了有邪念的人。

"我没有那个意思,挺想去的,就是怕你不方便。"我说。

她应该是往自己的住处行驶了。突然,下起雷阵雨,雨水很大,雷声也很大。北京很少下雨,一般只在七八月才有一些不连续的降雨。

"下雨了,这么大的雨。"我感慨着,心里多少有点期望这雨有什么所指。

"车里太闷了,我给你开点窗户。"她为我把后座窗户摇下来,但雨太大太猛,从窗外飞进来,把我淋湿了。虽然有不适,但我尽量忍住不说。

"你淋湿了吧。"她从后视镜看见我被淋了,就把后座窗户摇起来,打开自己身边那扇。

"淋湿了也不说,你应该告诉我呀。呆子。"

我不喜欢她叫我呆子,但我喜欢雨水把她淋湿的样子。她年纪不小了,大概跟我差不了几岁,但她皮肤嫩泽,尤其胸型很漂亮,大小正好。她的衬衫淋湿了,水从脖颈往下滑,我的唾液分泌也加速了,我尽量把吞咽的声音藏在雨里。

"这样淋着要感冒的。"我奉劝道。

"我就是要淋,淋着才爽。我恨不得整个人脱光了站在外面,湿得透透的才好!"

"这是癖好吗?"

"北京太难下雨了,干久了人多难受啊,就想痛快地淋一淋。人活着太憋屈了,有雨来点刺激,才暂时松快些。"

"南洋有雨季。"

"我老公现在就在新加坡。"

到她家时,雨已经停了。

她说衣服淋湿了,进房间换了一条裙子才出来。

客厅的大窗是落地的,她把顶灯关掉,只留一盏户门玄关处的过道灯。我猜测大厅的窗户是朝西的,有深浓而清冽的月光落进来。她家有一套看起来很专业很高档的音箱装备,左右两边分别有两根窄长的柱型音箱,中间还有一架很高的倍低音宽音箱。我等着她播放些什么,她却没动静。我们坐在沙发上,谁也没讲话。过一会儿,她问我渴不渴,想不想喝点什么。我喝了不少酒,不渴,但是需要上厕所。她指给我洗手间的位置,然后从沙发上站了起来。等我从洗手间出来,打算跟她告别要离开时,看见她正背朝我站在大厅的落地窗后面。她的身形阻挡了光线,影子在地上斜躺着。她臂膀上腴出的一丁窝肉,在光线的润泽下软得像奶油。我忘了刚才从厕所里出来时编好的想要离开的借口,莫名就被吸引着走过去,走到她身后,离得很近,但不挨到她。她觉察我过来了,就迅速往后靠过来,整个人倒在我身上。她把臀部翘起来贴着我,脖子向后仰,脸从一旁侧绕到我耳边,对我轻轻地说:"今天要你做我老公。"我的手被她拉向她的腰身,她用身体在我前面轻轻摆晃。她真的很擅长勾引诱导,我的情欲被点燃起来,但理智还没有全部消散。

"你有老公。"

"你也有女朋友。"

"不一样,我不跟结过婚的女人好。"

"要是你不知道,不就等于没有吗?"

她转过来,月光照在她领口下方滑柔干净的胸脂上。她穿着一条浅色的丝裙,我快分不清她皮肤与丝绸的边界了。

"新加坡把我老公抢走了,你来还给我好吗?呆子。"她揽住我,继续紧贴我的身体缓缓摆晃,节奏控制得很匀。

"你再这样,我可不客气了。你以为我真呆吗?"

她不反驳,反而把我的手带到她臀部,在我脖颈和耳后轻轻含吻。

"你真傻,我就是喜欢你呆啊。我喜欢勾引呆子,再把呆子玩坏,玩得烂掉。"我发现,除了一条裙子,她身上什么也没穿。我干脆上当算了,我把她翻过去,上身按在窗前,只留臀部贴着我。我的手从她肩胛滑到前胸下方兜住,她向前趴着,声音从细小的娇喘,渐渐变成狂欢式的呼告……

"都早上了。"我说。

我感觉自己空了,很累,有种一辈子都再也不想弄这事的厌弃。

"窗帘拉上就好了,睡会儿吧。"她光身子起来,把两边窗帘都合上,屋子里又暗了。我心里的确舒服点了。

"难怪坏事都要晚上做,太阳出来了,心思就不一样了。"我翻了一个身。

"这坏吗?"

"我从来没睡过别人的老婆,你是第一个。"

我简单收拾一下，离开她家，拦了一辆出租车到公司。

从她家出来后的那一整天，我都浑浑噩噩，心没有着落。她是我人生的一个重要转折点，因为她，我真正成为一个成熟的男人，不再幼稚伪善了。

我和女朋友还维持着正常的关系，棠棠再跟我们一起出去时，跟没发生任何事情一样，甚至比以前还积极地撮合我和我女朋友。后来，我们还有过几次通宵疯狂的交流，就像第一晚那样的。她太柔媚惑人了，在她的引诱下，我总能发挥得很好。每一次不到天亮，不到精疲力竭，她都不放过我。我一次次被掏空，每回做罢都厌弃自己，厌弃这事，但止不住下次还是照常奋进。直到我与那个女朋友分手，进入到下一个女人圈，才渐渐疏离与她的关系。其实我记不得我那女朋友的名字了，但我总是想起棠棠。几年以后我还见过她，她更漂亮了。有人告诉我，当时她对面那个又矮又胖的男人，就是她老公。

侠客行各类业务日臻成熟，接到的案子也越来越多。自从有了江烨，我就轻松多了，只需出创意时与对方代表会谈，创意通过就没事了，江烨会把接下来的制作工作与代理工作都安排好。这次江烨出公务，去了一趟上海。他此行收获颇丰，归来后一直跟我说他这趟在上海玩得有多飞。他跟我是一样的，英雄难过美人关，就是管不住挛根。他兴奋地描述那些女孩有多光滑、多骚情，不仅质地好，还很有趣味。我心旌摇曳，内体暗涌欲波，兽性勃发，难以抑制。男人根本上就是野兽，都渴望驯服猎物。于是，我留下江烨处理公司事务，一个人启程到上海求乐。这就发生了在上海被收容审查的事。

靳尚义把我接回北京，足足戏谑了我一路。无所谓了，收审所那些绝望的日子已再次提醒我自由之可贵。人真是贱骨头，好了伤疤就忘记痛。我为什么会来中国？再跌一次，还有什么地方可逃？不管靳尚义如何拿我寻开心，我对他都是满心感恩。我想都不敢想，劳动教养，多恐怖啊！没有他我就完了。他救了我！我不得不将尚义视为我命中的贵人，真心体会到他曾经说的，虽然我和他都做过小人，但我与他之间是小人惜小人，我们两个小人间的情谊是真的！小人也能做成英雄！他救我于危难，既出钱又出力，他成全了自己，当成英雄了。此刻我必须要跟进，我不能是一个无情无义的人。我与他恰好同年，他又比我年长几个月。他为兄，我为弟。义薄云天，真的是义薄云天啊！

我被关在上海收审的这段时间，靳尚义还为侠客行办了件大事，他借某位大哥的方便，把侠客行迁到了海淀区西土城路2号，儿童电影制片厂里的一栋楼。楼南侧是北京电影学院，中间一面墙，墙北就是儿童电影制片厂。儿影厂由于经营不善，不得不把影棚改成一个剧场。可怜这么弄，效益还是不佳，于是他们就索性对外寻租。公司先租下楼上原先用来负责做票务的办公区域，后来又把楼下剧场也租下来做广告摄影棚。

这个地方，是元上都遗址，就是汗八里的旧城墙。大院正对着护城河，我们在护城河以内，我们是城里人。普希金说，一切都是瞬间，一切都会过去，而过去的总会成为美好。从南洋迁到北京的我，深刻体验到诗人说的有多么真切。能称其为北京，就是有着过去王权留下的馈赠。从金代开始，北京相继成为元、明、清的都城。直到现代革命结束王权统治，民众的领袖仍旧选择了北京作为首都。前朝皇帝的宫城苑殿，已成故宫；王统功业，亦是故事。元上都的城墙是夯土建成,所以新城居民也称其为土城。儿影厂的楼就靠近元上都城墙西侧,现在这条路就叫西土城路。

还有一块清乾隆帝所树之蓟门烟树碑,立在公司所在大院的正对面,紧挨着护城河。自金代章宗皇帝年间将"蓟门飞雨"归入燕京八景以降,文人墨客题诗不断。往后,此景又渐渐易名作"蓟门烟树"。明朝有书曰蓟门在旧城西北隅,门外旧有楼馆,雕梁画栋,凌空缥缈,游人行旅,往来其中,多有赋咏,今并废,而门犹存二土阜,树木翳然,苍苍蔚蔚,晴烟浮空,四时不改,故曰蓟门烟树。清乾隆帝曾吟诗云:"苍茫树色望中浮,十里轻阴接蓟邱,垂柳依依村舍隐,新苗漠漠水田稠。"后来,乾隆皇帝还特意寻到此处吊古,但古墙和古物俱已圮废,只有古城门旧址两个土阜还在。皇帝是故树碑于此,碑阳刻楷书"蓟门烟树"四大字,碑阴刻其另一首行书七律。

没有那些曾经的烟柳了。老地方,老故事,栽种的已是新年代的树。蓟门不复存在,只北三环与西土城路交会处,架起一座分流四向的桥,名蓟门桥。这些往昔典故,靳尚义虽为老北京,却知之甚少。但这些故事,反而对远在他乡的华人后代,有致命的吸引和尊贵的荣耀。我们从小接受的华文教育,多诗词曲赋及文言章典。但亲临遗址,才能将文字对应于景象,有实在的切肤体会。

这地方实在好,我太喜欢了!我向靳尚义提议,不如到西郊的香山饭店摆一局大宴,设百桌酒席,好好作一番场面,犒请各路兄弟朋友。一是庆贺乔迁大喜,二是让众人作证我与他桃园结义。他是大哥,我当弟弟,荣辱与共,一生不离!

我们把香山饭店主庭院及四季大厅、聚香阁、花坞坊、姑苏苑等一层的餐饮场馆悉数包下,楼上还要了近两层的客房,以款待四方来客。

香山饭店，是建筑师贝聿铭先生的杰作。一层室内的四季庭，采光设计匠心独运，人身处室内，却有传统江南庭院的意趣雅味。厅中的玻璃顶，阻隔风雨、虫豸，却不挡阳光，又保有传统天井的规格形制。当然，最迷人的还是主庭院。贝先生在方寸间把山、水、亭、楼淋漓呈展，把人工的匠心伏潜入自然的香山风貌中。整个后花园与香山衔接得当，各处角落的细节都能体现设计者的用心良苦。花园中不经意的墙垣，每一截墙面所开的窗洞，望出的景致都是已故庭院山水的当代复活。在厅中食毕，众人到后花园品茗吸烟，参加我和靳尚义的结义典礼。

古有桃园结义，今有我和他香山为盟。在亭中置好的桌板上，靳尚义与我指河为约，沥血以誓。流华池水边的蒲草与伏地柏顺风曳摇，冠云暮影，高阁春绿和海棠花坞都来助兴。来宾们杯酒豪饮，甘醴交接。我和他来往迎奉，悉数礼敬。走到为我们牵线搭桥的冯主编面前时，我和靳尚义自饮三杯，还一道朝他叩首三拜。现场乐团提高音量，众人欢呼叠荡。要不是当年冯主编促成我们相识，后来一切的故事都不会有，我也不能成为今日的我。中国让我重生，靳尚义又塑造了我。我不再是卑怯的叛徒小人，而是遐游江湖的好汉侠客！承蒙我大哥照应，将来我和他就是一个人，他母亲就是我母亲，他孩子就是我孩子，皇图霸业谈笑中，不胜人生一场醉！来往都是客，天下尽江湖！

  姐姐，
  你的袜子不长不短，
  你从麦地里捡起麦穗，

却留下倒影躺在田间。

姐姐,
我跟在你后面。
父亲母亲已经去了,
是不是你就成了妈妈?

姐姐,
你为什么又是妹妹,
要带我走到坏掉的路灯下面。
你要我把你碎了,
说碎成粉屑好飘飞在世间。
说那世间的情义啊,
容得了谁去怀疑真假!

姐姐,
难道世界还有对错?
请相信我,
没有世界,
只有江湖。
我为朋友而对,
也为朋友而错,
只有共同的理想,
只服从人世的道义!

我不要金钱福气和伟大,
也不要机遇名气善良和挺拔。
苍天啊,
求你再加给我兄弟苦难,
好作证我的真情与潇洒。

哭罢,
大哭一场,
终于哭出来了!
喝酒,
吃肉,
泗涕横流,
我要彻底化为齑粉碎渣!

第一碗酒,
说温柔忧愁和伤痛。
第二碗酒,
说哪天我要为你断一只手。
第三碗酒,
说江河山水再不遥远。
第四碗酒,
全倒在脚下,
誓要为你泄恨报仇!
还有第五碗酒,
第六碗酒,

七碗八碗所有的酒,
只为兄弟斟酌,
只为情义担罪!

姐姐,
再抱一抱我,
就用寒冷挡住温暖,
就用冰凉杀灭恐惧。

姐姐,
带着我走,
唱首不高不低的歌,
摘朵不死不活的花,
我就一直跟在你身后,
你就算知道也千万不要回头。

姐姐,
你说我的衣服大了,
说我眼睛里还藏着拳头。
姐姐,
到处都是公路,
都有险恶的意图。
不如我们结束飘零和孤独,
不如结伴欢歌干脆集体自杀。

姐姐,
我好伤心。
他们说人要学会控制情绪,
不要无缘无故为什么道理生气。
姐姐,
我要告别今夜离开你远行,
闭上眼我最后想一想你的面容和声音,
花一样的美丽从此再无须存在我心里。

那时候,不知为什么,凡事都要唱一唱姐姐,甚至连江湖情义也牵连到姐姐。

姐姐,姐姐,莫非江湖也要拿她铺垫水底?

四

有了靳尚义的指导,我总算学会了安全恋爱的方法,接下来的驯猎活动就堂而皇之行无所忌了。

靳尚义的打牌活动也升级了,他涉猎赛马、赛狗、压球、博彩等各种领域,筹多注大,输赢无常,往往一天就要应付很多不同的开奖钟点和地点。他的心思,越来越多地花在了博弈事业上。

我们兄弟俩各玩各的,井水不犯河水。

江烨比从前忙,我又少一个伴儿,这就不得不一个人玩,只好拉着司机一起出去,或者就约另一些半生不熟的酒肉朋友凑局。我不像靳尚义那么轻松就能跟人热络,我不喜欢和生人待在一起。

有天晚上,我正带一个女孩要出舞厅,却撞上靳尚义来找我。他连着好几天走背运,输大了,让我陪他喝酒泄泄气。我刚钓到鱼,还没下筷子,忽然被搅了。但我还是选择仗义奉陪,只好拉着那女孩一起陪他喝酒。这女孩是一个摇滚乐队鼓手的女朋友,她个子很小,但身材很匀,腰身旖旎,连着蜜桃一样的厚臀。她肤色偏黑,却细腻不见毛孔。虽然相貌总体平平,但有一双极勾人的媚眼,总在不经意间流出浪气。那个鼓手是个傻帽,他四处散布他媳妇是个多么厉害的床上高手,弄得满城圈里人差不多都知道了,有不少人已经在背后下手。据得逞的那些人说,那女的确实并非凡人。这种消息是不能让我知道的,知道了就一定要试试。我有一伙诗歌圈的朋友和那些摇滚乐人走得很近,为了套来那女孩,我给诗人们一人送一瓶人头马,还给出很多谄媚的好话,费了不少周折才见到这女孩。结果正要得手之际,靳尚义就来了。

女孩姓名叫什么我记不清了,人家给她诨号叫她阿果。靳尚义没看上阿果,他一杯接一杯喝酒,成了来舞厅买醉的人。他是有酒量的,不像我,不胜酒力。阿果拉我手臂好几回示意想走,靳尚义两瓶芝华士下肚了,也不见去意。

我劝他收场,他道:"急什么啊?哥们儿还没喝高兴呢!"

"妞等不及了,今天新约上的。"我凑近他耳边低语。

"弟弟你水平下降了啊,这种姿色的也能入口?"

"你不知道,这就是鼓手的女人,我倒要试试。"

"有你的啊!"靳尚义重新打量阿果,"黑紧黄松白邋遢。这妞长得黑俏,你小子有艳福了!"

"现在还不好说。你一个人在这喝多了没意思!散了吧,明天我陪你喝个痛快。"

"行,哥们儿不坏你好事,你们先走吧。我连着大亏了三天,明白吗? 大亏三天! 下注以来就没这么霉过! 我今天不醉不归,愣要把霉运给冲走!"

兄弟失意了。我怎么能在这时候走呢? 太不义气了! 我哄住阿果,又待在舞厅里接着陪他喝。靳尚义既得着我陪,便与阿果玩掷骰子。稀奇了,之前跟我玩,阿果总是输,这下跟靳尚义玩,几乎十赢一输。这让靳尚义对她刮目相看,又两瓶芝华士下肚。

我看看表,还差一刻钟三点,我又劝靳尚义散局。靳尚义不理我,说:"我看这女的真不一般,是个赌圣。"

"我看你喝到顶楼,不好再喝了,今天要不就散了。"

"王逸凡,哥们儿我平常从不给你添麻烦,对你很照顾,你心里都知道是不是?"

"那是自然。"

"要不今儿这阿果就先让给我,换个顺序的事。我看她有两下子,正好给冲冲喜。赌场失意,情场总要得意吧? 不然太憋屈了!"

我真没想到他竟突然冒出这话。

"行,这有什么不行的。"实际上我有点懵,嘴里承了,心里拧了,再说也不晓得阿果怎么想。反正话先冲出来了,就只好硬着头皮顺势了。

我接着说:"我的就是你的,只要你提出来,咱们哥俩有什么话讲呢。"

这下彻底崩盘了。这是什么事儿? 靳尚义全盘打乱了我的计划。

"起了?"原来是靳尚义。

"刚醒没多久。"

"哥昨天玩得太舒服了,这妞真不错!你这眼光真辣,成天钻女人堆,没白费功夫。"

"你那些当然不行了,都是拿钱办事,跟执行任务似的,能有劲吗?"

"我早上留了一万给她,她今晚还会过来。"

"你这靠谱吗?人家怎么想啊?你这不是把人当婊子吗?"

"你不懂,男人既要技术好,还要出手阔,这才把一个女的吃得死死的。"他忽然停了一下,想起什么似的,接着说,"你对哥好,哥都记在心里,这阿果再借哥两天,哥帮你镇住她。你放心,她跑不了。咱俩谁跟谁,只是先后顺序而已。"

"我的就是你的,怎么都行!"我机械性地回答,实际上已然不爽。

"我跟你说,还真有意思,哥们儿昨天这喜冲对了,情场赌场双丰收!今天我在澳门押的那匹马跑了冠军!"

"我没说错吧,风水轮流转,运气总会回来的。"

"可惜我这把押得不够大。趁着大运回来了,我这几天要再押几局狠的,把前面亏的都赚回来。"

"你这次到底亏多少啊?"

"别担心,哥心底有数,绝对能扳回来!"

恐怕生意顺了,别处就要出乱子。人生,总是拆了东墙补西墙,西墙刚修好房子又塌了。我是吸取教训的,在女人问题上再没出过差错,靳尚义却不对了,越来越狂傲,狂出很多乱七八糟的事体。赌博、打架、淫乱、诈骗……好在他总不是那个领头的人,麻烦并不要命,大部分都有惊无险。他这人有个毛病,只知道进,不懂得退,到了高峰就下不来了。亏损越大押筹就越大,他越挫越勇。那天,有一群人到公司去闹事,我才知道他玩得过头了。江烨说,靳尚义拿公司当赌注给输掉了,人家按程序办事却联系不上他,便只好找上门来。难怪!上星期开始,他忽然就住进我家,还叮嘱我对谁都不要透露他的踪迹。这下,我不得不找他刨根问底,他只好承认了。

他说:"那帮孙子太不讲道义,说好了给我一个月时间筹钱。他们肯定设局了,我被坑了!"

"那现在你打算怎么办?"我问。

"老弟,我的钱进进出出都没了,你还有剩的没有?"

"我那些钱倒真的没怎么花销。"

"要不你先借我救个急,稳住他们一阵。我绝对是个浑蛋,赌什么玩意儿不能赌公司啊!我是被那伙孙子逼急了一时冲动。你放心,拿走公司没那么容易,他们就是想要点钱。咱先付一部分稳住局面,等哥挣回来就还给你!"

香山饭店大宴的场景此刻顿时浮涌,我们的誓言历历在耳侧。有福同享算什么,真正重要的是有难同当!说我心里一点没有憋屈是不真切的,但可贵的是我立刻就战胜了自己。

"兄弟有难,正是用上我的时候。有什么行不行、借不借的,我的就是你的!我出事,你从来没二话;你出事,我怎么能不管?你之前瞒着不说,兄弟我不知道,要是知道早给你解决了!"

"我就是知道你一定会帮我,才特别不忍心麻烦到你。哥现在不知道怎么回事,大运短,霉运长,老是不争气!我不能再这个鬼样子下去了,这次弄明白,再也不这么玩了!"

"别这么说,说得我难堪了。你该玩则玩,只是玩的时候别太冲动,别玩那么大就行了。还差多少?咱们现在要先付多少?"

他说出的数字大得惊人，我能调用的钱不过就是其中的五分之一。我把五分之一的钱全部给他，再寻到江烨凑些散碎零头，暂时先把事情应付过去了。这次之后，他真的变了，鲜去押注，又开始关心公司业务，为公司跑代理。凡他想干，事没干不成的。公司除了得到电视频道的热点时段，又新添了很多地面、楼盘、杂志的代理权，入账又多起来了。等他把欠款大致还妥，就说接下来的利润全部给我一个人，他一分不取。他真的是个义气人，有债就偿，从不食言。我也不是那看重财货的人，我不会收的，我们是兄弟。我告诉他事情解决了就好，我们俩何必分那么细呢？再说了，他不能手头没钱啊。靳尚义非坚持要给，说亲兄弟明算账，大丈夫说好的事，一言九鼎，我若是不收，那就是不认他这个大哥。我拧不过他，只好收了。

一切都往越来越好的方向发展了，但我却心中生出不安，怎么都觉着不踏实。

他确实很少去博彩了，可他现在没有了原先的兴头和活力，偶尔抽烟时，还会露出一副令人心涩的神情。我不免感到自责，不就是出了点麻烦吗？起起落落的，再平常不过了。如果他从此做人都不爽快了，那还有意思吗？他犯个过错，闯出些麻烦，怎可夺了他的乐子？这样还算兄弟吗？我决定鼓励他再去博彩。我劝他联络那些庄家，还陪他一起去赛马。我让他不要畏手畏脚怀疑自己，要重新放开胆量勇敢拼！我不能忍受他不高兴，不愉快，没兴头。兄弟间同乐的事情可以不一样，但不能只有其中一个好过，另一个难过。乐，就两个人一起乐！他对博彩是真有热爱的，一回到旧游戏里，人立刻就活过来了。尤其值得高兴的，是他押注比从前稳健多了。只要他一稳住，好运就回来了，连告大捷，资财大增。

似乎我做了好事，也得了还报，从另一家大广告公司劫来一件大案，全部完成后，收益将近千万。公司上下为之振奋，所有人都对我俯首称臣。这下，我悬着的心终于可以放下，又能回到之前那样畅快适意的时光了。

然而，命是由不得人的。靳尚义忽然又栽了！

他让司机刘僮开车出去，将人撞了，那人被撞成了植物人。

他进去了。他进的可不是拘留所，是看守所。

姓名：严庆

性别：男

年龄：36

科室：神经外科

诊断：

1. 特重型开放性颅脑损伤

(1) 原发性脑干损伤；(2) 多发脑挫裂伤并血肿形成；(3) 去骨瓣减压术后，右侧额颞顶枕部开颅见血肿；(4) 急性左颞顶枕部硬膜外血肿；(5) 脑疝形成；(6) 外伤性脑梗死；(7) 外伤性癫痫；(8) 前中颅窝底骨折并脑脊液鼻漏；(9) 颅骨骨折(额骨、左侧颞骨、颧弓、蝶骨)；(10) 多发头皮血肿；(11) 外伤性蛛网膜下腔出血。

2. 左锁骨骨折。

3. 闭合性胸部损伤，右肺下叶挫伤。

4. 左肺上叶肺大泡。

5. 低蛋白血症。

"除了医疗费,再给三百万,我们一次性付清。"

"人还没死,你什么意思?我们这边律师说了,只是脑昏迷,顶多植物人,不能算死亡。他活一天,你们就得付一天钱,一直要给到他死。"

"病钱全包了,再给你三百万,撤诉,大家都好看点,行吗?"

"你是巴不得我男人死!我告诉你,没戏!我告定了你们这伙兔崽子,这不是车祸,是故意杀人,你们以为闹着玩呢?你们这是谋杀!我告诉你,我不但要钱,我还要命!判不了死刑,我也得让他无期。"

"那这样吧,四百万,除了医疗费再给四百万,有四百万你干什么不行啊?"

"我没工作,上有老下有小,现在我们家唯一能挣钱的还被你们毁了,四百万?你想得美,我把你杀了再给你四百万行不行?"

"你老公又不是无故被撞的!他先去揍了人家老娘,把七十多岁的老太太打成什么样子?你老公逍遥法外就可以,我们还没说要你们赔偿老太太呢!"

"老太太死了吗?住院了吗?不是就一点腿伤,坐半年轮椅就好的事儿吗?说句不好听的,她年纪那么大了,还能干什么呀?她现在该吃吃,该喝喝,跟我老公的瘫痪是一个事儿吗?再说了,你们有证据吗?"

"算了算了,不跟你扯,走司法程序吧,走到底,看谁笑到最后!你别搞不清楚,我们有的是钱!"

"这口气大的!既然你们有的是钱,怎么还这么不诚心呢?四百万?打发叫花子呢!"

"别绕圈了,五百万也可以。但我告诉你,五百万最多了,再不可能更多了!能不能一次性付清我不保证……"

"行,到此为止,我先考虑一下。"我还没讲完,就被对方打断了。

"公诉是检察机关的事,他们家属撤诉只能撤掉民事诉讼,关键问题是刑事责任。"

"我真是愚蠢啊!我能起诉那女的讹诈吗?诈骗一百万有多大罪?实在不行我再给她汇点过去!"

"你现在继续扩大冲突,对靳尚义没有好处。她是目击证人,她的证词很关键。"

"见过流氓,没见过这么流氓的,还是一个女流氓。真长见识了,完全就是悍妇!"

"本来就是两方面的事,一个刑事责任,一个民事责任,赔钱判刑都少不了。"

"丁律师,假如我告她诈骗成立了,她的证词是不是就不可信了?"

"你先冷静一下,好好想想怎么解决刑事责任吧。"

"你说,把靳尚义搞成精神病患者行吗?"

"理论上对他是有利的。但这个要由我们提出申请,再由司法机关那边派专人鉴定,不那么简单。"

"要不我先弄点致幻剂,明天给他送过去?"

　　被告人刘僮,男,1951年2月17日生,汉族,中专文化,门头沟区永定镇秋坡村农民。1994年8月13日因涉嫌交通肇事罪、故意伤人罪被依法逮捕,现羁押于清河看守所。

　　被告人靳尚义,男,1953年6月30日生,汉族,小学文化,门头沟区永定镇秋坡村农民。1994年8月13日因涉嫌交通肇事罪、故意伤人罪被依法逮捕,现羁押于清河看守所。

"外面怎么样?"

"放心。我都关照着。"

"那混蛋怎样了?"

"情况不好,确诊植物人了。"

"妈的,还不如撞死他!"

"行了,说话注意点。你跟刘哥见了吗?"

"隔开了,不知道他怎么样。他招没招?"

"他不会招的,我和他谈过了。招了对他不利,毕竟开车的是他。"

"知道我为什么绝对不自己开车了吧。"

"还有心思得意?你要随时做好吃药的准备。我让丁律师联系人了,弄成了会来给你做医学鉴定的。"

"我不能是精神病啊!"

"你要是不想坐牢,就得一下精神病吧。刘哥那边我再想别的办法!"

"王逸凡,老哥对不住你,给你添乱了!"

"别这么说,我也有责任!"我害怕他这么说!难道他意识到事情的症结在我这里?我不该狂傲地得罪人家大佬,抢人家的生意。这事儿其实是我惹出来的,人家找不到可威胁我的,就先去找他老娘下手了。

"那孙子,太他妈操蛋了!天下男人两不为,一不打女人,二不揍老人,那孙子!"

"别上火了,那小子现在躺着什么都干不成了,真让人蹿火的是他老婆,我都要揍她了!"

"刘哥,要么精神病,要么安心待几年,钱都归我们出,你家里上下我们都会关照好。"

"靳尚义怎样了? 他怎么说。"

"你们在里面见了吗?"

"没有,他们把我们隔开了。"

"他情况不太好。我也正在努力给他联系医疗鉴定,但那小子不听话,不肯吃药。"

"那药是不能吃,吃了就真有病了。"

"你觉得怎样比较好呢? 你也知道,靳哥心里很过意不去。但毕竟你是司机,车是你开的,把他告倒了,你也脱不了身。"

"我劝他了,他当时就是不听我的……"

我没给他机会讲下去,直接说:"要不你替他担了算了,至少咱们还可以保住一个。我一定会继续帮你,你放心,兄弟们绝对感恩戴德,你父母就是我们父母,你孩子就是我们孩子,有我们一口吃的,就绝对少不了你!"

"你给我点时间,让我想想。"

刘僮交通肇事罪二审刑事附带民事裁定书
北京市中级人民法院刑事裁定书
(1995)京刑二终字第24号

原公诉机关海淀区人民检察院。

上诉人(原审附带民事诉讼原告人)罗某,女,1962年4月28日出生,汉族,初中文化,农民,现住海淀区。系被害人严庆之妻。

上诉人（原审附带民事诉讼原告人）傅某，女，1930年5月14日出生，汉族，小学文化，农民，现住海淀区。系被害人严庆之母。

被告人刘僮，男，1951年2月17日出生于北京门头沟区，汉族，中专文化，农民，拘留前住西城区三里河东路月坛西街西里二号楼。1991年6月22日因殴打他人被行政拘留十日，并处罚款500元。1994年8月13日因涉嫌犯故意伤害罪、交通肇事罪被逮捕。

指定辩护人丁益良，北京善衡律师事务所律师。

上诉人罗某、傅某提起附带民事诉讼一案，海淀区人民法院于1995年5月29日作出（1995）海刑一初字第91号刑事附带民事判决，认定被告人刘僮犯交通肇事罪，判处有期徒刑三年，缓刑二年；赔偿附带民事诉讼原告罗某、傅某医疗医药费共60万元、经济损失费10万元，总计人民币70万元。宣判、送达后，检察机关和被告人未提出抗诉、上诉。原告人罗某、傅某因对附带民事部分判决不服，以要求赔偿病患赔偿金100万、精神损害抚慰金80万元为由提出上诉。本院依法组成合议庭进行了审理，现已审理终结。

经审理查明，1994年8月7日17时许，被告人刘僮驾驶靳尚义名下牌照为京A·＊＊＊＊＊的大众小客车，载靳尚义，由东向西行驶至海淀区老营房路被害人住址附近时，将正去商店买油的被害人严庆撞倒。刘僮将严庆撞伤后，即驾车离开肇事现场，经法医鉴定，严庆身体多处骨折，并有特重型开放性颅脑损伤，法医学鉴定意见为一级伤残。

另查明，被告人刘僮的犯罪行为给附带民事诉讼原告人罗某、傅某带来的医药医疗费已产生542371元。被告人刘僮的指定辩护人提出的辩护意见为,刘僮有自首的从轻情节,一审判决量刑重,请求公正判决。

上述事实有接警记录、接处警登记表、受案登记表、受案回执、归案情况说明、现场勘验检查笔录、扣押决定书、扣押清单、扣押笔录、提取笔录、医院诊断鉴定、法医学检验鉴定意见、法医病理检验报告、微量物证检验意见、毒物检验意见、车辆痕迹司法鉴定意见、车辆性能司法鉴定意见、车辆速度司法鉴定意见、刘僮血液检验意见、刘僮驾驶人信息核实及说明、秋坡村农民村民委员会说明、行政处罚决定书、证人靳尚义(原被告人之一)、罗某、傅某、刘某、杜某、王某、江某、吴某的证言及被告人刘僮的供述等证据证实。上述证据均经原审法院庭审质证,查明属实,本院予以确认。

本院认为,依照《刑法》第一百一十三条,被告人刘僮驾驶机动车撞倒被害人严庆后,开车逃逸,其行为已构成交通肇事罪。被告人刘僮与严庆无历史恩怨,原告一审提出的故意杀人、故意伤害动机不成立,应当以交通肇事罪追究刘僮的刑事责任。被告人刘僮在抓捕时无拒捕行为,到案后如实供述自己的犯罪事实,该从轻情节一审判决时已予充分考虑,辩护人提出一审判决量刑重的辩护意见本院不予采纳。原审附带民事诉讼原告人提出被告人刘僮驾驶车辆的产权登记人为原被告人靳尚义,靳尚义在副驾驶座位没有及时制止犯罪行为,应按车辆产权责任问题追究其连带赔偿责任。经查,靳尚义车辆的责任问题应另行提起民事诉讼,因医疗赔偿金、精神损害抚慰金不属于刑事附带民事诉讼的调整范围,故原审附带民事诉讼原告人提出赔偿病患赔偿金 100 万元、精神损害抚慰金 80 万元的上诉理由本院不予支持。

海淀区人民法院一审判决认定事实清楚,证据确实、充分,定罪准确,量刑和附带民事赔偿适当。审判程序合法。根据《刑事诉讼法》第 136 条之规定,裁定如下:

驳回上诉,维持原判。

本裁定为终审裁定。

审判长:郝勇溪

审判员:范　俊

审判员:马英杰

一九九五年八月二十三日

书记员:孙慧悉

到底怎样算死,谁说了算?罪呢,罪由谁定?心脏不动了,脉搏停止了,脑干还在活动不算死,但脑干死亡,心脏还跳着怎么办?半死不活和死了有差别吗?为什么有的人大脑功能正常运转,心脏脉搏也正常跳动,但完全就是死亡状态呢?死活都不是人能自己选择的,死还分为医学死,心死,身死,脑死,活死,半死,不能死等等。医疗费、住院伙食补助费、营养费、后续治疗费、住院护理费、长期护理费、误工费、残疾辅助器费、交通费、人身伤害赔偿金、鉴定费、被抚养人生活费、父母抚养费、小孩抚养费、精神损害抚慰金……这些名头是真的吗?有什么意义?到底在保护谁?到底在维护什么呢?大学时真应该选法学专业,一切由我来判处会怎样呢?扔垃圾叫故意伤害自然罪,说话叫制造噪音罪,对我不好的统统有罪。公寓楼物业提醒住户关闭门窗,院子里喷农药杀虫了。我现在判处所有让我不爽的人都去院子里待着,这正是考验他是否是害虫的好时候。农药杀不死好人,谁要难受不舒服,那就是害虫,是败类!我的律法就是这样的,谁让我不爽谁就有罪!

五

看守、审查、鉴定、裁判,前后历时整整一年。公司已经从西土城路2号迁走了,儿影厂签的新租客在那里开了一家风头很旺的NASA舞厅。人最大的敌人是骄傲,我太骄傲了!以为自己上天入地无所不能,以为名利和成功可以轻而易举唾手可得。难道我离家那么多年,还不足以摆脱稚嫩荒唐的幻想吗?什么时候我才能学会稳妥、谦逊、懂得人生行进每一方寸都应该如履薄冰呢?世间真的有先来后到,真的要论资排辈啊!曾经成功抢过案子而没有付代价,以为接下来就可以放肆吗?侥幸啊!所有的好处,全是侥幸!真正的人生是由失败、毁灭、不断支付的代价构成的。这次得罪的公司,其背后是大人物的女婿。当下整个北京广告圈都联合起来封杀我们公司,再加上主管广告代理的靳尚义被抓,电视频道的播出时段被收回,公司的业务成绩一夜落到冰点,墙倒众人推、树倒猢狲散。转瞬之间,一个蓬勃运转欣欣向荣的经营实体就坍塌崩陷了。江烨只好回上海另谋出路,借着旧情义,他在新的就职公司给我留出一点门路,帮他们销售部分积压的医疗器械获取提成。要负担诉讼、赔偿、赡养诸多事情,钱完全不够用,我的日子入不敷出,风光不再。悠闲的生活结束了。我记得靳尚义说,钱能解决的都是小事。问题是,花那么多钱,这事还小吗?我美好的未来突然间毁于一旦,心里实在是愤恨难平。

何以解忧？唯有女人。人生真的是平衡的，此消彼长。那段时间唯一使我心安，获得滋润和平复的，就是我的女友，张芡。她除了漂亮，还非常贤淑，有一种知书达理的气质，这是那时候的我最需要的。讲真的，我实在有点厌倦江湖撕扯了，打打杀杀，冤冤相报何时了？

张芡是位舞蹈演员，她爸爸是饮料工厂的老板。焦头烂额的一桩桩事下，她跟着我从风光到落魄，始终不离不弃。我自己都不相信，我竟然会有想跟她结婚的念头。

靳尚义被收审的日子，张芡常和我一起去探望靳尚义的母亲。我的双亲不在中国，从小也只能得到来自父亲的爱护，所以无须那些江湖誓言的提醒，我一见到靳尚义的母亲，天然就喜欢她。她的淳朴、热情、对孩子的爱，立时就打动了我，我由衷地愿意把她当作自己的母亲，甚至胜过自己的母亲。我的母亲远不如她，我的母亲眼里只有她自己。靳尚义的母亲和我很投缘，她也很看重我。她常常握住我的手，反复叮咛要我多照顾尚义，多担待他的任性和不懂事。我特别喜欢吃她做的白菜猪腿骨汤，还有她过节时包的猪肉白菜水饺。只要她知道我会去，一定就提前准备好我爱吃的菜亲手做给我。现在不行了，自从她腿伤后，她的活动就受限制，再不像从前灵便了。我没想到的是，靳尚义母亲竟然特别喜欢张芡，甚至超过喜欢我。张芡一去她就精神，直念叨要是尚义也能找个这么好的女人就好了。

靳尚义的母亲也姓张，叫张岚芳。其实在我眼中，靳尚义家是很有背景的。他是家里最小的一个儿子，前面有几个姐姐，最小的那个都比他要大四岁。他生父是军医，抗美援朝时本来要随军去朝鲜战场的，但因为得了伤寒，上级就驳回了他的申请，非要留他在家里休养。虽然后来伤寒好了，但靳尚义的父亲错过了上战场的机会，一片赤诚的战斗热情没有实现，心里时刻牵挂战事，因长期情志不畅生了肺炎。1953年，停战那年，也就是靳尚义刚出生不久，他父亲去世了。父亲去世后，靳家几兄妹全靠母亲抚养，但母亲家族的两位兄长，都在抗美援朝的战场上殉国了，于是娘家也没有依靠。靳尚义七岁时，母亲带着孩子改嫁到同村一户赵姓人家里。赵先生很会种地，对这几个孩子也好，但他的身体有致命的残缺。赵先生幼年因为没人看管而打翻了滚水壶，全身及半张脸都被烫坏了，命虽然保住，但外貌看起来甚是可怕。由于残疾，赵先生说话时发声粗砺，口齿不清。几个孩子里头，他最喜欢靳尚义，对靳尚义最好。对别人都很吝啬的他，从来只掏钱给靳尚义买玩具买零食。但靳尚义就是不喜欢他，就是厌恶他，与其说厌恶，不如说是害怕。

他继父在十年前病逝了，留下他母亲一个人过活。

说白了，这是我闯下的大祸。我抢了人家的业务，并不知人家背后的实力，没想到报复临到靳尚义头上。对方不便找我这个外籍人算账，只好向靳家下手，派严庆去殴打靳母。靳尚义是孝子，别人如何伤他都行，但绝不能欺侮他母亲。

事情总算了结，可后面又要谋划重起炉灶。我必须强调一下，靳尚义是我认识的人中，最乐观最顽强的。任何时候他都无所畏惧，任何事情都压不垮他！尽管他常常自嘲自己是无赖，是痞子，但我心里明白，我不如他。人在处境平稳的时候，都觉得自己高风亮节，大多不会为财利所困。我曾经也是如此。但事实呢？事实不过是因为我还没尝过财富的滋味而已！只有切实体验过名利带来的辉煌，而后再能放下，才是真正的高风亮节，宠辱不惊，否则都是自欺欺人的自我意淫。

医疗行业的生意很麻烦,涉及很多专业审批和行业许可,所联系的关系网络比广告界要复杂得多。我的中转营销并不顺畅,收益也很一般。靳尚义比我有优势,他可以重操旧业,继续杀回古董市场。有他姐姐们一直维持着旧行当的运转,众多线路人脉还保留着。他倚仗从前的名声,以及乐观向上的奋斗精神,很快就在古董界重新站稳脚跟。虽不至于大富大贵,但至少我们不再捉襟见肘,寅支卯粮。

公司虽然散了,但没有注销,这就意味着,我和靳尚义兄弟未散,情在义在。靳尚义对司机老刘特别愧疚,但凡有余钱就往刘哥家里送。刘哥媳妇跟靳尚义是亲戚,人也通情达理很仗义,没跟靳尚义过不去,还常常拉着孩子一起去看靳尚义母亲。靳尚义出来后,张老太太常常在他跟前念叨张芡有多好,张芡有多好,我便只好常常叫上张芡一起去看她。

那段日子,我的收入情况很不好,只靠一些微薄的销售提成度日,多数账单都是靳尚义支付的。他对我的情义是真的,他说,只要他户头里有,他的就是我的,随取随用,招呼都不用跟他打。就是他把我养懒了,养坏了。我一头跟张芡继续保持着稳定的关系,另一头又生出邪念,忍不住旧病复发,四处招惹。我就那个毛病,改不了的。张芡那么安静简单的姑娘,实在不足以填平我的需求。我的精神是正常的,但生理是失常的。倘若没有取得女人的跪拜,不仅生理上不饶过我,心理上还要重击我一拳——惊躁、恐惧,那些广场上的眼睛会时不时涌到我面前。糟心的是,这一切往往发生在日子顺当、安逸悠闲的时候。我的过去始终不放过我,我不能获得安宁!

"张芡是个好姑娘。不是兄弟我说你,你也稍微收敛点,别辜负了人家。"尚义说。

"我心里明白的,她父母人也不错,我是真打算跟她结婚的。但我就那毛病,总是管不住自己。"我道。

"我们家老太太从没那么喜欢过一个姑娘,你到时候要是跟她散了,她得多难受啊!"

"张姨最近身体好些了吗?"

"不太好,我大姐接过去了,怕她中风。腿的毛病刚好点,现在心脏又不行了。"

"哪天我再带张芡过去看看。"

"江烨那边的消息确定了吗?"

"还在等,我现在倒希望他们不转让了,拿下来投入太大了。"

"找人合伙去拉钱不就完了吗?多大事儿啊?"

"拉来的钱,我们还有什么赚头,都给别人赚走了。"

"我说你事儿还没做,心倒挺黑。"

"好不容易碰到这种机会,怎么能白白让别人发财!"

"你是还没摔过跟头,像我一样狠摔一跤就什么都懂了。我现在,看朋友、家人最重要。这是我以前不明白的。"

"我有个想法,既然你妈妈那么喜欢张芡,我让张芡陪你演演戏,让她跟你过去看张姨。"

"你这玩儿的哪一出?"

"什么哪一出,我的就是你的,我女朋友不就算你的吗?哪天我跟张芡一道过去,就说我和她分手了,你跟她好了,哄哄张姨高兴也行啊!"

"你想什么呢?"其实他心动了,讲话的时候嘴角抑不住有些上扬。

"你母亲就是我母亲,我哄我妈妈高兴一下不行吗?"

张茨尽管不理解,但还是按我的意思办了。老太太很快就接受了,完全不是我先前顾虑的样子。我没有跟张茨讲明白,但自己心里的账目是明确的。我现在全靠靳尚义养活,总要有所还报的。我能怎么还报呢?现在这样还报给张姨,简直再好不过了。他人笑我太疯癫,我笑他人看不穿。之后,我跟张茨错开去探望张姨,让她和靳尚义一起去,我单独去。张茨不是个多面灵巧的人,她只会跳舞,只能用四肢表演,并不擅长说谎。不管我之前落魄还是如今在外偷欢,她从来没跟我闹过情绪,但这次她生气了,找我过不去。

"我不去看张姨了,要去你自己去。"

"咱们说好了只是演一演,你就当帮忙,逗张姨开心一下也好。"

"我觉得很不舒服,越来越不舒服,这是什么事儿啊?有你说的那么简单吗?"

"我没觉得有多复杂啊。你怎么了?到底有什么不舒服,说出来听听,我也好帮你。"

"不用你帮。我说不出来,反正就是很不舒服,我不想去了。"

"你不会这么无理取闹的,对不对,有什么不舒服的,你说出来。你不也一直挺喜欢张姨的吗?靳尚义是我兄弟,她母亲就是我母亲,我一直拿张姨当亲生母亲的。她现在身体看着不如以前了,有个事情让她高兴高兴,人的身体就会有精神不是吗?"

"靳尚义一直搂我你也没问题吗?"

"都是演戏,配合一下,有什么不行的,你不要太当真,显得那么小家子气。"

"他抱我,亲我,你都没意见是不是?"

"他是个正人君子,不会瞎来的。"

"他在张姨那,让我坐他大腿上你知道吗?"

"那都是为了做给她妈妈看的,他是个孝子。"

"那你真不如他!"

我不接话了,想着就让她怒一怒,怒一怒就过去了。

江烨所在的医药集团,原先在宣武区有一个仓储基地,现在集团打算迁址扩建到别的地方,这里的土地使用权有转让意向。我非常重视这个消息,因为这预示着一个新的商机。获得一片土地的开发权,会有巨大的财富可能。我可以建卖场、办公室、居民楼等。无论出售还是出租,有地有楼我就是产业主人,有持续的租金收入。地产开发是风险很低的绝佳商机,唯一麻烦的是获取土地开发权,各种资质和证件目前申请并不便利,还有就是投资金额大,属于高投资高起点。事情往往就是这样,想投小赢大,就相当于买彩票玩博弈,是亿万分之一的概率,但起点高投入大的产业,就一定有丰厚而牢靠的回报。我跟靳尚义提过很多次了,他很支持我,但他对地产开发是门外汉,对地产能否带来持续盈利这一点吃不透。

江烨公司的厂房搬迁是难得的好机会,这就首先有了土地开发的前提,接下来只要我注册公司、获准转让权限就行了。我现在需要的只是钱!江烨来消息,说集团确定要迁址转让了,只要我干,他绝对把名额压下来给我。我不得不反复找靳尚义商量研讨如何能获得一大笔地产投入资金。他并非不愿意拿出钱来整,但他现在账户的钱实在不够项目所需的。

这时，老天助我，靳尚义接到了一件特别厉害的案子，又干成一件大事！

倒斗人那伙打算出一件狠东西，一套金缕玉衣。曾经老几辈的倒斗人，嫌金缕玉衣太大携带烦琐，一般只抽取其中的金线，大部分玉片都留在墓里。现在有一套完整的金缕玉衣，他们准备成套弄出来换笔现钱，就放消息给线上所有能联系下家的中间人。靳尚义得到消息后，很快就联系到北京一位富商收藏家，富商给出了最高价。他这事干得太漂亮，太有本事了！他先托人到境外的拍卖会拍一件古物回来，然后凭这件东西的凭证单据，将金缕玉衣作为回流文物到香港苏富比上拍。当然，靳尚义早就与买家商量好了最终的成交价。买家只要负责在竞价时不断举牌，不管累计到多高额度都无所谓，一直要举到敲槌成交，成交价越高对他越有利。因为不管他支付出去多少，金缕玉衣的实际成交价都是之前与靳尚义谈好的，拍卖公司扣除所有费用把成交金额的余款付给靳尚义后，靳尚义会把超出原先商定价格的部分全部都还给买家。经过正式拍卖后，文物会带有专家鉴定、拍卖鉴定，各种手续一应俱全。买家现在手中拥有了一件合理合法，在国际拍卖行中有过巨额成交经历的高级藏品。等买家再次出手上拍时，往往大概率会高于自己的竞拍所得价，即使只高出一点点，也已经赚足了！这又是一个投资大、收益大的典型案例。世界真的没有捷径，只有成为有钱人，才有可能越来越有钱。算了，别人挣多少是别人的事，我只关心靳尚义通过这个案子大大地发了，除去购买的成本，上拍的经费，他还留下1.5个亿。

六

  他过分吗？事情发展成这样是不是过头了？我为什么答应，我不能说我回去想想，或者说还要问问张苂的意思吗？我现在明白张苂的感受了，她说她不舒服，不好受，我现在全明白了，我懂了！晚了，已经晚了对吗？生米煮成熟饭了，我现在反悔有什么用呢？对，王逸凡，眼睛一闭，事情就过去了。那些眼睛，广场上的眼睛又来了，我就不明白了，张苂跟你们有什么关系！冷静，冷静，想想靳尚义，想想你自己，王逸凡成为今天的王逸凡是谁一路扶持，一路帮助的？每一次有困难、苦难，是谁第一个把你救出危险？把我从平庸的记者变成江湖中风光有才的广告公司老板，全是他的功劳。名利也是他带我玩的，没有名利，我能经历那么多女人吗？我在上海被抓，是谁来解救的呢？张姨对我那么好，逢年过节，我吃的都是靳家的团圆饭，喝的都是靳家的年夜酒。我找他要什么，他什么时候拒绝过，什么时候犹豫过？再说，就现在，你租下的这套公寓，租金是谁付的？谁冒着违法的风险把地产项目的投资搞定的？他要求过回报吗？他说要在公司占股份吗？那么现在，只是一个女人，一个女人而已。

  真的，他怎么就看上张苂了呢？为什么我不安、颤抖，为什么我会难受，有不堪的感觉不想再看见我自己了？这个时候命运为什么沉默了，老天能不能给我一点提示，给我一条选择的路？张苂在说不，不要，她又笑了。她为什么笑？她喜欢他吗？她明明是讨厌他的！她说我不如他，她说的是气话，她不是真心的，对吗？我搞不清楚了，我糊涂了，凌乱了，一秒钟也待不下去了，我干脆走开，我不要在门口听了。我到客厅，靠近沙发，可我站也站不住，坐也坐不下。

她说的是真的,她很难受,我怎么现在才懂呢?我想起张芡的两亲,尤其是她父亲,他对我赞赏有加,对我无比信任。他多么骄傲这个外籍男人是他女儿的男友,甚至我年长张芡那么多,他还愿意把刚从大学毕业的女儿嫁给我。我不能对不起他!我要冲进去,立刻就冲进去!等等,但是我就可以对不起靳尚义吗?我可以对不住我的兄弟吗?张芡父亲再好,我得到过什么呢?我兄弟再不好,凡我所得,都有我兄弟的付出!我曾经是个小人,我的内心一直有小人作祟,是他让我有机会成人,有机会成为英雄。那时这是预谋吗?靳尚义难道是为了张芡才帮我筹钱吗?张芡难道有那么值钱,值一个亿吗?

他们怎么没声音了?一点动静都没有了,这是什么意思?靳尚义在喘气,在低吼。张芡呢?张芡怎么没声音?靳尚义在出声,张芡没有声音,张芡是不是在含着什么?出声了!张芡出声了!她说不要,求你了,不要。她是好的,她是忠于我的!可是她为什么又开始娇喘?为什么在嗯嗯啊啊小声哼唧,这到底是要还是不要呢?靳尚义彻底没声了,只剩下张芡的声音。什么?她说尚义哥哥对她真好,王逸凡从来不体恤她?我听错了吗?她在胡说些什么!我暴怒难遏,听力下降了。接下来的很多言语声响都听不清了。我双手握拳,忍住愤怒,我告诉自己,什么都没听见,一切都会好的,等我地产发达了想要什么没有?女人算什么?我分明不想听了,而他们为什么又再次大声起来,难道是故意让我听见么?这一对狗男女,张芡开始浪叫了,她竟也会浪叫!她平常和我从来没有这样过啊!靳尚义这个王八蛋,他是来挑衅我的吗?故意到我女人面前证明他自己行吗?我把靳尚义当兄弟,他却没把我当兄弟。他在玩我,他付那么多钱都在玩我,他要玩死我,他要证明我无能,让我永远做小的,永远跟着他玩。我丢的不是面子,我丢掉的是人格!

我忍无可忍了,士可杀不可辱！我冲进卧室——张芡躺着,舞蹈功夫都用在床上了！靳尚义跪蜷在那里,我进来了还没有要停下的意思。我管不了那么多了,一脚朝靳尚义踢去,他还没反应过来就倒在床上。我什么都听不见,什么都看不见了,只有愤怒,只有狂躁,我对着裸身的靳尚义一顿拳打脚踢。他没有还手,他来不及还手,他没有资格还手！

第四章 | 文武财神

一

终于见到了她妈妈。

纪遹劝走来云居社闹事的村民之后,又约了一日,那天中午,在锦江饭店十一楼餐厅,我们三人吃了一顿饭。

餐厅是照着旧上海风情装置的。不是周末,大厅不算拥挤。纪遹带我走向一张靠窗的圆桌。十一楼餐厅的窗户是伸出去的,每一扇玻璃窗下都有一个坐台,可以让人坐在台子上览望窗外。窗户上的把手是铜质老式的,配缀着粗棉线连着的大宽竹片百叶窗帘,通常竹片帘是卷起来的。今天没有下雨,窗外亮一阵暗一阵,阴晴不定。太好了,我和纪遹先到,她母亲还没有来。如果迟到的是她,那我首先就可以赢回几分好感。

我开始翻看菜单。菜单很长,我看了很久。

纪遹朝入口处张望,看见有人进来,就起身。

这是她妈妈吗?看起来很年轻,很有风韵,不像是五十岁了。我和她简单寒暄几句,纪遹便插进来,示意让她妈妈点餐,给我解围,以免我难做主张的尴尬。

"我不知道你爱吃什么,我都吃得惯的,由你点吧。"我说。

"我女儿只说你年纪比较大,是南洋来的,并没告诉我你的其他情况。请问你贵姓?"我不清楚为什么她忽然唐突问我,而且并没有打算接菜单的意思。

"姓王,我是1953年出生的,目前做地产生意。"

"属蛇是吗?"

我愣了,心里一紧。

"确是属蛇的。"我回答她。

纪遹接过菜单,开始点餐,关键时刻她竟一言不发,也不知道替我解围。

"你年轻时候是不是在北京做过广告行业呢?"

"是的,很多年前了,纪遹也是知道的。"我瞥见纪遹好像怔了一下。难道她是那种跟母亲无话不谈的女儿吗?我告诉她的事,她都跟母亲讲了吗?那么,我在马岛的往事,叛徒和小人的历史她都是知道的?

纪遹妈妈迟疑了,好像对我不满意。她跟招待员说赶紧冲一壶菊花茶来,她说她血压升高了有些难受。我有点不知所措,一时语塞。

"点了吗?随便点一些就可以了,又不是真来吃饭的。"纪遹母亲显得有些不耐烦。

"你不是挺喜欢锦江饭店的吗?我给你点了三鲜汤。"纪遹说。

"差不多就可以了,我最近胃口不好,你们愿意吃就行,不要考虑我。"

"杨梅汁喝不喝?"纪遹很冷静地问她。

"我喝菊花茶了。"

每有一道菜上来,我就故意问纪逷这是什么,让纪逷回答,试图借此打破无言难堪的局面。纪逷很配合我,但是纪逷的母亲还是怪怪的,她只是敷衍地应答几句她女儿的话,机械化地伸伸筷子。

"喝酒吗?要不我们点些酒喝?"我想打破沉闷。

"我不喝。"纪逷说。

"我也不喝。"她母亲说。

"天一阴沉,人就会感觉不爽快,喝点酒活络一下,人会舒服些。"我竭力劝道。

"我去趟洗手间。"纪逷起身走出餐厅。

"要不,来一壶黄酒喝?"我问纪逷母亲。

她低头了,不作回答,然后举起杯子喝了一口茶。鲜亮的橙红汁液在透明玻璃杯里晃着,我感觉自己闻见了野菊的苦涩。

"你还记得林嘉吗?"此言一出,五雷轰顶。她提到的那个名字简直比生死二字更让我厥倒!我没有应她,先垂下头,又马上抬眼凝视她,现在轮到她躲闪我的目光了。

林嘉是和我一起被抓的,被判两年劳教的女孩。二十多年了,我竟然又听见她的名字!她不是林嘉,纪逷的母亲不是林嘉,她是那个她,是林嘉的朋友,是林嘉进我房间之前,跟我有过疯狂性行为的那个女孩,是那个我不知其姓名、第一次带我来这个饭店的、一直称赞外国哥哥、一直对我狂呼乱叫的那个疯癫的、淫邪的上海妹妹!

这是怎样的巧合?天哪,她是纪逷的妈妈,她们母女竟然是那么不一样!她变了,老了,不再是那个年轻的小妹妹了。她认出了我,可我并没有认出她来!那时候纪逷出生了吗?纪逷那时大概十岁吧?……我真不敢想,纪逷知道了吗?她会知道吗?我前几天刚跟她描述了我这段疯狂的往事,还在她面前傲骄自夸,无耻地强调放大各种细节!我怎么那么糊涂,又那么倒霉呢!曾经的幸运都离我远去了吗?难道这就是她帮我摆平会社麻烦所要付出的代价吗?倘那天不让她去,或干脆就一起私奔离开的话,是不是事情就不会是这样了?

时间并未容我继续胡乱思想下去,她又说话了:"纪遖挺喜欢你的,你也挺喜欢她是吗?"

"我会对她好的。"

"她是个厉害姑娘,我没看错她。她赢了。"

"难道她知道我们的事情吗?"

"不,她不知道。我也是今天见了你才认出你。来之前已经知道你是外籍华侨,却也没跟从前的事情联系过。"

"你女儿和你很不一样。"

"有多不一样?比我年轻?比我懂的事情多?"

"我不是那个意思。"

"我那时候也是年轻的。"

"不,要是说那方面的话,你比她强多了,她远远不如你。"

"但你就是喜欢她,就是被她盯住了是吗?"

"只能说目前是这个情况,以后的事谁晓得呢。"

"你打算告诉她吗?"

"不应该,我觉得她不知道比较好。"

"那你小心吧,她很聪明的。她可没有告诉我你哪年生的,也没说过你在北京从事广告业的往事。刚才我为了证实我的猜测问你的那些话,说不定已经露出破绽了呢。"

我想起来了,刚才纪遖果然怔了一下。

"你怎么还会到这个酒店来呢?"

"我……"我刚要说话,纪谪回来了。她解救了我,我还没有想出自己来这个酒店的借口。

"你们之前认识,是吗?"纪谪问我们。

"很多年前,我还在开广告公司的时候来过上海……"我抢先回答,这样比较好,至少她知道了以后也不会觉得我刻意要隐瞒。但我虽然张口起头了,却不知道该如何讲下去。

"介绍你来这个酒店的就是她吗?"纪谪问我,我不敢看她,象征地轻点一下头。

"我觉得你找的这个人挺不错的,反正你喜欢就行,妈妈没意见。当然,妈妈的意见也不重要。"纪谪母亲端杯将茶水一饮而尽,接着说,"早知道是应该喝点酒的。行了,我也吃差不多了,先走了,你们慢慢吃吧。"一边说她一边就起身离开了。

没走出几步,她又转身回来,对我说,"那个,王先生……"说时,她看向她女儿。

"他叫王逸凡。"纪谪提醒道。

"王逸凡先生,希望你对我女儿好一点。她爸爸过世得早,我带她长大很辛苦。还有,我叫韦玉卿。幸会!"说完,她离开了。十一楼餐厅老式对开窗边的圆桌前就剩下我和纪谪,还有那支被橙红茶汁晕染的透明玻璃杯。

二

返程车中,鸦默鹊静,只有汽车引擎的响动。我和纪谪坐在后座,前排是司机先生。纪谪上车时与司机交流过几句,等车一发动,她就完全沉默了。表面的寂静是最难熬的。并不是没有话想讲,反而是有很多很多话不知道从何讲起,不敢说,怕说了之后会裂坍。每一秒都是煎熬,甚至毫秒、微妙,也变得沉滞缓慢,让人倍感累赘。我的呼吸和心跳振跃到喉结,产生了彻底从汉语中撤逃,到英语世界中去表述的愿望。换一种陌生的语言,或许可以避免难堪。

"我们完了,对吗?"克服障碍后,我给出一个典型的自我毁灭式的反问,这代表我深层潜意识的内心并不想就这么结束。纪遹的身体微微侧向车窗,我没脸仔细去辨别她的视线究竟朝着车前还是车旁,只诚心服帖地等她裁判。

"我们俩不会完,是我完了。"她的回答出乎我的预料。我不能确定这是暴风前的宁静,还是她真的愿意谅解。

"什么叫你完了?"我决定追问到底。

"我现在对自己的本来糊涂了,我不得不重新梳理很多事情。"这话什么意思?难道她故意想要挟我吗?

"我不明白这跟你有什么关系,错的是我,是我年轻时候太不懂事太贪玩了。我希望能得到你的原谅,人生总有个过程的。"

"你没明白我的意思。"她无奈地说,"我对你们俩的事情没有意见,我只是没想到我妈妈是那样的。"

"那是我的表述夸张了,你不要相信。"善意的谎言是必要的,善意的谎言不属于谎言。

"你还不懂吗?其实夸张不夸张都不重要,问题在于我要搞清楚我自己到底是怎样的。我现在不能证明到底我是我本来的样子,还是我妈妈是我本来的样子。如果她是我本来的样子,那我肯定就受到了压抑,有哪里不对了;如果我是我本来的样子,那我妈妈就太可怜了,她在她那个时代被裹挟了,这是我在想的事。"

她在想这些吗？她的思考让我无话可说。她和她妈妈真的太不一样了！为什么，凭什么，纪遹跟我之前所遇见的女人都不一样，她这样的异类是怎么产生的？她甚至告诉我，与她同时代的这些人，都和她是一样的，都是我眼中的异类，她从不觉得自己有什么不正常。她太奇怪了，他们那一群都太奇怪了。

沉默是最好的回答。我现在暂且心安了，事情并没发展到我预想的无法收拾那样的地步。

三

汽车渐渐驶离城区，在高速中奔驰，驶到城与城之间交接的那些不能算城市又不能算乡村的模糊区域。人要么在高处，要不就在低端，中间那些可有可无的过渡是最傻最不值当的。我难免回顾以往，那时候，这对我来说算什么问题？如果不是我现在没钱了，我会如此在意纪遹与我的关系吗？一切的道貌岸然，清风高节，全因为没有真正历经过财富。

财富？有一百万就癫狂的人叫暴发户，有一千万而癫狂的是不守节，当你拥有十个亿的时候，不管是暴发户还是守节不守节，哪怕你生来就是显贵，你都再不可能还是原来的你。每个人都有从一块钱到一百块的过程体验。一块钱的局促和一百元的畅快，显然存在着不可逾越的鸿沟，那么，从一百元到十亿，再到一百亿呢？毋宁说是天堑，是天壤之别！当靳尚义跟我闹僵散伙，我从一个末流的医疗器械推销员上升为商业地产大亨时，我自己都惊讶于财富会给人带来的变化。无论再听见任何关于财富的论调，我都只会摇头叹息，一笑而过。真的，没有切实拥有过财富，拥有过那么多财富的人，这一生是没有意思的！

　　当我的户头数字排位超过十位数的时候，所有七位以下的数字，都不再认真看了。从几十万渐升到一百万，跟从前没什么差别，不过就是吃好点、穿好点、住好点；从一百万到一千万了，跟一百万的时候差异也不大，不过就是再吃穿住好一点，同时再放肆一点。但我还是我，没有成为那个逸于凡人的我。什么是不凡？只有巨大的财富，才能带你走向真正的不凡。你去过那个制高点，俯瞰世界，才能体会到什么叫会当凌绝顶——只有真金实银给你垫底堆起来的高峰才能让人体验何谓一览众山小。你是人，你当然觉得山高，然而山也是一山更比一山高，你爬来爬去，登再多顶，你都登不到头，你还是人。十个亿啊，太多了，这么大的国土装十几亿人都那么拥挤，我一个人就拥有几十亿，数都数不过来了，随便取出一部分都能把人淹死。

　　我曾经也嘲笑过有钱人，但只有你自己也有了那么多钱的时候，才知道自己曾经的嘲笑是多么可笑，太幼稚，太年轻，太简单！十万就可以做很多好事，一百万足以设立慈善机构，可以赞助很多孤儿。当我还没有成为财富的驾驭者时，热衷于救济，热衷于慈善，帮助经济困难的人脱离贫苦。

　　但等我真的走上云端，一切于我不过蝼蚁，我再也不做慈善了。只有贫苦才会救贫苦。从前认为高大的，觉得自己一生怎样都没可能攀上的，财富带我轻松超越！没钱时仰望的高尚，有钱后就到下面去了，竟排在人世的底端。东坡先生一定是有体会的，不然不会写"高处不胜寒"！有钱，当不当叛徒，做不做英雄，我都是胜利者，是胜利之神，是凯旋之神！一切在我眼里都是灰，都是我落地时作垫脚的踩踏。

　　这就是我当时站在喜马拉雅山南迦巴瓦峰峰顶的感慨！从低处

攀爬登山，与乘直升机从天而降是截然不同的两条路线。有钱，你要去哪里不行？有钱，什么安全、极限、保护会买不到呢？空降喜马拉雅、鲁文佐里、阿哈加尔、道拉吉里峰以及安那布尔纳的几大高峰，站在世界之巅俯瞰脚下，除去我的视线其余还有什么意义？除了我，这世界还有什么别的存在？

张茨事件过后，靳尚义和我断绝了联系，我跟张茨也分开了。靳尚义没有追回地产项目的启动资金，他在1996年把侠客行注销了。自此，我进入单独闯荡的辉煌年月。我独自注册成立了一家房地产公司，由此展开了发达之路。1997年，香港回归，我把在宣武区的旧仓储厂房改建成了蔬果市场，并正式投入运营。1999年，澳门接踵而归，中国经济发展蓬勃，地产事业逐渐盛兴，我乘胜开发了多处商用办公楼项目。适逢经济飞速发展的年代，我相继投入建成住宅小区、购物广场、生态产业园。财富的累积是循环递进的，只要到一定数额，就再也不需要挣了，钱会自己滚动，不断生利。

二十一世纪来了，我发财了，我成了财富的驾驭者！

地产创业初期，我到上海洽谈一个项目。与客户在和平饭店结束会面后，我一时兴起想坐轮渡游览黄浦江。离和平饭店最近的是十六铺码头，这里除了有去浦东的短途轮渡，还有可以出发去武汉、重庆的长江轮。十六铺码头人太多了，去浦东的航路又短，我索性先坐车往北到吴淞码头，从吴淞宝杨码头乘船到对岸崇明岛的南门港码头。这条航线大约要坐一个多钟头，适合我这种闲人。遍地浜泾浦滩的上海，轮渡是很重要的。当时大部分乘船者，都是骑自行车上轮渡的。他们登船后把自行车停在船舱大厅的一边，就到另一边坐下。靠窗的好位置早就没了，我随意选个空座坐，打算开船了再去甲板上观望。船还没开,大厅就热闹起来。

"古来冲阵救危主,只有常山赵子龙。我不跟你说别的,单挑绝对是赵云厉害。"

"三兄弟合起来才败了吕布,你一个常山赵子龙想跟吕布比?一个吕布打十个赵子龙都没问题!"

"曹操说赵子龙是世之虎将,只要得了他,就不愁天下不得!"

"不用想了,吕布是战神,两个人单挑绝对是吕布赢。"

"你就不懂了,其实三国里面很多事情都不是历史事实,张飞比关羽要大,按年纪排,张飞才是二哥!"

"就你胡吹,牛皮都吹上天了!"

"是你孤陋寡闻没见识,我是从历史专家那里得来的材料,一般人不知道的。不信的话我们就打赌!"

"我他娘的还就不信了,关公肯定是老二,卖猪肉的才是三弟!输了我这个欧米茄现在就摘给你。"

"随你信不信,张飞绝对比关公大,赵子龙肯定比吕布能打!"

"赵子龙打得赢吕布我单车现在就扔掉!就扔进黄浦江里你信不信?说扔就扔!"

"我跟你讲你不要狂,赵子龙要是打不赢吕布我马上就跳黄浦江你信不信?我说跳就跳!"

情况危急,船舱里的乘客在一旁也跟着闹开了,有的人支持赵子龙,有的人支持吕布,赌局处处开花,整个船舱都要炸了。

"吕布打不赢赵子龙,我跟你姓,我是你孙子!"

"赵子龙要是输了,我剁我半条胳膊,说剁就剁!"

"我儿子媳妇全跟你姓,名字倒过来写。"
"我鞋子脱下来现在就扔到黄浦江。"

为了避开哄乱的人群,我摩肩擦背地挤到甲板上。我惊呆了,黄浦江面上漂着许多自行车,有完整的,有分解的。我不知道里面的人有没有找到仲裁者,反正这些人牵着自行车冲出来了,开始脱衣服、摘表、脱鞋。为了证明自己的观点,他们干脆说一样扔一样,把衣服、鞋子、手表、钢笔、公文包、自行车,都往黄浦江扔下去。

"赌不赌?廖仲恺是蒋介石杀的!"
"西游记的白龙马其实是女的。"
"我这个金戒指现在就摘下来给你,澳大利亚绝对比俄罗斯大。"
"拿破仑只有一米五八,顶多一米六。我要是说错了,包送你一年吃大排。"
"吕布打不赢赵子龙,我把黄浦江都喝下去!"
"张学良是学唱戏的,要是说错了老子现在就裸体爬桅杆!"

他们都有自己笃信的消息来源,可这些东西究竟要谁来裁决呢?满江漂浮的自行车太恐怖了,民众的打赌热情太壮烈了!这次见闻,震惊了当时完全不明就里的我。一个又一个新的话题,谁也不信谁,谁都不肯饶过谁。一个多钟头的航行结束,下去的人多多少少都丢了东西,有赤膊的,有光脚的,来的时候有包有车有衣服,下去的时候这些都献给了黄浦江。什么是贫困?这就是贫困。贫困造成了他们对文化信息的膜拜和迷信,随便听到的一条传闻都让他们如获至宝。在信息还没有获得解放的当年,为了那些极不可靠的消息,他们竟然傻傻地白白舍弃真正有价值的东西。这不是要面子争一口气的问题，而是为什么而要面子争一口气的问题。不过就是为了证明自己比别人知道得多一点，就把衣服、结婚戒指、自行车这些贵重的东西统统扔掉。值得吗？我顿时丧失了对崇明岛的游览兴趣，当即买了一张回程船票，又坐船回到吴淞码头。

钱能让很多原本无法相容的东西交融并存。比如我人生登顶那些年，金钱女人俯拾即是、擢发难数。可偏就那时候，我再也不满于从前那种暧昧浪漫了。我变得强烈地渴望获得安定，认为自己应该有一位妻子，所以，周瑾就显得重要了。她是交替更迭的反面，是我的另一条绳索。她是在我从平地到登顶这两个时期都在我身边的幸运儿。如果论因果报应，那一定是我前世有愧于她，或她是我的债主。否则，茫茫人海大千世界，怎就她有这样的荣幸，得了今生这么好的福报？

四

我是通过张芡认识周瑾的。张芡是跳舞的，周瑾是学画画的。和张芡还在交往的时候，我就和周瑾搭上了。靳尚义的事情以后，我和张芡散了，周瑾就成了我比较稳定的一个女友。她有一种冷酷的艺术气息，她的桀骜不驯在那时候非常吃香，我就是喜欢她那种把一切都不放在眼里的样子。但其实她没什么不凡，跟天下所有女人一样。这世界只有两种人，男人与女人。女人只分两类，脱掉底裤的和未脱底裤的。只要拉掉她们的最后一道遮羞布，所有女人都是一个人。

曾经有一趟从北京出发到南昌的航班,就因为出发前周瑾向我讨索欠债而耽误了时间。我没有换到挨着舷窗的单人座位,只能在头等舱的中间排一个位置坐下。从内心的喜好来说,比起乘飞机,我更倾向坐火车。但为了各种项目的推进,为了时间,为了场面,我还是会选择坐飞机出行。如果你还存有那种在飞行旅途中艳遇的幻想,那只能证明你飞机坐得还太少。对我而言,飞机不过是一辆空中出租车,是我麻烦的日常。不再心动,不再有什么新奇,是站在财富顶端的人才有的一种超能。

一个年轻青涩的女孩过来了,她高挑纤瘦,上身穿一件长袖衬衫,下身是一条短裤,两条麻秆一样的腿立刻吸引了我。周瑾最值得欣赏的也是腿。

她过来了,正好就坐我旁边。她左手有一枚蓝宝石戒指,目测大约五克拉左右。戒指的样式非常好看,没有冗杂的散钻衬底,而是简明的几道铂金圆线缠裹中间的主石,熠熠生辉,非常典雅。她的品位不错,或者送给她这个戒指的人品位不错。她坐在我右侧,戒指戴在左手中指或无名指,我记不清了,只记得宝石的光总是闪向左侧座位的我。她接物待人得体大方,飞行途中除了回答空中乘务几句话,没有再多发一点声音。除去饮水,她就是看书,或者瞌睡。

她穿着一件浅粉的长袖衬衫,睡着后袖子跟着胳膊往下顺垂,从袖口可以看到她左腕上戴了一块金表。这是个条件背景不差的女孩,以她的睡态来看,她还很生很嫩,不是那类已经老熟的小妇女。我把视线从她那里拉回,从侧前方的飞机舷窗俯望出去。黄昏临近,城市上灯了。一座城市算什么?不过是金钱和财富搭建砌成的,钱可成城,亦能覆城!这些灯,我能让它们亮,也能让它们偏就不亮!富,丰于财也;我,逸于凡也。谁还会在乎什么审判、评价、感受,只要十亿这个数字填进户头,你就与人群、凡务告别了。曾经听到的传言是真的,越有钱的人越小气。当我仅百万千万身家时,花钱买东西真的很有意思,能让我振奋获得快感。我多么享受一掷千金,多么迷恋于慷慨挥霍。这就是典型的贫穷思维,是完全被金钱统制,而不能驾驭金钱的表现。现在,任何一般的游戏趣味,甚至巨额埋单,对我都已毫无刺激。只有人所不能为、人所不敢想、人所不能及的事,才能激起我的兴致,才能让我体验财富的绝对统治力。

机上广播通知,飞机快要下降。她醒了,紧闭着眼睛,似乎耳朵很难受。直到飞机落地滑行,她才睁眼。等客机停妥,空中乘务示意头等舱的乘客可以先离机了,我毫无先兆地拉起她的手就往外走。她虽然感到莫名其妙,却并没有喊叫出声。我拉着她快速离开客机,径直走到大厅的一个偏门拐弯处。通道口已经有机场地勤的工作人员在等我了,他带我走专道去司机停车的地点。

被我拉着的她终于说话了:"先生,你认错人了吧!我不认识你。"

我不回应,继续拉她往前走。她开始在我身后挣扎抵抗,但她不是泼辣厉害的人,动作幅度很小特别好对付。机场内务人员对后面的异常没作任何反应。

"你是谁?你要干什么?松手!"

"不要急,马上就到了,我们很快就互相认识了。"我没有回头。

"先生,请放开我,我还有行李要取。"她的语气变了。

"你把名字和行李牌号码给我,我安排人给你拿过来。"

她没话了。

地勤工作人员领我到车前,司机已经将后座门打开。我把女孩推到身前,一手拉着打开的车门,一手按住车身后方,将女孩围在我的双臂中间,然后非常绅士地说:"上车,你要去哪里我送你。"

她犹豫片时,还是顺从了。实际上,她没有别的选择。人都不是傻子。当她走进专用通道,看见所有人都对我恭敬屈膝,见到停在这里的劳斯莱斯,哪怕心里有再多疑虑,都会被势力压服而放下防备。这就是财富的力量!

等她坐好关门,我从另一侧上到后座,说:"你跟我走,我要让你看你从来没看见过的。"

"看什么?"

"现在告诉你就没意思了。"

"为什么?"

"不为什么,就是想给你看。"

"现在这是去哪里?"

"岩景山。"

"岩景山?是青栈的岩景山吗?我明天还要在南昌参加比赛的。"

"什么比赛?"

"选美比赛。"

"不用担心,你会得冠军。"

岩景山在青栈市,离南昌二百多公里。城中很多的商用住房、购物中心、写字楼,都是我搞的项目。这次去,是要落实一个依山别墅群的规划。通过跟她的对话,我了解到她是一个快结婚的女模特,夫家是做熟食生意的,未婚夫是个还没出名的男演员。抵达青栈城里已经夜里八点,我们换乘另一辆车,往岩景山上去。在岩景山顶峰,我有一幢装置精美的妙舍。等我到达,司机安排的鱼翅捞饭和参汤早就装盘摆好了。我招呼她简单饱肚,就带她到岩景山顶峰的露台,俯瞰城景灯火。

"真好看。"她似乎有些迷醉。
"这是因为你站得高。"
"我从来没有这样看过一座城市。"
"这不算什么,我去过比这高得多的地方。"
"你是青栈的市长吗?"
"青栈?这里太小了,我随时都可以让它消失。"
她将我看得太小了,我有点生气,移步到她身后,贴上她的身子。人类的曲线在进化中是预设好的,此凹彼凸。我双手从她的侧腰环上去,头往她左肩搭着,松手往前去解她的纽扣。
"不能这样。"她说。
我不理会,并不停手。
"不行!"她喊出来了,"你不能太过分!"
"什么叫过分?"我干脆把她翻转过来,将她的脸朝向我,"你帮我脱。"我对她说,同时双手擒住她双臂往我裤腰方向过去。
"够了!我要走了,谢谢你带我来看夜景。"
"还没开始,你怎么能走呢?"
"不用了,让我走吧。我本来以为你是个好人。"
"男人有好的吗?"
"我以为你是不一样的。"她别过脸,始终不肯就范。我干脆松开她,站在后面花一分钟打了个电话,城市瞬间暗了!她惊呆了,脸霎时白了。我们在山顶依稀听见了整个城市在黑灯瞬间发出的轰鸣。现在除了我的房子有电,整个城市的供电都停止了。

"见过这个吗?"

"你就是要给我看这个?"

"好看吗?"

"你想怎么样?"

"不想怎么样,就是刚才在飞机上特别想为你把下面的灯关掉。"

"把电恢复吧。"

"求我。"

"这不是我的错啊!"

"我现在让你求我,是给你机会,不是谁都可以轮得上求我的。我能让你像灰一样变没有,这有什么呢?你不过是个生命,生命对于财富来说,等于没有。"

我坐到靠椅上,招手让她过来。

她停在原地想了一会儿,问:"我会得冠军的,对吗?"

"那是肯定的。"

她走过来立在靠椅边,开始执行我的指令。

"这就对了。"我的手从她后脑揪住她的头发,静心感受她的服务,"你还有什么愿望,这时候都说出来,告诉我,我都可以给你实现。"我让她停下,捧住她的脸,对她说。

"你能让我的老公成名吗?"我实在想不到她会提这个!

"完全可以。但你太傻了,他成名了还会要你吗?"

"我配不上他,我要为他做点什么,这样我嫁过去才好受些。"她的幼稚和无知简直让我震惊,难道越漂亮的女孩越没有脑子?我揿一下播放机的按钮,露台的立体声音箱传出令人舒缓愉悦的音乐。我解开她的衬衫,脱掉裤子站起来,让她紧贴我陪我跳舞。

她安静了。她的身材真的很好,黄金比例,且不像那些专业模特过于高挑。她的胸娇小而富有弹性,紧致峻拔。细长颈下有一对微微斜倾的锁骨,她的胸线位置比较低,锁骨下一直到胸部非常平坦舒展,看起来颇为高贵典雅。她的皮肉与脂肪分布得极匀称,既有几分脂油,又能看到骨线。我把她抱得紧紧的,恨不得将她压扁,带着她随音乐晃着。

"你太傻了。现在的姑娘少有你这么傻的。让我帮你好吗?"
"怎么帮?"
"我让你成名,让你变强大,这样你老公就得靠你,没你他就不行。"
"能做到吗?"
"我说你能就能。"
"你到底是谁?为什么这么厉害?"
"你相信钱的力量吗?"
"不能说完全相信,但也不是不信。"
"所以啊,你们都是小信的人,你们不会见到财富之神的真身。"
"财富真的那么强大?"
"真的,它是最强大的,这世界没有任何东西能超越财富的力量。"
"那你是怎么得到财富的?"
"你先脱光,然后就告诉你。"
她乖乖把裤子脱掉,光身子站在微弱的灯下。
"把表和戒指摘了。"
她又配合着取下来,放在靠椅边的小茶几上。
"扔到山下去。"

她以为一切有那么简单吗？

"为什么？这是我老公买给我的。"

"我可以再买一百个给你，扔！"

她扔了。

这下，她有了成功的起点。

"我在教你，懂吗？好了，现在过来吧。"我坐在躺椅上，让她坐到我身上，"如果你要获得财富，首先要付出你的身体。现在，你先把我搞定。"她点点头，开始行动。

我寻找她的缺口。那是一处缺口，与别的小兽一样，她也是有缺口的。

音乐太拖沓了，不是我现在需要的节奏。

不久后，城市的灯亮了，一个小时到了。我抓住她的头发，将她的头拧过来，调整她的位置，让她可以看见灯火重新通明的城景。然而，此刻我依然是她的支撑，她是我的外壳。

音乐终于切换到激昂的篇章，女孩终于无所顾忌，开始喊叫，喊那些从来都没机会也没可能说的前言不搭后语的话，她感受到这个灯是为她而灭，也证明了这个灯可以再为她亮。

在胜利来临的一刻，我禁不住在山顶高呼："财富之神，让我把身体和灵魂都献给你！"

"你怎么能确信我一定会跟你走？"

"我不能，但财富能。"

"你太坏了，你让我离不开你了。"

"不是离不开我，你是离不开财富。"

"从前我太傻了，还好遇见了你，还好和他分手，不然不会有今天的我。"

"你不爱他了,你爱上了财富。"

"不,我觉得是因为我爱上了你。"

"你爱我吗?"

"爱。我天天想你,想看见你,见不到就心里发慌。求求你可怜可怜我吧,不要不理我好吗?"

"在飞机上第一次看见你的时候,我并不知道我要做什么,会和你怎么样。但我知道将来你会求我,就像现在这样,长久地求我。这就是财富之神给我的大能。"

"我现在也懂付出和交换了,为什么还不具有你那种能力呢?"

"你是被我恩赐的,没有得到财富真神的垂青。"

"你怎么得到的?"

"你相信财富的力量吗?"

"我信!"

"那你认为它比理想、尊严、孝道、情义、生命、爱情、自由更高吗?"

"我,我要想想……"

"不用想了,有犹豫就是小信!你喜欢钱,喜欢挣钱,但就是不信钱。你们都是想用钱,想得到钱的帮助,却不信托,不肯把灵魂交给它。我明白了这一点,把自己的灵魂交给了它,所以一定会发财,一定会得到大能!你现在获得全国选美大赛的冠军,不是靠财富之神的力量,而是我的力量。如果你也想看见他的真身,那你就要将自己全盘交出信仰他。他是至尊、唯一、最大的神,但凡你信心大,所得就大。因你的贫困,都是自己造成,而每一分财富,都由他所出。世界是由财富决定的。你要多多地信靠,就能从他那里多多地得到。人每天要吃一日三餐,而重要的其实是一日三祷。我告诉你,祷告的时候要这样说:'我们在天上的财富之神,愿人都尊你的名为圣,愿你的国降临,愿你的旨意行在地上,如同行在天上。我们日用的饮食,今日赐给我们。免我们的债,如同我们免了人的债。不叫我们遇见试探,救我们脱离贫困,因为国度、权柄、荣耀,全是你的,直到永远!'"

可是现在,财富之神遗弃了我。

尽管我依然每天诚心向他求告,却不再得到他的恩惠了。得到恩宠的我,过头了,被骄傲和欲望迷惑了!我不该将自己的灵魂分出去交给科技,交给爱情,交给欲望!我多么不堪,多么无耻,又多么可怜。财富之神啊,求你可怜可怜我的欲望吧!因为我的欲望能更加证明财富的伟大,财富的无边!我是为了要见证你的力量,为了向世人宣称你是最大的唯一的至高之神!求你不要遗弃我,求你继续带领我。

我不知道这些乞求能不能得到回应,我真的认识到自己的无能,破败,不堪。没有财富,我一无是处,一蹶不振,到现在都搞不定身边这个女人。曾经的辉煌过去了。一句曾经,就能把以前的绚烂全部带走。曾经飞机上的女孩,现在成了当红明星,她脱离贫困了,她得到财富之神的垂青了!我成就了那么多人,向那么多人传扬了伟大的财道,为什么却被财富之神遗弃了呢?我太骄傲了,我把自己当神了!善良,传道,择人,赐恩,这些都不是我的事情,我怎么能插手神的事呢?我错了,我罪该万死,求财富之神宽恕我的罪孽,原谅我的罪过吧!我真恨我自己,恨自己为什么不能早点认识她,为什么她不早一点出现,出现在财富之神带我登顶世界之巅的时候。如果我早点认识纪遹,故事就不会像现在这样,这些可笑的平凡之辈的尴尬和悔恨绝对不会出现在我的人生中！

五

汽车在返程途中奔驰，它只能往来于空间，却不能穿行于时间。我从过去的斑斓回到当下的现实，感慨万千。决定行驶方向的到底是驾驶者，方向盘，还是乘客？如果是乘客，那裁定者是我还是纪遹？事已至此，一切都回去再说吧。改变纪遹的认识，不是我的事。难道我还没有吃足教训，依然要替财富真神司职吗？

"不管怎样，我现在没钱了，你没有跟我一起经历过财富。"我无意讲出来，却好像已经说出口了。

"你现在才是真的富裕。"纪遹说。

我向她做手势，示意她保持安静。还在车上，有些话是不好让别人听见的。纪遹安静了，我沿着她的思路继续推敲，试图找到击溃她的理由。没见过财富真身，就不能体会财富的绝对力量。现在的首富，阿凡提集团的董事牛海，他的位置原本该是我的，他就是被财富之神眷顾的人……

财富真神啊，我诚心向你求祷，求你可怜，求你不要厌弃我。可怜我无法控制的欲望、贪婪、卑鄙和无耻吧！如果我不是背叛者，说谎者，如果我不是罪人，怎么能证明你的绝对至高呢？只有我这么弱小胆怯又贪恋欲望的人获得成功，才更能显出你至高无上的大能啊！噢，我想通了，牛海正是因为丑陋才得到你的垂青！可是，财富之神，我的不丑陋，难道不是由你作主决定的吗？既然一切都由你预设，那么必定也由你更改，只要能让你高兴，我宁肯立刻变丑！还有谁的力量大过唯一绝对的你？求你可怜我，求你不要遗弃我，求你赐我大能,求你在纪邇面前显露真身吧!她太固执了,在没有见过你的大能之前,我是绝对说服不了她的。求你使我强大,因我知道我不能,而你能。我将全部自己交由你带领,将灵魂也彻底托付,求你向她显能,让她归顺于我,也归顺于你吧!因为国度、权柄、荣耀,全是你的,直到永远,财富之神……

车里忽然有了腥气。奇怪,明明车门车窗都严实地关闭着,怎么会有腥气?是车外进来的?这里不是农田,没有森林山丘,是江南富饶的城镇集市,怎会有这种味道?这是一种类似生鱼的味道,像某种海鱼的鳞甲。我家是做渔业的,我从小在海港就接触过许多海产,辨别这种味道相当有把握。司机开始频繁地瞥车内的后视镜。我旋头往后看,一辆车也没有,那他必然是在察看后座。尽管车中有一块挡板阻隔了前后,但车内空间很小,他一定闻着腥气怀疑是我们在捣鬼。我朝纪邇看了一眼,她竟然睡着了!如此折磨、紧张、尴尬的气氛中,她怎么能睡得着?我恼怒极了,对她很生气,干脆就伸手把她那边的车窗按下一半,让腥气透散出去。车开得越快,回风、噪音就越大。吹吧,拼命吹她;吵吧,吵闹死她,看她还怎么睡!

突然有灿艳的莹光耀烁,映射得我睁不开眼。是外面的光,还是某处反射的光?我压了一下纪邇,让她躺到车窗以下,不想让这些强光刺激到她。她的皮肤怎么那么滑?碰她的手,居然油乎乎的,像沾了什么润滑油剂。难道是梦?闪光下我怎么会看见一条龙,躺在那里的是一条金色的龙!龙在呼吸,在吐沫,龙的表皮文理极为缜密,细致不见毛孔。鳞甲随呼吸重叠起伏,吐气时表面平滑,等吸气才张开显现。那些鳞甲不是金色的,它们就是黄金!

龙,春分而登天,秋分而潜渊。现在春分过了还未到秋分,难道在春分与秋分之间,龙只能在天与渊之间?司机呢?他看见什么了吗？连续的闪光下，我看不清前面的情况，只看到后视镜里他一直往后瞄视的警觉眼神。他的眼神里有惊异、恐慌、无奈和怨恨。为什么他不瞥向龙，而要一直盯着我呢？这一切太真实了，真实得让我不敢认为是一场梦，但不是梦是什么呢？纪遹是一条龙吗？一条金龙？龙是他，还是她？龙竟然这么小吗？首尾看起来不超一米。由于我心跳太快，并不能准确估时，只大致推测出龙的一轮呼吸约莫需要五分钟，比人要慢得多。这是开窗后的幻象吗？我把车窗关上，亮光反而更强了，腥气又来了，原来是龙的味道。龙的头朝我的方向侧靠，眼睛闭得紧紧的。我的心跳稍平稳些了，就凑近仔细观察。原来腥气发源于龙的吐沫，这些腥膻的泡沫落到坐垫脚垫以后，会固化成若干玄黑的结晶。我拾起一块晶体，小心地凑近闻一下，竟立时就醉倒了！晶体的馨香馥郁，当即就令人舒展胸臆，紧缩的心瞬间融化了。

车窗关闭以后，亮光彻底分隔前座与后座。司机看不见后面的情况，我也看不见他了。我拾起几颗龙涎结晶，从隔板的间隙投塞到前排。司机醉了。

"我今天接到人物了。"我不知道他是自言自语，还是想跟我说话，反正我选择不理会他，"你看，车里比外头都亮，要不是我二十多年的驾龄，一般人真对付不了。我都不用看，只要跟着感觉走，就能知道路况。我载过不少人了，养蛇的，真是头一回！女士，蛇多可怕啊，狡猾不说，长得还那么吓人，你不怕它咬你吗？你刚才说想抽烟是吗？我以前也抽烟，现在开车的时候不敢抽了，怕有乘客投诉车里有烟味。那些环保分子太凶悍了，实在招惹不起，得罪他们，比得罪我老婆还可怕。女士，能问问你是做什么的吗？律师？医生？老师？"

他叫我女士，还说什么养蛇、抽烟、环保分子？他一定是醉了，说胡话了。不过,被他提醒一下,我倒真的想吸烟了。

龙呢?光还这么亮,龙怎么不见了?我伸手寻探,什么也摸不到。我努力吹散光气,终于隐约看见龙变成一条很小的金虫躺在座椅上。不,不是金虫,龙还是龙,只是变得像一只小虫那么大了。我持续吹气,要确认龙的位置,想用双手把龙捧在手上。为了防止龙睁眼醒来,我极为小心。我碰到龙了,小小一点点,却还是滑滑的。我想把龙捻起来,却不慎被正在收缩的鳞甲夹住了。完了,鳞片正在闭合,我的手被卡伤了!然而我根本就拿不动它,难道龙有这么重?一丁点黄金就重成这样吗?为什么拿不动呢?我心里发慌,收回了双手。右手食指受伤了,有水液正不断地往外滴落。光太亮了,白乎乎的,这么亮的光,于我却成了黑暗,让我什么也看不见了!

"这是钱的味道。"司机突然说,"这味道一开始很吸引人,闻久了,闻进去了就觉得臭了,但口中却会特别甜。我老婆就特别喜欢用这种味道的香水。我不能说有多讨厌钱的味道,但闻太多就腻了,现在一闻就头疼!女士,你结婚了吗?有孩子吗?我女儿再过两岁就要成年了。我只求她千万不要像她妈妈,天天就爱喷香水到处打牌。"

我不晓得他尽扯些什么鬼话,难道我是来听他抱怨人生的吗?我只关心龙,那只金龙。

"马上要到收费站了。女士,把那蛇稍微藏一藏吧。我怕收费站的人找我们麻烦,别耽误时间。对了,如果你想抽烟上厕所之类的,我们可以出收费站后靠边停一会儿。"

为什么抵达总在我已不想抵达的时候来临?要到了,我要和龙分开了吗?这是不是财富之神即将降临的征兆和暗示呢?

"你车上是什么东西啊？一股铜臭味，太难闻了！"

"是带的宠物，现在人喜欢什么的都有。"

"哎呀！是一条蛇！怎么也不用绳子拴一拴？太危险了！"

众人都围过来，但是躲得远远的。人就这样，又害怕，又好奇。难道我看见的金龙在别人眼里是一条蛇吗？外面吵起来了，司机交完费就驶出收费站，在旁边停好然后下车跟工作人员解释。车被团团围住了。刺眼的强光渐渐淡去，龙睁眼醒来，又变回了一米的大小。龙伸一伸头，身脊后端两侧的鳞甲就撑开了，又用尾端往车门摆了一下，车门就开了。龙身后撑开的鳞甲霎时张出一对翅膀，翅膀上没有羽毛，全是黄金的鳞甲！龙由头领着身子往上飞去，尾端却留在地上，越飞身体越长，长得望不到头。

没有闪电，忽然就响雷了，雷声滚滚。我下车，我要去看金龙。众人忽然惊呼："蛇！"

我一下车，金龙原本贴在地上的尾巴就抽走了。金龙飞远了，消失了。梦该醒了是吗？我奋力地睁眼，瞪眼，努力让自己醒过来。

人群更加骚动了，他们喊着：

"离远一点，大家都注意安全！蛇爬得很快，咬一下就会被毒死的！"

"这蛇身上的皮怎么那么皱，是一条老蛇吗？"

"管它老蛇新蛇，就怕是一条毒蛇！"

"多丑啊！又丑又难闻！"

"现在还有人专门用这种味道做香水呢。"

"快散开，它要发疯了！"

我不想继续听这些乱七八糟的聒噪了，我要醒过来！睁不开眼我就开始抽打自己，扇巴掌，掐大腿，甩头。我要醒来，我要醒来，我是王逸凡！

"快报警吧!这是条疯蛇,咬了人可不得了!"
"是不是应该联系野生动物保护协会?"
"人都保不住了,还要保护这种东西?"
"打死它犯法吗?"
"只要不是保护动物就杀死它!"
"管它保护不保护的,我们这是正当防卫,来吧,大家一起上!"
"打狗要打腿,打蛇打七寸!"

一阵乱棒朝我劈天盖地打来。我告诉自己不要反抗,倘他们能把我从梦里打醒也好!我嘴里泛出血,头脑发胀,天旋地转,浑身疼得要命。财富之神啊,救救我,快让我从噩梦里醒来吧。

人群忽然散了。

虽然已经傍晚,但天还亮着。我浑身是伤,倚靠车身坐在地上。我看见纪鹇了,她终于出现了,司机正随着她朝我走来。

"女士,我知道错了,对不起。请你不要起诉我,我真的只是一时冲动!我的女儿半年前被查出得了白血病,现在还躺在中心医院的病房里。我除了开车什么也不会,老婆只知道花钱打麻将。我女儿是我们唯一的孩子。我听了你们的对话,知道那先生是个有钱人。可有钱又怎么样呢?有钱就可以瞧不起人,藐视别人吗?他那些话太伤人了,作为一个正常人,我实在是听不下去!真的,我虽然日子过得困难,但并不觉得钱有多了不起!他那种不把人当人的态度,比那些环保分子还要可恨!你说,命运难道真的这么不公,好人要遭劫难,人渣反而发达有钱?收费站那女的是我表姐,还有那些人都是我提前约过来的。是我的错,要怪就怪我,请你放过他们吧!我没想要讹诈他的钱,就是气不过,想教训教训他,要让他知道别人也是人。

人穷志不穷,再怎样,这口气我咽不下去!女士,你跟他完全不是一种人,你说的那些话,我都觉得对!刚才我特意让表姐带你去洗手间,就是要把你支走,怕他们不小心伤着了你。我真不明白,这男的是你什么人?你怎么会跟这样的人在一起!"

纪遹没有看他,她蹲下来看了看我。她给我擦掉脸上的血污和灰尘,检查我的身体和伤势。等她做完这一切,就重新站起来,转身对司机说:"每个人都有自己的账。我不是神,既不能审判也无法宽恕。所以,各自为自己承担吧。他为他的态度埋单,你为你的一口气埋单,我也要为跟他在一起埋单。"

第五章 | 进步，进步，进步步

一

"不到草原，就不会懂什么叫辽阔！看见吗？这才叫一望无际！天空就得空，要数得清天上有几朵云。草要长得比人高，才能叫草原。人进到草里是看不见的，等风过来才显露，这就叫'天苍苍，野茫茫，风吹草低见牛羊'。看见帐篷了吗？那就是蒙古包！晚上我带你去蒙古包吃正宗水煮羊。蒙古人最好客，但凡有客来，不管熟人还是陌生人，都要好酒好肉款待。喝要喝到醉为止，吃要吃到撑死你！快看，现在到草甸草原了，能看出差别吗？这跟刚才那种干草原是不一样的，这种叫针茅。咱们要是十月份过来，整个草原就是一片金黄，要多美有多美！左边，那几个牧民在跑马！你骑过马吗？只有在大草原上骑马，才能体会什么叫万丈豪情！在蒙古人里，我算晚的，九岁才第一次骑马。别看人小，一上来骑的就是成年大黑马，那马比现在的我还高！阿巴嘎黑马听说过吗？阿巴嘎黑马、铁蹄马、鄂尔多斯乌审马、乌珠穆沁白马，是内蒙的四大名马。成吉思汗知道吧？世界上最有战斗力的骑兵部队，就是骑着这些马踏平欧亚大陆的！蒙古人是最英勇、最能打的。由成吉思汗征服统领的帝国,是世界上疆域最大的!他是我们蒙古人的骄傲,是神一样的存在。如果当时他再活十年,一定就可以征服到世界尽头!我记得我九岁第一次骑马,没多久就从马上摔下来了。当时真吓死了,立刻就要哭了,结果还没来得及叫唤人就落地了,根本不疼!就像摔在软垫子上似的,草地是软的。我告诉你,那些黑马看着凶,其实很温顺。我一摔,马就停在我旁边。等看见我起来了,它就欢快地自己跑开了,像是庆幸我没事一样,比之前驮着我时跑得还快。跑一圈以后,又回到我跟前,伸脖子低头让我接着上去骑它。看!前面那团乌云!这就是东边下雨西边晴,你能一直看着乌云带着雨过来又过去,这就是大草原啊,除了草原在哪里能离天那么近?看见那条河道吗?那就是锡林河,九曲十八弯。游牧民族的人是逐水而居的,按城里的说法就是居无定所,蒙古包搭在哪里,哪里就是家,这才是人生境界。我跟你说,房地产到蒙古人这里,肯定是做不起来的。赚钱还是只能赚汉人的钱。看那边,那两个穿传统蒙古服装的姑娘,看见她们头上的帽子吗?帽檐垂下的那些红珠子全都是珊瑚,很好的东西!还有后面那两颗大的,蓝色的,那是绿松石。这两个姑娘肯定是大户人家的,看她们衣领上的绣花就知道。这种叫圆顶立檐帽,还有一种顶上伸出来的是尖顶立檐帽。这种工艺,除了蒙古,哪里都做不出来。现在确实很热,到晚上就凉了,草原上昼夜温差大。你说,哪个画家能把这么辽阔的草原给画出来?眼睛都装不下。蒙古人还保持着淳朴、善良和热情。看那些牧民望着自己的牛群,望着就满足了,这种感情你是一辈子体会不到的。到了内蒙却没喝过马奶酒,那你就白来了!还有蒙古的羊肉,尤其是锡林郭勒的羊,吃上这个你以后就再也吃不了别的羊了。我告诉你,真正的好羊,不要烤,太浪费了,要吃就吃白煮的,清水煮,那才好吃。只要有腥膻，就一定不是好羊。这里大草原的羊现杀，直接水煮，一点腥膻没有，只有鲜美！汉字那个美，上头一个羊，下面一个大，大羊就是美啊！蒙古的羊为什么好吃？大草原上有甘草、柴胡等等很多天然的植物药和大量的豆科植物，羊平常吃的都是这些天然无污染的草和草药，喝的是没被污染的天然水，每天在这么广阔的草原里跑着，活动量又大，肌肉脂肪分布合理，肥瘦相宜，能不好吃吗？除了清水煮，我在呼和浩特还吃过冰煮羊。现杀的羊肉切好放在冰块上，下铜锅，盖盖子，然后点火焖煮，冰化了，水烧开二十分钟就能开盖吃了。可以蘸料，也可以直接吃。不光是吃羊肉，那汤也是极鲜极鲜的。吃了蒙古的羊，你才知道什么叫吃羊肉。在我们蒙古，牛肉补阳气，羊肉是清火的。世界太糟糕了，只知道求发展搞经济，把这些原始生活都破坏了。这可不是什么大山，也不是什么乡村，这是草原！雄伟、广阔、绿得那么纯粹的大草原！城市的竞争压力太大了，人还活不活了？你现在去哪里还能看见这些啊？到处都是一样的，写字楼、步行街，棺材板一样的房子，人类从前没有那些的时候不是活得好好的吗？现在只有内蒙古还保留着这种原生态的生活。人就是应该要回到自然，才能养眼养身养生命。时代变了，要回归天然，要低碳生活。少就是多，简单就是富贵。人类就是过度开发了自然资源，所以全球变暖气候危机什么都来了。从尔虞我诈、灯红酒绿的城市中脱离，回归草原、回到自然的辽阔，我们才没有白活一场，才能找到生命的意义。大草原，没有高楼大厦，没有人来人往。再多的烦恼、野心，当看到牛羊马畅快地奔驰，看到它们悠闲吃草的样子，什么都应该释然了。来草原吧！草原可以净化人的心灵。这里的空气都是养人的！城市的公共汽车、地铁，每天吸进去的都是别人呼出来的废气，闻到的全是欲望。开个车，百米一个路口，十米一趟堵车。

看看这一望无际的草原,哪还有什么交通问题!蓝天,白云,草原,骏马,骆驼,牛羊!人在草原中那么渺小,人的一生都显得那么短!回到自然里,日出而作,日落而息。在大草原,夜里是不用点灯的,真正的星光满天见过吗?银河就在你头顶上。还需要什么电话,还需要什么电器?一切科技产品都再见吧……"

"行,那你下去吧。"我实在是受不了了,"司机,停车!"

从昨晚到达锡林浩特的宾馆,一直到今天对方派车来接我们观光,江烨的话一直没停过。本来就没休息好,更是没力气听他这些反动言论。我已经多次提醒和暗示了,谁知道他就是屡教不改,还沉浸在深深的自我意淫中无法自拔!我让司机放些音乐,结果播放的全是蒙古长调。我问有没有现代一点的,类似摇滚乐爵士乐之类的,司机无知而呆愣的眼神告诉了我,这些东西他闻所未闻,我显然是对牛弹琴!成吉思汗的确很厉害,可再厉害他也是往日的英雄。哥伦布航海以后,发现地球上根本不止欧亚这块大陆,还有其他的广阔陆地。靠着英勇的铁骑一路杀到世界尽头,在我们现代人看起来,简直就是堂吉诃德。

"干嘛停车,什么意思啊?"江烨问道。

"既然你那么喜欢原生态,不需要水,不需要电,那就下去吧,回你的大草原!"

司机靠边停车了。我打开江烨那边的车门,把他往外推。

"你别走极端啊,我不是那个意思。"他反抗,并不想下车。

我这人平常很能包容,但你不能超过我忍耐的限度。一旦我心意已决,那就没有任何回旋余地了。我回道:"别不是那个意思,都唠叨一车了!你既然那么热爱草原,不放你下去就是我不对了,去吧!"

我整个人往他那边挪,用力将他推下车,然后就迅速关上车门,按下前后车门的门锁。车比较高,江烨跌倒在路边,起身后拼命拍汽车的门窗。

"别生气啊,有话好好说!我电话、包、衣服,全在车上,你给我扔在这里,我谁也不认识,路都找不到!"他急了。

他和司机都以为我只是吓吓他,事情还有可能改变。

我摇下一点窗户,对他说:"你就别回去了,在这里待着吧。"

我拍一下司机的肩膀,厉声道:"我是老板我做主,开车!"

二

没有电,没有信号,没有人,我把江烨扔在锡林郭勒 207 国道。他不是崇尚自然,反对科技,反对发展吗?大丈夫知行要合一,怎样认为就怎样行为,先做给我看看再说。他也不想想,不修这条公路,他怎么进来?他看草原那么美,是因为他坐在车里吹着空调,出去一下试试?立刻就热死晒死。说牛羊肉那么好吃,还不是因为知道自己过几天就要回家吗?真让他天天吃这个,身体绝对受不了。在这里,蔬菜价比黄金,水果堪比珍宝,更别说粮食水稻了。那马奶酒,没有经过消毒灭菌,操作流程没有卫生机构监管,我是绝对不会喝的。不是觉得蒙古不好,而是这里的发展程度显然是不够的。

我不否认蒙古大草原的美丽,但像江烨一样把审美和炫耀建立在别人的不足之上是绝对不道德的!

汽车开进草原很长时间了,至今我都没有看见一根高压电线杆,仅有一些稀疏的小型电风车。没有高压供电,电器就无法普遍使用,更别说普及电信信号了。这个江烨,曾经说自己是蒙古人觉得丢脸没面子的是他,这几年拼命借着蒙古人的幌子到处去获取关注的也是他。这种混法,我是极看不惯的。虽然他确实出生在内蒙,但他根本就不是蒙古人。江烨父母是山西的老汉人,从大同北上迁到呼和浩特,生下江烨后就举家搬到包头。他们家是在包头开馆子做馒头包子的。他们既不游牧,也不吃蒙食,算蒙古人吗?连户籍都清清楚楚写着汉族。

我和靳尚义分道扬镳后,转型做地产,这才将江烨又弄回北京。前后不过几年,这小子不知道哪里染来的毛病,学坏了。将自己放到高处去玩味弱者是非常可耻的。江烨曾经不是这样的。

文艺复兴是人类史上重要的文明推进,没有文艺复兴,怎会有接下来的工业革命?没有进入工业化,我们今天的生活会有那么大的改变吗?世界是发展的,人类不过就是顺应进化规律不断升级。当然,地球太大了,进化发展的脚步必然很难统一在相同的节奏里。

难道边远地区的人民不愿意享受空调、电视、电脑、科技吗?他们不应该有丰富的生活选择,而只能游牧、骑射、看老天爷脸色吗?教育、医药,各种社会资源严重匮乏短缺,他江烨是在发达的城市享受过头了,现在又翻过来榨取发展滞后人群的剩余价值。说穿了,他不就是要在这些弱者面前寻找胜利感和存在感吗?他说错了,这里的人民不是不需要房地产,而是比任何其他城市的人民更需要房地产!城市人渴望乡村,乡村人渴望进城。商业的真正机要,不是去跟投已经盈利的领域,而是要低股买进未被发掘的潜力股。像江烨一样,混在中间档或小资产档的,都喜欢把文明发展滞后的乡野画框化,拿人家的缓慢,当他们玩耍的风景游戏。这些人大言不惭地鼓吹原生态,鼓吹老化的生活方式,还特别奸诈地想不花钱就在僻野之地吃人家的用人家的。反正能被他们踩在下面的,就都是淳朴善良的,简直是虚伪透顶！他江烨愿意这样过一天吗？他敌得过自然蚊虫、抵得住无电无水、无电脑无电话、没舞厅没酒吧、无医院和无美女的日子吗？他分秒都受不了！他不过是把草原的景象塞进画框，贴在城中家里的墙上，多一份谈资和筹码，到城市生活里再去挤一点地位罢了。

维系生存，是人存在的最低状态。村野再美，顶多只能给乡民带来基本的饮食。剩下的呢？人类进入现代社会，进化到高级阶段的重要标准，就是完善生命价值。吃饱喝足后，还要有知识，有文化，有情感，有财富。仅完成生存需求的一生跟禽兽有什么差别？

汽车继续行驶，我已无心再观看草原风光。人都是一样的，都渴望进步和发展。我深刻认识到，我必须成为那个改变草原的勇士。草原很美，现代化的草原将更美！城市的地产开发必定会走向饱和，但草原的人们，游牧的人们，马背上的牧民，他们的发展进化还有巨大空间，正亟待我们去填充。草原不是他们这些在城市中玩腻了的混蛋来获取低廉优越感的，江烨错了，他全部想错了——这里的项目我不但不会不做，而是决心要大力做，好好做！

三

到锡林郭勒盟的第五天，合作方一起在宾馆开会。几个投资单位对锡林郭勒盟的项目议案提出了不同意见。当地请我们来的目的，是想在元上都遗址附近弄一个现代的高级别墅群。经过考察，有人认为这个项目绝对会失败；另有人觉得应该将项目地点圈在锡林浩特城区，做一个高端的商用住房小区，销售对象以进入半城市化的人为主，继续推动锡林浩特的城市化进程；最后，锡林郭勒盟当地一方的代表仍然力主原先的项目提议,还是想要在元上都遗址附近弄高级别墅。

元上都遗址在锡林浩特以南的正蓝旗草原,这里曾是世界历史上最大帝国的首都。元上都分为宫城、皇城、外城,北面有山,南面临水。马可·波罗在他的游记中对上都有很详细的记述,许多历史学家也常常将元上都遗址和庞贝古城遗址相媲美。元朝之于中国,是一个融合蒙古与华夏文明的特殊朝代。遗址的宫城、皇城,还有外城城墙都保存得很好,包括城边的街巷及建筑也都留存下遗迹。这里是中国目前保存最完整的大型古代都城遗址。周边优越的草原生态环境,环绕如此璀璨辉煌的人文古迹,锡林郭勒盟当地人确实没想错,这里是最好的地段。不过,他们的目的,与我们的开发意图,显然是不同的。他们无须承担商业项目失败的亏损,无论最后盈利与否,这里都有旅游观光的收入作为价值托底。但对于房地产商来说,房子卖不出去就是失败。为此,另外几个出资方对项目的营销前景显然信心不大。

"不会有人去的。"
"钱投下去就是打水漂,谁会到那里买房子?"
"锡林浩特的城市化都没搞完,怎么可能到草原去买豪宅?"
"即使到了草原,他们肯定更倾向选择去体验原生态的斡耳朵蒙古包,谁会来这里投资?"
"在锡林浩特搞个小区是比较现实的。现在供电、信号、各种设施都基本跟上了,返乡人群有城市生活的基础保障。"
"就像其他很多二三线城市的人,他们外出务工以后,收入支撑不了在一线城市买房,最后都会选择退居返乡。拿一线打工收入的钱,支撑退居回乡的生活,是现在的大趋势。"

"你想,草原上出去的人,在大城市无法扎根,又不想再回草原,肯定会选择内蒙已经城市化的几个地方。呼和浩特、包头、鄂尔多斯已经有成功的案例,把锡林浩特再做起来是很容易的。"

我认真听,认真点头,却并不发表意见。

锡林郭勒盟当地方面仍然强调元上都遗址的价值,但历史和文化的价值在唯利是图的商人面前是很无力的。谈来谈去,大家还是只关心在锡林浩特建设大型生态小区的事。

"你们都说得挺有道理,关于上都遗址的事,确实还需要再想一想。"我点燃一支烟,接着说,"大家都不能白来一趟,这里的情况我们都看见了,发展空间是很大的,但基础条件确实有待提高。但是,只要生态社区成功了,肯定会很好地刺激当地经济,必然会带动往后的现代化进程。我觉得除了居住房产,还要做周边整体的商业链建设。要有商场、电影院、健身房、美容院、写字楼等等。"

另几个出资者对我的意见表示认同,当地方面却还是不兴奋。

江烨插嘴说:"你们不要担心,不管怎样,羊肉我们不会白吃的!但凡我们出手,一定会把这个小区做成内蒙古最高端的经典小区,一定会超过别的地方,肯定会对锡林郭勒做出贡献!"

趁他还没有长篇大论,我立刻适时打断:"别的就先不说,反正我全力支持锡林浩特居住区的建设。只是市区的这个项目,我就不参加了。"

另外几个人显然吃不准我什么意思。

我接着解释道:"我跟各位合作好几次了,大家相互间是有信任度的,所以干脆打开天窗说几句亮话。市区项目我认为非常好,一定是稳赚不赔,那为什么我不参加呢?老实说,就是因为项目不够大。

反正投资金额只有那么多,你们几位的财力绰绰有余了,我要是插进来,占比小了对我来说没意义,占比大了,别人就没有赚头,那怎么行呢?"

"你难道想弄元上都遗址的项目吗?"有人问。

"那倒不是。那个项目确实需要再想,只是市区项目现在对我确实意义不大,调动不了我的积极性。"

另外几个出资方显然眉头舒展许多,纷纷说道:

"懂你的意思了。"

"行!我看王哥确实是个实在人。"

"难怪你能成功,有魄力!"

"你那么仗义,显得咱们好像都是小人了。"

"项目成功了咱们要有点表示吧。"

这些精明人,我非常懂他们的言下之意。

"行,王哥,这次你对我们照顾,我们记住了。不过你可得想好了,别因为现在一时冲动,到时候覆水难收,反而记恨我们!"

他们实在是大错特错!燕雀焉知鸿鹄之志?我根本就不是在善意退让,而是万分庆幸这些傻子没有发现遗址别墅的肥硕商机,没有窥测到我此时已然有了新的计划。会前还忧虑大家要因为分占利益而撕破脸皮,没想到除了我谁也没看上这事,看来人的出身果真会局限人的认识!

他们都是对自己毫无认识,又近乎忘本的人。现在满脑子都是已经城市化的概念,早忘了曾经没有实现城市化时的原始状态。别墅项目不会有人去吗?错!就像他们曾经挤破脑袋进城占位置一样,遗址别墅不仅会有人去,而且会有很多人要去。这笔生意,对象根本就不是城市人,而是草原牧民。一幢幢完美的城市化豪宅,正是草原最缺乏的。城市的人想去草原找清净和优越,草原和乡村呢?他们以为草原和乡村的人民会白白送给城里人优越感,而内心却毫无波澜吗?牧民就必须是纯朴的、不会羡慕、不会嫉妒、不会怀恨在心吗?都是人啊,每个村里人心中都有一座城!所有草原上的人想的,就是要进城,要获得城市生活的一切。半城市化的锡林浩特,比上不足比下有余,收容的都是来自城市和来自草原的失败者。对那些人来说,只会考虑所谓综合舒适度,考虑性价比。他们已经放弃进化和发展,只求在保守中的相对稳妥。除了我,另外几个出资方的出身背景都不良好,难怪会目光短浅,发展不大。已经进城的人不会买,从一线退到二三线的人也不会买,但辽阔草原的广大牧民们会买,而且一定会蜂拥而至!城外人穷其一生,目标就是进城二字,进城的标准,就是买房。牧民们或许收入还很少,但只要勾起他们的念想,这些人哪怕把性命搭进去,哪怕砸锅卖铁都一定会来把房子买下!蒙古人发起狠来,谁能挡得住?别忘了,他们可是成吉思汗的后代!

当拿草原和锡林浩特那种半城市半草原的地方进行比较时,牧民很难选择后者。要不就彻底离开草原去一线大城市,要么就留在草原吃老本,选择中间档不仅要丢失原有的财富,还两头都不到位,显然不划算。类似江烨这些去草原找存在感和优越感的人造孽了,他们用那些听起来很高尚的话语去胁迫牧民守住原来的生活、守住草原,实际上是在用道德强迫他们留在贫困和被进步抛弃的命运中。殊不知牧民生在草原,是命运的无奈,是人生起点上的亏欠和失败啊!如果在离他们不远的另一片草原上,建一座草原上的城,一定会成为牧民们毕生的追求!除了别墅群,周边还要有教育、医疗、娱乐、艺术等一切城市文明的硬件设施。为了给牧民的草原生活以脸面,除了地下车库,我还要为每一户配备地面马厩。这在地产界是绝无仅有的,既满足他们进城的愿望,又满足他们不背叛草原的根性。等房子造出来,牧民的心就都过来了。牧场、牛羊、马群,一切可以置换售卖的,他们都会想办法变现,以购买房产。对了,还应当鼓励他们贷款,告诉他们可以拿牧场做抵押获得贷款来支付房费。

当你使用过电灯、空调、电脑、电话,再让你回到没有这些的时候,你的感觉是怎样的?换句话说,当人类习惯了直立行走,你还愿意回到爬行时代吗?所谓脱离现代城市文明的原生态生活,不过是一种伪善的无耻叙事,是用来骗别人,再骗自己的。世界是进步的,会随着时间的推进而走向必然的发展和进化。从多毛爬行,到无毛直立;从无羞耻,到有羞耻;从不会洗澡到会洗澡;从短命到长寿;从对自然的服从到与自然的对峙和对自然的利用。一切还不足以说明问题吗?人类在没有发现细菌以前,接生下来的婴幼儿存活率大概只能达到现在的百分之五十。都是命啊!在医学落后的时期,多少母亲刚生下的,辛苦怀了十月的胎儿,临盆即死亡。还有多少母亲刚将孩子生出,自己就死了。许多曾经无法解释的医学现象,都被冠以宿命还报、老天惩罚之类的说法,然而其中绝大多数只是因为不懂得消毒和杀菌!当今的无线通信、无线传输,在古时必定是天方奇谭。作为地球上唯一进化成高等动物的人类,生命早已不仅是生存这么浅层的含义。人都一样,基因中早已被遗传预设好自然界优胜劣汰的信息。我们有,难道牧民会没有吗?如果跟不上进步,草原就会被淘汰,牧民会消失死亡的!

我想起靳尚义打官司,我们侠客行广告公司关门那段时间,那时候的我,是靠销售江烨在上海就职的那个医药集团的一些滞销器械勉强度日的。当时那个集团赞助过一次中美生物学交流讲座。为了能学点知识促进业绩,我去了。我记得讲座地址是在新街口的北师大生物学系,彼时生物学系邀请了一位业界知名的美国生物学家弗农·凯罗格来与北师大的王伾教授对谈交流。据介绍,那位美国的凯罗格教授是当时世界生物学学术研究最前端的领头人,与他的资历相比,王伾教授就显得落魄逊色多了。尽管我的生物学知识比较浅薄,但还是对讲座抱有浓厚兴趣,尤其是对那位来自世界前沿领域的凯罗格教授满怀期待。

现场的翻译人员已经很仁慈了!考虑到听众的热切进步需求,他将美国教授那些耸人听闻的时髦观点做了淡化处理,然后才译出。好在我多少听得懂一些英语,虽不熟悉专业生物学名词,但我的确听到了许多凯罗格教授批判进化论、批判人类发展的言论。他甚至对生物细胞学的遗传与变异等基础问题都提出了可怕的质疑。我不得不说,他让我对他大失所望!来之前我还为北师大的王伾教授捏把汗,担心他在这样的巨人面前死相难看。结果一场对谈听下来,我发现原来王教授才是那个有真才实学并坚持严谨学术研究的优秀学者,像凯罗格教授那种所谓世界前沿的学术观点,完全就是毫无根据的哗众取宠!这个将近七十岁的老头,知识结构严重散乱,分析问题的思维漏洞百出。

生物,就是有生之物。有生,就有死,即有死的比对,才映照出生。死是人类不可知的,所以一切的学问都是关于生的。动物是生物,植物是生物,人属于高级动物,也是生物。生物进化就是一切生命形态发生及发展的演变过程。达尔文先生在《物种起源》一书中详细论述了物种是可变的,生物是进化的,同时还指出自然选择是生物进化的主要动力。生物的生存空间和食物是有限的,生物注定要为生存而斗争。几乎所有的生物个体都有遗传和变异的特性。那些获得有利变异的个体,在竞争中就容易生存,还可以将有利变异遗传给下一代。而那些有不利变异的个体就会被淘汰。适者生,不适者亡,这就是自然选择,就是弱肉强食。生物通过遗传、变异和自然选择,不断进化,这就是进化论。

众多生物科学家,早已确立遗传法则在人类进化演变中所占据的主导性地位。人类的直立行走,及其他很多生理能力,比如运动、消化、血液循环、神经传导、甚至精神影响等等,都得益于遗传。鲸类的祖先长时间在海边生存,于是就进化出鳍。变异就是生物个体间的包括形态、生理、生化、行为、习性等诸多方面的歧义。变异是生物进化和人类育种的根源,包括可遗传与不可遗传的。所以说,人类都是遗传与变异的产物。人是被人生产的,会被前人遗传,也会遗传给后人,且在遗传中还会发生变异。黑猫和白猫都是猫,是同一生物的相对性状不同表现类型。所以,黑猫和白猫结合后生下的猫仔,与前一代的性状表现必然会存在差异。外表上体现的是明显差异,遗传变异过程中还会有无法外在体现出来的变异。就像我是我父亲的儿子,但我不可能是我父亲;我也是我母亲的孩子,但也不可能就是我母亲。一个人不可能将其父母两人都继承下来。两个不同的个体结合,必然会产生另一个个体的变异。一切生命形态的发生发展演变过程,就是生物进化的过程。这些都应该是现代人类基础的常识认知啊!

凯罗格教授却说,我们在思考的前端就已经偷换了概念,先入为主地避开了自然预设,而假定了自然或其他环境的一种恒定。我们是在假定的恒定中,完成了一切生物的相对进化推演。包括适者生存理论,也显然存在漏洞。所谓适者,到底是适应后天遭遇的外部环境而发生后天的变化,还是适应原先就预设好在其本身的性状中的基因？比如可伪装成枯叶躲避天敌的枯叶蝶，它们是进化的结果还是天然预设呢？像草履虫的趋利避害，就指向一种长期不变的、对其有害的环境。曾经的进化论学者还提出过退化也是进化的一种表现，这其中难道没有明显的逻辑矛盾吗？比如长期在地下生存的鼹鼠视力退化，进化成了当下我们所认识到的鼹鼠。为什么不能是鼹鼠的预设就是愿意、喜欢，并且适宜在地下生活呢？谈到生物性状，所有人都会想到性状和相对性状以及遗传和变异。遗传的现象和现实看上去是不容推翻的，但将一切的发展或退步，都归结于遗传与变异，这样的结论实在是简单和粗暴的。

凯罗格认为，现代的生物研究，并不足以揭示任何一种生物的全部秘密。遗传学一直在遗漏，或者刻意避免一些重要的部分。这些部分超过了当下科学家所能研究和想象的范畴。譬如许多非凡能力现象的存在，许多毫无遗传来源的变异现象，再前沿的科学研究对这些部分也只能深感无力，无法用任何一种形而上学的普遍真理一言以蔽，更不可能将真相昭之于世。所以，当今关于生命现象的研究，必然将走向进化论的反面而重起炉灶、重新梳理。物种进化论的限定性和片面性，在越来越复杂的人类疑惑中已显出巨大的逻辑凌乱与荒诞。也就是说，经过他大半生对进化论锲而不舍地探索后，他走到了进化论的反面，认为人本来就是人，是预设好的，而不是什么经过变异演化而成为人的。

台上他们争论激烈，台下我听得愤恨难当！这就是世界最新的科研方向？是来自发达国家的权威认识？算了吧，恕我实在不能苟同！否定进化，否定变异，那人究竟是怎么回事？又如何解释目前人类看得见摸得着的现实进步呢？如果进化、变异、适应性，都是原本的预设，那一切到底是由谁预设的？是我们不可知的力量吗？如果不存在变异,那我的父亲是叛徒,我必然也会成为叛徒,我的孩子仍然还会是叛徒吗？或者我和父亲都是被预设好注定要当叛徒的吗？这岂非又是要退步,又要回到蒙昧无知,回到对一切问题都玄幻化的过去？实在是太可笑了！还好王征教授不是个糊涂学者,一直笃定地用扎实的学术基础徐徐回击！我不禁对这位不惧对手威名的严谨学者肃然起敬,果然是英雄不问出处！尽管他资历比凯罗格教授要浅很多,但他的每一句发言都让我五体投地,心心相印！

时间是向前的,它可以逆转吗？在相对空间中,人的脚步的确可以自由选择,但在时间里,人类注定只能往前而不能向后,延后就意味着被淘汰,然后消亡。我所期待的世界顶级前沿学者,不远万里来到中国,竟然是来反对进化论的。进化论是人类发展中不可推翻的既定事实,他难道年事已高丧失了常识与理智？没有飞机,他能如此迅捷就抵达中国吗？作为生物学家,没有科技基础又怎么支撑各种研究？人类就是通过不断地进化,才将我们的社会处境改善的。失去对电的利用,现在的生活就会一片黑暗。而以前的人会用电吗？人类不进化,不进步就不会发展到对电的自由利用。我越想越气,至今都不能理解为什么一位被冠以世界大师美名的学者会提出如此耸人听闻的拙稚论调！

恐怕他是一个垃圾货,一定是个垃圾货！一定不是美国当前主流地位上的高人！

会上各位诸多论证漫谈结束后,已是傍晚七点。天怎么还没有暗？外面仍是透亮的。蒙古人信仰长生天,难道就因为这里的白天更长吗？我一直在等机会获取别墅投建的必要信息,这是我唯一关心的。可惜一直没有人提,我也不好因此而露出我深藏的意图,于是我把江烨叫到外面。

"为什么我们不参加居民楼的项目?"这个笨蛋,一出来就问我这个。

"先别废话,这事我三言两语跟你讲不清,里面一个个都是人精,我要用上他们的钱,又必须单独拿下遗址别墅群。"

"你疯了吗?那里卖不出去的。"

"等会再跟你解释。现在我把这些人弄去吃饭,你在后头拉住吉日格拉和宝力德,让他们把遗址别墅的基本信息告诉你,我需要核一下预算。还有,你告诉他们,只要他们愿意配合,我就一定会做别墅项目。"

有过几天前在草原的前车之鉴,江烨得到了教训,任务完成得非常好。我在了解到项目的基本信息后,算出了别墅项目所需的资金,按资金额度设计出项目预算和建设周期。有了明确的结论后,我与锡林郭勒盟当地方面成功地进行了单独会谈,轻松就把事情谈定了。我的这一招,让他们既赚到了元上都遗址的一份,又收获到锡林浩特的生态小区,他们是没有任何理由会拒绝的。尽管他们最想做的是别墅群,但除了我,没有人愿意做。我告诉他们,如果我一个人做,那么整体项目就必须收缩,因为不管我多么愿意做这个项目,我所能调用的资金都不足以支撑全部投入。但是,如果他们愿意将我为他们多赚的那一份拿出来投入到别墅项目中,那么别墅项目的计划就可以完全实现。人要做成事,不能什么都想要。别墅项目到底能不能实现,就看他们的选择了。

吉日格拉是他们中主事的,但他是个酒糊涂,机灵一点的是宝力德。经过我的点化,宝力德很快就理解了。他会通过抬高市区项目的投入成本,压下部分资金,同时还会在房产出售获得收入后,将利润无偿投入到别墅群的项目中。这就是我一直憋着不说话的重要目的,用他们的钱来补充我的投入,而最终却无须分盈利出去。商场如战场,弱肉强食,适者生存。我父亲会有我这样的智慧吗?这难道不正是在复杂的社会演化过程中完成的高级变异吗!

四

"你属于我,对吗?"

"我不属于你,也不属于任何人,我只属于我自己。"

"但你现在暂时属于我,对吗?"

"我快了,你再快一点,不要停!"

"说,你是不是我的?"

"我要死了……我已经死了……我死了……又死了!"

每到这时刻,她的眼皮就半耷下来,露出只有眼白的一道眼缝翻颤着。我特别喜欢那个神态,很多时候就是为了得到它而竭力狂奔,这是男人的本能。

"好了。"她睁开眼睛,挪走身体,将自己与我分开。

"别走啊你。"我怒吼道,"快过来!"她坏坏地看着我,过来了。

总是这样,一直这样,她是不是太过分了?这是故意要让我离不开吗?她明明是有欲望有兽性的,为什么就不能贱到底,不能像别的女人一样被我操纵和征服呢?一切很正常,该有的全都有,为什么偏就最后一刻不让我彻底顺意得逞?难道事业与爱情一边得意,另一边就必然不能畅怀吗?交往之初,我哪能料想这会成为我们之间的常态!我一再对自己说,下一次就好了,下一次我一定赢。五年过去了,我才幡然发觉自己早已被困于此。曾经不是没碰到过这样的,所以起先也没想太多。哪晓得一路走下来就是五年,在一起五年了,她并没有因为熟悉了就把自己全部交给我。不管我怎么软磨硬泡、利诱威逼,作梗,犯拧,冷战,她还是一如既往不肯就范。我讨厌她这样,但又离不开让我欲罢不能的她,我被残忍地捆住了。

她并不是所有女人中最漂亮、身材最好、家世最优、学历最高的,但她就是有高人一等的气质。这种气质一上来就能轻松超越所有其他局部的不足。她是那种一出场就可以傲视别人的人,时尚、叛逆、酷、坏、骄傲、女权,这些描述都不足以用来形容她。我是通过张芡认识她的。张芡是跳舞的,她是学画画的。她是圈子里公认的弄潮儿,属于地下文艺界的知名人物。自由思想,自由恋爱,自由着装,自由行为。她的名字在那些人心中,差不多就等同"解放""自由""高端"。我一直想探究她那番神气是哪里来的。以我所掌握的她的出身来历,绝不足以造就这种风范。比如张芡,父亲经商,爷爷是某将帅的副手,这么一个货真价实的名门之后都没有那股桀骜不驯的娇气,所以我判断她的特质是后天转化变异的,这说明她和我一样,是超越自己出身的高级进化人群。

她什么家务都不会做,身上寻不着任何传统女人的蛛丝马迹。她不屑于一切通常女性的符号。爱情?财富?在她那里都是低等,或者说是落后的。这就使我在她面前,越来越没有自信。她的无法掌控,无法探底,令我倍感折磨。所以借着生意场的便利,或出于个人需要,我总是又陷入在外寻觅野食的宿命轮回。她真的很独立,真的会给我彻底的自由和空间,且从来不用社会伦理来限定我有什么必尽的义务。我不用告知我的行踪,不用陪她见朋友,见父母,不用跟她一起出席什么场合给她撑门面。然而,这些林林总总的特别之处,全都变成更深的枷锁,将我牢牢圈住。

算下来,她是和我维持关系时间最长的女人。十年修得同船渡,百年修得共枕眠。她不在的时候,我常油然而生那种要一辈子管她到底的责任感。这一切,都源于张芡组织的那场饭局,滥觞于我瞥见她的一个特殊神情。周瑾抽烟的时候,为了躲避烟气,眼睛会在抽吸时不自知地微眨几下。她的淫邪、坏劲,就是从那个片刻流出来的,我就是被那个神色挑逗了。每每我瞥见她抽烟时那眼睛里跃出的淫丝,掩盖在饭桌下的股间羞处便不由自主地被牵一下。

有很多文艺圈的朋友递话给我:

"别看她端起来那副样子,实际很小就出来睡男人了。"

"玩玩就算数,你还真搭进去吗?"

"她养过一个比她大的男人,最后人家还跑了。"

"她的历史太丰富了,跟她好过的男人运气都不好。"

这些人里,有吃不着葡萄嫉妒的,有曾经跟她沾染过的,也不乏发乎真心来告诫的。我并不是完全不受影响,但总是当时听得进,一转身就忘掉了。五年过去了,她至今还不肯跟我同居。倘若留宿我的公寓,事情完了以后她还要跟我分开睡,或者干脆就走掉,不肯过夜。她说没有哪条法律规定男女一定要睡在一起过夜。在人类的遗传预设中,有一种非常可怕的基因,那就是人天然对品级贵贱的分辨。不用她明确对我强调优越和先进,我已经通过自然法则感受到了。真的,越和她深久交往,就越显出我的粗鄙和浅薄。不过,我越显得浅薄,就越想要撕开她冷傲端庄的装扮。

借着锡林郭勒别墅群项目启动的机会,我把她拉到草原去了。

"那里曾经是元代的上都,现在我要让它复兴,让它再一次成为城市文明的中心。"我说。

"小芳的表姐你见过吗?她嫁了一个美国人,是个地质学家。我记得他说蒙古的黄金资源非常丰富,只是都被隐没在草原下面。"周瑾说。

"我做的是地上的买卖,无所谓地下的生意。"

"日子这么苦,为什么还要守着草呢?印第安人说黄金是文明的地脉。如果让我在草原和文明中做选择,肯定要选择文明啊!"

"我就是来解救草原的,将来牧民们都会感谢我!"

"遍地黄金他们都放弃了,这不就等于拒绝文明吗?你真蠢,为了挣钱什么苦都吃。我可受不了你这罪!我们什么时候回去?"

"你不是想骑马吗?我带你去草原上跑马吧。"

她并不直接回答我,而是点燃一支烟,道:"不管怎样,羊肉还是好吃的。"

其实她来了我根本就觉得无所谓,我的目的非常明确,不是要带她骑马,而是要彻底地将她驾驭!为了我的计划奏效,我带她住进旷阔草原中一个设施良好的斡耳朵。帐房的地上,尽悉铺着纯羊毛制成的地毯。我把裸身的她拉起来,和她一起走到帐房侧边。我把她翻转过去背朝向我,然后按下她的腰,扣紧她的臀尾。这是一个女人难以脱逃的姿态。只要冲破一次,就会有第二第三次,就会有万次。我不允许自己再心软再放过她了,我必须彻底征服她,然后再扔掉她!就像男人每次抛掉自己以后,剩下的就只有厌弃。如果这次我在她身体里挥泄成功了,那就一定也会厌弃她!

我终于彻底征服了她,却没有做到遗弃她。从锡林郭勒回北京后,我和她淡了联系。但三个月后,竟然是她主动联系到我,使我再也不能甩开她。我输了,我彻底输了,她怀孕了。

"你怎么确定孩子是我的?"

"除了那一次,没人留在里面过。"

"还不是你不让用避孕的东西吗?"

"那东西乳胶做的,而且是一次性的,一个人一年要用掉多少你想过吗?世界上有那么多人呢。"

"那么多人,不都在用吗?"

"别人犯罪你也跟着杀人吗?你太敷衍了!现在人类已经面临气候变暖的危机,企鹅和北极熊以后都只能靠吃人类的塑料垃圾活了。"

"好吧,不说那个,你是对的。现在你打算怎么办?"

"你不要害怕,千万别理解错了,我不是来找你负责的,只是认为应该来告诉你,毕竟你是孩子的爸爸,你有知情权。"

我感觉到羞辱,被彻底地压在了她下面。这就是蛮荒要付的代价!王逸凡啊,明明不是那种人,为什么要过那些毫无意义的蛮夫瘾呢?以我一贯为人的原则,是绝不允许她去打掉孩子的。周瑾就更不可能去做掉了,她要独立自主,要继续证明她的强大、她的无所畏惧。我又恨他,又怕她,又由衷地觉得敬佩她,她真的比我更靠近文明的顶端,比我更坚守规则。她不是那些虚伪的追随者,她玩的是真的,真的没有借着孩子来逼迫我结婚,哪怕我越来越富有,也并不因此就要挟我。

自从草原回来,自从她生下孩子,她的追求似乎更彻底了,决心更大了。我也越来越觉得她是对的,自己是无力的。

在很多方面,我是摆脱野蛮的,但总有一个地方是我始终无法企及的,而周瑾却可以。她让我看见了我够不着的地方,让我知道了我的前进达不到尽头。尽管这够不着让我很沮丧很糟心,但我忽然意识到,前进是不能到头、无法终结的。如果前进到头了,那么,进步就会终止!无法企及,意味着有更为广阔的可以继续前进的空间,意味着人生还有奔头,意味着无限的希望。不要害怕落后与不足,而是要忌惮终结!此处的无法达到,打开了之后是更大更多的无法达到。我不要只在一个地方够不到,不要走到世界的尽头,要往更大的我够不着的前方行进。我还年轻,还有半世人生可以获得价值。进化是没有终结的,进化远比草原辽阔!人类的希望并不来自命运,未来也不由命运助推;人类的希望来自未知,源于对无穷未知的无尽追求!前进的动力,靠的是无穷的未知——获得未知,解答未知,然后再发现新的未知。未知是无穷的,无穷是永恒的!

第六章｜反向进化论

一

三头牛的凶杀案还没有侦破，又有麻烦了。靳先生那边来消息说，我们牛棚里的牛全不见了。据说，昨天下午喂食和傍晚查棚时还都很正常，今天一觉起来，所有的牛都消失了。二十多头牛啊，会去哪里呢？从牛栏里把牛赶出来是很大的工程，动静肯定不小，再说整个后村也并不大，难道就没人察觉吗？烦心事此起彼伏，我决定叫纪遹和我一起去后村找牛。

到达的时候，靳尚义正在冲茶。

"怎么回事？牛怎么忽然都不见了？"

"我也不知道，早上一起来就去牛棚里看牛，结果一只牛也没有，一个人都找不着。赵师傅、李师傅一早就去给牛换水喂食了，两个人前后脚到那儿，牛已经不见了，水也没有，食也没有，连牛粪都没有。他们俩吓得够呛，又不敢来找我，先去找牛了。"

"这么多牛，不可能一点动静都没有。"

"可不是吗，我也觉得蹊跷，到现在还没消息回来，我都快急死了!"

"急?你就知道急,急有什么用?"

他竟然还饶有兴致地在那品茶,我忽然就气不打一处来,道:"你知道搞后村这点事我顶了多大的压力吗?会社资金紧张,大家都提议要暂停农业计划,我压下去多少不满情绪啊!就是为了我,你都得争气不能出差错。你想想你都出了多少事儿了?又是粮食被野猪吃了,又是鸭子味道难闻了,还去赌博得罪人,你说说你!"

"不能都怪我啊,我也不想这样。你别冲着我发火了,我也满肚子苦水,我上哪儿闹去!"他拿出一罐龙井,给我和纪遹都冲了一杯。

"还记得你找到我的时候说的那些话吗?我现在不得不怀疑了。我是真的失望了。我们两个还是兄弟吗?假如还是兄弟,你就不能这样坑我!你闹官司的时候我怎么对你的?每次你出事、得罪人、惹麻烦,我是不是两肋插刀从无怨言?你呢?不给我帮忙,还总是舔乱!"

"你怎么都怨我呢?你为我做的每件事,我心里明镜似的,哪一点我不认?我不是非要做比较,但你也要记得当初是谁看重你谁带你起步的?别到现在你比我强了,话就全是你的了,说得我一点用都没有似的。"

"不是我想说你,是会社现在没钱了!云居社后头还有拆迁没搞完,政府催,村民闹,轻轨还没有通车,项目完成的部分还没有卖出去。我腹背受敌,举步维艰,愁得都要断气了,结果后村还不太平!"我端起茶杯猛喝一口,被开水烫了唇舌。

"算了,别太操心,几头牛算什么?着急上火的,气坏身体就真亏了。"

他这话其实想劝慰我,但我此刻就是不想听这些,反而升起更大的怒火,把近期以来所有的不顺都贯连起来了。

我说:"看见我脑袋上的伤了吗?几个月了,到现在都没好!一点轻伤,以前一两个星期就没事了,现在呢?好几个月才刚刚消掉瘀肿。你知道这代表什么吗?代表我老了,不年轻了!尚义啊,我们都要面对现实,年纪到了,没机会了。如果这次的项目弄不成,再没有创业机会了,摔倒,就没能力再站起来了!你现在依靠我,往我这里躺,什么都不愁,我呢?我靠谁去?难道要靠我远在南洋的父母?难道应该反过来靠你?再说了,我不是只养你一个人,是养你一家子不是吗?你结婚成家想通了来找到我,我呢?到现在都没个着落!你说你当初太骄傲太过分,被成功搞得忘了情义,你对不起我。我怎么说的?我拒绝你了吗?要知道,那时候我也并不好过啊!你早一年出现,我还是巨富呢!我也太骄傲了,所以跌了跟头!你来找我的时候,我已经败下来退守了,屁股后面还有一堆债务没了清。那些事我都没跟你说,何必呢,你的情况比我更不好。我自己东拆西补的,弄了很久才把之前的借贷搞定,把战线转移到这边。那中间经历了多少困难、多少烦恼我跟你提过吗?张姨的医疗费,你儿子去澳洲的学费,哪一样没给你?那都是我顶着多少压力头也不回地给你挤出来的!不说别的,就这些事情,我跟你算过账吗?你说你做牛做马做螺丝钉都行,我怎么回答你的?我让你做牛做马,让你做螺丝钉了吗?你说,整个会社谁敢不尊敬你,谁敢当着我面说你一句不好?这边警署要带你走,担保人是谁?我这个异国他乡的流浪汉反倒成了你的监护人。这些你一点没想过吗?"

说着说着,我的心情和语音天然就产生了一种韵律。回顾一切,我真的觉得自己太悲壮了。

"千不对万不对,我都认,但牛不见了你真不能怪我!"没等我疏泄完,靳尚义又发言抗议了,"王逸凡,你别越说越过分。我问你,你种过地吗?"

"没有。"

"那你想想,我种过地吗?虽然我生在农村,但我后爹从来就不准我下地干活,其实我就是比城里人看得多点,又听得多点,别的什么也不会!你以为是农村出生的就一定是农民,就一定会种地吗?你说对了,你我都不年轻了。你也不想想,我老娘去世了,老婆孩子都在外国,我跟着你干图什么?你以为我就那么简单,那么好过吗?要不是想到我和你之间的情义,我根本就不会主动过来。你以为还会有别人愿意吗?我告诉你,就算花再多钱,都不会有人愿意来给你整这事儿的。看见吗,村里现在还有人吗?找得到一个健康完整的年轻人吗?残疾的都不肯待村里,都进城了。农村是被人遗弃的地方,农民是被人憎恶的职业。我告诉你,除了我肯干再没别人了!你不要以为你还能找来别的人,他们来一个走一个!"

"可不就是都走光了我才低股买进的吗?人之所弃,我之所取。"我小心喝一口滚烫的龙井,说,"这么多人口的地方,忽然没有人愿意种地了代表什么?代表城市文明已经彻底胜利,而农村要被淘汰了。这难道不是好事吗?对那些永远活在生物进化链条尾端的人来说绝对是好事,他们就是最后一批迁出农村的村户。迁出去以后呢?在链条前端的人所想的从来都不是过去,哪怕专注于当下都会落后,他们想的必然是未来,也只能是未来。如果没有人种地了,大家吃什么?工业化、城市化走向进步的高端以后,又要往哪里走呢?必然是反城市化。世界其他发达国家,已先于我们发现了问题,并且明确开始了反城市文明的建设。我现在的诸多不顺,都是因为我的超前和远瞻。我太快了,已经远远快过社会整体的节奏。但只有这样,才能占到一席之地,才能挖掘出下一个文明的金矿。"

想到未来的宏图,想到我的优秀,我的心情和语气都开始缓和起来。我继续说:"你知道吗?两个太熟太近的人相处很麻烦的。为什么呢?因为我们都容易用老眼光看人。假如两个人的各方面条件和脚步都差不多,那就好弄;但如果两人间的条件有差异,之后又不能做到一起进步,有时反而比不了像新交的朋友那样互相理解。今时不同往日,我这人最大的优点就是不放弃进步。我的意思是说,你不要再用那些老眼光来看我了,我已经不是原先的我了。"

我希望他能明白我的意思,但又不希望他想歪了。

他停顿良久,若有所思。

"我承认你说得有理,"他说,"但我也变了你没发现吗?你是不是也在用老眼光看我呢?"靳尚义不无感慨地说,"不管如何,我们现在也有做得成功的部分,你看这批玉米收得多好。"

"玉米再好,代价多大啊,按我们所付出的,不应该只收回这些玉米。种植大米、蔬菜,包括从前养猪养鸭,都是花费高薪延请农业大学的专家教授来给我们指点的。为了坚决维护有机,你也知道有多难!"

"很多事情不自己做,就不知道里头的坑节。以前小时候看我妈种地觉得挺容易的,不当回事,要不是现在自己亲身经历,我绝不信种地有那么难!你想啊,咱们种的有机大米,核算所有前期成本,平均最低都要六块钱一斤,这还没有加上收成以后的仓储和物流成本。所以说,现在市面上十块钱一斤以下的,号称有机大米的,能靠谱吗?这吃下去是什么东西可真不好说,反正我是再也不信了。"

"商人不可能不挣钱的,加上后期的投放成本,十五块一斤才差不多。不只是大米有文章,还有猪。谁现在跟我说他有几百头一千头猪,那就肯定是吹牛。自己养,五十头到极限了,最多八十头。但凡不是国家型的工业化养猪场,超过一百头全是造谣。别看猪那么懒,多难养啊!五十头都顾不过来,还几百头?最关键的就是宰杀和存放,保存生肉的配套冷链设备比养猪的成本还高。如果分批宰杀,又需要涉及更多的人力物力,没有科学精密的计算支撑,没有二十人以上的专业团队,根本就不可能完成。那个广东佬绝对就是吹牛,说他有八百头有机黑猪,五花肉卖二十块一斤。二十啊,咱们之前养好的那些,哪怕卖六十一斤都不够本钱。"

说着说着,谈话气氛就变轻松了。两人徜徉起来,仿佛念旧抒怀。

"还记得那些鸭子吗?"靳尚义耸起肩膀抖了几下,口鼻眼挤成一堆,对着我会心一笑,"那东西顶多十只,二十只是极限,不能再多一只了!五十只那个味儿聚拢来,不把人熏死才怪!"

那味道真的不堪回闻,我和靳尚义笑作一团。

"靳哥!"门口好像是赵师傅、李师傅过来了。

"找到牛了吗?"靳尚义起身到大门口,对着他们喊。

"不要急,等他们进来再说,也不急眼前这一刻。"

他喊的声音太响,把我都喊慌了。赵师傅和李师傅快到大门的时候停下了,两个人都欲言又止,小声说着:"靳哥……"

靳尚义走到门边,回头对我说:"估计是看老板在这怕挨训,不敢过来,你等会儿,我先过去问问他们。"

说完,他就往外去跟赵师傅、李师傅讲话。

二

看赵师傅、李师傅两个人畏缩恐惧的样子,我心中不由生出怜意,感慨进化链末端人群的悲惨命运。这两个人没有进城,不是因为他们热爱家乡不想去,而是在城市竞争中败下阵来,索性退居回来坐吃山空。他们俩都是单身汉,曾经靠村里那些老公外出务工而留守农村的妇女接应,既有吃又有睡。但一等老公们从城里回来,那些女人就立刻翻脸不认人了。整个后村,上至中年老阿婆,下至新婚小妹,多少都讨索过这两个男人。如今,她们都带着孩子随丈夫进城了,连七老八十的老太太都走空了。赵师傅、李师傅这一对单身可怜人,现在既没有活计,又断了女人。赵师傅双亲死得早,还好有个比他年长十几岁的哥哥。他哥哥结婚早,他是被嫂子带大的。前几年,哥哥和嫂子被女儿接去深圳了,赵师傅就彻底没了依靠。李师傅家里几代都是办白事的,他母亲生下他就死了,父亲大概十几年前在山上砍柴时突然绊倒,脑袋砸中石头,就这样去世了。村里人还没走光前,赵师傅为了谋生,拜李师傅学做白事。这两人从此相依为命,形影不分。李师傅负责联络吹拉弹唱爆竹棺冢,赵师傅靠着从嫂子那里学来的手艺掌勺做饭局。那些年,这两个人一天到晚就打听谁家有人快死了,谁谁谁得了重病,弄得后村人都嫌弃他们,看见他们就像是触了霉头。如今,村里人都走光了,他们连死人饭都没得吃了。

二十世纪五十年代以来,很多发达国家逐步进入后工业社会,生产型经济转换为服务型经济,劳动力不再以从事农业或制造业为主,而是以从事贸易、金融、运输、教育、管理、策划等各类服务业为主。从事专业和科技的人才逐渐取代工人成为社会劳动人群的主体。"反城市化"是指一个国家的城市化率达到一定水平后,人口就会向城镇或乡村流动。不断进步的科学,破除了人类社会的神圣性和神秘性。一个发达国家的城市化进程,分为城市化、郊区化、反城市化、再城市化四个阶段。

城市化的重要表现首先就是农村人口向城市迁移,其次是一般城市人口向一线大城市迁移。随着城市文明产业结构的转变,城市的结构必然会产生变化。原本的城市中心,不再能满足后工业城市的多重需求,经济热点就必然过渡到未被开发的郊区,进入郊区化。郊区化、多中心化,成为后工业城市分流经济产能和需求的重要手段。郊区化的主要特征,表现为城市中心地区的人口增长率降低,而城市中心以外的周围地区人口增长率升高,然后走向平均分散,也就是说,无论城市中心还是周围,人口增长率都会降低。除了日常生活与交通的成本原因,城市拥挤、环境污染等负面因素,也会促使人们从中心迁向郊区。郊区化是城市化饱和后的必然趋向。在郊区化的过程中,随着人口转移,工商业、零售业、科技行业也会大面积汇聚过来。反城市化就是郊区化以后的进一步逆反。根据历史学家考证,城市最初就是起源于乡村集市。再城市化现象主要表现为非大城市区域的人口增长速度再一次低于大城市区域,城市分散的速度放慢,人口重新向大城市集中。

现在发达国家正走在反城市化与再城市化的微妙过渡期,其郊区化和反城市化进程已经有了相当可喜的成效。在做云居社项目以前,有半年时间我都在做后工业城市发展的研究,查阅参考了很多其他发达国家的经验。现在,所有人都涌向城市,涌向大城市,与整体的广袤国土相比,几个大城市的面积微乎其微,怎么容纳得了如此庞大的进城人流?在钻头觅缝挤破脑袋的进城洪流下,大城市已经变得人口过度集中、住宅超限紧张、交通拥挤不堪,这些状况已经迫使大部分中等收入或以上人群选择倾向于开发郊区第二中心的价值,但睿智的人不应该只做郊区化的准备,而是要瞄准必然成为全新大势的"反城市化"大流。反城市化并不是反对城市化进程,而是对过度城市化发展的一种反应,是缩小大城市与村镇之间现代化差距的重要途径。也就是说,反城市化不是回到乡村,不是环保,不是生态,而是更极致进阶的城市化!

三

赵师傅、李师傅没有进屋,他们与靳尚义谈完后就走了。

靳尚义进来说:"牛没有找到。问了好多人,没人看见。"

"那你们说那么久干什么,搞来搞去不还是没找到。"

"他们心里害怕担责任啊,万一你发个脾气,要他们赔偿怎么办。"

"问题是接下来你有何打算,这牛就不管了?"

"至少玉米是有回报的。你这次的模式很好,先运到杭州,让需要的人自己报名,约定时间提取,这不就解决了仓储问题吗?"靳尚义明显在转移话题,但关于牛的事,我也想不出什么好办法,只得先放下。

"这次的试验很重要,虽然还没盈利,但启发我想到了接下来的运作模式。"我说,"你想,原先那些猪,我们卖不掉,也送不出,最后只能再次投入做腊肉。尽管东西保存下来了,但销量依然不佳,最后还是滞销、腐坏。这说明什么?说明我们虽然已经搭上反城市化的前沿思潮,但对农业模式的理解还留在城市化的思维里。传统农产品的销售,是依托城市化的消费模式的。显然,我们之前那个模式已经不能支持高端的农业发展,所以农产品的销路和价格一直都上不来。城市化的人群再次分流到农村,难道是退步吗?那些刚赶上城市化的人,必然认为这是阻碍城市文明继续发展的。不过,还是有少数的聪明人会意识到这是对城市文明过度产能和过度消费的分流。想到这一层的就很不错了,但比起高度发达的文明社会,还远远不够。实际上,反城市化要走向的是再城市化,后城市化。既然我们占领了最前沿的至高领域,那么,在面对农业问题的时候,也应该用最新的反城市化思维来规划推进。"

我已尽量避免措辞过于学术化,但靳尚义还是听得云山雾罩。我继续耐心为他解答:"这么说吧,既然我现在是要将城市的经济和需求分流到乡村,那么,我的销售模式也应该往这个思路上归总。"

"难道是说,不做城里人买卖,做村里人生意?村里已经没有人了啊!"他一脸懵懂。

他想得太简单了。

"你这还是前一个思维。传统的城市化思维,就是农产品销售到城市,按商品成本和利润计算营业价值。反城市化,必须要突破原先生产经营的思维局限。销售商品是实质,但不再是通过实质卖实质,而是要通过需求的分流和引导来销售实质。我说简单一点吧,就是说,你的冰箱里已经装满了鸡蛋,那么显然你是不需要买鸡蛋的。城市化已经完善了衣食住行各个方面的城市需求,只有产生新的需求才可以促进新的消费。假如我还要卖鸡蛋,那我一定要对外宣称我卖的不是鸡蛋,是别的。比如,卖健康、卖文化、卖身份、卖时尚。我的鸡蛋是有机的,是凡·高吃过的,是人参饲养的鸡生的,是防水防裂防火的,是治病强身保健的,是发达人士必备的。也就是说,一定要把产品本身之外的社会消费愿望分流到产品上,通过新的需求完成原始产品的经营。你再想一想,我搞这些农业建设是为什么?除了有高质量抱负,更多的是辅助营销房产的一种手段。反城市化的意义在于城市化的再度升级,它带来的一定是更加进步、更加丰富原先城市文明中没有的东西。我在市郊开发的商用楼,商住两用,依山傍水,各方面条件都很不错,但这有多少竞争力呢?我首先要解决的,是项目必须要涵盖城市文明中的一切需求,再加上城市文明中没有的。所以,房产建设其实是其中最简单的部分,其他软性设施才是真正的实质投入。就像那些前沿的社会学教授指出的,消费的动能在后工业时代并非由产品本身决定,而是要由文化概念来决定。我用传统中国医药学的某种药材,做社区绿化的主要观赏植物,用最好的材料修跑道,铺人工草坪的球场;文化中心有餐厅、电影院、小剧场、图书馆,还有很多可以观赏栖息的优雅角落,每一个角落的视野景观,都是我亲身参与体验而设计的。这才是云居社项目的价值!可以带动房产销售的,就是这些周边价值啊!"

靳尚义似懂非懂,但至少被我带进了话题。我接着说道:"现在落成部分的销售业绩还没起来,但文化中心承办的活动越来越成功。促成已有的销售业绩的,就是文化活动引来的城市人群。他们被云居社的社区文化吸引了,所以选择要在这里生活。你想想,如果云居社还完成了农业方面的自给自足,那么,整体上来说,衣食住行的食与住就都被我们囊括了。中国人说,民以食为天,这是源源不断的人类基本需求。只要吃下这一块,云居社还用愁吗?上个星期那个露营活动就很成功。除了社区本身不多的住户,还从城中引来了不少年轻人参加。这是出乎我意料的,前几次我请来的那些摇滚大腕、知名导演,还有农大的教授,包括几个明星,都没有带来像样的人流,没想到露营来了这么多人。"

"有最早那次花会来的人多吗?那才吓人呢!全是一些未成年的小女孩穿着汉服在拍照,我就不明白了,活动主题不是英国下午茶吗?怎么来了一圈汉服爱好者,还全是小姑娘?真看不懂了!你说现在孩子怎么喜欢这些东西？还汉服呢，他们以为是和服啊！"靳尚义插话道。

"他们是一个专门的组织，运营者看见了我们发布的广告，然后就组织成员一起来花会拍照。别说了，想起她们我都发毛。那些孩子看着都不太正常，搞得跟邪教似的，跟这次露营不是一回事。"我也想起了那次花会，"这次露营来的，就比较正常。这些人在城市生活中陷得深了，除了工作就是宅，缺乏社交生活。也就是说，男孩没地方认识女孩，女孩子也没门路认识男孩。露营聚会，实际是为他们解决了社交问题。"

"我觉得咱们应该往这个方向调整。"靳尚义终于靠近我的思维了。

"对。农业问题要社交化、体验化。你看，现在我们这些土地的利用率并不高，索性废掉一部分建一个体验中心，给儿童做亲近大自然的体验。由家长带孩子来参与种植、收割、采摘，转换成他们自己的东西，那感觉是完全不一样的。全部过程保证有机、安全。我们提供一切种子，并跟进后期配套设施，由他们自己播种，我们后续护养，他们到期来自主采摘收割。这样，我们既没有仓储成本，也没有运输成本，还可以绝对保证收益。这个思路成功了，就可以复制到其他方面，饲养禽畜之类的，就都可以解决。"

"我觉得这个路子对。"靳尚义表情变得严肃起来，他很少会进入这种状态，想必是被我的想法激励了。

"这一切都是无心插柳柳成荫，没想到露营彻底开启了我。接下来每逢周末和节假日，我就做活动，场地就是操场，可以增加烧烤、游戏、竞技，再引入音乐、戏剧、绘画等元素，让这些社会落单青年在安全而新潮的文化背景下解决交友问题。这就是新思路。看上去是一个露营文化节,实质是交友和婚介。这个事情收费不能高,主要靠做增量和后期宣传。十一点熄灯之后,不留任何一盏广场灯,所有炊具要参与者自行清理,倡导环保低碳节能,号召异化的城市青年从都市中出离,重新亲近自然。等运作出一部分资金后,我就要在操场上弄一个激光投视器,往顶空投射星空。我在锡林郭勒大草原上看见过真正的星空,现在有这个技术,只要设置好几个激光投影,就可以在黑场中投出星空图,图像还可以流动,非常迷人。"

这是我当下抒发中临时想出来的。果然,这个世界的能量是守恒的,牛丢了,我就会获得突破农业发展瓶颈的新想法。人生真的有失就必有得,哪里都不会亏欠。

"再不成功都没天理了,佩服佩服!我明显觉得这几年老了,跟不上你了。"靳尚义似乎有些沮丧。

"要学习啊!不断向发达社会学习,关注他们的动向,吸收他们的经验。"我不止一次这样告诫别人,也告诫自己。

"不过,我还是有点担心,咱们连城市化都没有全面实现,能这么快就走到反城市化的道路上吗?"靳尚义突然问道。

"等城市化全面实现了,还会有反城市化的蛋糕留给我们吗?到时候挤破脑袋都抢不来了!只有超前于那些势力,我们才有可能占到位置。"我踌躇满志,正待进入审美层面,赵师傅、李师傅又过来了,靳尚义冲我点点头,然后就往那边去与他们说话了。

虽然我很讨厌这种热情被打断的瞬间,但烦躁感还是被同情心击败。靳尚义之前所说,我听进去了。他没说错,他真的不容易。我曾以为我们这辈子不会再见,也不可能再交往了。和他分开的很长一段时间里,我内心是对他有愧的。怎就没忍住要打他呢?其实张茨对我来说真的不算什么,不明白当时怎么就发疯了一样直接冲进去打他。我的商业运作能力是显而易见的,但每一笔起始资金,好像都是这个叫靳尚义的人搞来的。这就是所谓的命运?我讨厌命运这种说法,人不应该被限定在某个词汇和某些神秘莫测的玄幻想象中。那种限定意味着无力,意味着人对自己的无法把握。如果真的有命运,一切都是注定的,那么我就是软弱、不堪、虚伪、怯懦的背叛者,叛徒!难道我永远离不开叛徒这个限定?我的诸多不顺,财富之神对我的摒弃,难道是我背叛兄弟誓言而遭到的惩罚?周瑾不也背叛我了吗?可她却让我看到更广阔的我够不着的地方。她那类的艺术女孩,其实是城市文明中最早觉醒的反城市化分子,这就是她让我总感觉自愧不如的地方。环境、生态、环保是比工业化的污染更进步的城市生活,她之所以吸引我那么长时间,正因为她就是反城市化认识的先行者。如果只把她看作一个女人,是多么肤浅!

"怎么说,有消息了吗?"我问。

"没找到。奇了怪了,没有任何人发现过什么。"靳尚义还是那套回复。

"这怎么可能?平常赶一头牛出来都费劲,二十多头,不可能没动静。"

"别怪我多嘴,我也不愿意这么想,但我觉得这大概有什么预兆。"

"什么预兆?"

"反正感觉不好,不对劲。也许就是提醒我们别养牛了,或者说我们做的什么事情是错误的。"

"你为什么突然开始说这些不着边际的话?"

"其实我觉得你的反城市化思路特别对,但农业问题不是你想的那么简单。就像你说的,这里被遗弃了,这是某种预定好的事实。"

"什么意思?"

"没什么意思,只是说一点我的真实感应。你说的那套我认同,但我确实产生了一些感想。从上次莫名其妙死牛,到现在牛突然全没了,事情太离奇了,说不通的。"

"你到底什么意思,就是说牛咱们不管了?"

我不能相信他嘴里会说出这些,这对我来说也太不正常了,说不通的。

"差不多了,别演了!"纪遹突然说话了,我都快忘记她也在这里了,"我看不下去了。靳先生,不要故弄玄虚了,上回牛是你杀的,这回牛也是你放的,赵师傅、李师傅什么都知道,你们联手一起做的。不要辩解了。其实我理解你,你不想待在这里,你想跟老婆孩子在一起,想去澳大利亚安度晚年。但我不理解你为什么明明那样想却不直接讲出来。你要么干脆就走,为什么非要在这里弄出一桩桩麻烦?这就是你们所说的江湖?兄弟?"

四

是啊,纪遹在这里,我和靳尚义两个人在自己的时间里并看不到她的时间。她其实和我们在同一个限定时间里,可是我们为什么又会在限定的限定中呢?她说出的,也许是真情,而我们似乎宁愿相信我们的叙述。

时间仿佛有两种完全反向的推动力,在同一个点上,将一部分向先前推远了,又将另一部分向未来推进了。

在推远和推进中,此刻凝固了,空荡了。

中册 凝固的事

所有的叙事都结束了吗?

欲望的,伤痕的,江湖的,财富的,进化的,反向进化的,都结束了吗?

六重叙事都结束了吗?

那些往事,曾经令几代人狼奔豕突,似乎有说不尽、道不完的主题,有无限的伸展和前进的空间。然而,一夜之间,要说的都说完了,所有的路都走到了尽头,时间在此停歇了。

这不仅仅是失语,这是落幕,宽大的帷幕垂下来,无可阻挡;风光的,卑屈的,穿插的,零碎的,都无法阻挡下垂的力量,终结的命运。

你们没有感觉到吗?依然有人在斗室中自慰、自亢,寻那些没有人愿意听的话题在絮叨,心心念念,不知老之将至。垂暮,既是年岁的,也是戏剧的。有人拉幕了,收光了,你脚下的领地和支点正在紧缩,直到锥尖,直到全然消失。

那关乎人的,关乎强大的不可战胜的人的创造和奋斗的力量,忽然间掉入深渊,谁也抓不住它,谁也回天无力。

最后还有一个亮点,叫做智能,可是,我也只看见它要作为剧终二字印在幕布上了。智能,智能的剧终!

消失的牛没有下文。

靳尚义、王逸凡和纪逾被突如其来的暴雨困留在后村。

国家气象中心发文,今年四月起,厄尔尼诺现象将出现在大部分地区,气温骤升,全球变暖,降雨不断。

科学总是给人提供无法解释的解释,讲来讲去都是现象,鲜有能说明原因的。有意思的是,造成所有无法解释的始作俑者,是人类自己和科学本身。

这究竟是哪一年?时间既有双重的推进和推远,那么远处或者是－2000年,进前或者是＋2000年。现在难道是0年吗?

0年的某一天(其实时间既不动了,也就没有一天、翌日之别了),坐在堂屋的几个人,没有一人是完善的。靳尚义想破脑袋使尽招数,也不能如愿到澳洲与妻子相聚;王逸凡全身心追求文明和先进,先进和文明却并不给他所期待的回报;赵师傅、李师傅在后村做着后城的梦,苟延残喘,坐吃等死;还有纪逾,因为喜欢王逸凡备受煎熬——两个认识完全不同的人,在同一个空间是怎么走到一起,又怎么搭上关系的?科学领我们见识到比人类要高的天空、地球、太阳系和宇宙,但不论是越来越远的距离,还是越来越朝外的方向,都不能掩盖它对人类本身的无知。比如,最简单的,她为什么喜欢他,为什么喜欢他又要离开他。

不如说喜欢吧,不要轻谈爱。爱,不是人发乎自己、想要就能得到的。纪逾懂这个道理,所以更为自己的罪过感到沉痛。她真的喜欢王逸凡,喜欢他的一些性情,喜欢他的苍老、毛病、幼稚和胆怯,喜欢他唯唯诺诺,喜欢他像孩子一样松下来讨宠的样子。为了她的喜好,她要与那些她极为讨厌的事物共处,要听那些令她难以忍受的陈旧腐朽的荒唐叙事。但她就是不能离开他,她贪恋他。所以,为了自己想要得到的,人就总得付点代价。只有全部的赦免无须偿付,因为那是来自上天的。天给你的,不容你选择;你自己多出来的念想,就需要你自己另外付账。

××年××月××日,没有预兆,暴雨忽然降临。

纪遹和王逸凡蜷缩在二楼房间。王逸凡心事烦闷,怎样都不舒畅,纪遹倒对这场雨感到高兴。她想起早晨在院子里看到的那个奇怪家伙,心里有些恐慌。这不是他们人生中共同经历的第一场暴雨,但他们谁都察觉到这场雨跟以往任何一场雨都不同。尽管大家尽量保持常态,但表面的安宁掩盖不了他们心中深层的焦恐。恶劣的气象条件下,除了待在屋子里,似乎什么也不能做了。高速公路因为暴雨已经封路了,眼下贸然离开后村很危险,回云居社的计划只好搁置。

纪遹躺倒在床上休憩,听外面的雨声。王逸凡凑过去也躺下。纪遹迷迷瞪瞪并没有睡沉,等王逸凡躺下,就靠过去攀上他的肩膀。她将手环转过去抚他的耳肉,轻捏慢提,又突然用力揪一记。她觉出他还在躁动,便有意想助他平缓安静下来。她将身子撑起一些,挪到比王逸凡高一点的位置,端起他的头靠在自己的肩上。他在她左侧,所以头就压在她心脏的位置。王逸凡随着纪遹的心律渐渐舒缓下来,就这么被纪遹揽着睡着了。等他醒来的时候,纪遹正凑近看他,偷偷亲他。他一向在醒来时脾气很躁,但那天却没有。他自然醒来,眯眼看着她亲昵。他现在正好需要这种亲昵,只是身体绵软,使不上力气,于是索性寄希望于纪遹能意会。他重新闭上眼,咳嗽几声,又将整个身子往纪遄的怀里拱了几下。纪遄吃不准他是生气想接着睡,还是表示愿意继续接受亲昵。

她把手伸到他头发里,一片一片地梳理,全部理好一遍,就尝试轻柔地拉扯。她的脸几乎要贴上他的脸,好清晰闻出他脸上所有细微处的味道。她每轻扯一次他的头发,他的脸就做一次反应,有时是上眼皮,有时是脸颊肉。这个游戏以后,她的注意力就转移到他嘴唇上方依稀尚存的些许胡须上。王逸凡不年轻了,胡子不再浓密,颜色也几近灰白。她用手去触他唇上那些胡子拉碴、刺棱不齐的地方,一根一根计算起来。雨声太大,几次中断了她的计算。她又想听雨,又想数胡子,哪样都没玩透彻,天就黑了。

"我们早上见过。"纪遄从屋里走出来,对一匹好像是独角兽的马说话。

"是的,我又来了,我来接你。"他头顶有一小段伸出的角正有韵律地闪烁着亮光。

"接我到哪里去?"纪遄镇定地问。

"这里要淹没了,你跟我走,就能再活一次。"那匹马说。

"再活一次?我要死了吗?"周围还在下雨,可纪遄身上一滴水也没有。

"跟我走你就不会死。"柏夕蘼对纪遄这样说。这匹马叫柏夕蘼。

柏夕蘼是随早晨的雨一起来的。他离开以后,东方的远山里,有彩虹向纪遄显出。神的话说,看见彩虹意味你将会获得幸福。可惜纪遄并没有因为遇见彩虹而高兴起来,她不确定她即将得到的幸福,是不是意味着王逸凡的彻底不能幸福。

人的自由意志是天赐的。幸福是一种感觉,但幸福是来源于实在的。地上的人们一般会把这个实在的来源寄托在不同的地方。有的人信靠神,有的人信靠自由意志。男人是造物主的荣耀,女人是男人的荣耀。如果说纪遹始终有一部分不被王逸凡喜爱,那就是她与生俱来就有这个天然的认识。王逸凡喜欢强大,喜欢有力量的东西,或者他并不是喜欢,而是认为那样的女人是厉害的,是先进和高级的。他对纪遹最不满的,就是她不够高级。在他的小账本中,纪遹是仰仗着年轻、虚弱的名利心以及好打交道这三个优势才得以加分的。当然,这三点在不同程度上也会因遭到外部事物的影响而产生变化。除了从云居社到后村,或者从云居社到上海,他和纪遹再没有一起去过更远的地方。不过,以柏夕薤带来的消息看,他们似乎终于要得到一次共同远行的机会了。

纪遹回到屋里,王逸凡已经睡沉了。非常灰暗的一点月光从外面照进屋子,反而加重了黑夜的黯淡。她现在特别需要他,这种感觉竟比以往任何时候都要浓烈。她迅速过去贴上他的身体,用手来回上下抚摸。她亲吻他耳后,不像曾经那样耐心沉稳,而是迫切得惊慌失措。她讨厌这种感觉,讨厌对自我丧失控制。但她却对此那么无力,那么没有办法地只好依着自己的性情沉沦。她越过他的身子到另一边,仔细端视。睡着的他那么安静,无助而弱小。这是他吗?那个成天叫嚣着文明与进步,力求要发达获得财富的人?那个以侠肝义胆的面目掩盖自己懦弱无耻的叛徒?为什么在她怀里的时候,他真的就改了模样,变成另外一个人了呢?到底哪一个才是真的?

纪遹的心流泪了,不知道泪水有没有像雨水一样涌出她的眼睛。屋子里太暗,没有人能看清现实。她把王逸凡的头稍稍摆正,双手捧起来将自己的脸贴过去。他们是爱人,他们是要好的,他们之间应该亲爱。她用嘴唇触他的上眼,左边碰一次,右边也碰一次。然后就到鼻子、两颊、人中、嘴唇、下巴、耳朵。她凑过去闻他的味道,头发的,眉毛的,嘴唇的,呼吸的。她仔细辨出他呼吸的规律,然后调整自己的速度,在他呼出的时候吸入,在他吸入的时候呼出。她要把他所呼出的,重新吸进自己的身体,她要保证他们俩连气息都是贯通一体紧密相连的。他们太好了,他们是一个人,她不希望他死掉。

是的,她要救他,要他活下去。她将手放进毯子,直接往他下面伸去。她抚摸它,轻轻地揉,想一点一点地温暖它,唤醒它。事实上,她离不开他给她的那个仅有几秒就稍纵即逝、永远令她难以捕捉也难以忘怀的声音。只要听到那声音她就会松软飘浮,有电流波动全身。她好想好想他,就在眼前贴得这么近,却还是想念得要死。她想和他变成一个人,然后就带着他跟着柏夕蘹离开这里,离开糟糕的一切,从此幸福安静地生活下去,再也不分开。她多么愿意暴雨就停在不停的此刻,因为他们正躺在一起,她正怀抱他,和他贴得很紧很紧。

王逸凡被纪遹弄醒了一些,人往后一松,转成平躺的样子。纪遹顺势就攀到他肩上,手并未抽回。他动了,他还活着!纪遹这么想,就将手换了位置,伸到更幽处揉按。王逸凡曾经很害怕被人碰到这里,但忍过几次极强的胀痒,渐渐就吃力了,现在反而常常很需要触碰这些禁区。他不知道,他曾经急迫的欲望攫取,其实并未给他带来什么欲望的解放和提升,真正让他破格而上升品质台阶的,是被他划为低欲人群的纪遹。当欲望不陷入贫穷和荒蛮,欲望本身就是富足的。两个人相好,眼神交会就可以愉悦,肌肤划擦哪怕一瞬都可以高潮。难道只有野兽一般的动作程式才是挥洒淋漓的极致体现吗?只有挥洒淋漓才代表欲望的强大力量吗?

王逸凡从沉睡中醒来,却并不急着睁眼。难得有纪遹主动热络的时候,他正在好奇此刻到底是不是现实。纪遹虽然也察觉到他醒了,但也并不打算改变自己的节奏。她把毯子掀开大半,全身伏倒在他身上。她凑近他的唇,但不贴着,只用呼吸、体温将她的念想传过去。她的嘴唇愈发烫了,还有些轻微发麻。大雨变了方向,雨滴的落点开始朝向窗户,铿锵敲打着玻璃。她把头换到他怀中,凑近胸乳,试图越过黑暗的障碍,体会汗毛与汗毛的摩擦。她的呼吸和体温,传出阵阵热流,王逸凡像是持续被弱电刺击,整个前胸麻痒难耐。他已经足够醒了,却不想就这样醒来,管它梦境还是现实,他要好好享受一番她的服侍。可他实在有点难以自持了,之前那可怜无助的地方,现在已经发烫而胀满了。

纪遹一直控制着不让自己的脸挨到他,时间长了就累了,只好把头放下去,索性吻吮起来。她将前胸吻了个遍,又一路延展到腋窝和肚脐。哪怕她今天渴求那么迫切,但依然缓和而有节奏。她往下挪移,坐向他,她窃喜自己和他只靠着一个相连的点,就可以贴得那么紧又那么近。她左右轻摆,忽然就用力下压盘桓。她也热了,浑身又暖又麻,她让自己快活极了。

王逸凡不行了,他原本极享受着一切,但做一个被点燃却无法动弹的人,对他来说太难受了。他听见纪遹在她身上那些轻喘和娇哼,他受不了了,他不能再装死了,装死比死还难受。他坐起身子,一把朝纪遹抱过去,环住她的腰吻她,咬她。雨滴又转向了,不再重捶到窗上,转变成急烈的水柱从房檐滚到窗台。他们两个急切相吻,王逸凡用手快速地抚过她全身,狠狠地掐捏纪遹的肉身。他急死了,被折磨得急死了,他想要一把就将之前失去的都赚回来。纪遹仍旧不喜欢他的鲁莽和急躁,但今天她的心情不一样了,她告诉自己要接受,并试着让自己喜欢起来,甚至好像因为激动而落泪了。纪遹将他勾紧在怀里,紧贴着自己,将他的头抓过来,压在胸前,把自己的头摆在他上面。她要作他的母亲,要让他作宝宝,她要亲爱,要对他好。她必须要证明,他是好的,是个犯错的孩子,这个在她怀中哭笑的孩子才是真的他。她用心摆动,配合着水流和雨滴的节奏,等他的孩子回家……

雨落雨停,又接着下起来。柏夕薤又来了。

"我梦到你了,梦里你一直在哭,嚷嚷着求老天不要再下雨。你哭得太伤心,雨停了都不知道,结果是你的眼泪把世界给淹了。"

纪遹对柏夕薤梦境的描述没什么反应,冷冷地说:"我不想要被你梦到,不想去你的梦里。"

柏夕薤靠近她,说:"不管你想不想,你已经去过了。"

"你知道我为什么不走吗?"

"知道,但不希望听你说出来。"柏夕薤说。

"不管你愿不愿意听,事情就是这样,我放不下他。"

柏夕薤停顿片刻,开始后退:"你可以不管其他人,就是不能扔下他,是吗?"

"是。"纪遹低着头,没看见柏夕薤正在远离。

"如果你可以不管别人,那也就可以不管他。如果你放不下一个人,那就说明你其实一切都放不下。万物都是从一长出来的,万物都归于一,一等于万物。"

纪遹不想抬头,她害怕,她不敢直面柏夕薤。

"我明白你说的道理,可你却不能体会我的困境。你带走我一个人,难道就等于带走了所有人?"纪遹说。

"理论上说,你讲的话是对的。"

"那什么地方是错的?"

"你被命运预留了,其余没有被预留的人,在新地方是没有位置的。"

纪逎重新抬头看着越来越远的柏夕蕹,问道:"既然我被预留了,那我不跟你走是不是也可以活下去?"

"我不知道。"柏夕蕹对纪逎接二连三的问题并没有失去耐心,尽管他已经离得很远了,却还是将声音传近给纪逎。

"为什么不知道?"纪逎追问。

"我不是主宰者,我只是被派遣来接你的。除了来接你,其余的我什么都不知道,也不想知道。"柏夕蕹说得非常平静,好像他一点情感都没有。

"你真的不感兴趣吗?就不能猜一猜吗?"

"那是你的事,由你自己负责。你跟我走,就顺了预定,一切由主宰者管辖。但你不跟我走,就没有顺从命定,一切就得归你自己负责。"

"你真残忍。"

"是你太糊涂。"柏夕蕹说着,却并没有把这句话传到纪逎的耳边。

纪逎没有留住柏夕蕹,她开始低头祈祷:"求上天可怜我,求天光照我。"

柏夕蕹听见她祈祷的话,就把声音传过来:"你真愿意信靠,就顺天意行事,你要相信一切都是恩典。"

纪逎忏悔道:"我知道我是有罪的,我逃不开我的罪。求上天可怜我,可怜我的罪错吧。"

"上天喜欢我们夸耀自己的软弱。"远去的柏夕蕹已变成一个很小的小点,他继续把声音传过来对纪遹说,"我还会再来。"

说完,他就彻底消失了。

等纪遹从忏悔和祷告中出来,就开始望着垂下的雨幕发呆。堂屋中,一圈蚂蚁正绕着中间餐桌来回盘旋。纪遹的目测速度突然变得比毫秒还慢,她开始认真计算蚂蚁们绕桌一周所需要的位移步数。蚂蚁的脚步!

有的东西是因为旧而值钱,有的东西是因为新而值钱。人一辈子会做很多事,也注定有很多事没有机会做。有些事情注定是别人做的,有些事情注定是你做的。没有剧本,没有台词,没有导演,只有一次一往直前的机会。你只有一生,没有两生,所幸你不会一辈子只拥有一件东西。

王逸凡要纪遹跟他一起先回云居社,靳尚义也想去,但他的案子还没有了结,不能离开后村。赵师傅和李师傅也被困这里,他们俩实在无聊,就叫上靳尚义一起打牌。

王逸凡问纪遹:"你到底想在我身上得到什么?"

"你从我这里得到了什么?"纪遹反问道。

"我先问你的,你回答我。"

"我得到了一切我想要的,但我付出了很惨重的代价。"

"什么叫惨重的代价?"

"我或者要死了。"纪遹说。

"你说什么胡话? 怎么就要死了? 你得到了什么要让你死?"王逸凡感到莫名其妙,他生气了。

"我要被你烦死了,但我却偏偏就喜欢一个让我这么烦的人,这就是我的罪。"

"你自作自受。"

纪遹不同意跟他冒险回云居社,王逸凡正对她有怨气。

"那么,你到底想从我身上得到什么?"纪遹问。

"我从来就没想过要从你那里得到什么。"王逸凡说。

纪遹不说话了,说下去也没意思。面对一个不诚实的人,只会让她更烦。她走到窗前去看雨,这个窗户让她想起她曾经在巴黎做交换生时住的那幢公寓楼。当时,她和房东家庭住在一起。女主人正当中年,是个法国贵族后裔。那幢公寓在塞纳河左岸的阿莱西亚大街,是一幢1880年的老建筑。纪遹的房间很小,在巴黎下雨的日子,她总是站在房间的窗前,有时候看雨,有时候看街,还有时候什么也不看,光听着雨声出神。她不喜欢法国的食物,但喜欢法国那种非常自我的缓慢节奏。跟在上海一样,除了必须出门,其余的时间她总是待在家里,并不会出去游览闲逛,以至于她回来以后,大部分人都不相信她真的去过巴黎。

譬如香榭丽舍大道、凯旋门和埃菲尔铁塔,如果不是因为要赴约、采购,或者必要的不得不经过的理由,她是不会专门去游览拍照的,更不要说她七姑八姨关心的那些普罗旺斯薰衣草,南部的尼斯、戛纳、阿维尼翁等等。有一回是学校组织,她才从里昂站乘火车去枫丹白露看拿破仑的行宫。那些什么蓬皮杜、卢浮宫、百货商场,都不是她的兴趣。就连下课后在塞纳河畔散步,她也是走到哪里算哪里。在巴黎,她最喜欢的地方是亚历山大三世大桥和荣军院前的大草坪。

起初,她还不懂走楼梯的趣味。在公寓楼只能站立四人的小电梯与盘旋的橡木楼梯间,她宁肯多等几趟也会选择前者。直到她那位雍容勤勉的女房东带她一起走过一回楼梯后,她才知道原来走楼梯可以是一种享受。尽管这种宽敞漂亮的盘旋楼梯经常出现在画报和屏幕上,但是纪遹并不是被它的外形吸引,而是感受到了那些屏幕和画报无法传达出来的美,然后深深被吸引进去。首先,是橡木敦实的质感、稠密的木纹,其次是踏感、声音和气味。穿着轻薄的软底鞋,或者中跟凉鞋时,踩踏声是不一样的。时间、灰尘、情念,填塞进木头的缝隙,使木头更厚重平整,和人世人事相融。初生都是青涩,从1880年到现在,橡木的青涩被情痛冷暖,生死病祸悉数涵养。所以,现在它们的姿态和声音,因为有往昔的沉笃积淀,天然就传达出表情和态度。但凡有心人经过,总能心动。纪遹责怪自己太懒了,不光是身体懒,意识和体受也懒。现在她才有点明白过来,为什么房东女主人时常对他手脚已经非常勤劳的儿子说:"勒内,人不可以太懒。"

　　房东的家在五层,是一套有四间卧室、一间书房、两间大厅的典雅公寓。纪遹的老师曾就读于巴黎高等师范学院,这是老师亲自为纪遹联系的住处。当纪遹第一次来到这里,看到两个简洁明朗的大厅时,就对老师的安排心领神会了。房东家的两个厅堂都没有电视机,他们常用的主厅有一张宽厚的几案,一套深色的木制坐椅。挨着临街大窗的位置,还有一张带皮垫的藤背摇椅。男主人经常在饭后躺在摇椅上,耐心地擦拭烟斗,填好烟叶,一点一点地品吸,边吸边与妻子一起和纪遹谈话。他们家里最重要的活动,就是谈话。儿子勒内边上学边实习,每个周六中午会回来与他们一起待到周一早餐之后。厨房虽然不小,但是他们没有专门的饭厅,只在厨房与过道的转角处安排了一个折叠桌,桌板在吃饭的时候才放下来。虽然桌子比较简陋,但是女主人每次都会在放下桌板后铺上桌布,布置好品质非常优良的陶瓷餐盘和银质餐具。整个屋子里唯一一台小电视机就在过道和厨房相通的角落里,通常只在女主人早晨起来为大家准备早饭时才打开,目的是为了听早间新闻和天气预报。

房东一家起先称呼她適，而后由于发音局限，渐渐变成了纳，最终就成了有点像適適的纳纳。每天晚饭过后，大家都会坐到厅里谈话，内容常常是生活方式，各自的记忆，文学，以及对某些物件品质的分析。每到一些特殊的纪念日或勒内回家的日子，男主人都会在客厅里播放他喜欢的交响乐，然后鼓动他可爱的妻子把银烛台的蜡烛点上，哄骗某人读一首诗，再听他临场给大家来上几句即兴创作。尽管法国涌现过众多优秀的作曲家，但男主人最喜欢的，却是邻国奥地利作曲家勋伯格以及约翰·施特劳斯。

书房也是一个大家都常去的公共区域。书房不大，布置紧凑而简单。书房的窗户不临街，而是对着公寓的侧边。窗户的玻璃不是透明的，而是一种半透明的白色磨砂材料。当窗台窄窄的外檐突然出现一团黑物时，人常常无法马上判断出外面快活移动着的，究竟是落叶还是一只灵巧调皮的雀鸟。没有雨的日子，纪適会在傍晚打开半扇小窗，街道终于安静下来，风吹树叶的声响可以传到屋子里来。有时候窸窣，有时候簌沙，最好听的，就是连起来成片交叠的飒飒霍霍。这些声音能让她想起上海，忆念小时候和爸爸在初秋闲步于街路时，她矮矮的视线所看到的一切。

她现在在后村小楼的窗前看雨，想起了多年前在巴黎的那些日子。

阿莱西亚公寓楼的窗框和窗棂全是手工制作的，跟眼前后村的这个窗户一样。但是，同样手工制作，为什么那扇窗户是那样的，后村的窗户是这样的？难道是从前手工与现在的手工差别很大吗？假使按王逸凡推崇的进步论调来分析，那么二十三世纪的手工应该要远远优越于十七世纪的手工才对。可是事实显然不是这样的。巴黎的窗户选用手工制作是出于用心与考究，而后村这个窗户却是因为省钱而选择人工。手工和机器工到底哪个更有价值呢？难道是巴黎的工价比后村的劳力贵吗？万物随心，差别在于认识。贵己的认识下所产生的手工，和贵彼的认识下所产生的手工，动机千差万别，结果必然迥异。

与地面的风光不同，巴黎的地下部分令人诧异。从地铁口进到地铁通道，刺鼻的小便腥膻、流浪者、吉卜赛人、盲人、小偷、强盗，全在地下杂烩。只有明白这也是浪漫的一部分的人，才真正有资格获得浪漫。在巴黎上学的日子，纪遹很喜欢和女主人在每个周六的早晨一起步行去早市购买蔬果生鲜，然后在周六的晚餐过后，乘地铁到西岱岛的圣母院，回程时再一路步行回家。

这些事情王逸凡知道吗？他晓得她去过哪里，见过什么人，喜欢过什么，讨厌过什么，现在为什么要和他在一起吗？

或许本不应该强调这些零碎事情，因为这些并不等同于喜好，更不可能等同于爱。不过，在需要厘清王逸凡与纪遹之间线索的情况下，这种提醒和质疑是必要的。我们总喜欢质疑别人，殊不知人类最大的毛病其实是质疑自己。每个人都质疑过自己，纪遹也质疑过自己。但质疑归质疑，她不恨自己，她对自己是认同的。因此，她更加想不通她所喜欢的王逸凡怎么就那么不爱自己，对自己不好。一个时代，连爱自己都需要别人来教，是多么可悲，又多么荒诞！

人类一定是将唾手可得的生命看得太轻贱了。从出生伊始，生命仿佛就成了与生俱来的一种便宜东西。活着活着，好像一切都比活着本身重要。人类追求华丽，追求绚烂，追求安宁，追求永恒，总之是愿意追求我们没有的，可以给自己带来刺激的东西。但刺激是不会让人类获得终极满足的，因为拼命追求一切的源头，不是我们想要什么，而是我们以为自己想要什么，以为自己有了什么就可以变得不一样，可以变得比现在更好。就像生于农村的人，现在已不满足于耕种的命运。他们会说，为什么我们不能拥有更好的人生？为什么城市的孩子可以有图书馆、电影院、冰激凌，而我们却只有种地的劳苦呢？农民与市民被人类社会限定了差别，这其间除了条件和生产方式的差异，掺杂了更多势利的因素。

生命本身不美吗？农田不美吗？劳动不美吗？是的，耕种的确是异常辛苦的行当，但是人类千百年来所饮所食，不全是来自于这份辛苦劳作吗？顺应自己的处境是美的，甚至有时候改变自己的处境也是美的，要害在于顺应和改变是否符合你的命运安排。你不想接受来自上天的命运预设，却宁肯选择人间势力权衡的险恶标准吗？那么多人前仆后继地挤同一扇门，许多人未到门边就已经头破血流。我只是疑惑，这样非人的劳苦都愿意偿付，怎就不能承担耕种的辛劳？耕种有劳累，还有闲适，有辛苦，还有收获；而势力的大门，万千人中只有一个能活着进去，其余的为势力做牛做马一世，也未见得能看到那门一眼。

暴雨，暴雨，还是暴雨。柏夕薤又来过了，纪遹对着有闪光顶角的他摇了摇头，柏夕薤就离开了。

雨忽然停了，地上的积水却没有消退。一楼堂屋已经被淹，水位涨到小腿和膝盖的位置。靳尚义、赵师傅、李师傅三人将牌桌迁到二层房间，继续在无聊的等待中打牌。靳尚义看起来并不高兴，他已经失去打牌的兴趣，只当作陪赵师傅、李师傅解闷，嘴里还时不时哼出几段小曲，伴着水滴捶地的声音，听起来竟然有板有眼，字正腔圆。幸好小楼三层的空房间中，有腊肉、土豆、玉米等食物，只要这伙人想办法下厨，总还有好吃的。在特殊灾祸来临时，这就是顶幸运的事了。

纪遹联想到第一天柏夕蕹走后遭遇的彩虹,心里暗暗祈祷,愿这就是彩虹所预示的幸运。

香烟不多了,打火机里所剩的丁烷也不多了。

王逸凡避开人群到三楼过道上抽烟,纪遹跟上去和他讲话:"走吧,到北方去,北方没有雨。"

"前几天让你跟我回云居社,你不肯走。眼下水这么大,肯定走不脱了,你反倒又要走?"

"在这里是死,跟我走也许还可以活。"

"雨总会停的,我们再等一等。"

"雨不会停了,这里要沉没了。"

"你怎么知道?"

"你相信我吗?"

"这不是相不相信的问题,我连我自己都不信。"王逸凡呼出一口很长的烟雾。

"跟我走吧,我带你走,我们可以重新开始。"

"重新开始?云居社怎么办,这里怎么办?"

"命都没有了,还担心什么产业?"

"云居社毁了,那我还不如死掉。"

"你根本就是懦弱。"

闻此,王逸凡心里一紧,道:"我难道为了我自己吗?公司上上下下那么多人,我走了他们怎么办?好不容易建成的项目,说不管就不管了?"

"你连你自己都管不了,还谈什么管别人?你为什么就不能老实一点,把自己放下来好好看清楚?"

"你懂什么？凭什么这样教训我？人是很复杂的，没有人是简单的。你经历过欲望，经历过财富，经历过动荡吗？你太幼稚了！我不是年龄比你大，而是比你经历的事情多，比你见过的世面广。换句话说，是你不知道你自己有多可怜。"

纪遹不作声，王逸凡接着说："我不知道你那些满足感是从哪里来的，要是我是你，我早就急死了，我看着你都替你着急。你有什么需要，有理想，有追求吗？连欲望都没有，做人还有什么乐趣呢？没有财富的满足，没有身体的满足，你怎么活？你的朋友跟我的兄弟是一回事吗？你经历过生死关头，体验过权力的能量吗？我多少次想帮你摆脱那种可怜，想把你从无知中解救出来，但你真的太可怜了，一点点可怜的快乐就足够满足可怜的你。别说那些云淡风轻的漂亮话糊弄我了，你以为我真是小孩吗？我知道你就好我这口，是可怜你，才配合你演一演。我可以没有你，而你并不能没有我。不要说你对我从来没有企图，那不可能。难道你没在我这里获得满足舒适？我的地位和成功，或者身世经历没有给你带来风光和场面吗？不管你怎么演，骗得了你自己，骗不过我。我也是人，你懂的我都懂。雨就是雨，它会下，就会停。你不要经受点困难就手脚慌乱，更不要想骗我跟你一块去做什么低级的冒险。你什么牵绊都没有，说走就走，我能这样吗？我是有使命有责任的人，我的生命不能浪费。现在想想，我会觉得自己很可笑，竟然也产生过把你看作跟别人不一样的想法。事实证明你跟所有女人一样，都那么俗气平庸，甚至你比她们还更懂得如何用一些漂亮话替自己遮蔽。眼下你难道是落井下石？你要走就走，不用费力跟我来这些奇怪的戏码。真不知道是我病了还是你病了！天这么不好，你还要添乱！"

纪遹听着，没有言语。王逸凡狠狠地吸尽末尾那部分烟草，然后将烟头扔到外面的水滩中:"楼下还有三个糊涂人,真是一点不操心,都什么时候了,还有心思在那里打牌。难道一切都要我承担,所有烦恼都是我一个人的吗?你说让我跟你走,我们能走到哪里?走了以后靠什么过活?别说你没想过这些,也别跟我讲到时候再说。创建一份生活不是你想的那么容易的,每个人对人生的要求也不是都像赵师傅、李师傅那么低。我们在一起这么久,为什么你就是不懂我,就是不愿意来理解我呢?"王逸凡还有很多话想说,但暴雨再度降临,雨水密集的声响,将他的话音掩盖了。

他的声音再怎么响,也大不过雨声;他的言辞再如何激烈,也抵不上大雨的持久。

他只好和纪遹回到二层。两个人坐得很近,却谁也不看谁。

柏夕蕹又来了,这是他第三次来。

"时间不多了,你想好了吗?"

"我不知道,我现在比死还难受。"

"死亡不是你可以决定的。"

"为什么这个世界那么迷恋痛苦,为什么人们要执着于虚荣?"

"因为软弱,又不想承认软弱。"

"我是软弱的,你呢?为什么你让我觉得你那么勇敢?"

"你看我强大,因我实在是最软弱的。软弱到底,反倒没有了畏惧,真的勇敢起来。"

"雨为什么还不停?"

"这不是我管的事,我只是来接你,其余的我不知道。"

"为什么是我?"

"我想你心里有答案,并不需要我来回答。再说,就算你不停地问,我也还是不知道。"

"好吧,柏夕薤,你能不能告诉我,你到底是一匹马还是一只独角兽?"

"我不是马,也不是独角兽,我是朦疏。"

雨又停下了,但积水却没有消退。水生水,反而积蓄得越来越多。

留在后村的不多的另一些人,干脆就搭着一些木板浮在水上漂。水灾到一定程度,供电就终止了。身处于人世为成功而挣扎奋斗着的人,是绝不能接受毁灭的现实的。什么叫灾难?灾难就是突然临到你头上的,没有预告,没有提醒,找不出前因,却必然要接受它的后果的。大部分现代科技的根基在于电力,失去电,科学的符咒就失效了。无论是数字的符咒、图画的符咒,还是语言的符咒、文字的符咒,都是法术,不是真理。每一种符咒都有相应的范围和能量,每一种符咒也有局限和盲区。不论这些符咒曾经有多辉煌,现在全都失效了。顷刻间,人们甚至希望它们从没来过,那样至少可以减轻过度依赖它们又突然依赖不上的不适。一切都晚了,科技说失灵就失灵了。所有通讯,传播,便利,都消失了。

在人们依靠科技的年代,断然想不到它会有一天彻底崩垮。它曾经那么强大,那么高耸,它渗透进衣食住行,改变了人类原本在自然中的生活节律。习惯了开灯的人,如何面对落日以后的黑夜呢?社会的势力结构也瞬间瓦解,全部要重来一遍了。这时候,曾经的富人与穷人,成功者与失败者,结婚的没结婚的,面对的苦恼和绝境是一样的,要解决的问题也是一样的。唯一不同的,是他们所失去的东西不一样多。曾经拥有得多的,在这时候失去得更多;而曾经没有拥有那么多的,此刻自然也失去得少。

纪遹离开王逸凡,离开屋子,也漂在水面上,漂到外面,顺着水流的力量晃摆。她不知道水会带她去哪里,她还可以去哪里。

她梦到柏夕薤了,梦里的柏夕薤说她去了他的梦里,还告诉他她不想被梦到。

如果人生只停留于这些困惑和懊悔,就不会有痛苦,会有无尽的烦恼,但不会痛苦。人千百年来始终奋力挣扎,不断努力的,就是试图战胜和躲避痛苦。然而痛苦不是靠逃遁而战胜的。斗争痛苦的决胜关键,是直面,是厚脸皮,是无所谓疾风暴雨。但凡可以做到这些,痛苦便能消亡瓦解,化为人生常在的烦恼。一切都是烦恼,一切也都可以是痛苦,一切其实在于人自己。

水面的杂物缓缓向后,而纪遹却被浮力领着朝前方漂移。

前方是北方。

她暂时搁置下烦恼,决定索性随着命运的预设而流动。她漂出后村,进入到一片陌生的地界。这里,其实她走过,经过,只是如今淹水了,水平面升高了,于她来说就成了陌生的新地界。如果人没有记忆,那么陌生和熟悉,就是一样的。如果一切尽是未知,那么对人来说,一切也就都是陌生的。

水只浸润她的整个背面,先前正面的潮湿已经阴干。她半干半湿地漂浮流动,身体开始不受控制地一阵阵冷战。有的冷,是从外至内;有的冷,是由内及外。哪怕纪遹笃定要将自己交付于命运,但身体还是不能避免要承受不适和寒冷。这就是偿付和代价。谁又知道这是不是也是一种恩典?

渐渐地,水从泥黄变得澄碧,纪遹的漂流速度也慢下来,水波起落的幅度也变得不那么跌宕,渐与纪遹的心跳趋于一致。她陆续经过一些东西——课本、内衣、钱包、账单、药丸、心脏、年龄、梦想。她没有刻意扭头往任何一个方向去看这些东西,只是等它们漂走漂远,用余光顺势瞥见。还有一根短枝漂过她身边,短枝上有红色的漆字:"心脏不等于心。"又一阵冷战朝她袭来,她讨厌这种身体不受控制的感觉,她的心里免不了生出悔意,怪自己仓促决定将自己全然交付于命运。但她实在想不出不交付自己会得到什么更好的结果,也找不到任何接下来要面对的忧虑。就像王逸凡说的,她没有担忧,没有他那么多欲壑难填的追索和发愿,所以她没有他那么多恐惧。她释然放松,试着任由冷战侵入。可刚把冷战对付过去,更严重的问题发生了。纪逼的身体完全不受控制,已经失去知觉了。人怎能失去对身体的掌控呢?命运不由自己,连身体也不能自控吗?交付命运难道也要交付身体,连举手抬足都不能自决吗?她发觉自己还有意识,还会难过痛苦,还在害怕和焦虑。她怀疑自己死掉了,打算抬手确认自己的心脏是否还在跳动。可她真的一点也无法动弹,甚而已不能正常闭眼了。她焦躁极了,竭尽自己所有力量想让自己活动起来,可身体就是丝毫没有动静。在焦虑中挣扎许久,直到确认已毫无办法,她才终于放弃,重新回到宁静。

这时候,她才静下来感受到自己的胸腔和小腹还在正常地起伏。她还在呼吸。也许是体温降低了,她变得适应这些冰凉的流水了。从开始漂流到现在,她已历经了两次决定,两次怀疑,还有两次战胜怀疑。

只有罪错,更多的罪错,才会让人乞求垂怜和救赎。什么时候,人才能知道生命的代价在于苦难和偿付?它们是原本就预设铺排在命运中的必然和常在。难道就没有幸福可言吗?虚心的人有福了,承认软弱的人有福了,直面不足不堪不能的人有福了。成功与强大,需要人交出极大的偿付,但承认失败与软弱所获得的恩典,除了得还是得,全是无须埋单的白白收获。尊贵是命定的,高尚也是存在的。高尚与平凡的差异,在于对不堪的承当和直面。一切都是无常的,无常才是生命的常态。人一辈子,会做很多决定,正确的,错误的,顺命的,逆天的。事实就是,哪怕你做了对的选择,你仍然避免不了怀疑和否定。不光是来自于他人和外界的怀疑,可怕的是自我怀疑,以及被他人影响后所产生的自我怀疑。同时,谁又能保证我们每一次都可以战胜怀疑呢?这个公式注定就是复杂和陌生的,是每一次都需要我们重蹈覆辙耐心求解的。我们不会因为战胜了一次,就代表接下来永远常胜;也不会因为失败了一次,就永无翻身之日。这种认识需要我们摒弃经验和骄傲,需要我们接受钝刀子割肉的磨炼。

所以,等到纪遹放弃所有能做的,无论是身体的还是意识的努力,她就获得了幸福。她终于可以听见水流在身边涌淌的声音,可以感受身体漂浮在水面的起落,体会到水柱从头顶划向肩颈,流经脊背,再分输于双腿和足尖的整个过程。其实,幸福就来自于体会你正在经历的一切。保持身体和意识的零度,既无奈又幸福,但是满满的,全是收获。她现在睁眼看着漂过一团乌云,又一团乌云,又望见那些乌云在她经过以后就开始落下雨来。人与人的差别,不在于谁是谁非,而在于有的看得见亮光,有的看不见亮光。看得见亮光的是罪人,看不见亮光的也是罪人。不过,人都只能一时看见,很少有永远看见的。永远看见的是义人,他曾经看见、现在看见、将要看见、长久看见,但也终究不是永远看见。

他们是幸运的,他们在农村,城市也许早就乱套了。连续不断的雨水,把城市的街路,河道,统统填塞。流动的水又生出水,蒸发汽化后又往下落。汽车被淹了，交通停滞了。不管是近距离还是远距离，来往都被切断了，人们变得呆滞又慌乱。除了一些漂浮的物体在外面，大部分人都躲在高楼里。从二层到三层，现在人们已经拥到了九层。他们交流着过去与现在，对未来仍怀抱美好的期盼。

面对这样的突发事件，人们反而呈现出绝无仅有的乐观态度。不需要公共媒体煽情抚慰，人们自发产生的对未来的美好希望，比从前任何时候都要强烈和坚实。在他们人生还没有实现价值，没有完成目标以前，一切绝不可以毁灭。所以大家一致认为雨会停息，积水也终将会退去，生活会回到他们认定的模样中继续下去。人们热切地认定雨水消停后，科学和技术会迅速帮助他们重建家园，再创往日的辉煌。

危难来临之际，原先鼎盛的，人们趋之若鹜的，此刻却成了重灾。相反，曾经荒凉而无人问津的，现在却有相对的安详。没有食物供应的情况下，逃生人群唯一可以入口的，就是不断增加的免费的水。

"只要每个人都坚持喝水，每人一天五升，一万个人就是五万升，一亿人就是五亿升。只要十几亿人一起喝水，这些水很快就能被我们喝光，这就是人多的好处。"

"但实际上我们喝不了多少，雨每次都只停一会儿又接着来了，我们根本追不上水增加的速度。"

"不过，现在这些水不烧开我都不敢喝了。一些乱了套没素质的人已经在雨水里小便了，严重污染了雨水的质量。"

"我昨天就喝到小便了！"

"你怎么知道是小便，难道你喝过那玩意儿？"

"我现在只希望我山上的那套房子没有被淹。"

"山上的房子,云顶山吗？我在那儿也买了一套,你什么时候买的,多少平米,多少钱？"

"我买的是最后一期的顶级订制独栋,在山顶最高的地方。"

"我也是啊,去年年底才刚交房。我那套独栋前院有两百多平米的草坪,还有地面地下双车库。"

"我是七万一平米买的,现在好像涨到九万了。"

"我买的时候七万五,三层地上,一层地下,一共四层八百多平吧。"

"我那套也八百多平米。当时售楼的说,第三期的房子一共二十套,每一栋都是根据需求订制的,每一栋都不一样,你是几号啊？我那栋是12号。"

"怪了,也太巧了,我的也是12号！你的销售经理姓什么,姓林吗？"

"你确定你买的是云顶山第三期精品别墅？"

"百分之一万啊！太有劲了,怎么会有两个12号呢？"

"姓林的是不是搞错了,挺年轻一个小姑娘,难道把我们给坑了？"

两个中年男人一边喝水,一边高谈阔论他们在云顶山上的高级房产。一切通讯和消息都被切断的当下,旁听者辨不清他们两人到底谁在吹牛。反正,就是有人上当受骗了。难道旁听者不在这些销售骗局中吗？

"这场雨倒是一视同仁,不论经度纬度,不论贫困富裕,大家终于脚步一致了。"

"这才倒霉呢！本来想送儿子出去,东边下雨了西边还会晴,这下好,大家都一起受罪,人还不能团聚。"

"我女儿也在外头,不知道现在怎么样了,什么时候才能再看见她。"

"现在的孩子没有不出去留学的,不管是高级经理还是门卫安保,所有人的孩子都在国外。"

"总应该去外国见见世面的。一个厉害的人,怎么能不经历先进和文明?"

"我认为主要是文化,他们应该获取先进文化。"

"但过分先进了回来连人都不喊了,成天就一嘴洋腔洋调,说来说去就是我不懂,我太落后了。想起来都生气,白养了!"

"为了将来,你还是忍着点。舍不得孩子,套不到狼。"

"别生气了,你那孩子多好啊,我倒希望我孩子也能学点洋腔调呢!出去三年了,到现在还闹情绪,非说是我不要他了才送他出去吃苦!"

"我们家那个也是,没几天就要来电话发脾气,愣是吵着要回家。"

"我孩子才刚去不久,雨灾前天天打电话给我,在电话里哭,一天到晚就嚷嚷饿,死活吃不下他们那些东西!"

"都是没吃过苦闹的,现在的孩子,一点不知足,我们从前要是有机会出去,打死都不回来。"

"还好后来在那边找到同胞朋友了,互相间有个照应才算待住。我每次问他毕业了想回来还是待那边,他想也不想就说要回来,我真是气死了,还指望着他在那边发达把我也带出去呢!"

"现在好吧,大雨倾盆,孩子面也见不到了。"

"我也是希望我女儿在那边成家,可她就是不肯,还是找了个同胞留学生恋爱。她说她看见那些长毛的外国佬就害怕,说他们身上味道难闻。后来她男朋友在那边被抢劫打残废了,我女儿就得了抑郁症。"

"作为过来人,我就告诉你们一句,算了,别折腾了。我们家孩子从高中就出去了,一直读到研究生,我本来还要逼他读博士、博士后,但他死活就是不肯了,回来后还是他爸给安排的工作,在机场做地勤。"

"难道就没有出去以后成功的吗?以前没机会出国的时候,出去的人都成就了,怎么现在谁都能去了,一个成功的都没有?"

一群中年女人举着盛满雨水的高脚杯,一边碰杯一边热聊家庭和孩子。这栋写字楼在洪水前是当地排名前十的模范企业写字楼,想必躲在这里的人,应该也都是财力不菲,所谓有身份有地位的人。也许,不论财力菲厚,她们都必须要自诩一番,毕竟势力是眼下唯一时尚的外套。

"我特别讨厌现在人的那股世俗气,满脑子都是钱啊钱,太现实太势利,丧了精神理想,更没有任何操守。"

"他们不懂反抗和斗争,弄来弄去都是无病呻吟和抱怨,最后呢,还不是接着忍气吞声逆来顺受,这是贱民劣根性。"

"为什么他们不追求自由?"

"说得轻巧,你得到自由了吗?"

"这种狗屁环境下我能干什么?再说了,光我一个也不行啊,身边人一个比一个傻,我一人能有什么力量!"

"那你就别怪他人,也别怪环境。集体是由个体汇成的,环境虽然是整体,但也是由局部构成的。每个人要都是你这种想法,那还谈什么自由？不过无病呻吟逆来顺受而已。"

"为自己的无能强词夺理，又一种贱民劣根性！"

"怎么什么都是贱民劣根性？难道你不是这群人中的一个吗？还能换血不成？"

"我就不知道现在的人为什么都丧失血性不会愤怒了，人能保持活力的秘诀，就在要保持异见，保持愤怒。"

"我想问问您本来是做什么职业的？"

"我是老师，美术学院油画系的。"

"你一个热爱自由的人，怎么会到体制内去当老师呢？这不冲突吗？"

"我有本事，机构当然就需要我。再说了，我也是人，也要吃饭。"

"您不要生气，还是保持平静对身心比较有益。"

"我看你就是虚伪软弱，吃了原告吃被告。"

"怎么说话呢！你懂些什么！你以为人那么简单就可以做到非此即彼吗？年轻人，等你们尝过权力和金钱的味道以后，再来跟我学习保持愤怒吧！"

"老师，不要跟他们一般见识，他们的疑虑在于觉得您不应该吃人家的然后还骂人家，这好像不太符合世道规矩。"

"世道规矩？我说什么就是什么，这就是斗争。我不可以对给我吃食的人不满吗？这样的话，我就没有真正的自由。"

"自由固然自由，但这不是丢了规矩，变得胡搅蛮缠、无理取闹了吗？盗亦有道啊！何况您这样尊贵有学问的人！"

"我看你是个聪明人才跟你讲话，没想到你也这么没见识。难道你认为对你所不满的对象，还会有什么道理可讲？你是被压迫得太深，已经丧失独立思考的能力了！"

一个满头卷发的摇滚乐手和几个戴着金属边眼镜的男子扎堆在一起激愤地讲话。他们半搭着腿坐在一排文件柜上方，用几个咖啡杯喝着雨水。摇滚乐手吐沫横飞地高谈阔论，其实他不过觊觎另一个男人衬衫胸前口袋那半包软包装中华香烟。只要一根，一根就能让他有力量再坚持一个星期，或者更长时间。但对话以后他就放弃了，他现在不想得到香烟了，他想得到的是认同与崇拜。

雨仍然不停。

柏夕薤来了，在后村小楼的顶层显现。纪逋知道他来，却不敢上去见他。她害怕看见柏夕薤头上闪光的角，害怕那些间断烁耀的光对她的质问。她躲在三层的空房里，反复梳理自己一生当中全部的牵绊和结扣。她彻底迷乱了，她需要整理。

在这人世间，当下最牵绊她的不是家人，而是一个突然闯入的、陌生的、来自其他国家可以做他爸爸的男人。是因为他可以做她爸爸所以喜欢吗？更多时候，他明明是她的孩子，反而更需要她的安慰宠溺。女人天生就有两种属性，一是被人娇宠，一是照顾他人。她不明白自己到底哪里做错了，又或者究竟哪里是做对了。她非常需要一种可以衡量一切的标准，让她至少可以从心里的烦绪中抽出一条线头。

她回到顶楼，看柏夕薤是不是还在。她已经无法再忍受折磨，想干脆走了算了，走了再说！

可是柏夕薤不在楼上，他已经走了。

纪逋几近绝望地倚在顶层露台的矮墙上，神魂崩裂，却憋得一点也哭不出来。忽然，她转过身体，迅速往下面望去，然后立刻奔回楼道，冲到一楼院子中。雨一直在下，而她身上却没有被任何一滴雨水淋到。只有柏夕薤降临,她和柏夕薤讲话才有这种情况。所以,在她几近崩溃的痛苦边缘,她依然意识到,自己身上没有淋雨,那就意味着柏夕薤一定还在。

她急匆匆赶到一楼的院子,面对柏夕薤,心意在此刻又产生了变化。她再次犹豫了,不确定自己是不是真的做好了不顾一切而离开的准备。这个世界难道真的没有什么值得留恋了吗?柏夕薤看出她的疑虑,转身要走。她真想再问问他,真希望柏夕薤能带给她一些可靠的建议,哪怕是错误的指示,将来心里有个人可以埋怨也好!可柏夕薤太冷酷,太残忍了,纪遹知道,不管问什么,他一定只会冰冷地来上一句"我不知道,这不是我的事"。他甚至没有表情。纪遹从没看见他笑,或者难过,忧虑,哭。纪遹想,他不是人。这么想着,她又回到三楼的空房。

她想到去云居社面试时,第一次见到王逸凡的情景。早在应聘前,她就已对云居社有好感,那时正值她想离开城市。当时,她对越来越喧闹的上海生出厌倦,极向往那些宁静的去处,全不知她将走向的,是更复杂的热闹喧嚣。那些当时看起来荒僻的远郊,实际里藏的是另一些投机者们更偏执更狂野的躁动。在尽量诚实的自我梳理中,她发现了自己的不足,也理解了别人的不足。她意识到大部分问题就来自于不足,来自不甘于面对自己的不足。人之一世,谁不带些亏欠呢?尽管大部分人嘴上都说着世界不会有完美,但心里还是暗自狠咬着完美不肯放弃,一次次地以不放弃进步、努力提升来自欺欺人。女人想青春美丽,男人想名利双收。人类时常互相劝诫知足常乐,私下却常常为眼前小小的折损而大动干戈。一个时代,让满足变得那么艰难,实在可悲。

靳尚义抓着大家在二楼排戏,王逸凡实在烦不了那些名堂就到楼上来找纪逦。久久没有洗漱、打理,王逸凡感觉很不舒服,心里种种不顺。

"什么都做不了,什么消息也没有,每一分钟都像一个小时那么长。"

"你以前天天喊时间不够,现在又嫌时间慢了。"实际上纪逦觉得这几天他比从前好看了,像个人的模样了。

"机器都要运转正常才行啊!现在什么都停摆了,光留时间拖着生命走,多累啊。"

"没有时间了。你比那些时间很快的从前好看了。"

"好看什么,稀里糊涂的,现在不是关注这些问题的时候。你到三楼来干什么,饿了吗?"

"我有点头晕。"

"头晕就下去睡会儿,我跟你一起。"

王逸凡带纪逦下楼回到二层房间的床铺上。连续的雨,让本来就潮湿的南方更湿了,床单和毯子摸起来都发凉。他让她在床上坐好,自己先钻进毯子里,试图用体温烘干并且加热温度。他也会对她好,也会很用心的,纪逦这样想。她已经看穿他的用意,却还是装糊涂一股脑就跟着钻进去。她是故意这样的,是出于舍不得让他一人受冻,又不想让他知道自己已发现他的好意,才故意搅局不成全他。糟糕的天气,再染上风寒,他会崩溃的。纪逦想,要病也要一起病,病得一起死掉才好!

下雨以来,她变了个人似的,有了很多曾经不曾生出、曾经丝毫没有基础生出的想法。像是有什么东西牵引着,在这些天里,有一股力量非要让她懂得一些曾经她体会不到的事。各种疯狂的念头一齐向她涌现,逃跑、死、生病、耍赖,全是不符合她平日理智认知的情绪化想法。她不饿,但是累了,被自己的思绪给折磨累了。她贴着他的身体,拉他的手,渐渐就要睡过去。

王逸凡转过身,拽过纪遹的腿,夹在自己的双股间。他摸她的头,像她曾经为他做的那样,轻轻拍她的背脊。纪遹暖和了,心里松快下来。他们已经习惯了雨声,现在无论雨怎么下,他们都不觉得吵闹了。反倒是隔壁靳尚义和赵师傅李师傅唱戏的声音太响,两个人还没来得及熟睡就又被吵醒了。身体软绵绵的,意识却被唱腔撩得清醒。

只听靳尚义一边打着拍子,一边领赵师傅跟唱:

"垒起七星灶,铜壶煮三江。
摆开八仙桌,招待十六方。
来的都是客,全凭嘴一张。
相逢开口笑,过后不思量。
人一走,茶就凉……
有什么周详不周详!"

刚一段罢歇,李师傅又入了另一出:

"临行喝妈一碗酒,浑身是胆雄赳赳。
鸠山设宴和我交朋友,千杯万盏会应酬。
时令不好风雪来得骤,妈要把冷暖时刻记心头。
小铁梅出门卖货看气候,来往账目要记熟。
困倦时留心门户防野狗,烦闷时等候喜鹊唱枝头。
家中的事儿你奔走,要与奶奶分忧愁。"

靳尚义把许多个唱段重新组合,自己导演编排出一个新剧。锣鼓场靠他随意敲盆捶地,弦索文场靠他一张嘴跟唱演绎,哪怕断粮没吃的,靳尚义依然精神亢奋、浑身有劲。他教完这个教那个,唱完这出演那出,一刻不息,乐此不疲。

王逸凡和纪遹躺在床上难以入睡,只好又开始玩。纪遹伸脚过去,王逸凡顺势亲昵。他知道她最喜欢这样,而他眼下愿意跟她做买卖,他想先给她一点,然后就可以理所当然地向她讨索他该得的部分。他还算耐心地盘弄那些玉趾,等纪遹有感觉了,就忽然跪立起来,将纪遹双腿搭在他肩上。他把一只手伸过去抓她肩膀,另一只手移向她前胸。

"他们那么吵,我们也吵一下好吗?"

"怎么吵?"

"你记得我教你的那些话吗?你也大声喊给我听好不好?"

"又来了。"

"算我求你了不行吗?刚才给你玩脚不舒服吗?"

纪遹不理他,希望事情可以就这么混过去。王逸凡不知道得了什么感应,一方面异常温柔,另一面又极为贪婪。其实他对恶劣的天气怀恨在心,想在其中赚回些曾经没有的东西,总怕自己亏了。所以,他的异常温柔并不异常,不过是为了攫取利益而预先给出投资。

他把她压在身下,用强力摁住她。纪遹顺势拱起腰背,整个人缩成一团。她把头转向一侧,忍不住喊了一声痛。那边靳尚义带着赵师傅李师傅两个人唱得越发起劲了,王逸凡心里顿时倍加烦躁,索性以蛮力强攻。他一只手稳牢她的肩膀,另一只手掐住她的下巴,用力想将她的脸掰正。他骂她,顶撞她,粗蛮地逼迫她按从前他在别的女人那里经历的模式演绎出来。为此,他不遗余力,几近殚精竭虑,但她就是不愿意。她认为那一切太可笑,太违心了。

王逸凡见她一脸死相,就一把将她翻转。他像着了魔一样,成了一头怪兽,朝纪遹的后面用力。纪遹毫无准备,被突如其来的侵入撕裂了,她痛得要死过去,本能地弹起身挣脱。他也慌了,但随之而来的是恼羞成怒。他和她两人,一个强迫,一个抗拒,直到两人筋疲力尽才告终。

王逸凡没有得逞,沮丧万分。他走了,这下他宁肯去隔壁做戏曲观众,也不愿意再看见她一眼了。他对她生厌了。

柏夕薤对自己的工作很有耐心,他又来了,这是第五次。纪遹对他不再害怕了。她走近他,并第一次坐到了他身上。

"我想好了。"

"愿意走了?"

"是的,我想好了。我自以为,最令我难以舍弃的是快乐和幸福,但其实难以割舍的是罪过和痛苦。我骄傲、小信,还自以为是。"

"我们都是有罪的,有罪才需要救赎。"

"但救赎不是用来抹掉罪错的,救赎是让我们更勇敢直面罪错的。"

"你应该知道我只是来接你一个人的。"

"我知道。"

"那么,可以出发了吗?"

纪遹从柏夕薤身上下来,对他说:"柏夕薤,你可以再等一等吗?我知道,你不是来接他的,但悲悯也在他心里,但愿他可以求得恩典。"

"我会来七次,这是第五次,你还有两次。"

积水淹到了二楼,现在所有人不得不围桌坐到三楼了。这层楼有两个已装修却没人住过的大房间,还有一间平常用来堆放杂物的屋子,都放着那些令靳尚义和王逸凡头痛的滞留农产品。谁想到,这一屋子滞留物品居然在困难时期成了大家的福分。此一时彼一时。

赵师傅和李师傅打趣道:"怕不是村里没人有心思种地了,老天爷就想着干脆淹了你们得了。"

李师傅说:"这下有好戏了。城里应该淹得比我们厉害,水灾以后,城乡就没什么差别了,看那些城里人还有什么可得意的!原先风光吧,这下亏得可比我们惨。"

"老话说了,光脚的不怕穿鞋的。人还是穷点好,穷了就没什么可丢的。"两个人一唱一和,俨然一出相声。

"他们倘真的甘愿贫穷,倒有出息了,"纪谝这样想,"这两个人不过是幸灾乐祸,为目前的困境找个台阶而已。他们其实比很多已经在城市中的人更渴望财富和成功,只是现代文明拒绝了他们,得不到,才极不情愿地滞留在偏僻的领地。我富吗?或者究竟也是穷的?"纪谝自己来回扪心自问。她早就知道,财富从来就不是单一凭金钱数额丈量的东西,财富的计量从生命起始就在不断层叠累计。健康、外貌、身形、皮肤、比例、智力、声音、注意力、思考力、感官的敏感度、风度、寿数、风情、魅力、心胸、教育、人际、社会资源等等,财富积累在生命体现的各个方面,它是运动交叉、相对变化的。同时,这也是我们到人世注定要受罪的有力证据,因为我们谁也没办法在一种标准下,一劳永逸地便宜偷懒过掉一生!如果我们自己不去计算,不去想,命运就会来逼我们想。天灾人祸,困苦险阻,这些预设在命中的障碍,全为了提醒我们计算出人生的损溢。

靳尚义终于可以全身心投入戏剧了。古玉、珠宝、金钱、女人,甚至赌博,其实都不是他真正的兴趣所在。人非要等到完全摆脱势利眼影响时,才能发觉自己真正喜好的事。靳尚义最喜欢的,是唱京剧。不管以前怎么哼,他都只当京剧是他的娱乐消遣,供他无聊时打发光阴罢了。别的时候,他还是更愿意为他所认定的成功和江湖去拼杀,只有在那条道路上死绝,他猛回头才发现自己真正的兴趣。他爱京剧,尤其是小时候常听的样板戏。什么也做不了的时候还坚持想做的事,就是真正的兴趣。眼下,没有了外界的扰乱,没有了江湖道德的裹挟,靳尚义获得了充足的时间和优越的环境来习练唱腔。他常常一人分饰好几个不同角色,唱念做打,嘴里自哼出胡琴锣鼓,从头到尾,演绎整整一本《智取威虎山》。来回唱,来回演,弄得他人不得已也对之滚瓜烂熟。赵李两个人先是看客,后来也被他硬拉来做配角。

王逸凡没怎么听过京剧,对这东西基本无感。但谁也敌不过靳尚义念经般的重复,渐渐居然就乐在其中了。有一回,王逸凡下意识蹦出几句:

"穿林海,跨雪原,气冲霄汉……
抒豪情,寄壮志,面对群山。
愿红旗五洲四海齐招展,
哪怕是火海刀山也扑上前。
我恨不得急令飞雪化春水,
迎来春色换人间。"

这是柏夕薤第六次到来。
纪逦从屋子里走出来,他们挨得很近,纪逦没有骑上去。
柏夕薤知道她不会走,就带她进了一场梦。
梦中,纪逦是她,又不是她。她的身体依然,可她的心变了。原本的她，虽与世并存，却实际上与世无接触，一直只活在自己的世界里。这并不是说她完全不关心世界，而是外面不能影响她的里面，外面的世界是为她的内里承载外象而存在的。

梦里不一样了，纪遹也觉出不一样了。她的心打开了，可以听见她曾经听不见的，看见曾经看不见的了。没有人在意她，所有人都在忙碌穿梭，看起来沉重又急迫。这里像是上海的某条路。城市变得太快，一天一个样，纪遹几乎认不出自己生活多年的街路。人们纷纷从她身边走过，看手机，打电话，向同行人讲话抱怨。纪遹头一次真实听见这些人说话，也头一次关注到他们讲话的内容。嘈杂和仓促的脚步，无外乎关于金钱、账户、婆媳妯娌、背叛和信任。好沉重啊，生活太沉重了！没有一个声音在谈论快活，器物，裙子或者未来。

推着婴儿车的母亲一直在打电话，不断重复提醒对方，说牛奶在冰箱中的位置，她甚至没发觉孩子已经把自己的脚趾塞到了嘴里。孩子们原来都是听着这些长大的吗？便宜、道德、鸡毛蒜皮与斤斤计较。为什么他们会认为想弄清楚天有多高是不切实际的空想？又为什么曾经吃着母亲嚼唊的粥羹长大的新母亲会开始担心唾液喂养的落后和不卫生？

纪遹不能说话，她的想法都在脑海，都在心里。心不是心脏，心脏是感觉不到痛的，但心会痛，心痛了整个人都有感觉。这似乎是九月中旬的晴好日子，气温适宜，清风阵阵，温度和颜色全是最好最舒适的状态。可是纪遹控制不住地开始打冷战，当然，路上没有一个人发现，没有人发现她的心在流泪，没有人发现她的毛囊收紧、汗毛在皮肤上竖立起来。这里真的是上海，路牌上写着华山路。穿过两个红绿灯，她往泰安路的方向转行，身后有两个女人慢悠悠晃荡着聊天，从丈夫聊到孩子的功课，聊到学校，聊到孩子不同课目的老师约谈的不同内容,以及谁如何聪明地选用了不同的方式和礼物应付掉不同的老师,接下来的话又似乎在谈漂亮与时尚,但实质内容其实是价格与虚荣。

价格有高有低,品牌有优有劣,有它们不同的力量和价值。但是,价格的力量仅限于价格,品牌的力量也仅限于品牌,它们并不能等同于别的什么。比如,价格不等于价值,也不能等于风光、风气和魅力;同样,品牌也只能带给你品牌可以带给你的,并不能带给你其他超越品牌范畴的东西。价格和品牌都是实在的东西,实在的东西就是实在的事。你因为价格和品牌而烦恼是实在的,但你如果为期待价格和品牌带来的虚荣而苦恼,那就陷入了虚无和灾难,终将一无所获。

纪適感觉双腿绵软,好像走不动了,却又只好接着走。她的小腹有沉滞下坠的感觉,腰微微勾着,不像平时那么挺拔。原来世界是这样的?曾经与她天天在一起生活的世界是这样的?如此忙碌,如此勤奋,如此苦恼,仅是这些吗?尽管天气那么好,光线如此透亮,她还是在喧闹熙攘的人群中感到荒凉。她的心被打开了,终于读懂了人们的需求,读懂了这个世界不停奔转的目的。她为那些可怜的需求感到难过,也知道纵使难过也无用,甚至愤怒与仇恨都是徒劳的。

她忽然懂了柏夕薤此行的目的,也明白了预定中水灾的意义。原来并不是全球化,不是厄尔尼诺现象,不是什么人种地域,也不是所谓文明的交战。尽管梦的时间短促,但纪適已无法忍受在一个只有人、没有神的世界多待一秒了。这样的世界真的不需要存在,真的失去了存在的道理。她既难过,又难堪,心抽搐不止。她知道那些人完了,也清醒地认识到,她不是无辜的,她也是他们中的一员。

纪適像是发烧了,身体打飘,筋骨和肌肉非常胀痛。她还在走,外套里的衣服已经湿透,也不知道是汗水还是泪水。等风过来的时候,她被吹得浑身发抖,站都站不住。每一张脸都那么正常,就是她平常所见到的那些面孔。柏夕蘿没有夸张,也没有隐瞒,仅仅是让她张开了窍穴来切身体会一下。为什么他们要穿着不适合自己的衣服,露出不适合自己的笑容和那些毫无理由的愤怒?可怜而不自知,罪过而不自知,多可气又多可怜!她不再为王逸凡感到难过了,她为自己难过,为一个只有人而不需要神的世界难过。她不再狂妄地以为自己能做什么,自己能如何如何,她松懈下自己的颈项,终于全然做好任命运宰割的准备。

一切都要过去了。欲望、伤痕、江湖、进步、财富、城市化或反城市化,都已过去。现在,0年的现在也会成为过去。无数的现在,都会成为过去,再由我们遇见下一个现在。只有未来永远是未来,它不会成为现在,它就是未来。你无法估计,不能预料,你只能顺应和等待。未来就是这样的,未来不属于我们自己。

她想念外婆。她想念小时候坐在外婆身边将脚垫在外婆腿下取暖,想念触摸外婆穿着的那种棉质服装的质感,她喜欢靠在她身边盘摸那些服装的质料。她总是揪一小块,衣服或裤子都无所谓,捏在手里,不停地摸。摸着和外婆讲话,摸着看书,摸着打瞌睡。外婆常常被挟持着只好定在原地不动,连起身上厕所都要拖到实在非去不可的时候。讲不出什么大道理,没有炫丽的灯光和神化的布景,纪遹就是喜欢摸那些布。那时间,不会有任何杂念来打扰她。只要是外婆那种衣服的材质,只要捏住一小块,她就会觉得安全、踏实、愉快。原来人的要求那么低,但发现它的过程竟那么远,又那么难。

她是因为少了爸爸而喜欢王逸凡吗?是不是她早就感知到王逸凡与母亲的情缘,所以才被他吸引呢?她看到自己罪错的底线和边际，为一切缺失与不足感到伤痛。现在，正是这些伤痛促使她决心要离开这里了。一次局外人的体会，让她反而头一次进入到这个世界，头一次获得能力体会到世界的缺憾与疾病。她原本是不知道的，虽然她不是故意这么做，但的确只是在自己的世界里完善。不要紧，没什么，人本来就只能做好人的事。不过，要认罪。有罪的人才需要拯救，觉得自己无罪的人把自己当神明。

她确信自己发烧了，浑身软胀。可她没有体温计，她的眼泪止不住滴淌下来。

这场梦什么时候到头？柏夕蕹到哪里去了？她现在已决心要走，一秒都不肯多待。她庆幸水灾阻隔了这些无聊的情况，庆幸她还有机会重新生活。可现在她找不到柏夕蕹，她不知道如何从梦境中脱身……

第七次，这是柏夕蕹答应来的最后一次。

王逸凡自从那天恼怒失态后，就再也不与纪遹单独共处。靳尚义自创的剧目倒是排出点眉目来，他兴奋不已，不吃也不睡。他想通了，说，等这次水灾过去，回不回澳洲都没关系，团圆和美好的家庭也无所谓了，他再也不打算为了活给别人看而死命奔忙，他决心以后要开始好好学习唱戏了。赵师傅李师傅没什么变化，于他们而言，水灾前和现在没什么两样，反而发水以后还轻松些，至少不用再给靳尚义和王逸凡干活了。

王逸凡拿出宝贵的最后一支烟，准备点燃它以庆祝自己思路上的新突破。其实他不再对纪遹生气了，在连续的无奈和烦恼中，他觉醒到水灾除了眼前的麻烦，更是他事业的一次极好转机。村民的房子都被淹了，接下来也就没有什么拆迁成本了。并且，在这种情况下,收拾残局不再是商人的责任,而是社会必须要尽的义务。也就是说,虽然云居社确实有很多损失要面对,但接下来的成本投入,将大幅度降低。这一片都陷入了灾难,这是有目共睹的事实,谁也不会再为难谁。同时,郊区和乡野在水灾后,反而会更显出优于城市的亮点,这将对接下来的销售极有益处。他正在盘算自主发电,自主排水和自主供水的系统建设,这样就能彻底掌握新一轮的销售支点。

这两天,他重新思考和审视了人生,更进一步体会欲望、财富和情义。他想,如果靳尚义热爱唱戏,那么,作为兄弟,他就应该支持他,不管怎样都要帮助他去做自己喜欢的事。但一切变成今天这样的原因,是因为靳尚义自己曾经也没有找到真正爱做的事,更没有跟他提过。所以,他并没有做错,他没有违背兄弟情义。而他自己,王逸凡,一个甘愿为追求理想而献身的人,一个立志于使人类社会越来越文明进步的人,将更加顽强地走自己的理想道路。他意识到自己曾经对理想的信心太小,不够坚定,时常会心有旁顾而不能勇敢执着地坚守不弃。所以,他必须更成功,他必须再度发财,他必须要有坚实的基础来守护自己的理想追求。他意识到没有财富之神的垂恩,并不意味着他就没有追求财富的能力和希望了,他应该相信自己,也应该相信人的力量。如果不信,他怎么能达到他的理想呢?

对于纪遹,他已决意要彻底摒弃她那些不切实际的劝诫和无理奇怪的性情了。严格说,就是他打算放弃她,决定要把她扔掉了。只是,他现在还不能说,也没法说。他愉悦地品尝最后一支烟,怀抱对美好未来的憧憬,等着水灾过去,一切平息,展开他新的人生。

远处有亮光一闪一闪,越来越近,柏夕蕤来了。纪遹朝亮光过去,她已经等待很久了。

下册·来事

纪逦

第一章 | 如果没有水

一

柏夕薤一路向北,终于在这里停下了。他把我放下,告诉我接下来安全了,然后才离开。我活下来了。

从后村出发,过临安一路往北,云居社全部被淹了,除了水,只有水。我在柏夕薤身上打了很多瞌睡,直到过了大江才彻底醒来。雨好像只集中在某些地方,别处反而干涸。

从临安出来后的几十公里路上,雨一直没断。难道整个这片都遭了水灾,都被淹了吗?过了大江雨才停,一切看起来又恢复正常。沿途的农田都荒废了,但各处都有许多新造好的楼,只是一个人也没有。导航地图不能看了,指南针也没有,凭我的记忆,再加上分析,这里大概是昭阳山以北八十多公里的地方。这是古时候的江东之地,楚令尹昭阳君的封地。我记得王逸凡曾经提过,有个福建老哥也想开发反城市化地产,在昭阳山低价收了一大片地建成一个养老项目,叫红心公社。过来的路上我看到红心公社的牌子了,蓬勃的商业野心,但人去楼空,了无生迹。

难道这里也淹过吗?人们都逃生去了吗?我观察地面、田野、墙瓦,没找到任何曾经被水淹的证据。为什么地上全变了模样?一切都变得跟从前不一样了。没有人,所有楼户都空着,昼夜循环却不更改。人们都随着前一种生活一起消遁了,而我,被择选到一个新的地方重新开始,在这场洗礼中,活了下来。

柏夕薤一路没有歇过,他累了,但我怀疑他搞错了,这地方实在不能算新地方,反而像是被人遗弃的老旧荒地。没有人,没有人,一个人都没有!只有凋敝的空楼和一些破败的矮屋,还有几条连路都不能称其为路的小道。一切和我预想的太不一样了。我想过比这惨的,也想过比这好的,偏就没想过这么诡谲莫测的。

柏夕薤为什么停在这里?停在荒芜和寒冷、停在无知与无所知中?远近几百公里,不见任何人烟,我该怎么办呢?

我走到一栋空楼前,里面已经成了垃圾场,苔藓和各种活死生物交会的地界。选一个现成的住处,看来是不可能了。我只好转返到别处去找一些看起来更平整干净的地方。走过来走过去,天色越来越暗了,我心里越来越紧张。反正远近十里没多大差别,挑来挑去,不如碰到哪个算哪个。眼下就有一个无门的很矮的砖墙隔间,就在这里了!从今天开始,这里就是我的家。选定好住处,我的心就安定了许多,不那么惧怕我将面对的第一个黑夜。同时,我也必须要对接下来的生活做规划,必须面对即将到来的一无所知的未来。我的家,有三面墙壁和一个木梁与瓦片混合的屋顶,没有厨房,没有厕所,没有家具,更没有插座、自来水、天然气。虽然活着本身就是最大的财富,但我现在须要学会如何全新地打理这财富。

我能获得什么帮助呢?有谁能来帮我,或者给我任何一点有效的提示呢？眼前的一切，实在令我毫无头绪。命运真的很极端，要么就和很多很多人挤在一起，要么就现在一个人也没有。

天黑了，按当下的辰光明暗来判断，此刻大概是六点。可是，这究竟是哪个日子呢？我不确定自己在柏夕薙身上过了多久，因为睡过去很多次了，而且只在过了江后地貌才恢复到我能判断的样子。

到达后反复勘察探路，消耗了我大量体力。天一暗沉，我就困了，倚着墙垣睡着了。

我醒来后，天还是黑的。难道这一觉睡得不够长？还是我就这么睡到了再一次天黑呢？没有手表，没有电话，前一个生活中的东西，我都没有带来。对于一个旧人来说，要开创新的生活，是不是首先就要抛弃掉旧的东西？也许太冷了。我没有被子，没有可覆盖保温的，赤条条缩在这里，凭什么来看护和保守我的睡眠呢？前人说，以天为被，以地为席；蒲以安身，谷以养命。我应该先为自己找到蒲草。

立秋了吗？黑天里没有夏虫的鸣扰，周遭安静得令人恐怖。但我不会想念喧闹，那种嘈杂和混乱，任眼下再怎么冷僻沉寂，我也不想要。我姑且活着，慌忙埋在表面的宁静下，但真的仅仅是慌是忙，实在一丝恐惧都没有。人会不惧怕死亡吗？不会的，只要是人，就会怕死。谁令生死不握在人手中呢？我看不见一个人，也看不见我自己，除了能帮我继续活下去的信息，其余的我都想忘记。

我清醒地知道，我是来受难和偿付的，不是来享福的。真正神圣而经典的时刻，是没有音乐和预告的。来了就来了，没有神光和烟云。每一刻都可能遭遇神圣，所以每一刻都已然神圣。静默，静默中我反而学会更细致地辨别种种响动；没有人，这反倒令我更晓得什么是人。

黎明破晓,深褐色的地平线上先映出整片浑浊的浓光,然后就露出浓光中强烈的光点。即使是早晨,太阳光也刺眼,但你要承受住,要习惯,这样就不害怕了,就可以迎面和光亮交对了。

我知道自己应该努力站起来,但我却站不起来。我的意识很清楚,可身体就是动不了。我闭上眼睛,默想下一次睁眼一切会变得不一样。

很小很小,我大概五六岁,陪外婆到浙江老家探亲时,我受凉发烧了。因为持续高烧不退,外婆就把我送到县人民医院。那是我一生中唯一一次躺在病床上的记忆,太可怕了。经常失去意识陷入昏迷的我,最害怕的就是醒来。我害怕睁眼只见天花板。外婆不在,一个人都不在。其实无须有人告知,小孩子很早就懂什么是死,而且会害怕死的力量。很小很小的我,躺在病床上,宁肯昏着,也害怕醒来时没有一个人,只有恐怖的天花板和我自己。有一回,外婆去取药了,我睁眼一个人也没有,就认为自己已经死了。原来人是不能一个人活着的吗?如果这世界没有牵绊,没有在乎我的人,我就是死了吗?尽管没多久外婆的声音就传来了,她人也走到了我面前,但恐惧已深深植入心里。我以为人世的尘埃和时间,能将这未经世事的可怕记忆曳曳,但是没有,躲避它却并不能忘记它,有了就是有了。多少事情拼命想记住,却没有记住;多少事你想忘记,却偏偏已埋在心里。难道人的记忆也是被预设注定的吗?

等我再睁开眼睛,世界居然变了。太阳升起的速度比我想的要快,已经到了半空的位置。灰褐的地平线以上,有橙紫的幕布拖着一盏功效强烈的筒灯。我费力支起身体,头晕目眩,大概是低血糖或者脱水。按我从前学到的知识,在荒野维系生命的几个重点,分别是保持体温、确保水分和自主生火。紧急情况下,水比食物更重要,现在首先要解决水的问题。水是参与人体正常代谢必需的物质,成年人一般体内水分含量约占体重的60%—70%,胎儿约占90%,婴儿时期80%,青壮年70%,中老年是60%甚至50%。看起来,持水的多少与人的青壮衰老是有关的,水是生命之源这些话并非空穴来风。骨头和肌肉并没有我们想象的那么重,占据人体重量一半以上的是水。

按生物学的说法,生命由细胞构成,而水是细胞原生质的重要组成部分,细胞必须"浸泡于水"才能存活。水是体内溶解多种电解质的媒介,可以传递营养物质、代谢废物和内分泌物质等等。它有比较高的热导性和比热,能作为"载热体"在体内和皮肤表面之间传递热量,帮助人体调节体温。也就是说,呼吸、循环、消化、吸收和运输,以及废物排泄等所有生命活动,都需要水的协助才能正常进行。一般情况下,人体每天要通过皮肤、内脏、肺以及肾脏排出1.5升左右的水,以保证毒素从体内排出。干燥是人体老化的重要表征,一旦人体失去体重15%—20%的含水量,生理机能就会停止,继而死亡。

困难情况下,曾经被忽视的那些知识忽然就全部想起来了。现在的情况,就是脱水,我必须先弄到一些水喝,等体力恢复了再去解决长久的水源。这里是江东,按理会有大水分出的支流,或许因为雨灾,水都集中到江之西,江之东反倒干了。我想,再怎么,干流河水不会全干。为了求生,我外出寻水,路上做了些标记,免得到时候找不回来。树都干了,枝杈枯萎,地上尘土上扬。没走多远,我没找见水,却先遇到一个叫瑞麟苑的院落。我走进去了。

瑞麟苑里有一块"重修瑞麟苑记碑",碑文大半模糊了,大致意思是这里在顺治、道光、咸丰年间几次被重修过。院落的正屋是一座砖木结构的老楼,地上铺砌的十多块条石被年月和踩踏磨盘出包浆,足见这是一处真的古迹。瑞麟苑,难道这里有麒麟吗?麒麟是瑞兽,在窘迫的当下,能遇到这个瑞麟苑应该是好的征兆。苑舍以南,有一个大钟,凑近观察,上面竟一点灰尘都没有,实在奇怪。从瑞麟苑出来往北,有一个不大的水塘,尽管池水很浅,但足够解我此时的燃眉之急。我上前用手掬水上来,管不了清浊冷热,直就喝下去救命。池水有些发黄,喝着有草腥的味道。饮了三次,先强烈地返晕一会,渐渐人就精神了。不喝水还不觉得饿,身体有水了,就开始饿了。古之人不余欺,麒麟真的是祥瑞之兆,哪怕不见其身,只遇其字,也会有好运降临。有水,必有水生之物。池塘里多少也能寻到一些可食用的植物,荇菜,泽泻,菖蒲,我对植物知之甚少,全凭着之前阅读中累积的文学描述来吃力地辨认。有了水和蔬菜,就想到生火。这件事并不令我头疼,初中时,学校为了让我们颂扬燧人氏钻木取火的功绩,组织过多次生火实验,这下正好派上用场。

食材、水源都有了,我现在还需要一口锅。情急之下,人真的什么都想得出来,周边石头木材一大把,就是没有陶器和铁器,想来想去,我想到了瑞麟苑的大钟。假使钟没有那么大,我真就去取了,可它实在太大了。寻来觅去,最后找到了苑舍台上的一个香炉。钻木取火的要诀在于柴火要干,柴火下方要提前预备好易燃物,再有就是上方钻木的棍子提前要打磨一下,这样便于借锐力持续旋转棍子。火生好后,我将香炉放在池中稍洗涤一阵,然后架在垒好的石堆上。火苗蹿得很旺,炉不算大,水没多久就滚了,火苗和蒸汽一齐上扬。是否我太虚弱了,产生了幻觉吗?我好像看见火苗和蒸汽中隐约呈现出一只麒麟。我用荇菜和一些不知名的水生植物,煮了一锅蔬菜汤。吃完收拾好,不觉眼睛都亮了。

不饥不渴,新生活果然就变得简单明朗起来。眼下我只需保持着有水源有食物,生存就基本不成问题了。池塘这边是村野,池塘对岸全是楼房。我往对岸过去,一栋栋雄心勃勃的商业住宅,刚建成就被空置,与对岸那些荒废的耕地一样惨遭遗弃。这里不像被水淹了,这里是被人遗弃了。他们都往城市去了,城市里的人,又都往几个重要的大城市去了。不是野无遗贤,是野无一人。曾经的巨幅广告被雨水淋湿又被太阳烘干,已经发黄干裂。所有呈现,都是受关注而得到养护的,无人问津的呈现正濒临死亡,它们究竟还有没有价值?我找到这个村镇的河道,河水已经干了。树木还在,荒地还在,野草还在,关注它们的人走了,它们也会消亡吗?它们却并没有消亡,它们比人类的年月更长。楼市是人凭空建造的,它失了关注只好瓦解,但大地、野草、树木不会。

楼市下面有卫生站、幼儿园、百货店,也都是人去楼空。无论如何,卫生站里的医疗用品和百货店的一些基本日用品,都是对我极有益处的财富。我在百货店里取了一些日常生活用品,又在卫生站里拿了一个折叠的简易担架,拖着这些东西回到了住处。用一些树叶蒲草垫在展开的担架上,就是一张很好的床,再覆以从幼儿园取来的床单被子,既舒适又暖和。在百货店没找到锡纸,但收款台附近的口香糖包装纸配合电池,也可以用来取火,它们是快速生火的利器。只要把口香糖包装纸撕成两个长条,一头分别按在电池的正负两极,另一头相碰,锡纸立刻就燃烧了。这时候,一定要赶快把火引走,同时要注意提前防护,虽然接触面很小,但电池与锡纸按在一起的时候会发烫。

二

从我到这里起,一直没有下雨,池塘的水越来越少,几近干了。没有水怎么办?我必须要重新找到水源。没有网络,没有信息,所用全凭记忆。须臾之间,一辈子想不起来的都想起来了,曾经没学会的也突然就会了。为了彻底解决水的问题,我打算自己掘井取水。地球是太阳系八大行星之中唯一被液态水所覆盖的星球,海洋面积占地球总面积的71%。老实说,71%的覆盖率,就算随便选地方挖,应该大概率也能寻见地下水源。我曾经所学的知识真的发挥了极大的作用,这让我不得不相信知识的确是有力量的。所以,即便随地掘井的成功概率很大,我也想尽可能倚仗知识少费工夫,一次到位。按我曾经所知的,但凡香蒲、黄花、木芥生长的地方,一般下面都有水源,而且水质也不差;有蓬蒿、灰菜、沙里旺的地方,多半也会有地下水,只是水质欠佳,但烧煮后也可饮用;还有三角叶杨、梧桐、柳树、盐香柏,这些植物都只长于有水的地方,找到它们,就能找到地下水;另外,观察植被情况也有助于寻水。初春多数树枝未发芽时,假使有一处先冒出芽来,也表示那里可能有地下水源;相反,入秋后,假如多数树叶已枯黄,只有一处树叶迟迟未黄,那么此处就必有地下水。

水系有浮于地表的,还有深藏地下的。地表水多半积在相对低处。低谷、低洼、坡底,都是自然积水的位置。假使能找到砂页岩,那么就能获取水质优异的天然水。或者应该找溶洞,找各种沉积岩、火山岩和变质岩的裂缝地带,这些地方都会有矿物质含量很高的净水。去岩石峡谷找水,机会最大,有流过的水积成的小水潭,或者是积在石头的阴影下未被蒸发的水。但我只知道这些知识,并不具备辨别各种岩石的能力。最有效的办法,或者就是寻那些山上渗水的岩石,看上面是否长出青苔,若有苔藓,下面就可能有不含毒素的水源。

再有就是依昆虫和动物来寻水。夏天蚊虫聚集呈圆柱状飞旋的地方一定有水;青蛙、大蚂蚁、蜗牛也只待在有水的地方;通常来说,燕子的飞行路线和它们选择的筑巢处,都是有水源或者地下水位较高的地方;鹌鹑傍晚向水飞,清晨背水飞;斑鸠早晚都向水飞,这些都是可以帮助我寻找水源的线索。

趁瑞麟苑北的池塘还没有全干,我就开始做别的取水尝试。比如在山体中一些渗水的岩石处,我将布条的一端塞进石缝中渗水处,将另一端垂下来塞到水壶里,每半小时,大概就能累积 300 毫升水。我的水壶最多可以装 2 升水,一般每两个小时去取一趟,就有不错的收获。池塘的水越到底部越腥浑。重要的不是口感,而是卫生。不干净的水会导致腹泻,腹泻又会导致脱水。所以,水需要过滤。我用找到的木炭和一些草,填塞在一截不锈钢管道和空置的油桶桶口,做成两个非常好用的滤水设备。油桶桶口大,上面连接大的盛水物就可以摆在家里慢慢过滤。管子可以随身携带,这样便于在外面忽然口渴时,获取到相对可靠的水源。无论如何,加热煮沸都是最好的办法。关于食物,我也渐有心得。很多杂草都可以吃,如车前草、蒲公英等等,但凡叶子由地而生的,几乎都可以吃。不论口味如何,水煮后不管是汤还是叶子,里面的维生素都很丰富。除了野菜,其他的食物最好晒干或者烟熏,这样就便于长时间保存。

到这里的第一天,我就发现天上没有云。池水干了,蒸发的水汽去了哪里?我到处勘测,哪里都不符合已有知识中拥有良好地下水源的条件。索性就碰碰运气。一般掘井都就近,我干脆就在离家不远的地方开始动工,一口气就挖了一米,然后每往下半米,就在坑壁上凿出凹洞,方便上下。第一天,我大约挖了两米。翌日一早又起来掘井,大约到三米深时,土层明显湿润了许多,但还是不见水。第三天,奋力掘到五米左右,终于见水了!越往下,越阴森恐怖。地下的凉,不仅是温度的凉,而是真的阴森悚戾。哪怕不断做体力活动,背脊还是一阵阵窜凉风。没有参考,没有指南,即使找到水源,我也不知道接下去如何打理,只好往下简单扩张洞围,然后再沿着早先凿出的凹洞爬回到地面,将掘出的土砾按理想中井口的样子大致垒在洞口,使它看起来像一口正式的水井。

有固定的水源以后,除了饮用,还可以盥洗、浇灌。井里虽然有水,但水质很不好。也许是挖掘破坏了土层结构,汲上来的水全都泛黄,浑浊不堪。自制的滤水器主要靠木炭吸附尘污,而我手中的木炭并不多。上次幸运地捡到木炭,以后还会再有吗?我的计划是减少生活用水,然后就可以将未过滤的水留给田地,我要重新打理它们。不管考古学和人类学如何描绘原始人类生活的画面,农耕文明都是我们可以确信依托的有效方式。不论男女,不论地位高低,人所吃的,都来自土地。荒废了农田,吃什么呢?汽车房子,名利理想,能成为衣食之源吗?我不会耕地,没有种过农田,但我相信一切所知都是从未知来的。我打算重新接手荒弃的田地。

柏夕薤只是把我放在这里,却没告诉我这里的任何信息。生活渐趋稳当,我就到处闲转,把我所在的地方搞清楚。

瑞麟苑离我的住处非常近,但我没有往另一头去过。另一头地面坑洼,凶神恶煞的样子,呈现一副拒人通行的态势。强行走过去,才发现这头是原先密集的居住区,有典型的乡村小楼排在两旁,只是中间的路被毁得面目全非。纵使破路废屋看着脏乱无序,但我并不害怕。这边与池塘对岸的楼市不同,并不让人感到暗沉悚怖。没有人,没有律法,任我怎么走怎么看都不算越界犯规。

我看见一只很小的瓢虫正爬行在横亘路中的一块大石头上。是瓢虫吗?还是距离太远我看错了呢?我加快步伐,往那边走,艰难地在杂物中穿越,被一个旧冰箱的棱角绊了一下,所幸没有跌倒,只是左边小腿划破了一道。是一只瓢虫!真的是一只很小很典型很完整的七星瓢虫。它也活着,和我在一起。很久没有遇上一只瓢虫了,它背壳上的黑斑位置,为什么与我记忆中的那只一模一样?难道它就是我曾经遇上的那只瓢虫吗?它知道我在看它,在大石头上停了。我凑得更近些,希望让它也看看我。不知道它是旧生活的幸存者,还是被选择到新生活的。不管怎样,我在新生活里终于有了伙伴。我把手指放到它前面,想让它爬上去。它先迈出左前腿,然后迅速地往前移动,巧妙地避开我的手指,绕着我的手掌走了半圈,又停了。直到我把手撤走,它才继续活动。现在我确定了,它不是我曾经遇到的那只瓢虫。我的那只瓢虫背壳上也有七星,左边三颗,右边三颗,正中顶前的一颗依着左右壳各分一半,斑点的分布及大小,都跟眼前这只瓢虫一模一样。

遇见瓢虫的时候,我十七岁,没想过一只瓢虫可以活多久,也没想过自己可以活多久。人生中有一部分时间就是用来糊涂和犯错的吧。那时候的我,不知道在想些什么,好像成天就在脑海里放电影,描绘杜撰各种绮丽冒险的未来。我会到博斯普鲁斯海峡航行,不是乘大船,而是乘木舟;我会遭遇海盗,然后与他们打成一片,成为一个遐迩闻名的年轻女海盗;我会在昭和年的京都游荡,等着与大正年在伊豆偶遇的读书人再遇;还有日德兰半岛的耶灵墓群,石壁的图案跃动着对我讲话,说维京海盗的王者葬在这里,还有他软弱的儿子蓝牙王是如何因为不堪软弱而最终带领覆灭的维京之国倚靠了上帝,使这里成为丹麦——几百年后,在与爱沙尼亚的战争中,丹麦军看见空中有一个十字显现,一个丹麦士兵将十字旗举起,丹麦就在劣势中反败为胜,从此,蓝牙王所归顺的十字就彻底留在了丹麦,印在丹麦的国旗上。

　　有传奇诡谲的,有时候也会静谧沉缓,各种电影从不间断。比如我和瓢虫相遇的时候,就更喜欢待在永远没有枯颜残色的上海。全国各大省市,都在上海。乌鲁木齐路、湖南路、泰安路,还有桂林路、汉口路、福州路、九江路。沿着有法国梧桐的街区走,每一个季节,都是一个真正的季节,但你细心分别,就能发现每一个季节都有它们各自的小脾气。我和瓢虫在一起,它一直在我手上。我把它放到一棵法国梧桐上,让它爬到茂密的高处帮我观望,看树上没有垂落的树叶是否与地上跌落的一样。我倚着梧桐坐在路边等它,手里握着地上飘散的一片树叶。这些梧桐被种在这里不过百年,竟长得那么高了。再过五六十年,等我老了,它们会有多高呢?如果一直活着一直长,它们会长到天上去吗?我从小就在有法国梧桐的区域长大,虽然上海越来越大,可我一旦出了有梧桐的地方,就不认识路了。我往前看,树排列得并不整齐,有几棵甚至恰好侧倾在路崖,要不是在等瓢虫,我真忍不住想过去把它们掰掰好,摆摆正。

　　小时候画树叶,还不知道树叶有多种形状,总是画一个接近椭圆的圈,里面再描绘几根线,以为那就是树叶了。我手上的树叶,不是我曾经画的那种树叶。事实上,我还真没见过我画过的那种树叶。法国梧桐的树叶是张开的,有好几个角,除了顶头中间的锐角最明确,两边突出的角并不很规整。认真数一下,它有七个角,顶头一个,两边各是三个,一共七个。锐角的旁边伸出大小不一的锯齿细尖,我很奇怪,为什么树叶由无数尖锐的角边构成,但合起来再展开却是温柔祥和的。一片树叶的重量很轻,但一整棵树究竟有多重?有多少树枝?每一根树枝又要生长多少树叶呢?瓢虫到顶上了吗,它会不会伏在树叶上,帮我探察树叶的筋脉呢?有一节树枝太长,伸到旁边弄堂的露台了。为什么没有树枝伸到我家,伸到我的窗户里?它们又多又密,层层叠覆,阳光要几经曲折才能零散投射到各处;等起风了,地上就像有光斑游动,那情景总让我生出倦意,想瞌睡。

倏忽间有水滴落,是风把积存在叶间的雨水晃下来了。枝叶很繁密,挡一些雨,又吝啬地垂一些雨,直到有大风吹来,才多多滴散一些,正落在我脸上。瓢虫还没有下来,我抬起头,在群叶晃动的缝隙中看到天空。雨早就停了。如果不是在水蒸发尽以前有风把水吹下来,谁知道叶上也积存了雨呢?我站起来,擦拭净身子,继续等着瓢虫回来。

它不会失约的,我有信心。对很多事情,人有注定的信心,不需要证明,也不受他事他物影响。只可惜这种信心并不在人生所有事上都长存。

我记得小时候与表哥做游戏,我指定好地板的某一条是桥,过了那条线就是河,谁超过了线就会掉到河里淹死。表哥认可了我的指定,然后我们就小心翼翼地在房间里玩了一整天,无论谁都不敢过桥。妈妈进来喊我们吃饭,我和表哥就拼命拉她,告诉她地上那条线是桥,过了桥就是河,她如果踩到那边就会死。可我妈妈太莽撞,还没来得及听完我们的奉劝就掉到河里。尽管她只迈过去一条腿,又很快就收回来,但我和表哥多少都觉得她不对了,她或者已经死了。这个指定持续了很久,我始终小心着绝不让自己跨过大桥一步。表哥再来时,也会小心谨慎,生怕越桥坠河。妈妈被表哥放弃了,说她可以不算在指定中,但我和他是不能违约的。至于外婆,她是我爱护的人,所以无论她是否认同我的指定,我也要尽力维护,不让她掉到河里。每次她进来找我,要往桥那边过去,我就扯住她的裤脚,不许她走,我把我和表哥认同的指定告诉她,她就不过去了。外婆知道我需要她,所以她也小心保护自己。可是,有一年表哥再来找我时,一切都变了。他十五岁,觉得自己足够大了,就走到房间开始耻笑我们曾经的指定。一开始他只是耻笑,并没真的跨出步子。我与他争辩,不认同他突然撕毁协约。他嘲笑我幼稚,讥讽我这么大了还把一个游戏当真。可他口里敢说,脚下却依然不敢跨桥。我哭了,对背弃指定的表哥非常生气,而且极度失望。我对他说,既然你觉得幼稚,那你就过去,反正过去了你就死了。表哥先来回踱步,接着就真的直接跳到桥那边,然后再大摇大摆地走回来,像没事一样。他对我说,看,根本就没事,不过就是普通的地板。我没回应他的鬼话,我看得非常清楚,我的表哥掉到桥下,被水淹死了。他已经死了。

我一直坚持我的指定到二十岁才结束,那年房子重新装修,桥拆了,河没了,我的表哥也死了。表哥是自杀的,是自己放弃指定而义无反顾掉进去的。他长大了,无所谓了,他变得不相信、不认真,丧失了敬畏心。他只相信现实,只认同他看得见摸得着的东西,所以他死了,早早就死掉了。

瓢虫从法国梧桐上下来了,它回到我的手心,和我一起回家继续放电影。在我身后滴落的那些雨水,等我走过就成了碎玻璃屑,看起来很漂亮,也很痛。美都是刺棱的,你踩踏它,就会流血,血玷到美身上,有可能使美变得更美,也有可能使美染上污秽。只要我从俗事中出离,就总忍不住想问,美到底是从哪里来的?就像现在,我真想知道,这只瓢虫从哪里来,它又要去哪里。

三

新生活始终没有迎来雨。

我原以为井里的水质不好是因为掘井破坏了土层结构导致的，用几天就会好，可是好些天过去了，水质越来越糟。我自制的木炭过滤器失效了，眼下又没有新的木炭，只好启用前两天在废旧生活区某一家找到的银币来滤水。其实，银器的灭毒杀菌功效，要强过木炭。无论多么浑浊肮脏的水，只要静置在银杯中十分钟以上，水就洁净了。我除了在生水中放一枚银币，还会在煮水时，往锅具里投一枚。我舍不得将银币这么用，因为我太喜欢银币了！难怪银会成为王室贵族首选的日用器皿材质，除了外观好看，它本身还有极强的解毒净化作用。到新生活里，我才重新开始了解很多东西本初的价值和意义。毕竟，曾经的旧生活里，我不是开拓者，而是既定轨道和既定认识的继承者，或者享用者。旧生活中各种事物的价值已经被限定了，不需要有人再去发现，也不允许有人再次界定。人只能学习它，了解它，记住它们在既定轨道中已经确立的价值。于是可以说，我几乎就没有自己去认识过什么，也不知道很多东西的真正价值。

新生活，是一次进行价值重新衡估的机会。

这些银币是被人弃置在家里的。看得出来，它们曾经是得到过珍爱和风光的。自从发现了原先的居住区，那里就成了我重要的探险寻宝处，也是我继续放电影的重点取材之地。

我走到一户看起来比较平整的砖瓦房，双开的大门上贴着的倒福字还留在上面。我想进去，想探探这里被遗弃前的状况，好奇住在这里的人究竟什么样子。

进了大门,我发现一楼只是一个过渡的楼层,里头停着一辆小型拖板车和一辆电动摩托,所有东西都起皮落尘了。左侧是个小隔间,里面有一堆乱七八糟的靠背椅、小凳子、塑料玩具、幼儿认字卡等等,右边是一间挺大的仓库,原先应该是用来储物的。正向前是一个水泥楼梯,左右的两个房间只是简单刷了白漆,有大的窗洞,却没装窗户,与主厅之间也没有装门。

我上到二楼,一切全变了。二楼有一扇很精致的门,门闩的锁不在了。我拉开门闩走了进去。屋子里非常干净,甚至有些气派,炫目得让我不敢相信。门口的玄关铺着一块大红的纤维地垫,地垫上有黄金的漆字"飞黄腾达"。没有电,没法开灯,我感受到的炫目全是闪亮的瓷砖和头顶的水晶吊灯互相辉映的折光。只有一处窗户透光,其余地方的窗帘都是合上的。恐怕太久没有人气了,瓷砖、吊灯、玻璃大茶几都闪着冷光,我还来不及细看,就感觉到寒意。我索性走过去将窗帘都打开,让光透进来。这家人的装修糅杂了很多元素,选取的都是一些虚华的装置,家具都经不住看,徒有一副空架子,材质都很差。头顶上的大吊灯显然不是水晶,甚至也不是玻璃,而是一种高透光的塑料,沙发的垫布用的是非常劣质的合成绒,类似那种很薄很低廉的钢琴裹布。窗帘面料大概是一种化纤塑料,玻璃大茶几的四个大圆粗腿看着像铝制的,唯一看起来有点状态的,就是墙上的一台大电视,起码 40 寸。那边还有一个带转盘的大圆餐桌,外围一圈完全与桌子颜色不协调的巴洛克式椅子。忽然出现"巴洛克",忽然又有镀金的简易烛台,可饭桌旁的台柜上,分明又摆着一尊陶制的观世音像。我走过去,看见观音前的香炉里填的是一堆生糯米。要不是因为上面落了不知沉积多久的香灰,我真想把这些糯米装起来带回去。以太阳的位置判断,这一排房子都是按坐北朝南的格局造的,那么,对面那一排自然就是坐南朝北了。穿过客厅往西走到头,南北各有两个房间。北边屋子里的设置有点浮夸,看起来像粗放式经济下的舞厅,南边的房子比较质朴简单,床、桌子、斗柜、衣橱,地上还有一个琴架。大概北边是父母的屋子,南边是孩子的房间。我对父母的房间兴趣不大,径直到了孩子的房间。我心跳快起来,生出窥探欲,感觉到刺激,想通过管窥一斑,构筑出这里原先的情貌。这间屋子的落尘好像不多,我先把窗帘打开,让外头的光线透进来。床铺上被子枕头撂得杂乱无章,床头是一大块恶俗的乳白色的软垫。桌上的东西被收走了,有一个用得很旧的鼠标垫还在上面。灰尘无几,独独鼠标垫脏得要命。我到斗柜旁,隔层里有一些翻得乱七八糟的衣服,旁边有八层抽屉,我一格一格打开,翻到了一些令我匪夷所思的玩意。这个屋子住的应该是一个男孩,他多大了呢?有一个抽屉,全部装满了乒乓球,对,没有其他的,全是乒乓球。还有一个抽屉,放着一个可拆卸的人体内脏模型和一副脚骨架。我还翻到了一些用铅笔绘画、订书针装订的自制武功秘籍手册,里面每一页画着同一个小人,手掌大小的开面,每册页码一样,共 14 页,画着同一个小人从运拳到出拳的全部过程,封底还手绘了一个条形码,下面标注着十几位数字,底下写着"定价 50 元"。接下来就不那么可人了,我拉开一个抽屉,里面有一堆知了壳,尖钉、螺丝钉和大头针。我看见一张画有将伤口皮肤用订书针连接的图纸,还有很多白色的颗粒掉在这层抽屉,那感觉难以名状,没办法用已有的经验判断。接下来的抽屉很难打开,里面装着很重很重的铁饼,还有负重的铅球和一双铁鞋,还有用油笔写着"考古队"三个字的布包,里面有一把小铁铲、锤子、网兜和一节麻绳。越扑朔迷离,我就越好奇,越好奇,我也越恐惧,但是这种恐惧是带着刺激和兴奋的。我倏然昏醉,心里只得草率勾勒这里曾经的画面。

住在这个屋子的人到底几岁呢？这是他小时候的东西，还是他就是小孩子？我记得一层有儿童识字卡，难道他还很小，刚学会认字？可是太小的孩子怎么会一个人睡一张这么大的床？每一个新的线索，都指向一个新的疑惑。我翻腾衣橱里的几件衣服，全是一些大得离谱的套衫，基本都是素底染彩，灰色加一团团黑紫的那种，并不好看。难道他是一个胖子？但这个房间和家庭不像是给一个胖子生活的。我又到对门浮夸的房间转了一圈，然后从门口玄关一侧的隐藏窄门上楼到三楼。

三楼完全是水泥地面水泥墙，一上来有一种空间极大的感觉。这家人在三层的西墙上装了一整面墙的镜子。我终于看见我自己了！这么多天以来，我终于重新看见我自己了。为什么会有眼泪流出来呢？我既不难过，也不悲哀，更不至于欣喜到哪种程度，可眼泪它就是自己淌出来了，甚至省却了浑身发冷、鼻子发酸的过程。我朝自己走近，难得地认真端详。我在镜子里的我的眼睛里看见瓢虫，看见汩汩滚涌的大河和那座决定生死的桥。我的眼神变了，我的眼神变得像外婆，而身体却看起来轻盈了，年轻了，像十八岁那么紧致。我真不知道原来人的样子是会一直变的，而变化并不只随时间衰老这一条轨道。我喜欢这个青春的身体，也深爱这个莹洁温润的眼神。我看见外婆了，外婆也看见我了，这就是我的新生活，这也是新的我……一个木制的箱琴立在墙角，我立时听见的不是音乐，而是曾经为了箱琴到底应该用"吉他"还是"吉它"两个字跟同学讨论的过去。我不会演奏乐器，也从未练习过舞蹈。我是一个发育迟缓有些近似木讷的乖孩子。或者，我只是我外婆的乖孩子，在其余人那里，都是个不听话不合作难对付的怪孩子。我忽然就歌唱，忽然就对着镜子跳舞了。我不知道该怎么行动，可我就是想扭转，想延伸，想来回地前后挪步。我哼着随机的腔调,没有章法,无所谓律动节拍音调声腔,我歌唱的每一个乐句都是散板,每一个音都可以自由延长。我不知道自己究竟在音乐和舞蹈中沉浸了多久,我只是跟随它们带我走到一个愉悦专注的地界。言之不足则长叹,长叹之不足则歌之,舞之,蹈之。

银币来自对另一家的探寻。那是极有特点,让我印象深刻的一户人家。那一家的楼房不知为什么里面全空了,不知道东西是被人取走了,还是他们全带到新地方去了。大多数人的家都是原封不动的,除了手机、电脑、财货,其余的家庭物件都完好地留存在家里,并没有带走。而那一家是唯一不一样的,房子里没有沙发没有柜子,大部分设施都没有了,只剩胡乱堆砌的杂物和残次物品。可是,谁知道在一堆残存破物里,我发现了一匣子银币呢?这是一个木制的小匣,应该是用一些普通的木头自制的,隼口的缝隙很不平整,肯定不是经过工业流程生产出来的东西。我数了一下,银币一共有十七块,有三枚不认识的外国银币,剩下的全是民国三年的袁大头银元。袁大头的大头,被盘摸得尤其光亮,包浆比边角处都要厚些。另外三枚外国银币,上面的拼写符号生僻难认,看起来既不是希腊的也不是拉丁的,正面是人像,背面分别是庙宇、大象、花。袁大头背面的麦穗实在太好看了,比另外那几枚外国银币都要做工精良并且讨人喜欢。同样是银,纯度接近,但袁大头的光彩实在就是比另外那些漂亮。这家人为什么会收藏银币呢?为什么又带走其余的一切东西,却偏偏把银币遗留在这里呢?

房子后面有几棵树,有一棵橘树生在其中,浓青的橘子隐藏在叶子里。由于干旱,仅仅生出的几个橘子干瘪紧缩。橘生淮南则为橘,生淮北则为枳,叶徒相似,其实味不同。这里是江东,怎么生出橘子呢？橘树不高，我摘下一个，拿捏在手上。橘皮干硬结实，气味仍旧芳香。我喜欢闻橘子的味道，喜欢橘子这种果实。橘的果肉在皮里，是一种非常洁净的食物。剥橘子皮的时候，气味最好闻。以手将皮和果肉分开，再分扯周身的橘皮，淡沁的橘气就传出来了，不管浓淡，闻着都让人舒适惬意。

四

被遗弃的生活区完全成了新生活的宝库，除了在那里找到我所缺的，还能获得更多意想不到的收获。人一旦解决了基本生存问题，就会生出杂念，或者说，就希望得到长久解决生存问题的安全保障。柏夕薤刚把我送到这里的时候，我一无所有，除了救急救命，哪里还有可能漫想？哪里还有可能寻求什么保障？总是想尽办法把眼前趟过去，先活下来要紧。有住处，有暖床，有水有火有蔬菜，一旦稍有些安定，人就开始要追求未来的稳妥了。这让我触及人类根性中的怯懦。我当然也是其中一员。为什么要求安全、求未来呢？因为太害怕再经历那种对生命无法把握的危险，死的恐惧，饥渴的恐惧，这一切都太可怕了。然而，不应该感谢自己有幸渡过了那些危险吗？当时是感谢的，过后更多的经历不自觉就会倾注到对未来的保障中，试图保障自己将来不再重蹈覆辙，想永久地避开会让自己产生恐惧的东西。人心太软弱了，竟是这么地不能承受惊惧。是不是只有我们才特别娇贵？鸟，鱼，自然中许多其余的生命，它们的保障从哪里来？它们不是终日在有一顿没一顿的循环恐惧中吗？为什么它们仍然满足，记得感恩，依旧坚强地一路存活呢？人究竟是来这个世界解决什么的？老天怎么就选择了我来到新生活呢？我本来觉得自己很不一样,可现在却觉得自己极为不堪,为什么不能先知先觉,非要撞了南墙才晓得苦!

我大致收拾了一下最靠近我住处、居民区后方的几亩废田。依稀的田埂能让我大致区分不同人家的耕田。我对农业本来一窍不通,但旧生活最后那几年确实听过一些也见过一些。但凡人到我现在的处境,听没听过、见没见过都会是一样的,都会面临一样的现实。为了能长久生存,一定要自己种地。我没有种子,首先能做的就是移植,将一些散落的野菜规整起来浇种,方便我随时取食。这么多天累积下来,我已经寻到很多野菜聚集生长的地方。我选了其中一些迁移过来,有蒲公英、荠菜、马齿苋、韭菜和蕨菜。我的做法是找到它们后先松土,然后连根拔起再埋插到我规整好的土地中。我已经试验过了,野菜的生长能力很强,只要取用采撷的时候摘叶子不拔根,很多野菜就都会再长出来。

不过,即使这样,每天浇灌还是很吃力的。我不能确定我的田土与它们原先自生的土壤有多少差别,每移植过来一种野菜的头几天,都特别牵挂,生怕迁移后它们活不了。好在它们经过几天的适应,都能很好地活下来,看起来长势还不错,只是有些缺水,需要大量灌溉。要是能下雨就太好了。我曾经最不喜欢的梅雨季节,要是现在能来,就太幸福了。

玛雅神谱中有一个非一体的复合体雨神,查克。他是司雨和雷电之神,是个以闪电作斧头击打云雾,带来响雷和降雨的神。查克是农业的守护神,是一个神,也是多个神。四个查克代表东南西北四个方向,东方为红,北方为白,西方为黑,南方为黄。我之所以会记住这个玛雅人的雨神,是因为曾经在一本专著中阅读过玛雅人用生命献祭祈雨的段落。不同部落有不同的特殊方式,但大体都是将金、银等贵重东西丢入井中以求雨。在极端干旱的情况下，玛雅人还会选一些长得好看的青年男女投到井里或洞穴，以此供奉给查克神求雨。还有凯尔特人中信奉多神的德鲁伊教徒，他们会将柳条编成很大的一个人形，将用以祭祀的人和牲畜一起放在里面，接着就放火焚烧柳条来献祭。德鲁伊人认为活人皮肉燃烧的气味能带来雨水，而牺牲者越挣扎越痛苦，来的雨就越盛大。如果记忆可靠的话，我记得古希腊众神之神的宙斯，除了是天神，也是雨神。关于祈雨的各种记忆浮现出来，清晰的，模糊的，全都一齐涌闪，一个带出另一个，又再勾连出一个，连环反复。可我现在只有我自己，可以拿什么献祭呢？《搜神记》中记了叫赤将子舆的仙人，黄帝时候的，不食五谷，只吃各种草木的花，能随风雨来去上下。还有黄河水神河伯，神农时的雨师赤松子。玛雅神谱中的雨神查克，掌东方的就是红色的，赤将子舆，赤松子，《搜神记》里面提到的司雨之神，竟有好几个也带有"赤"字，这其中难道有什么关联吗？过去发生过很多求雨的事，有成功的，有失败的，有被记录下来的，也有消散在历史中的。可惜我从前不知道水的重要。当水变成城市中廉价的商品，只要付账就可以取用时，人很容易忘记它的源头来自自然。那么，自然的源头又在哪里呢？我唯一记得的一段祈雨记述，就是商汤求雨的事迹。说当时汤王即位不久，天大旱，五年不收。殷人尊神，率民以事神，先鬼而后礼。所以，汤王就在郊外设下祭坛，燃烧积薪，以牛羊猪狗等做上供的牺牲，令史官行"郊祭"，祈求上天降雨。汤王还令史官在求雨祈祷时向上天列举六条自己可能犯的错误，以此求上天赐福降雨，只可惜毫无作用。到大旱的第七年时，汤王亲率伊尹等一众大臣，在桑林设坛祭天求雨，诚心之至，雨却还是不来。有史官占卜后说，要以人祭，上天才肯降雨。汤王想自己祈雨的初心就是为了人，怎么能去害人，于是决定自己做牺牲。他洁净自己,然后向上天祷告认罪,就坐到祭坛的柴薪中,让巫祝点火燃柴。就在那时,雨骤然而至,上天终于降雨。

我掘地找到的地下水不仅愈发浑浊,而且看着也快枯竭了。怎么办呢?该想的办法我都想了,能用上的知识我全用了。是我的知识不够?是我于贫瘠条件中生活的经验不足?我把整个村子转熟了,住地越来越完善,生活眼见着就平稳充实了,为什么就是找不到水呢?难道我的方法错了吗?地球上有71%的面积都是由水覆盖的,水会蒸发,会上行到空中与其余气流相交,然后又变成水下落。那就是说,水是可以自生、可以循环往复、难以枯竭的资源,但我怎么就是不能拥有它呢?在上海,在巴黎,在我去过的任何地方,水是轻而易举就信手拈来的东西,怎么现在就成了稀奇!旧生活里,只需要打开水龙头,人就可以得到水。商店,百货公司,柜台,还出售各种各样的花哨饮用水。人们甚至都快忘了水源,不知道水龙头和水管只是途径,它们并不是水。

不说那些刚被建好就空置的楼市,就说原来居住区的那些房子,好些户人家分明是刚刚盖好一栋楼就弃置掉,这实在让我匪夷所思。建房之初,本想着一大家子全住到一起,然而这个心愿刚刚落实,那个心愿又无端生出来了。旧生活不是控制了每一个人,而是控制了每一个人的心愿。人的心愿应该是发乎于心的,但旧生活的世界竟将心愿跳过真心,直接变成一种统一程式的标准。知识,勤劳,勇敢,都为我换来了水,但我换来的,只是有限的暂时的水,不是长久永恒的水。我拥有的一切,不过能交换到暂时,并不能一劳永逸。水到底是什么东西,它到底从哪里来的?我又迷糊了。除了不断地思索又疑惑,疑惑又思索,什么也不能做了。人只当知道自己什么也不能做,什么都做不好的时候,才肯承认自己的软弱无能。我想到了柏夕薙,他曾经说过,神喜欢我们夸耀自己的软处。是啊,我实在软弱,硬着头皮想凭借自己的力量搏出一份生活,可现实告诉我这一切根本就不可能。知识,勤劳,科学,我全试过了,它们不是毫无作用的,但它们真的仅有那一点点作用,并不能彻底解决问题。我该怎么办呢?难道又只能求助于命运,求助于天,祈祷再一次有麒麟显现的幸运发生在我身上?可是,除了向未知的命运祈求,我还有什么别的办法呢?我能想到的都已经做过了。

我祈祷奇迹,祈祷有连续不断的水源支持我的生活,替我自己和旧生活的一切忏悔,忏悔那些毫无根据的骄傲和倔强。我惭愧得要命,想想自己实在不堪,为什么总在觉得自己行的时候要一意孤行,什么都不放在眼里,而一旦自己不行了,又去乞求命运垂怜?我是不堪、脆弱、无耻的,无耻到只能在遇到困难的时候才看清这样的自己。我已不止一次地提醒自己不能忘记我的无耻,但我真的太无耻了,只要得到命运的助力越过困难,我就又会把前面的忏悔忘得一干二净,又陷入新的骄傲。没有办法,我一塌糊涂了。我的罪越来越重,根本就没有能力偿还和赎买,更不可能改掉。除了祈求,只能祈求,真的一点办法也没有。

我吃着重复单一的食物,在村子里经受着每天一模一样的天气。没有云,没有风,太阳的光线每天都是一致的。气象好像是静止的,但一切生命确实还在继续。我活着,野菜长着,新生活在展开。

我免不了回忆和想念,但这并不意味着我会选择消极。

我的回忆总锁定在几个特殊的时候:小时候,放电影的时候,和外婆在一起的时候。

而我的想念实在令我自己感到难堪。我本以为我会想念王逸凡,可是我没有,我在这里最想念的是柏夕薤。仅仅七次,我和他相遇仅仅七次,难说是情爱,难说有什么交会,我就是想他,很挂念他。关于他,我知道得太少了。而王逸凡,我所知道的就很多吗?我原先以为是这样的,然而在新生活中我得了教训,我首先要重新认识自己,所以我会放弃觉得自己对他熟悉的看法。我是喜欢他的,这一点至今都没有改变,我仍然承认我很喜欢他。就像我会喜欢银币,喜欢我自己用土在薪柴堆里烧好的不太成型的陶碗。他是我的爱好,我喜欢的某个游戏、玩具,或者说,我喜欢他就像我很喜欢某一件东西,复杂一点的东西。喜欢,没有该不该,只有是或不是。喜欢,也不是博彩和交易。喜欢,是一件得到又支出的事情。我喜欢他,喜欢他的一部分,就要承受另外我不喜欢的部分。会有完善又尽合心意的喜欢对象吗?或者存在,但很少很少,不是随便就可以遇到的。我离开的时候,舍不得他是真的。外婆去世了,上海变吵闹了,瓢虫出走了,表哥死了,桥拆了,河毁了,旧生活中所有承载着我的欢喜的东西,最后都归在了一个叫王逸凡的人身上。他是个糟糕、糊涂、老旧、幼稚、狂躁、偏执的老头,但我却喜欢他,只能把那一切糟糕全部收下。别人都不懂,只有我知道。他的身体老了,老得可以做我的父亲或者祖父,可他的心却可怜地停在了很小很小的时候。他心里有一种与我一样的固执,类似于桥与河,类似于等待瓢虫从法国梧桐上下来。他被吓坏了,被世界、被他自己,被谎言、功名、女人、欲望,被这一切吓坏了。他不知道他是可怜的,远比失去父亲的我可怜一万倍。他没有得到过爱,没有人爱过他。他的家境不错,成长中全是顺畅和幸运,可他却那么弱小,那么恐惧世界的力量而不肯相信。原来,可怕的不是恐惧,因为人本来就是软弱的,可怕的是信靠恐惧而膜拜恐惧。

不能说我喜欢柏夕薤,而是我现在很需要他。需要和喜欢是一回事吗?有时候,喜欢就会变成需要,喜欢就是一种需要,但需要并不一定全部都等于喜欢。我需要柏夕薤,所以我想他,很想很想。难道很想很想里头,一点喜欢也没有吗?我怎么会那么快从喜欢一个,变成喜欢另一个呢?我是在王逸凡和柏夕薤之间,选择了柏夕薤吗?不,人是会同时喜欢好几个东西的,这是正常的。我喜欢小馄饨,也喜欢瓢虫,还喜欢放电影,喜欢游街,这几样喜欢是不冲突的,也不是一定要用一个取代另一个的。柏夕薤喜欢我吗?他只是来接我的,不是来喜欢我的。可是,他会不会在接我的过程中也对我产生喜欢呢?我不知道,我什么都不知道。人为什么那么无助,又那么无能,永远都只能产生疑问,却总是无法得到永恒的回答。如果人没有吃过好吃的,就不会对好吃的有念想,没经历过美好和幸福,就会很容易得到满足。按理说,一切都见过了,尝过了,不再陌生了,才会生出追求、期盼和念想。那么永恒呢?如果人类不知道永恒,何以会孜孜不倦地追求永恒呢?高兴,想永远高兴;喜欢,想永远喜欢;生命,希望永远活着。假如没有经过那真正永恒的,怎么会对永恒有期望、了解和贪求呢?人类难道不该认为暂时和片刻是理所应当的生命常态吗?如果我们心中没有预设过对永恒的先知先觉,或者先验,人怎可能生出对永恒的追念呢?

我一直是偏爱蔬菜的,但是长久地只吃蔬菜,也让我渐渐感到心伤。没有尝过好吃的,就不会有这些烦恼。可我毕竟是旧生活里过来的,我吃过太多好吃的,甚至也浪费过太多好吃的。虽然我对蔬菜的喜欢是天生的,可是现在,我特别需要肉,不管是禽畜还是河鲜,我都无比渴望。这就是欲望,我认真而清晰地体会到了自己身上的欲望!

几天前我幸运地翻找到地瓜、土豆,获得了口腹的巨大满足,但现在,我满脑子,整个身体,全都浸淫在对肉和油脂的渴望中。我那些不自知的旧生活中的骄傲、溃败全然显露,甚至不想看见自己。我是这样的吗?是被欲望裹挟难以自控、在困苦下丧失操守的人吗?我所以为的,食物选择中的尊贵,是建立在物资丰裕下的挑三拣四而已吗?没有油脂,没有肉,我就败露了,我并不是自己所想的那样不需要荤腥。那么,到底为什么要选择我?我并不比旧生活中的人优秀,也不是我自以为的那样没有缺陷。我是个很一般、很庸俗、很无能的正常人。我太正常了,还骄傲,还总把骄傲隐藏在对软弱的害怕中。所有的自命不凡,都来自惧怕软弱而依仗强大。我长大了,真的,我愿意长大了。我终于能看见曾经看不见的,懂得曾经看不懂的了。

我的心在流泪,浑身开始发冷。我总是觉得冷,只要不堪、难过,我就会觉得冷。泪水来不及盈满眼眶,就渗溢到身体其余地方。它们从心出发,弥走各样经脉,染到骨髓、血肉,再到皮毛。现在才知道自己的软弱和无能,晚吗?小时候太贪玩,甚至很大了还贪玩,一直就没学会认真。我不晓得看起来容易的生活和生命,竟需要如此庞大的偿付代价。我能做好什么呢?一辈子,也许我能做好的只有一件事,有一件都该满足了。看起来从来没有依赖心的我,其实最渴望依赖。我的遐想、情愫、快乐,似乎都建立在生活各方面完备的情况下。

我忽然闻到了炒菜的油烟,太香了,这气味实在太香太好闻了,这是世界上最好闻的味道!不要思考,不要乱想,就跟着命运的指示往前走。少一些聪明,少一些顾虑,真正的灾难不是靠人的智慧可以躲得过去的。我愿意跟着油烟走,像现在这样闻着了就特别满足,好像肚子会饱,好像已经尝出了味道。当周身没有任何可以比较的人,没有参照的标准和对象,人就干脆还原吧!原形毕露是美的,是自己找到价值、相信自我的重要机缘。有烟火气味的引导,路上的阻挡都不像阻挡,全成了为我庆贺的亲眷。狗就是这样活着的,所以人到底是要活成一只狗吗?我是属龙的,现在就成了一条狗,跟着气味跑,一点小事就高兴,高兴就摇尾巴,不高兴就垂脑袋,软弱无能的时候就败露无助,然后垂首乞怜。能得到垂怜是多大的幸福啊!悲悯不分人。但凡得到垂怜,那就是命运的恩惠。浩瀚世界的万千人,感动的是同一颗心。我从来没养过动物,狗、猫、小鸡、小鸭,甚至鱼、虫、鸟,全都没养过。但我记得我们家的老邻居是养的,他一直养着一只狗。它是一只白色的短腿小狗,圆脑袋,圆眼睛,两片耳朵比脑袋长,一般情况总是垂下来贴在脸的两边。那时我不懂,不知道为什么这样的影像要呈现在我的生命中。直到这些记忆投射到现在,我才有一点明白命运到底要教我明白什么。

邻居先生和狗一起散步,狗很调皮,总是忍不住要到处闻闻转转。有时候邻居先生已经走到前面了,狗因为还在玩就会落后,要么就等邻居先生回头叫它,要么就等它在后面闻够玩够了自己跑过去追上邻居先生。另一种情况是前面有好玩的,狗就会先冲过去玩闹一阵,然后再回头看邻居先生是不是过来了。假使他还没来,狗就会往回跑到邻居先生身边再接着跟他一起走。这么追追赶赶,停停跑跑,同一趟路线,狗不晓得要比邻居先生多跑多少倍。可是它从来都不作这种计算,它就是这样的,是自然而然的。它会难过,闹情绪,还会因为邻居先生给它把毛修剪得不够平整而丧气垂头。但只要你一给它个好,它就笑了,什么烦恼都忘记了。它的无助不堪就呈现出来,它对你的喜欢和依赖也毫无掩藏就让你知道了。人类一切对狗的科学研究,都声称狗的智力只相当于人类五至七岁的儿童,最高也不过八岁。可人类获得比狗高得多的智力有什么用呢？到底又比狗高明多少？

　　油烟的味道让我饱足。我闻到小炒,闻到红烧,现在又变得像一锅骨头汤。我靠近了,越来越靠近烟火气味的源头,好像看见有一只野猫躺在路边石墩前晒太阳。它一丝动静也没有,隔得远,我看不清它到底睁着眼还是闭着。我虽然从小就怕猫,眼下竟忍不住欢心。真好,我不是一个人,我应该像它一样躺在阳光下享受新生活。它真的睡着了吗？为什么一动不动,难道死了吗？一只猫,野猫,一辈子怎么过呢？觅食,找住处,晒太阳,恋爱,迁徙……它们拥有的比人类少得多,烦恼也要少得多,无须忧虑着装模作样。可是健康呢？它生病了怎么办？野猫生病了,去哪里找医生？谁来给它治病呢？所有自然中的活物,生病了都是怎么解决的呢？以我局限的人的眼光,没有看到它们的医院、医生、药房。可是脱离人类干涉的自然界,不是一直自生自长得很好吗？它们的病都是怎么好的呢？

　　命要让你好的病,你一定会好；命要让你生的病,你怎么努力都不会好。但是,这并不等于人从此就可以不努力,不应该积极。人能做的,就是在困难前积极、相信、顺应。我们努力的动机是为了顺应预设,而不是信靠我们自己的努力能改变什么。对于命运,将要改变的,你努力后它会改变,不努力它还是会改变。老一辈有些人一辈子如履薄冰,勤恳保守,对同时代那些离经叛道、逆反时代的人指指点点,颇有微词。可是,太阳却不用这些来判断人,阳光既照耀着遵守规范的,也照耀那些不遵守规范的。你老了,他也会老,大家都在阳光普照下一起老去。那么,勤恳地执守规范不好吗？世界不应该是有规矩的吗？我赤手空拳来到新生活之后,才晓得一切秩序不出乎人,而出乎自然。阳光投射,大雨倾盆,风吹过来,雨飘过去,都是天理呈现。

我的思绪因为野猫已经挥驰很远了,可我越靠近野猫越失望。原来它并不是什么猫,而是一只毛绒布偶,是一只侧躺的灰象,绒毛里还混着泥沙和一些残叶。我对它是一只野猫的假想,也许是因为思绪里对狗的回忆而牵强附会的。象,是我所知中最感性最柔软的动物,它们群居生活,记得住身边三十多位同伴,并能在失散后相互寻见。象是绝不能看到同伴遇难的,只要有同伴遇难,象一定会上前帮助,即使自己死掉也在所不惜。它们记忆力太好了,对帮助过它、与它有过交往的,多少年后都一眼就能认出。不过,这也导致了它们对遇到的悲伤难以释怀。曾经有报道说,一只小象在过悬崖时滑倒跌进瀑布了,紧跟着的大象去救它,结果也掉下去了。剩下的大象一只接一只地上前营救,最后是因为瀑布断水,人们才发现瀑布被一只小象和五只大象的身体拦阻了,它们全都死了。一个象群最少都有二十多只象,独活的象定会因找不到同伴而陷入巨大的悲哀和伤痛中,接着在余后的生命中长久蒙受痛苦。它们记忆力太好,脆弱敏感,不堪经受苦难和不幸。我想起关于象的种种,决定直接经过,而不去招惹那只侧躺着的毛绒象。为了避免对它的伤害,索性就不与它建立关系。事实上,这一切根本也不是我的决定。

我着魔了一样,跟着油烟的香气漫行。这边有几处屋子我都探索过,没太多价值,都是旧生活里典型的发奋图强型人家。他们心里满是怨恨和不满,它们对自己嫌弃至极。他们了解过自己吗?如果没有进入到新生活,我也不会有机会重新看一次自己。我对人生进行过很多次梳理,但大抵都是由己及人的。我会先看到自己的不足,然后想着想着就会想到外面,想到别人,然后埋怨世界。旧生活的很多人总以为目录学是一种简化的知识,是一种可以不用细致学习而笼统宽泛得到答案的学问。实际上恰恰相反。先贤圣哲常常将艰深的大理,汇成一句简单的短语,此短语非彼短语,都是短语,有些真的很短小,有些只是看上去短小,而实质上是化繁为简的短小。岁寒,然后知松柏之凋零也。陷入新生活的困难里,我才知道自己究竟是怎样的,生命是什么意思。圣人说,知道就是知道,不知道就是不知道,这就是最大的学问。这话听起来再简单再平常不过了,可却是人最难做到的。常有人初听这话,要窃笑圣人的漏洞。可细想一下,多少时候,我们明明知道会怎样,却就是要欺骗自己不知道而一意孤行;又多少时候我们明明不知道,却为了脸面而非要装作知道,或者因为骄傲而自以为知道。虚心很难。谁愿意把心放空,承认一切不堪的现实呢?承认吧,今天不认总有一天也要承认的。我本也是那自命不凡的一员,现在也不得不承认。或者,承认了倒真要不凡起来了。

五

我现在就像一只最简单的狗,顺着自己喜欢的味道,不计得失地跟过去,哪怕知道要失望,也义无反顾朝着失败前行。谁知道会怎样呢?担忧顾虑和期盼,都是我自己的事,并改变不了命运的预设,都不会让注定的苦难消失。油烟的味道现在清晰了,有小炒,有炖肉,有红烧,有骨头汤,全是我最需要的油脂气味,真的,闻一闻就饱足了,能狠狠闻上一阵我就是天下最幸福的人!但是,我分明是朝瑞麟苑相反方向的居民区走的,怎么这会儿又绕到了瑞麟苑呢?我听见杯碟碗筷摆上桌子的声音,确认声音的源头就是从苑中房子里传来的。可以进去吗？难道里面有人了？

我走到瑞麟苑里面，确准了那油烟味道的出处。苑里没有异样，房舍跟我以前见的一模一样。忽然，钟声响了，瑞麟苑里挂着的大钟不知道怎么自己响了起来。声波传到我身上，我的心就宽敞舒适，也安然了。钟一共响了七记。我走到苑后，看见一张八仙桌上摆着几个炒菜和三副碗筷。炒菜冒出的热气升腾在空气里，一种莫名的肃穆让我不敢随意靠近桌子。我简直馋死了，但我忍住了，静立在一旁，不再挪动身子。

不久，一个跛足枯瘦的人拉着一张椅子一瘸一拐地朝八仙桌过来了。他胡子拉碴，穿着随意，眼睛圆圆的，像牛的眼睛那样鼓出来，嶙峋的骨架却有几分可爱。他不紧不慢，拿椅子当拐杖支着，挪一回椅子，人就往前走一步。我待在原地，等着他走近，想看得更清楚些。可是，还没等他走到桌边，又有一个人从后头来了。这个人速度快多了，急匆匆雷厉风行，身体圆滚滚的，但动静行为却非常轻盈。我还没看清他的样子，他就拉着两把椅子超越到跛足的前面去了。我错了，这是一个女人。这个行动利索的女人，皮肤紧致细腻，有一张小巧玲珑的樱桃嘴，一个挺直而不夸张的鼻子，唯一的缺憾是眼睛有一只是斜的。一个斜眼，一个跛足，终于都到桌前了，他们相对而坐，侧身留着一个空位，空位前的桌子上也摆着碗筷，还有一个人没出现。

"这都要比！就是个谁先坐下的事，能怎么样！"跛足说。

"太能怎样了，我活那么久，全靠一个比，比就是我的命力。"斜眼说。

"我要像你那样，就活不了了。"跛足的一双牛眼总像在瞪人，我不自觉地也开始用力撑眼皮。

"明白了吧,真不是谁都能跟我一样那么要比,也不是谁都能承受那么比的。"斜眼说。

"算了,句句绕不开比,你最厉害,可以吧。"

斜眼问:"今天吃什么?"

"青椒炒肉,红烧小排,白菜炖豆腐……"

"汤呢?"

"看你急的!把我的话都噎住了。萝卜棒骨汤。"

我像一个局外人看一场戏剧表演,已然忘了自己也跟他们同在一个时空,直到斜眼突然朝向我,对我说:"你还挺准时,饭做好了就来了。"

跛足准备站起来,但他刚抬起屁股,就又坐下了:"这位置留给你的,来吧,先吃饭,边吃边说。"

我的心里一片空茫,意识消失了。这些炒菜实在太香了,哪怕我是在做梦也不能放过饕餮一顿的机会。我走到八仙桌边,在"留给我"的位置上坐下。

"饭呢?"斜眼忽然问一句。

"麒麟把米全带走了,没得煮。"

"那怎么吃?光吃菜不吃饭,野蛮人!"斜眼起身,朝她来的方向走回去了。

我一时尴尬,手也不知道往哪里放,心里怯怯的,不知道说什么合适。跛足看我拘谨,说:"没事,不用理她,她一会儿就会来的。"他拿起筷子,向我点个头,接着说,"别看她嘴厉害,实际没心眼,就是爱比较,脾气急,不用等了,我们先吃起来。你饿了吧?"

我想说话,却不知道被什么东西堵住了嘴,不知道该说些什么。

当然,心里急不可耐想吃这桌菜。

"都别急,我来了!"斜眼速度很快地又回到座位上,"一定要有主食才算吃饭。不管什么肉什么菜,都是色彩,吃饭吃饭,再怎么都要有饭。"

她带来一盘烫烫的白面馒头,每个馒头的正中,有一个红色的方框印戳,自上至下从右往左写着"伊邪那岐"四个字。

我对斜眼忽然产生了极大的好感,不全是因为冒着热气的馒头,而是特别欢喜她那股劲头。

她又说话了:"行,吃饭吧。"

"好。"我应道,并举起筷子从豆腐那盘开始,迅捷地一个一个都尝了一遍。

"味道还行吗?"斜眼问我。

"太好吃了。"我的话是从满嘴佳肴的缝隙里滑出来的。

"确实还行,不过你还没尝过我做的,比这些还要好吃。"斜眼说。

"又来了,又要比,我可没说我做得比你好吃!"跛足话里像生气,面孔看着却特别高兴,转脸对我说,"饿坏了吧?我们今天专门过来烧给你吃的。"

我满腹的好奇不解,此刻全被美味珍馐抑制了。实在太好吃了,怎么会那么好吃!从前只当平常的一顿饭,现在简直可口得离奇。

"先让她吃会儿,吃好了再说。"斜眼懂我,顺手还拿了一个馒头给我,"这不是那种紧馒头,是一种松软的馒头,我老家才有的做法,别处都没有的。"

这种馒头,发面特别,像没裹馅的包子,却又比包子的发面更松软更有弹力,吃着有一种甘甜,淡淡的,滋味藏得很深,要非常仔细地品尝才能吃出门道。

"你若是把肉夹在里头,还要好吃些。"跛足先用调羹舀了一勺红烧小排的汤汁淋在馒头上,然后在小排里挑了一块没有硬骨只有软筋的肉,夹在淋了油汁的馒头里。

"里面要包红烧肉才正宗的,拿点排骨肉混在里面,不合规矩。"斜眼没理他那套,继续吃着白馒头。

很久不沾荤腥,眼饿肚子小,其实没吃多少我就觉得很饱了。我盛一碗棒骨汤,先喝了一口,这才稍稍定下气来,试探着问:"你们两位住在这里吗?"

"不常住,只最近会来住些日子。"斜眼说。

"这里是麒麟住的。他这些天有事要办,出去了,我们只是过来帮忙照应的。"跛足补充道。

"一直有麒麟和我同在这片地区吗?"

"早就有麒麟了,你是新来的。"斜眼说。她吃得差不多了,开始盛汤。

"就是他专门嘱咐我们给你烧饭的。"跛足的胃口很好,馒头已经吃三只了。

"你怎么来的,我们知道。今天是专门过来让你饱饱吃一顿的,剩下的以后再慢慢说。"斜眼光吃萝卜喝汤水,碗里的棒骨却留着不吃。

"吃饱了吗?"跛足问。

"饱了。"我说。

"这顿饭吃好,我们就要去取东西,这里就先交给你了。你每天来整理整理,给钟去去灰尘。还有些剩下的生肉和油,都留给你。"斜眼交代道。

"你们还会回来吗?"

"会来的,我们过几天就来。说好要帮麒麟办的事,一定会做的。"斜眼说着起身了。

我看斜眼起来,也打算起身,却不想只留跛足一个人在这里。他还在吃,桌上的菜都快吃光了。

"你在这里等着,我取油给你。"我还没来得及应声,斜眼就已经不见了。

"等会儿我帮你们收拾吧。"我说。

"不用,你不熟悉我们的套路,要跟你说一遍比我自己弄一遍还累。你就别操心了。"跛足道。

"来,这壶油你拿着,还有这包肉。"斜眼不知道什么时候又回来了,走那么快,竟一点也不喘气。她端来一个挺大的搪瓷盖杯,还抱来一个棉布裹好的包。

"肉要快些吃,或者就风干熏一熏。"跛足这时也起身了,桌上的吃食一点不剩。

"谢谢,谢谢!"我连连道谢,实在是太傻了,难道就不会说点别的什么吗?

"你回去吧,明天开始每天来打扫,我们去去就回的。"斜眼说完就不见人影了,跛足不急不慢先把碗盘摞好,然后一瘸一拐地端着下去了。

他们是神仙吗?

望着他们离去,我此时怎就顿生怜悯?看着像神仙一般的人,为什么分别时竟动我恻隐之心?

"我能帮你们做点什么吗?"我在后面喊道。

"你做好你该做的,别的不要管。"跛足停下步子,扭转身对我说。

第二章 | 如果没有种子

一

我从没尝过这么鲜嫩的肉。原以为自己需要大肆风干烟熏保管，现在看来并不如此。人的口味会变的，到了新生活，我反倒开始爱吃肉了吗？有油有肉，可以煎、炸、炒、汆，还可以炖、煮、焖、煨，一天三顿，顿顿连着吃荤，竟然吃不厌。天凉了，没有虫豸，肉也好保存。看起来不大的一包肉，没想到却很经吃。斜眼和跛足将肉收拾得很干净，像我外婆一样，很会拾掇食材。

从那天晚饭以后，我每天都去瑞麟苑收拾打扫。虽然我特别想勤勉回报，但整个院子都很少着灰，我很少有还报的机会。我把曾经借用的香炉洗干净，放回原先的位置。

除了在生活区找到一些碗，我还成功用泥土烧制了部分陶器。

池塘的水将干时，两侧就会露出许多湿泥。掏出湿泥，再从池中搬出些许大石，围成一圈砌在地上，在石堆中间生火。像捏橡皮泥一样，我用湿泥一团一条地揉捏出一个浅口汤锅的样子，再在两端附上把手，然后放置到受热的石堆上烘干；等一堆柴火全部燃尽，泥锅就差不多干了,这时候才可以把烘干的泥锅放进石围中,在锅的周身摆上细薪,排列整齐,再在上面覆上粗枝;薪柴须密,须将整个泥锅盖住,等确认覆盖严实了再点火;火生好,人就轻松了,只须关照好火源,注意安全,接下来就可以不管了,火灭之前就都可以自由去活动;火熄后,继续用灰烬煨烤一阵,陶锅才烧成;取锅时,最好预备些土灰,能有石灰更好,把灰撒在薪烬上,确认散热后,将埋入的汤锅取出,敲试一下,看看是否结实;够硬了,再拿去水里冲洗浸泡,这便成就了。

食肉之后,气力显然就比之前强很多。每天清洁瑞麟苑,浇种田地、打水、滤水、洗衣、制衣,去居民区找物什,一样都没丢下,做完了,精力依然充沛。除此之外,我还展开了新的掘井工作。我接连祈祷,自己也勤勉做工。求老天下一场雨,让我得到水,让地上免受干旱的苦役。可惜我新选的井穴,挖到地下七米,也丝毫不见水滴。

七天过去了,斜眼和跛足没有回来。

原先的井彻底枯涸,再度深掘也无济于事。

又一个星期过去,我种植的野菜几近枯萎,地下水仍然没有找到。我已经连续挖掘两处,还是找不见水。眼下,我完全是靠山岩滴下的水过活。油没了,肉吃光了,我又回到饥渴交迫的境地中。

一样的阳光,一样的温度,太阳每天在同一个方向升起,然而夜里的星光越来越淡,晚上越来越黑。有星光照耀的夜,是不需要点灯的。可现在水源和星星好像都要遗弃我了,它们正在消散。白天醒不来,夜里睡不稳,整天浑浑噩噩,连去瑞麟苑打扫也没有气力了。麒麟呢?麒麟该是关心我的,可他为什么不来?斜眼和跛足说好要来的,可为什么没来?难道出什么事了?我将死了吗?难道那天吃的是送行饭?我忽然眩晕得要命,意识到自己犯了大错。在欲望的侵蚀下,我竟稀里糊涂就犯了大忌,全忘了外婆从小的教导——不要吃生人的饭。斜眼、跛足、麒麟,我认识他们吗?他们从哪里来?为什么来?是敌是友?什么都不知道,怎么就能吃他们端上桌的饭菜呢?我现在倒是还没被毒死,但谁知道体内和心里是不是已经有了变化,正在变得不再是我?比如我从来就不贪肉的,但自从吃过那餐就变了,变得非常想要吃肉。我昏头黑脑,一门心思钻研吃肉……

又饿又渴的危急时刻,外婆又来了,她又来救我了。以她专有的那种小步,要穿越多少地界,多远的距离,才能到我这里!我的心一紧,抽缩好几下,皮肤滚烫,往内里纵深的血管愈来愈凉。热的极限是冷。外婆温热了我,我却冷极了。心非要跌一下,才能软下来。我摊开自己,松弛了,颈项终于不那么硬了。心会紧,心脏不会;心会痛,心脏不会;心脏不等于心。

我松懈了,困了,想睡了。可我饿,渴。既无力翻滚,也并不因为虚弱就坠入睡眠。我踉跄起身,抿了两口被银币净化的水。很珍惜,很有控制。然后,就回到床铺上继续躺倒。尽管觉得冷,但被子被我压在了身体下面,我连挪动一下把它扯出盖上的力气都没有了,更翻不动身体,只顺手拉了一个露出的被角覆住肚子。

我心是虚的,我对自己很失望,可我却没有力气多想。

我晓得外婆来了,带着她的爱来匡正我,护佑我。可我已经错了,木已成舟,不是吗?人怎么能不犯错呢?是人,就免不了错。有一辈子都不犯错的人吗?已经错了怎么办?错可以改吗?肉已经吃下去了,即使我吐出来,我也吃下去了。只有再度出现的错误,才有机会改,而世上大多数错误是没有机会改的。人究竟能做什么?为什么要后悔?什么都无济于事!为了接下去能不被后悔和罪恶感压迫终身,唯一能做的,只有承认。承认自己错了,至少心能放下来。

可怕的到底不是别人不放过自己,而是自己不放过自己。也只有可以放过自己的人,才能懂得放过别人。而放不放过又能怎样呢?在新生活中,没有人群,没有对象,没有别人的眼光和评价,有什么需要怕别人的?又有什么我必须放过的?

如果闭上眼睛一切就消失,该多好。外面的所有,总是让人烦恼。切断外源,人就能好起来吗?看外面让我烦,不看见外面我还是烦。饥渴在我身上融通一气,久了,竟令我无感,人变得僵直麻木,愈发不愿动弹。现实太重了,我不想睁眼。整个人只剩下呼吸,意识也空了。

我在黑场中续命。

时间脱离钟点的限定继续行进,我能感觉到自己僵直的身体越来越冰,可丝毫也控制不了。这不是热之极限的冷,是真的由外至内的凉。我微弱的气息在枯竭僵硬下放缓,黑场中忽然隐约闪出亮点,离我很远,却与呼吸的韵律一致。又有谁来接我吗?这次要去哪里?我心里想着柏夕薤,可意识随着远方亮点浮现的映像,却瞥见烟雾围绕中的麒麟。又闻到油烟的味道了,好香,闻着就让我觉得幸福。我朝闪烁的亮点靠近,光的周围渐次显出端倪,心告诉我这就是柏夕薤,但意识中的麒麟还没有消散。我忽然升起来了,自己被留在下面。我漂浮着,能往下看见我离开的躯体,是一个紧捏着拳头正微微侧躺的熟睡婴儿。她太美了,美得我一瞬间就想落泪。

我哭了吗?为什么没有泪流下来?明明伤心得不行,哭得浑身抽搐,泣不成声,可怎么就是没有眼泪流出来!

她真好看,闭着眼睛睡着了,身上裹着柔软的襁褓,一双小手攥得紧紧的,要很仔细才能数清楚她究竟有几根手指。她太小了,小得让人忍不住惊叹人类的奇妙精微。这么小,竟也是完善的,也有一双手,也有十根手指,十片指甲。我从来没有对婴孩产生过这种感觉。我不讨厌他们,也并不过分喜欢他们。我见过很多婴孩,还有儿童和少年。他们经过我,与我交集往来,却没有谁让我这么伤心,这么难过。我的外婆是不是看见这个小毛孩伤心了,所以才爱我呢?除了伤心,我现在什么都不能做。我长大了,自己不再是小孩了。难道每一个母亲,都是告别了本初婴孩之身才诞生的吗?

我被风吹落,掉在地上,婴孩没有了。她原本所在的位置,竟然全是油烟。远处更浓的烟火味靠近了,我看见柏夕薤在黑场中站在我面前,头上的犄角闪着亮光。说话啊,柏夕薤,为什么你站在我面前却不跟我讲话?而我那么想问话,却张不开嘴,一句也说不出来。我靠近他,再靠近他,恨不得贴上他融合他成为他。他是我的依靠,我所有的希望。他闭目了,眼里有水滴下来。他不能讲话,却可以哭。而我,除了看着他,什么也不能做。我用尽气力触碰到柏夕薤,我要抚慰,要擦拭他眼里滴落的水。我亲吻,顶撞,用我的面庞贴上他,贴上哪里都行——他的脸、身体、背脊或者臀尾。我闻到油烟的馨香,闻到烟火的清粹。所有让我着迷的味道,都来自他,来自我所需要的柏夕薤。我真想拥住他,紧握他,揉碎他。我还有唇吗?可以亲吻,舔吮,撕咬吗?我要咬他,咬疼他,让他发声,让他喊出疼来!他那么干净,他太香了。烟火的气味让我记起了前些日子炖煮的肉汤,这根本就是与当时一模一样的味道。我用力紧紧地抱住柏夕薤,什么饥饿的感觉都没有了。意识中的麒麟又出现了。他周身的烟雾消散,彰显出一副粗鄙丑陋的恶脸。这是麒麟吗?为我带来幸运、水和食物的麒麟?他张口了,他朝我吐火。我浑身一阵炙痛,却无法挣扎,一点也喊不出声。我护住柏夕薤,不想让火苗蹿腾到他身上。柏夕薤在流泪,泪水无尽滴垂,抖落到地上和我被烧灼的身体上。他的泪水淋到我，令我无比刺疼，焦躁愤怒。我要痛死了，不是饿死，不是渴死，是皮肉腐烂焦灼痛死。我闻到肉香，洁净的纯肉浓香，混合着眼泪的馥郁。我伸手揪住柏夕蕹头顶闪光的角，用尽浑身气力把它拔了下来。

黑场了，水决堤而下。

我分不出倾泻落下的究竟是泪水还是血水，反正黑了，什么也看不见。眼里看不见，心就不会烦。柏夕蕹在挣扎，他开始逆乱摇晃，而我却忽然吐出火来。决堤的水流，带来阵阵使我满足的气味。我握住从柏夕蕹头顶拔出的犄角，朝乱晃的柏夕蕹刺去。我不知道我为什么要这么做，脑子里和心里都没有动机，但我就是做了，毫无理由和根据就顺着握住的独角，由它而做了。失去独角的柏夕蕹在黑场中不停翻动，我每刺一下，他才停一阵。他身上抖落的水，滴在我腐烂滚烫的身上，我疼得要命，想喊却喊不出来，一张口就吐出火来。在闪耀的火光中，我看见了柏夕蕹哀恸的情貌，那样子太可怕了，立刻就能让我瓦解。为了躲避那个可怕的画面，我举着独角疯狂地不断刺，一直刺，让柏夕蕹再也没有机会乱动。角刺得越深就越难拔，但刺得越深，拔出来的负罪感反而越小。我浑身湿润了，不知道是被泪浸渍，还是被血淹没。烟火的气味弥漫充盈，柏夕蕹瘫软了，不动了，地全部湿了。

我忽然醒来，睁眼哭了。我又可以哭了！心还来不及为复苏而高兴，就全部被悲痛占据。我不由得嘶叫，却没有声音，只射出一团火焰。在火光的映照下，我又看见自己手握着柏夕蕹曾经闪光的角，和一个躺在地上血肉模糊的婴孩。是她？还是他？我不想再睁开眼，可我又怕再次闭上眼。我不愿意看见自己，看见任何人，看见这个世界。为什么我不死掉？为什么我要经历这样的苦难和折磨？一声响雷,刺中我的身体。哪怕我不用眼睛去看这个世界,这个世界却还要用声音来捶击我,敲醒我。我紧紧挤压眼皮,以残存的倔强负隅顽抗,可上天偏就不放过我,在一声响雷之后,又是接连不断的阵阵轰鸣。

下雨了。在我最需要雨的时候,它没有来;而在我最不想遇见它的时候,它来了,倾盆而至。雨泪,是天哭出来的吗?为谁流泪?为谁而痛心垂怜呢?我讨厌雨,害怕雨,它咄咄逼人奋力砸甩,好像要来强迫我认罪伏法!可它凭什么来责难,又哪来的资格对我进行审判!我死了,五内,六内,悉数俱焚,可心却没有死,它还活着,还在用悲恸拖曳着我不能麻木。该死的不死,不该死的全死了。我找到的,被我亲手杀死。先前的温润暖流,在一阵欲望的火光中全部被忘却。人啊,如果能一路罪错到底,而永远不晓得回头该多好!为什么做不到能全部忘记,做不到在黑场中一路到底?为什么总在混乱后要后悔悲哀,自我责问,自我折磨?不堪,不是雨水的谴斥,是自己的愧疚,是自己不能面对自己,不能放过自己。没有了,不会再有比这更糟的了。无法在罪错中安然沉沦,是上天对人最大的惩罚。

二

雨水接连下了好几天,田地重获新生。池塘有水了,井水充盈,山岩有泉水下滑,在山底的石堆中集成溪流。我的心情很复杂,不知道是欣喜还是难过,既高兴,又悲痛,心绪缠绕呼吸,反复折磨。水来了,一切不一样了,生存的第一险境冲破了。但是,人解决了生存的困境以后,并不会满足。

瑞麟苑的钟不见了,苑中后庭的草全部成了焦灰。只有苑内路上一条一条的石板还是原来的样子,其余全变了。我冲到苑中房里,闻到有烧焦的味道,呛鼻腥膻。人为什么要吃食饱肚,又为什么吃过以后还要再饿？我不想再面对任何与饮食有关的记忆了,甚至这一辈子都不想再吃任何东西了。角落里有块断裂的旧门板,破裂的截面伸出一根尖利的木芒。木头也能尖利成这样吗？刺得眼睛盯过去都觉得疼。我恨麒麟,恨这个院落,恨斜眼恨跛足,恨罪恶的我的欲望,恨我自己。可我真的不想恨自己,恨自己太难受了,我必须要把恨转到别的地方,一定要恨别人。我走到案台边,拿起一样摔一样,有什么砸什么,然后又走到屋角搬起裂开的门板,胡乱扔砸,愣是要把仇恨发泄出来。砸扔木板的间隙,我脑海里浮现出我在楼后吃饭的模样,那么蠢,吃得那么香,简直就不是个人！斜眼和跛足不是人,我也不是人。他们心里没有罪罚,不会有纠葛牵扯吗？他们怎么没有把我吃了？或者他们本该互相侵蚀！

瑞麟苑一片狼藉。我彻底毁了它。

外婆很会做菜,自从她走了,我就没东西吃了。妈妈再卖力,就是做不出外婆的味道。人一辈子最贵重的是时间,肯支付时间,才算肯支付重价。

买菜,洗菜,择菜,炒菜,认真做好其中一项,半天就过去了。做荤更繁复,挑选部位,切工刀法,还有烹饪前最重要的解膻去腥。肉要用冷水洗过,再以开水过三回。每一趟从开水中舀出,要用清水将一块块肉上的沫子洗净,直到再入滚水时不见一点浮沫,才可以过酒洗涤。把黄酒在锅里煮沸,将过完开水的肉放到滚酒中,开盖沸煮,至酒气散尽这才完成。与先前水洗一样,肉从沸酒中取出后,也要一块块单独清洗,然后才能起烫油进锅炸洗。过油时,可以酌情再倒些酒,等酒气散去,油还原本色,就洗透了。肉出锅后,洗肉的油水倒掉。所谓水洗,酒洗和油洗,所有这些做完,这才完成解腥,然后才可以后续烹治。不同的肉有不同的去腥细节,比如火腿,咸肉,腊肉,都与一般鲜肉不同,还须根据不同肉性调整洗涤步骤。

外婆说,她只会老一次,我也只能年轻一次。所以,她从来不用她的老年来捆缚我,她想让我得到完整的年轻。不必虚饰,病痛是丑陋的,死亡也是丑陋的,而生命的美,就是由无数的丑陋汇集而成的。外婆说,我所有的不幸,都是没有爸爸的不幸。但我却认为我是幸福的,因为我没有爸爸,却有她。而且,上天好像从未让我觉得自己不幸。在我还没有知觉、还不晓得有父亲的好处时,我的父亲就没了,这是多大的幸运!没有丢舍,也来不及构筑记忆,一切只是遂顺渐进,并无波澜。

不看见自己是很好的。镜子,别人的眼光、态度,都是对自己的反射。反射终归只是反射,它们是被我们投射出去的影像,却不能成为我们自己。当你不再能经常看见自己,就更容易对自己满意。人习惯于把我们所不知道的自己想得很美,或许,人想象中的自己根本就是最美的,只是人的眼睛嫉妒美,不愿意让人轻易知道自己的美。所以,人都会被眼睛蒙骗,都会被所有投射的虚像欺弄。所谓客观存在的世界,根本就是不存在的,所以,人都是主观的,也只能是主观的,所谓共识不过就是由无数独立的分识筑成的。

我现在不想看见世界,却必须,也只能看见这个世界。

星星回来了,月亮出现了,云终于来了。对于新生活来说,我是新来的,而对于我,它们都只是寄托我思绪的外壳和神龛。我不再从别人的眼中看见自己,我只能看见心中的自己。不论信与不信,现在我都只有一种标准可供衡量了。

　　我躺在床上,无所适从。饿的极限会是饱吗?再饿下去,到底会怎样?婴孩并不可信。一生的开端和幼年,都是虚空,人生全是虚空。如果陌生理论是成立的,那么,人类一切所见的,一定都是再见,人所遭遇的,全是再遇。人不是第一次经历痛苦,也不是第一次经历欢乐,而正因为我们都来过这里,所以才对虚空有恐惧。所以,生命和世界,包括新生活,一定都是我来过的地方。

　　妈妈告诉我,在我之前,她和爸爸曾有过一个男孩。那时候她和爸爸刚结婚不久,担心照顾不好小孩,所以打掉了。我的命,从一开始就被预设为挤掉另一条命才能存活。那些长得高高的法国梧桐,用层层的树叶遮盖街路,有荫凉,也阻断了阳光。原来人是无法全然暴露于光下的。

三

　　眼下,靠重铺席被、收拾打扫、洗浴换衣就将生命更新是绝无可能的。

　　有雨水的灌溉,野菜的长势特别好。我在农田种植方面有了进展,成功摸索出一种新的施肥方法,效果非常显著。将每天生火后的叶灰木灰,还有成堆的枯叶腐叶混在一起铺进种植野菜的土堆里,然后灌上水埋起来,野菜就生得很快很好。这是我多次试验总结得到的有效施肥经验。起先,我是将肥料铺进去埋完土再浇水,后来发现这样做肥料起效的速度远远落后于浇水后再填埋。

　　没有前案,没有帮助,一个人在新生活中探索,既是无助的,又是无限自由的。没有人，就没有评价，没有标准，一切失败都显得理所应当，轻易就能被原谅。人到底就是弱小的，到底都会恐惧外部的力量。现在一切选择都没有了，没有选择就是最好的选择。为了生存而吃与享受吃，是不同的。食物从哪里来？地里，劳动，天上？为了能有实在的东西果腹，我开始寻觅山芋、土豆这类可以替代大米的主食。吃饭吃饭，菜都是色彩，重要的是饭。

我记起烘烤山芋的味道，在冷飕飕的冬天，淮海路川流的人群都冰冰凉凉。外婆用她针织的粗线长围巾把我从脖子到脸裹得严严实实，若不是粗毛线的孔隙够大，我的鼻子都没法出气了。我有一双半高筒的毛皮鞋，棕色的，外面是纯皮，里头是厚厚的羊毛。只要有烤山芋的炉桶在弄堂口，整个弄堂就全是山芋烤焦的甘香。甘是橙色的，橙色是暖的，又暖又年轻。旧生活里的人多数都会用怪异来评判我，只有我自己才知道，形容我最贴切的词汇是，幼稚。没有人了解我，其实也不会有人能全部了解另一个人。人在变，身体在变，认识在变，向外呈现的样子也在变。幼稚的人也许很爱说话，很会说话，但幼稚的人却非常惰于表达自己。

经过反复探索寻找，我已经学会辨认山芋叶。只要找到山芋，连叶一起拔出来，将叶茎埋进土层施肥灌溉，不久就可以再结出山芋。

地上一个世界，地下又一个世界。世界有那么多，何况人呢？人所见之树，一切树，都只显出它在地上的样子，而地之下呢？开始种地了才深刻地体会到，地上长得越高，地下根就越深。植物根植于土，需要栽培浇灌，人不浇水也有天浇水。但凡长出来的，都由种而生，没有哪样是凭空出来的。有些情况是一颗种子结一个果，另一些情况是一颗种子能长出许多果实。果实各异，种子呢？一样，还是不一样？刨地，翻土，落种，埋肥，填水，盖土。

我改换旧生活中的打扮,束起越来越长的头发,开始自食其力。脱离钟点限制的时间格外宁静。

人的毛病就是知道得太多,结果全部成了限制。两眼空茫,愚钝,挺好的,但那样又容易消极,脆弱得不堪尘世任意的一点风霜。只有知道了还能当做不知道,吃过了还能当做没有吃,才是最好的。佛祖否定一切,说一切皆空,不是不让人活了,是吃了白吃,痛了白痛,活了白活。

没有瑞麟苑了,池塘还在。瑞麟苑由我兴起,又被我拆毁,池塘先于我而在,不是我能毁灭的。

外婆牵着刚会走路的我出去闲逛,逛到衡山路,走进衡山公园休息。灌木贴着小道,围住后方一块草坪。我还小,面对低矮的灌木会觉得高。我记得它们刚好与我的鼻子持平,它们被修剪得很好。外婆坐在长椅上喝水,那边有人举着一把大剪子在修剪花朵,那剪子大得几乎跟我幼小的身子差不多。外婆和另外的阿婆聊起来,我睁眼看着花一朵一朵被剪落到地上,觉得自己身上很疼很难受。我说话早,刚学会爬就能讲话了,比走路要早得多。我哭了,后退几步跑到外婆身边,扯住她的衣角蒙住眼睛。我不要看,不要看花的惨相。外婆和一众阿婆们都问我怎么了,我只说,花,花,痛,痛,轻轻放,不能痛,不能痛。我用衣角遮住眼睛,怕得不行,好像那把大剪刀已经逼到我眼前,正要过来剪我。有一个阿婆到那边从地上捡了一朵花给我,她一边解释着这是为了好看,是正常的,一边举着花往我靠近。她把花插在自己的耳朵上让我看,然后甚至想把花插到我的头发里。我不愿意接受她的解释,更不可能忍受她拿着花靠近我,拼命就扯住外婆的衣角不断后退,离她越来越远。不能碰,不能碰花,我喊着,哭得很厉害,边哭边扯外婆的衣服,把衣服扯得很长,把整个外婆都扯小了。等外婆反应过来,立刻就抱着我走了。

  我走到池塘边,选一片松软舒适的地方坐下,把腿浸到水中。水是有力量的,那是一种浮力,可以渗入趾缝,填塞肌肤毛孔。它分散了,又凝聚起来。水是生之源,而对我来说,水是罪证。难道罪证才是生源?我真无耻,总是先有决意,然后又翻悔,再决意,再翻悔。人如何知羞呢?难不成无羞无耻才好活命?今天的池水显得清冽。这个池塘是孤立的,并没有连接哪一条河道。我不知道水是怎么来的,也不知道何时清,何时浊。

  我和我的罪证在一起,我们是一体的。这让我想到王逸凡,想到旧生活,让我不得不重新发现和承认旧生活中真的有过美好和快乐。我欢喜王逸凡碰我的脚趾,也喜欢水碰我的脚趾,他们都是我的罪。他们触我趾甲后的圆肉,轻轻地点,轻轻地放,一点痛都不能要,一点急也不许有,就慢慢柔柔地点压,耐心持续地抚摸。玩着弄着,身体就变软了,心就会松下来。我是一颗跟别人不一样的种子,也是一颗可以结出很多果实的种子。种子是复杂的,种子也有可能死掉。削直的胫骨浸到水里,折影使它们有了弧曲。我发现我的脚酥润而紧致,纤长的趾微屈而富于表情,大珠小珠列成一行,依次蜿蜒而成斜线,并无突兀。趾领足起,动静似有语默,足背骨线朗朗,观若视宴。人往往会被美妙连贯的乐句吸引,而疏忽乐句的连接。身体也是这样,挺直的胫骨非常漂亮,但我却更欣赏脚踝。有的脚踝粗陋,有的脚踝纤弱。弧度既不能太紧,也不能太松。有无瑕的踝骨很难,有与相邻部位匹配的踝骨更难。我珍贵所有的连接。没有连接,所有局部再完美,也只是局部,无法汇成一个精妙的总体。呼吸需要连接,歌唱需要连接,舞蹈也需要连接。人,就是依仗着各处关节的精细连接才形神兼备的。水之连接,最无痕迹,最紧密无间。我看水中胫足,似断然截离,此刻不属于我,而属于水。水之浮力忽升忽降,双足由之轻抚细慰。陷进去的感觉真好,忘我的感觉真好。没有审判,没有指责,一味地随波逐流竟然那么满足。水中足踝太美了!如果不是恰到好处的弧度,以及骨节坚实的隆突,这一对削直的胫骨将荒寂落寞。美,怎可遭荒弃呢?我记得王逸凡说我的脚是有表情的,他能以那些表情将我看穿。旧时的女人是要将双足掩住的,或者她们深知这究竟是性的紧要处,是连接贪婪饿欲的直接通路。人在饿中是有一副恶相的,足正是这恶相的袒露,恶极竟成为一种美,令人心慌!而按另外一些人的看法,足不过用来行走,如同代步工具,是人体的支撑和位移肢节。工具和审美是不同的,一以生产,一以成就。生产以养命,审美以养心。

季节相对而暂时,快乐也是。丑陋的极致可以走到美,美的极致是否就绕到了丑。双足在水中欢脱了,舞动了,双足离开了我,与杀戮的罪证合欢。没有人不被伤害,也没有人能永远不伤害别人。欺负,被欺负;杀害;被杀害。水突然变脸,云群的倒映消失,整滩黑压压一片,腥恶难掩。水草顺着胫骨攀上腿股,朝耻骨缠扰。耻骨,为什么要耻,是谁让你羞耻?脱离水的水草成了藤蔓,成了钢筋,从底部往上漫溢,直到把我全身压倒。

人到底是不是自己的主人?假如生下来是婴孩,长大了还是婴孩,什么都不懂,什么也不会,那么随命运和世界怎样安排都不会有异议和难过。但人偏就是要长大,要学会的。学会了,竟也不是全部学会,长久学会。人因为学会了,就会自以为是;自以为是,就要犯错;犯错,就要后悔。后悔,就是折磨。我的新生活变味了,它开始让我深陷责难和疑惑。我必须脱离过去的捆束,不管是正面的,还是罪恶的,都是过去,不是明天,也不是今天。

我想跳下去,把自己丢给水,全部地交出去,交给它。

我曾经迷恋旧生活里的他挤缩在我怀里把他自己全部扔出来交给我,也只能在那一个瞬间把自己交托出去。他交给了我,我把自己交给了谁?我像踩在云上,却不需要花力气,我的呼吸很深很浓,好像每一次吸入都是饱足,而每一回呼出都是释放。我浑身柔软放松得要死,却感觉充满了精力。整个世界都亮了,而世界只有我自己,没有除我以外的任何东西。那时刻,真的没有一丝烦恼可以挤进来,也没有任何痛悔来烦扰纠缠。我是最美的,是最好的,是即使罪恶滔天也可以统领天下的女主!全部身体都在呈展笑容,嗓音溢漏膨胀的愉悦。我不管了,我飘起来了,我好高好高,很软很软,我是最乖最乖……于是,无所谓顺从,无所谓征服。

四

时常锄理规整了,杂草还是蔓生。路边的野草并不盛,地里只要种下作物,杂草就疯长。不施肥,菜长得慢,施肥,杂草就窜得凶。我决心和地里的杂草死拼到底。杂草越来越多,生长规律很难捉摸,每天锄理,每一株都尽量连根挖起,可第二天还是免不了又生出来。日复一日,直到把锄理当作常态。

快入冬了,我为田地投入越来越多的时间,为即将到来的凛冬作预备。每天早晨盥洗后,我就先来处理杂草。一个人问,又来了吗?另一个人回答,是啊,这东西永远都灭不净的。我站起来,看见杂草已根植在我双手,正迅疾蔓延。人身难道有胜过土地的养分吗?杂草在我手上生发迅猛,一下就顺着手背到下臂,又到肩颈,胸前,还有脊背,腿根。杂草怎么繁衍,难道不需要种子?如果杂草全长到我身上,我或者就不用清理田地了。然而,它们盘踞到我身体每一个部位,却始终不能将我占满。

有了水,有了云,新生活里的深秋竟不燥。衣服洗涤晾晒好几天也干不透,空气很重,呼吸很累,我开始担心自己一个人快要应付不了。在土地上栽种培养,就可以结出果实。然而自然中的田与人规整的田,到底是不同的。我的田由我作主,由我耕耘。其余的呢?我找到的野菜,野瓜,野果,野花呢?它们是由谁撒下种子,被谁浇灌成长呢?生命原来是无穷的疑问,否定,怀疑和困惑,人唯一可仰仗的只有信心。知识和智慧有什么作用?鸟不种不收也是一生,春天开的花不惧怕盛放后的凋落,为什么比其余生物更高级的人类,却要为生存和生命而愁苦?从幼儿园开始,我就有了老师。老师们并不老,可大人们还是教我要喊老师。小学,中学,大学,越来越多的老师,男老师,女老师,年轻的老师,老的老师。老师们在讲台说了很多很多话,被装进身体的句子却寥寥无几。我经历的那么多老师,记住的,只有两个:一个是我喜欢的,一个是我讨厌的。剩下那些就全成了标点、空格和换行。

周老师大概六十多了,是名副其实的老师。她的头发总是染得过分黑,卷曲地贴在脸颊两边,头顶的分缝零散凋敝。入学不到一个星期,周老师就和我确定了终身的关系。某天下午,反正不是周一,也肯定不是周五,周老师把我叫到办公室,当着很多老师的面,说要约我父亲来和她谈一谈,要劝我换一所学校。她一直在说,我一直听着,她用眼神回应我的不解。为什么,为什么我要换一所学校?难道就因为她不喜欢我吗?她坐在自己的位置,拉扯我站近,然后双手掐住我的肩膀,来回打量。她以一些当时我不太能懂的暗语,引来办公室里其余的老师来一道对我进行审视。当人与人没有获得交往机会就被来自他人的先觉语言引导时,那些语言就会像咒语一样产生奇效。周老师的大意可能是说我的名字奇怪,性格怪,长得怪,不适宜接受她正常的教育。她一直在重复要我回家找父亲过来同她谈一谈的主题,还说了很多假装是为我考虑的话来逼我作出回答。我的心很高兴,很感谢父亲已经死了,首次意识到不幸也会成为一种幸运。周老师反复问我是不是愿意换学校,我不说话,摇头。接着,她念出我爸爸的名字,然后问我,你爸爸是这个人?我点头,还是没说话。周老师终于站起身,她已经让我在她座位前站了很久了。她到后面的桌子和另一个很老的老太太私语一会,然后回到我面前,以俯瞰的姿势看着我,尽量不弯下身子。她用手拉几下我的领口,然后继续说让我把我父亲叫到学校来与她谈一谈。我没有说话,既不点头,也没有摇头。

那个非常老的老太太,后来成了我的语文老师。她对我们说,她已经退休了,是被学校返聘回来教书的。她不会说普通话,上海话也不是本地口音,上课教学全凭一口青浦腔。我不确定这个青浦老婆婆有没有认出我,反正她是喜欢我的。我的造句和作文,常常被她用作范例来教育同学们。我记得有一篇作文要写《我的爸爸》。当时我只写了一句:我的爸爸死了。

曾经沉痛的跌倒,胜利的荣誉,不管是身体还是心灵遭遇的痛痒欢欣,现在都想不起来了。时常纪念的,反而是日常去学校走过的路,校边警察站的公告栏和学校食堂临近饭点飘向四处的饭香。我记不清各门功课的老师的名字和样子,但点心店阿姨的容貌,却记忆犹新。她将她最美的样子活在我心里,我甚至常常在后来的岁月里很想知道她过得好不好。

还有一个我喜欢的老师,是我长大后遇见的。他比我还古怪,讲课时与平常完全不像一个人。他讲课时慷慨激昂,热情洋溢,下课后突然就缄口静默,惜字如金。他的每一堂课,都像一首长诗,每一个动作都在号召。他没有一句废话,从不做无意义的重复,两个小时的课程流畅通达,就像在浴缸中泡着暖水听罢一篇交响乐。他也许老了,又或者很年轻。我对他讲课的内容记得模糊,可他讲课的状态,以及我被他感染后的感受,都无比清晰而强烈。我在内心比拟着我和他的对话,我们谈论颜色、声音、太阳、大海以及昆虫的生死、水的性格。我对他的行为细节倾注克格勃燕子般的细察,在无数长镜头中搜集放缓各个角度的特写。我会关注他一堂课要喝几次水,考量他保温壶中的热水冲的是什么茶,此刻水的温凉,还有他喝水吞咽时那喉结的上下路线。他的胡子几天刮一次?有没有规律?是手动剃须刀,还是电动胡子刀?自己处理还是别人帮忙?他的衣服有没有线头,清洗了吗?他更关心式样还是质地?他掌心的纹路简洁还是繁乱?唇形,鼻线,爱吃的,讨厌吃的,想吃的?他有多善良,又有多龌龊?他干净的指缝藏掩了多少指腹的罪恶?在我和他的狂热对话里,我们无所不谈,但他没有跟我讲过一句话。

中文里,我、吾、余、予是同一个我,而英语里的 I 和 Me 却是同一个我的不同位格。一个是对自己来说的我,另一个是对别人来说的我。世界上,除了自己,剩下的全部是别人。

天越来越凉,蕨菜蔫了。我抓紧储备食粮,免得过冬时会挨饿。

天地果然有大美而不言,耕种让我晓得了四时的秘密。

　　很小很小,还不会说话,还不能爬的时候,爸爸和妈妈把我摆在推车里在街上逛。我的视线跟外面走着的大人都不一样,他们只能看眼前,而最小的我却看得最高,可以看天。妈妈很喜欢爸爸,可嘴上却总爱说违心话抱怨。其实爸爸很聪明,他什么都知道。但凡妈妈犯毛病的时候,他会转移话题,或者低头看我,或者帮我将抖松的袜子再套紧穿好。如果这些仍无法把他从妈妈的絮叨中解救出来的话,他就会指一些橱窗和柜台让妈妈看漂亮衣裳,这种方式几乎每次都会成功。我曾经想,如果我长大了每天要这么活着,那我就不想长大了。我躺在推车上,眼光比别人都看得高。上海的街道树很多,我搞不懂为什么它们总是将繁盛的那一部分覆盖到街路空旷的上层,而把稀疏的一面留给一侧的楼房。从小在旧生活中的城市里长大的人,是不清楚每天的街道是怎样变干净的,树枝为什么会这么分布,昨天扔到楼下的垃圾今天去了哪里。我把手指从口里取出来,抬起双脚晃着,想引起爸爸妈妈的注意。他们根本就不关心我,只沉浸在互相老套的游戏中。我哼唧起来,费很大的力气滚动自己,对他们非常恼怒。爸爸终于停下来了,我举手指着头顶的罩棚,可他没弄懂我的意思,反而用手把我的手压下去,开始检查我身体的各个部分。我实在不想对他闹,可我没有办法,我要看天,天被婴儿车的罩棚挡住了,我要他们把罩棚拉开。我加强哼唧,尝试着让他们搞清楚我的意图。爸爸乱了手脚,只好求助于妈妈。我看见妈妈把头靠过来了,就对她指了指罩棚。妈妈立刻就明白了,很快就把罩棚拉下去。我不哼了,重新乖乖躺好。

　　她又找到埋怨爸爸的事由了,两个人再次展开了大人游戏的循环。爸爸接着推车走起来,我露出了顺从的笑容。等到他们不注意我了,我才又将手指伸到嘴里重新吮起来。他们根本不晓得婴孩的麻烦。婴孩如果嘴里不吮着什么东西,那整个世界都是黯淡的。我举起双脚晃着摇着,兴奋地在树叶的孔隙中追踪天空。跳脱的光点直射到我的眼睛,光斑流动,天的颜色也在流动。在天上与我对视的那一头的底部,会不会也有一个躺在推车里看地的人正望着我呢?我和天那边的那个人对视,经过无数路灯、电线、树枝、树叶。

我记得有一回爸爸妈妈在淮海路一家帽子店停下了,两个人左挑右挑,非要给我买一顶小棉花帽。爸爸要选那个上面有樱桃的,妈妈要选那个上面画着苹果的,两个人为此争执不休。我的推车停在店里,眼睛只能看见油黄的天花板。我哪个都不喜欢,任何一顶帽子都不愿意戴。他们凭什么就可以帮我决定?我什么时候才够有力气拒绝呢?谁生了我,就有权力摆动我吗?我不安分,在推车里开始哼唧哭闹,蹬腿挥手,爸爸妈妈都围过来了。爸爸认为我在支持他,妈妈认为我在支持她,两个人还是争执不下,最后就把两顶帽子都买下来了。爸爸说他姓纪,我也姓纪,要先戴他买的那一顶;妈妈说姓纪归姓纪,没有她的肚子怀胎,爸爸什么也不可能得到,所以一定要先戴她那顶。两个人出了帽子店,把推车停在路边,又开始争吵。天花板消失了,我看到了一朵云的局部,我知道那朵云是喜欢我的,它一直在对我跳舞。我还没能从对云朵的欣赏中出来,妈妈就因为哺乳的功劳而获得了本次竞选的胜利。她开心地弯下身子,给我戴上画着苹果的那顶帽子。他们的竞争是不公正且没有得到我认同的,但我没有办法反驳和拒绝,这是我的命。谁叫我是他们的孩子,而不是天上那朵云的孩子。爸爸的脾气轻易不认输,为了争回颜面,他就将那顶樱桃的帽子盖在我的脸上。他对妈妈说,光太亮了,刺眼,正好用帽子保护眼睛。

如果我当时就知道爸爸将来会死,会不会就不讨厌他买的帽子,甚至喜欢他的一切错误,接受所有我不愿意接受的呢?不会,我现在是大人了,我知道不会的。不到新生活里来,我怎么会知道种地根本就不及我想象中那么困难和麻烦呢?怎会知道耕种生活与城市生活的根本不同不在于条件的高低,而是谦逊与骄傲呢?我不想惹爸爸妈妈不高兴,不想惹他们对我关注,这样会打扰我继续观察老天的脸色。在世间,人总免不了要看脸色的,只是我们可以选择到底看谁的脸色,是看天的脸色还是看人的脸色。推车上的我选择看天。只要爸爸不注意,我就用手掀开帽子,看光亮的世界。等爸爸一低头看我,我就闭眼假装睡觉,让他误以为帽子是自己跌到一边的。我记得他还反复给我盖在身上过几次,但不多久又被我移开了。不管我的人生怎样,我都长大了,那两顶当时很重要的帽子现在都不知道去了哪里,爸爸也永远消失了。

旧生活的我,对于季节,总是只在乎色彩和温度,或者就想该换什么应季的衣服,或者就想该吃什么时节中的东西。季节提醒城市的人一年有多长,也给各种行业生意提供了机缘。夏天耗水电,冬天用燃气。城市宣称可以不看四时的脸色过日子,所以城市就需要一直付账。

我没有数日子,不知道自己已经在新生活中过了多久,只知道天渐渐凉了,冬天要来了。

冬天,是休息的季节。其余三时辛苦忙碌不停,天看在眼里,就让你休息一下。寒冷,霜雪,上天为地上耕种的人封冻土地,好为来年的劳作准备。一袋小土豆,几枚山芋,我的存粮远远不够。尽管有几种野菜长势喜人,但我想起那只能靠菜叶果腹的日子,心有余悸。

我站在田边，松开手里的工具，坐下，茫然，恍惚。耕种所需承负的劳动比我所想的要轻松得多，但我对种地依然知之甚少。现在，我喜欢种地，却被农事困扰，锁在无可种不知种的境地。我毫无依靠，知识，经验，什么都没有。既然我的背倚不到天空，索性就靠地。我整个人往后躺倒，彻底贴在地上，可视线却更容易看到天了。又看到天了，这还是我在推车里看到的天吗？它变了，还是我变了？倘若你还没有走到命运注定的那个节点，就不可能得到那个点带给你的认识和收获。没有路灯，电线，树枝，树叶，我看见了许多整片的云。原来自己所见的，从来都只是局部的天。天太亮了，哪怕闭眼都挡不住它的亮。我现在想要帽子，不管是上面画着苹果的那顶，还是上面画着樱桃的那顶，都想拿来帮我挡一挡。我在天的注视下闭上眼睛，与天那头也在闭眼的我对视。她那边下雪了，雪花稀疏零散地跌落，风淡淡浅浅地吹袭。雪飘落的速度很慢，重量很轻，但面积很广。雪花一片一片垂落天底，融化到天，融化到云，却融不化那边的那个我。她也正闭着眼。她睡了吗？土地用高温来提醒我，我的背脊感到滚烫火热。我曾经保护了外婆，保护了花，甚至还试图保护王逸凡，却偏偏杀死了柏夕薤。事情与事情之间，是没有抵消互换的。保护是保护，杀就是杀。麒麟是谁？斜眼和跛足又是谁？为什么我杀了柏夕薤，却杀不死麒麟，杀不死我自己？人到底是被鬼纠缠，还是自己非要去牵扯鬼怪呢？天使与鬼怪该怎么分辨？

我闻到血腥了，不再是油烟香火，而是血，浓稠的浓烈的血。斜眼和跛足从天对我的注视中走向我，哭得没个人样。

"都怪我当初没忍心告诉你，那肉就是臕疏的。"跛足抽泣着慢慢说道。"你不要自责了，我们比你更愧疚，对不起，是我们害了你。"斜眼哭花了，哭得眼睛都不斜了。她站都站不直了，话说得断断续续，"从前你想要我们来，我们可以不来，但我们心里可怜你，没想到却害了你。现在你不想看见我们，我们也无处归属，只能漂流在风里。"

跛足揽着斜眼，拍她的肩膀，安慰她："你说这些干什么，她还小，什么都不懂。"

"当初要不是麒麟，我们就不会来管这闲事，也不会插手你的命运。"斜眼说，"我早就说吧，活得太长没什么好处，想死死不掉，总要受煎熬。"

斜眼哭得更厉害了。他们的眼泪变成了血，淋淋沥沥从眼中坠落。

雪换了方向，开始往大地飘散。地滚烫着，我羞耻着。雪花跌到地缝，融进炽热的身体，我整个人愈加发烫。

"穿过瑞麟苑北面的山林，有一个很大的水潭，柏夕薙的尸体在水潭里浸着，你可以去取。"跛足说。

"他死了，他确实死了，但他的血太多，怎么都流不完。现在我们眼睛里流的，就是他的血，这是对我们的惩罚。"斜眼说。

"你去找他吧，拜托你一定要找到他，不然我们既死不掉，也过不好了。"跛足眼中淌出的血水，悬在那边的天际，并不垂落到我这边。我的一百个疑问都忘记了，也无法讲话，只能做一个观众接受这一切。

"是你把我们找来的，也要靠你让我们还能接着过下去。"斜眼拉着跛足转身，更多的血水滴淌出来，也悬挂在那边的天际。

斜眼和跛足消散了，血水笼罩紧闭双眼的我，大地已经被白雪覆盖。

五

一切都是我造的孽，一切的矛头都指向我。

我找到瑞麟苑北面山林后的水潭，水澄碧清澈，一点不像有血腥的样子。我不怎么会游泳，只能随便挥划，很吃力地在水中漂动，在水里浸了一天也没寻到柏夕薤的遗体。

天越来越冷，每跳进水潭一次，都需要有比前一回更大的勇气。第一天没找到，第二天又去；第二天没找到，第三天再接着去。入水出水整整七天，我终于找到柏夕薤的尸体。柏夕薤接我，一共等了七次。现在我为他收尸，也要把这七次还给他。

他看起来很好，裂损的地方恢复了，表皮上的瘢痕也长好了。他看起来多么尊贵，可是却真的已经死了。他的眼睛永远闭上了，会发光的角没有了。在庄严和肃穆中，我没落泪，也没有感到伤心。过去七天所有不适当的小心思现在全部瓦解了，我居然特别冷静。还能找到他的角吗？没有亮角的柏夕薤是完整的柏夕薤吗？我把整个的他负在背上，先负着他离开水潭，在山林里驻足。

天黑了，不再用亮光审视大地。我带着那具尸体停在漆黑的山林，等待天命降临。

我找到他了，怎么安葬他呢？我没有参与爸爸的丧事，只记得最后的追悼。那时候我刚学会走路，还不知道死亡到底意味着什么，也想不到爸爸将来再也不会出现了。多年以后，我对死亡有没有更多理解呢？柏夕薤很软很安静，我甚至觉得他在弥散清香。他的身体没有一处裂口，也没有一滴血，唯独只是没了那只会发光的角。没有角的它，是不是就是一匹普通的马？如果是一匹普通的马，他大概就不会死。我让柏夕薤俯在地上,自己倚着他的身体坐在地上,等待天命降临。我的心语停顿了。此刻向谁倾诉呢?只好任由心越来越空,越来越虚,给天命旨意腾出空间。

有水滴从上面跌下,扑到地上浅浅的水洼里。这不是雨水,是冰。天凉了,黑暗的声音隆隆震耳,心跳在当前的情景中尤显顽强和坚决。有人为心跳计数过节拍吗?每分钟 68 拍与每分钟 98 拍是不一样的。心跳的拍数与小节是流动的,气息的缓急轻重不断变换。人擅长于把复杂零散的事物归结成一种简单的说法,但这些说法却无法为我们还原任何一个复杂零散的实质。心跳着,呼吸起伏着,头顶树上融化的冰水往下滴着,生命进行着。心跳说话了,鼓跃收缩间,顿挫抑扬,节节有声。

"你要把柏夕薤放到火里,拾掇他的燃灰作田地的肥料。山林里有自然预设的斑斓食饮,只是你不懂得辨认,总忽视浪费。柏夕薤的燃灰灌到田里,土豆的根茎会开出花,依照花的样子到山里寻找,就能找到一大片成熟的土豆过冬。土豆旁会有西红柿果,摘下来存着,吃完后把果蒂扔到土里,很快就能再生。西红柿好养,无须费心看护就能收成。它唯独怕雨,但凡淋一趟雨水,果就蔫枯,全然覆没。冬天温度低,西红柿不长,如果要植种,就搭一个暖棚,这样不但可以种西红柿,还能接着种蔬菜土豆。蔬菜种植简单,生长快,收成多,只是需要每天看护,尤其是春天要防害。长出的菜叶须日日每叶翻查,一旦见到虫卵须即刻去除,懈怠一天虫便食尽叶子。大部分野菜可四季生长,还有一些是冬季特有的,霜降后尤其美味。农务的辛苦其实不在体力,而在费心。诀窍万千,紧要的是学会顺应时令,看天脸色。

"稻谷是最难种的。小麦、蔬菜都容易。瓜果最简单。果实里包含着种子。在没有土地的城市,食物供应断裂会引发灾难,但在有地的村野是没有饥荒的。田埂间要预备灌水的通道,还要学会听辨流水的声音。豢养禽畜不只为食肉,还可以用以祛虫疏水。夜间鼹鼠出来寻鼠洞,会捣破田地,仔细听水声可察出它们的行迹。按其行踪设好瓦罐,能捉获循旧路而行的鼹鼠。

"六九一过,就要准备春季插秧。春天是采摘梅子、李子、山野菜的最佳时节。还有很多春天的花,不仅可以观赏,还可以食用。夏季野生的瓜果浆果很多,只要不惰于采摘,就能大有收获。浆果和水果可以风干制成果干,果脯,存下来可以备用。秋天,山林里有榛果、橡子那类坚果。冬天的绿叶菜是可口美味的,可以种菘菜,萝卜,菠菜。田地此时空置,可种冬小麦。

"一季一季,一年一年,有人采摘和无人采摘对自然来说都一样。无论华实,人见到,没有见到,它们最终的命运都将坠地腐烂,又入土重生。稻谷是米粮的根基,其次是大豆。大豆能榨油,或做豆制品,酿酱油,磨浆,碎粉。饮食看起来都是从地里长出来的,其实是从天垂降的。"

这是我等来的垂训,恩降。

没有爸爸买的那顶帽子为我遮挡视线,我将柏夕薙火化的场面看得一清二楚。原来只有心里空虚,才能给这些话留出位置。

第三章 | 如果没有电

一

冬天，是留给人休息的日子。

旧生活里，北方的人想要雨，南方的人想要雪。新生活里，雨和雪，都是柏夕蕹为我带来的。冬天，仅是温度降低、人觉得冷那么简单吗？

我的卷心菜种得很好，收割了就可以做过冬的存粮。人的心也可以蜷曲到那种程度吗？一层层交错裹覆，重叠抱合，心肠就埋陷得越来越深。

人可限定，也被限定。

错过阳光，错过少年，错过探险，错过垂老，错过罪行，错过改正罪行。

我在这边腻烦了，冷不丁想去瑞麟苑对岸弃置的楼群看看。那些钢筋、水泥和砖块的混合体，只要外层被漆上颜色，内里贴好墙纸，人就有了对空间自由幻想的机会。但是，不管农村还是城市，都只是承负假象的载体,并不是那些华丽想象的真正结果。楼市本身,其实也只是被弃的虚象。

很长时间没过来了,楼群看起来妖冶了,长出一股魅气。每一层每一户,都是简单复制,对于有探险癖好的人来说,在任何一楼任何一间走一遭,就没有再看其他的必要了。

不知为何,楼里竟那么黑,难道外头的光进不到里面吗?那些不那么高的居民楼采光比这好多了,哪怕是坐南朝北的格局,矮层的光线都比这里的高层要强。此刻还是白天,到夜里怎么办呢?或者我该重新认识一下能量守恒定律。也许太阳光的量是限定的,分配到每一处都是平均的。如果人类妄想要在一个地点塞入多户人家,就只能让这些人平摊阳光的总量。

楼里屋内的墙上有预设好的电路槽,在头顶、地脚。我的住处没有电,但我并未由此感到恐慌。可眼下这些楼群的阴森黑暗,让我突然生出缺电的惶恐。

我向来不喜欢王逸凡那些一味推崇科技的论调,什么科技高于一切,科技改变人生。是这样吗?没有科技,人就活不了吗?我可以承认科技在有限的范围内确实为生活带来了便利,但便利只是便利,它是途径和手段,并不是生命的根本。人活着,不是靠科技。只有善用科技的活人,才可能比他人活得好。

太安静了,虚空的楼中什么动静都没有。耳朵因为不适应全然的寂静,竟然就轰鸣起来。难道风、鸟、水的声音都进不来吗?楼,明明耸立于大地,怎就隔绝出另一番天地呢?

为虫害烦恼的时候,我甚至那样想过,想那些虫、鸟、各种动物,它们哪来的权利得到那些它们没有付出过劳动的食物?人用心栽种的成果,好像成了它们理所应当唾手可得的。此刻,在楼房的黯昏里,我忽然得到一种答案:其实,为了获得食物,它们并不比人类付出得少,相反,为了得到食物,它们常常要抵命博取。如果秤的一端是食物,另一端是命,这杆秤算不算公平?

黑暗,此刻令我恐惧。或者我这么令思绪飞出去,倒得了暗中的好处。在暗中,只有人体内部是亮的。

像在剧场后台的黑暗中候场那样,人是由着一些模糊的记忆缓缓靠近上场口的……又是小时候,在旧生活的上海,仲夏,或者比仲夏更早一点的夏天,邻里们摇着蒲扇、纸扇、折扇,坐在藤椅、板凳上,或直接坐在地上,在弄堂里聊天。在制冷设备刚刚问世的那几年,电力供应还不充足,城市里每到用电高峰时期,都会按计划停电。计划停电,就是在不同区、不同街道,轮流停电,以缓解供电压力。我记得,外婆是个不爱在人群中说话的异类。在曾经计划停电的场景中,她从来没有加入那些邻里们家长里短的闲扯中去,她总是带我坐得远远的,好像刻意要与另一边的热闹隔开,使热闹和喧腾成为我和她在荫处憩息的背景。外婆为我摇扇子,为我驱赶蚊虫,有时还会不自知地哼些戏曲。我从不觉得与她在一起会有冷场和寂寥,可我们之间其实几乎不说话,只是相互间以我们会心的方式表达。当然,我不认为有另外的人能读懂这些语言。就像恋爱时两个相好的人,一定是有很多特殊的语汇的。这些表达,有时候是一种腔调,有时候是几声唔叹,更多时候是神态、身态,动静间的侧影曲线。这些表达只在相爱的人之间才能传达意会,别人即使旁观也很难搞清其间的层层深意。以前,每当我有求于王逸凡的时候,就会不自觉地称他"叔叔";而他也有他的语言,经常故意反穿袜子想引起我的注意;或者,我总会在他专注于处理公务的时候,帮他把笔帽盖上。

外婆每摇一次扇子,都是语言。她爱我,喜欢我,她对我好。还会再有另一个也对我这么好的人吗？一个人全心对另一个人好，真的可以无条件一直做下去吗？妈妈就不像我那么喜欢外婆，也许是外婆在做妈妈的时候，不像后来她做我外婆的时候那样，或者说，也许是非要等到妈妈也变成外婆的时候，她才会像外婆对我一样去对外孙辈那么好。难道又被人说准了吗？女人真的要失去年轻和漂亮，才有可能会放下幻想和妄念？比起白天停电，我更喜欢夜里停电，因为我特别喜欢烛光。停电的夜，如果需要在家里走动，就一定要靠蜡烛照明。烛光有限，映照的区域也有限，而我，恰好就是喜欢这种有限。当我举起蜡烛时，只需要照亮我所需要照亮的，其余的一切都可以继续留在暗场中。跟着烛火，我可以行在淮海中路，也可以走在阁楼、凡尔赛宫，或者莱茵河畔。除了烛光有限范围内的东西，周围全是暗的。烛火是橙色的，会随着脚步、气息、风向而闪烁飘忽。在有限的光圈中，除了可以只看自己要看的，还可以只给别人看我想给他看的。在相对的有限中，我所走的每一步都变得刺激、可爱起来。影子跟着烛火摆动，左摇右晃。好几次应答妈妈时发声太响，差一点要熄灭了烛火。只有当我手握着一种切实可见的有限时，我才晓得有限中我所得的那点有限是多么珍贵。我爱烛光，烛光照亮我所需看见的世界。自然中，原本就有光，也有暗。时间，地点，生命，存在，理性，情感，认识，所有的存在，哪一样不是有限？烛影在过道的墙壁上摇曳，烛火在跃烁。我把蜡烛放在桌架上，一直看，一直看，直到入睡。

我偏好烛光，和我迷恋火柴棍燃烧后的味道一样，喜欢，却并不刻意。对于所有喜欢的东西，人很难用同一种方式去对待。比如我喜欢走路，经常会刻意为自己制造许多行走的机会；还有我喜欢清空头脑放电影，也会尽量地给自己争取无事置空的时间。但对烛光和火柴不一样，对外婆、王逸凡也不一样。当然，这些差别并不关乎我对他们的喜欢程度。所以说，我发现，公平的产生一定是建立在不公平之上的，建立在各归其位各取所需的适当上的。

　　我继续在黑暗的水泥墙板间漫步，从一个隔断到另一个隔断，缓缓穿行。他们原先想把这里变成什么样子呢？一层楼大概有八户，据我目测，这栋楼大概有二十多层。在同一个地点之上，装载百多户人家，人类是不是过于贪心了？有人的地方，就有欲望，有念想，有情感，有情感产生的垃圾。我的窥探欲又起来了，仿佛在梭行中照见了人们对楼市里这些水泥空间曾经的期望。房子，房间，床，椅子……看来，人一生忙来忙去，不过都是在给自己寻个落处。从床移动到椅子，再从椅子回到床。时间在走，生命的活动却在重复。躺在床上，翻滚在床上，一户孕育出另一户，然后人多了就继续叠加楼层，叠加房间，叠加床……如果将人类尽悉平摊在地面上，整个地球的陆地面积够不够呢？我感受到人们原初对楼房的期望，倍感凄凉。他们拳拳盼望的热闹还没来得及出现，就已经覆没。他们的信念被社会的导向一次次燃升，又一次次转移。只要上钩，就层级递进愈加难以摆脱。没有人是干净的，没有人是初犯。

　　太黑了，黑得我发冷。

　　下雪了。
　　等我被雪地上过来的折光映照时，雪已经下了很久了。
　　外头比之前更亮了，有灰白的折光愣愣地往漆黑的楼房穿越进来。水泥砌成的窗口，把光切割成我可以看见的形状。如果人被阻隔，或者只在光里，反倒什么也看不见。投进来的光是灰色的，我走近它，向它伸手。在淡淡的灰光中，我清晰看见无数颗粒状的扬尘正快速地漂浮跃动。可它们一跃出光的范围,就看不见了。这会儿,我很难确定是透射的雪光把它们放大了,还是黑暗使我变小了。我集中视力朝一粒尘埃看去,试图努力跟踪它的路线,想找到规律,以探出扬尘的来路和去处。可我的视力太柔弱散漫了,我真希望这时候它能集中一些,或者干脆变得小一点。为什么要看得更多,看得更远呢?如果连眼前的东西都看不见,看得更多更远有什么意义?我把手伸到光柱中,手背的皮肤立刻被光照得更白更亮了。我摸到了,摸到光了,终于是我在摸光,而不是被动地被它投覆了!如果还不能搞清扬尘的来龙去脉,那就索性出击给它们捣乱吧!映射的雪光平铺在右手的手背,仔细感受,就能觉察到光束的毛边,一棱一棱的,很细密。像涌过电流一般,我移动方向,侧身让光沿着手背传到小臂,往胳膊延伸。美好发生在很多时候,美好的感受却秘不可宣。槐花铺满的街道,枝杈在斜阳中茸茸的毛边,升腾的烟气、雾气、水气,还有草腥、露水、朝霞……无数我在旧生活的限定中未曾经历的陌生场面,顺着光柱的行动,整齐地注入我的身体。是的,上海太小,装不下万千种体验,但我很大,光也很大,我在哪里,都可以是全世界。

我想起上海的黄梅天,想起那些永远晾不干的潮湿的汗衫。所有树皮,人皮,不管什么皮,全都黏黏重重的很难清爽。不清爽才美啊,沉滞才能让人晓得清凉的痛快!汽车来回,自行车来回,阿婆阿公讲话的声音也来回。少女时候对爽身粉气味的上瘾程度,只怕已经接近对毒品的依赖。暑夏,外婆往我身上抹花露,刚开始凉凉刺痛,不多久反而就热起来,然后身体又变得黏湿滞重。一层花香叠在另一层花香上,无数种花,无数种人造的香,全部的香集中在一起,什么都不香了。湿气让带鱼的腥气停驻的时间更长了,还有那些男孩,总歪着脖子低头走路的各种男孩。一些歪扭的书信送来了,歪扭断笔的字符,试图装扮成华炫的表白。可惜啊,什么都可以荒腔走样,但写下来的文字不行,摆在那里着实让人不堪。曾经有人对我说,见字如面,文如其人。可惜我记住了这些话,却忘了是谁讲的。现在我只想知道那些男孩子们还好吗,断笔的字是不是接上了,歪扭的笔画如今有没有摆正。

我的确有很多地方发育迟缓,但另一些心智却早早就长成了。男孩子都会成长为男人,男人也都会变成老头。也许我太早就看了答案,所以就拒绝做任何练习。生下来就会了,还有什么必要习练呢?所谓科学不是以越来越多的事实明证了:人所知道的多数都是早就知道的,不知道的,不管探究多少次还是不知道。

我到底是爱它,还是用它?现代的一切便利,都基于电、电脑、电视、电冰箱、电视机。网络的传输要有电,信号的发射要有电,照明要电,治病要电,煮饭要电。从一开始利用电,人便一步一步陷入电的包围中,反倒被电控制了。没有电行吗?电到底是什么?它不是自然中本来就有的吗?风、火、雷、电。电是一种能量,人可以没有能量吗?能量有所及,有所不及,会成为万能吗?

二

从那边楼里出来,雪已经铺得很厚很厚。下雪的时候,其实不冷,化雪才冷。我想到一排很小很小的脚印,一个一个的小窟窿,连成长长的一道,印在雪地上。这么好看的雪地,人怎么忍心踩下去呢?以前,我是怎么踩下去的?是无知,不懂,好玩?破坏美好的理由太多了,为了生计,为了活命,为了上学、上班、养老、成名,好像什么都比一片完整的白白的雪地重要,可无论哪一样也实在换不来一片完整的白白的雪地。我除了破坏它,还有什么别的选择?我不能飞,不能脚不着地就穿过这片雪地去我要去的地方。人生下来,是要落地的,是只好破坏一个又一个整片的白白的雪地的。对于一片不完整的雪地来说,无论是由我曾经幼小的脚步轻轻地踏破,还是眼下长大的脚步重重地踩坏,都是一样的。注定要破坏,我还能怎么办呢?

这是一个意象。罪的意象。

没有劳作的时候很清闲,清闲得令我发慌。我和王逸凡有一个共同点,就是在旧生活里都是不看电视的人。不过,虽然他不看电视,但有时候,他会专门打开电视机听那些声音,或者在失眠的时候用电视的声音帮助入睡。我是讨厌那些声音的,我能听到的已经够多了,根本不想再多听任何一点别的。但人的喜恶是会变的,真的不像人自以为的那么专一。比如,我现在就很想听到那些电视的声音。当一个讨厌热闹讨厌人群的人,终于身处一个没有人的地方时,竟也会开始想念那些她曾经厌恶的声音。不过,我并不是想要真正的热闹,而是想听一听热闹的声音,仅仅是热闹的声音而已。难道我曾经对科技便利的轻视,仅仅是由于它们在旧生活中唾手可得吗?哪怕我的意识里从未想过因着超群而反叛,但当我自己被人群确立在精英小群中的时候,丝毫也没有沾沾自喜吗?没有,我好想真的没有。但即使我一点儿也不想有,或是不需要有,现在却被动地懂得了另一些人为什么会有。不是我自己去找来的,而是这些感觉自己找上了我,忽然就注入我心里。那些看起来越弱小,越不堪一提的渴望,往往最有裂变为猛兽和怪物的潜力。不过是为了方便,吃方便,用方便,行方便,越来越多的方便,把人本来所拥有的变得越来越不方便。

这个时候谈异化劳动,简直就像是福泽。异化,实在不只落在行为上,而在于意识情感,甚至囊括了全部人生的层面。想起来真阴森啊!通过电、科技、科学来异化人,最终会变成什么呢?即使坐在科技终端自以为置身事外的所谓操纵者,他们也依然逃不出生命的限定。我不知道自己怎么了,形形色色、奇奇怪怪的思绪就这么飞到我的脑子里,打扰我悠逸的新生活。

无论从哪方面来讲,我都是喜欢这里的,只是我的脑袋总停不了思想,这样那样,如何究竟。

屋子里生火取暖是不现实的,燃烟都积在室内,很呛。如果开窗,风又会把火星吹得满屋乱飞。怎么取暖呢?难怪要有壁炉,炕头。温度只是一个数字,并不是凉暖的实质。每到换季时,人总是不舒服。夏末秋初,气温渐低,但大地的余热没散,地上的砖瓦墙垣,内里的暑气还远远没来得及挥发,哪怕地面上冷风吹得再盛,也总感觉气流吹不进屋子,暑燥和冷流交织。冬去临春,大地还是冷的,就算地面的温度已经上升,可地气、墙面,屋子里所有的物件,还是冷的。只要大地还没能把砖瓦烘暖,任凭你把暖气开得多大也只是暂且抵挡寒冷的徒劳。

没有耕种的活了,我闲了,除了胡思乱想放电影,我已经不知道该干什么了。人活着,总在期待着什么吗?正是因为无法明白真理,才需要寻找真理。又为什么总忍不住想要获得依靠?我现在一个人,既偶尔孤独,也偶尔期盼。可我到底在等什么,在等谁?无论在旧生活中新生活中,只要活着,其实人就活在等待里。即便命运是预设注定的,但对于人来说,总是未知的。无论愿意不愿意,无论甘苦,人总是只能往未知的下一秒走去。

有一次我回家晚了,外婆那时候已经很老了,联系不上我就想尽办法联系邻居找我的同学、老师、朋友。因为我平常除了上学,很少在周末出门,所以那次外婆紧张得很。等我后来回到家,大概傍晚六点半,对家里起先发生的骚动浑然不觉。外婆一看见我就落泪,而我完全不清楚之前发生了什么,只先凑过去安慰她。等我知道外婆因为找不到我,已经联系了我的老师、同学、朋友,弄得事情沸沸扬扬之后,我对外婆特别生气。然后,不管我怎么对外婆抱怨耍狠,我记得,外婆的眼里始终都含着笑,她只说:"真好,真好……回来了就好……你现在怎么说,我都不生气,反正你回来了。"

外婆只是等我,只知道等我吗?我在等谁呢?穿越生存的边沿,站到生活的领地中,人就变得贪心了,想凡事再便当,再顺手些。科技就是这样利用我们的。电是一种能量,能量是传导连接促进推动的,能量并不是结果。

寒气一点一点从窗沿、地缝、墙裂渗进屋子,我用一条薄的棉巾毯围着脖子绕上两圈,拉起来兜护下半张脸,只留眼睛和鼻根在外头。王逸凡曾经说,希望在大雪纷飞的冰天里,能坐在有暖炉烘烤的屋子,喝热气腾腾的暖汤热酒,吃脂润油重的鱼肉,然后和喜欢的妹妹躺在一起,赤裸着,拥抱着,那样就美满惬意了。我不是那么需要特定场景来感受幸福的人,但他的这番描述打动了我。也许当时的震动并不大,但却在我心里埋下了种子,到此时就生长壮大了。可惜,我和他在一起的时候,从来没有遇上一场雪,甚至任何一朵雪花。相较而言,男人实在比女人要谦虚些。欢愉后,男人至少会有后悔、迟疑、厌弃的过程,而女人不会,女人的后悔比男人要少,更多的,是沉湎和贪婪。人,都是知罪犯罪,也只能知罪犯罪。我从斜背椅上站起来,来回在屋子里踱步,想让身体热起来。我将双手互相摩擦,激励静电的热流让我冰凉的指节摆脱僵枯。这双手,曾经碰过的东西太多了。双手碰到的东西,能超过眼睛所见的总和吗?冷成这副样子,心里激荡的电流竟然全来自那些下流的场面。哎,到底哪一个是I?哪一个是Me?我的根本到底在哪里?我多么不情愿把自己撕裂而对立。分开的时候,我就想看见他;看见他了,就想碰触他;碰触到他了,就想把他压得紧紧的,压到自己的身体里,把两个人变成一个人。我想到他抽烟的样子,想到他指关节的茧,想到他的气味、胡喳、他笑也不是哭也不是的悲咽。这些忆念的能量是非凡而迅速的,人旋即就在冰冷中火热起来,血流飞驰蹿涌。我从来都是相信咒语的,我相信咒语可以带来不止它表象呈现的东西。爱人的气息、触摸、暗语、眼神,全部是咒语灵符。我举起自己满是罪恶的手仔细端详,就是这双手,捧着他,拍着他,抚摸他,攫取他,侵犯他。现在我多么希望能从指缝纹理间再寻出罪恶的遗踪,哪怕全是暗黑浓稠的黏浊浆汁,此刻我也想沉沦,也想不顾一切地坠入其间。

　　人是没办法表里如一的吗?那些软体爬虫一点点在卷心菜张开的外叶上爬行时,我怎样才能截断它们寻到这里的路呢?还有那些法国梧桐,我成长中记忆丰富而沉厚、沉厚到快令我厌倦的法国梧桐,在深秋时从树上坠下许多棕黄的叶子。秋燥的落叶干硬抽缩,一片一片枯撑在地面。当我第一次踩向它时,我的脚还不如一片叶子那么大。现在很难有比我的脚更大的叶子了。碰到还没来得及被清理的黄叶满地的时候,我总要朝着它们的身体踩下去,从一片叶子踏到另一片,或者另外好几片。黄叶察察干燥的声音刺裂开来,而我,那个见不得花被剪断的女孩,一次次在踩踏掉落的黄叶中品尝快意。见到花被折剪悲哀的是我,故意踩碾干叶的也是我。我的膝盖忽然冷麻,成了一个散播寒气的冷冻风口,将丝丝凉意阵阵推动到全身。前一刻笑,下一秒哭;冷冷热热,暖暖凉凉;免不了龌龊卑鄙。这就是人,一个全部的人。

这又是一个意象。罪的意象。

三

三十多年的记忆,在寒冬里回溯一遍,不过三十分钟。

也许是每一次忆念的动机不同,每一回寻摸出的故事大抵总指向不同的意义。从所谓的窗户看外面,阴沉沉的,光线昏暗。无人清理铲除的雪,在外面层层叠叠斑驳着,样子并不可爱。雪是灰色的,还是天把雪映灰了?只有冬天的风是呼啸的,其余时候都不是这种音调。一早起来,我就感觉怪异,原来今天是真的怪异。阴沉灰暗的外头,是否在提示我新生活的短暂寿数?谁也不能否认,人生各样事件在来到前,常常会有预兆。呼啸的风,阴沉的天,此刻要给我什么提示?我简单用手摩擦脸面和手背,用自身的微弱电流交接出一点能量,点燃身体,打算外出。田地还好吗,经得住这样一个冬天吗?我对大地是有信心的,但对自己没有。

外面竟比屋子里要暖和舒坦,为什么呢?难道我的屋子疏漏透风,有哪些暗病?人到了外头,风的声音就停止了,只能感觉到它,却再也听不见它。天是一层灰雾,无法判断眼睛看见的究竟是天体,还是云层。我只觉得冷气顺着鼻腔的通道灌溢到气管,正快速地往肺叶和下腹倾注。既没有雪花,也没有完整的雪地,一切都停留在青黄不接的尴尬中。我最害怕这种状况,讨厌时间在交接中的那些模糊晦暗、暧昧不清的表述。比如天完全断黑之前那个灰蒙蒙的时段,比如冷热燥湿交织的季节,比如那些静不下来又不想动的沉滞片刻。该到化雪的时候了吧。我对雪的经验不多,多的只是对雪的理想寄托。所有的理想在登台初始,都会着重强调结果中最完善的一瞬。地上很滑,面对已然斑驳的雪地,我那些审美上的顾虑就消失了。这会不会是一种分别心呢?当一颗颗雪花交叠融合,平展在地上,有限的烛光也开始闪烁。我往我的田地走去,短短的路程,由于地滑不好走,长了许多。每一步都必须小心,每一步都需要激活身体深层的控制。但我还是滑倒了,将宁静摔碎了一地。

死会有感觉吗?柏夕蘸死了,王逸凡死了,我所见,所爱,所恨,所思的人,现在都死了。如果我的心没有着落,我在这地上没有伙伴,我活着还有没有意义?或者说,真的可以只是活着吗?这种感觉很不好,越来越不好。我讨厌思考,讨厌主义,讨厌自己没完没了地质疑和解答。这和王逸凡崇拜科技和进步有差别吗?我是否也在崇拜和依赖某些判断呢?除了拥抱,亲吻,抚摸,沉沦,还有哪一刻的我不是在自作聪明地进行判断和辩解呢?老天啊,哪有那么多解释?你摔了,就是摔了,很难说你到底为什么会摔。你以为这一切都可以解释吗?所有看起来的解释,实际上全是人自以为是的解释,都是侥幸的说辞。地滑,身体控制不稳,所以摔倒。那么为什么地滑,为什么就控制不稳呢?曾经更滑的情况下,身体比现在更难控制的时候,为什么就没有摔呢?或者是心情不好,身体营养不良,所以导致控制力下降而摔倒吗?那么,为什么你会心情不好,假使心情好的情况下就不会摔倒吗?所有的回答看起来都有道理,实际上都是狭隘的片面之词,并不能明释事情真正的缘由。看来,这世上不是只有爱情无法解释,而是命运的一切我们都无法解释。

我倒在雪地里,对自己所有的思想、情识,都感到厌倦。怎样才可以让自己停止思想,停止提问,停止回答呢?一边这么想,一边竟然又问。雪在摸我,一颗颗一粒粒从毛线大衣往身体上滑行,轻柔穿过我的毛孔。风抓紧我没有产生疑惑的当口,从脖子外厚厚的棉巾里渗入,趁势与我耳语。耳壁挺直了,耳的茸须在寒天里暖暖的,痒痒的,享受着耳鬓厮磨的舒意。现在是哪一句咒语生效了呢?我的双腿温热瘫软,绵绵柔柔地消在将化而未化的雪里,腰与地面的间隙被意外增大,下巴开始微微地上扬。是谁在操控这一切,谁在操控着我?又要提问吗?难道有哪一刻我是只属于我自己而不被命运掌握的吗?为什么不能顺遂,不能什么也不管地一味投入顺从呢?人的劳作是偿还,人的自由意志何尝不是另一种更重的偿付!如果身体在极致的热烈与兴奋中,而心里却悲羞得直想落泪,是多么难堪又绝望的境况啊!

  天愈加灰了,灰得发亮,成了银色,银光开始闪烁。银的颜色纯洁高贵,可银子闲置一会儿就要发黑。不知道从天而来的银光,有没有把我正身陷的雪粒染成银色。冰凉的颗粒从我左侧的耳道进来,连贯滚进我头脑深处,一气呵成。

  没有电,没有科技,没有方便,反而让我有机缘更靠近自己的欲望和罪孽。旧生活里我有过很多次这样的经验,即每当我自觉不可一世,万无一失的时候,最终的结果往往是尴尬失利;而每当我迟疑难定如履薄冰、心情忐忑却诚恳交托时,结果却常常意外美满。人总忍不住把来自命运的甜头看得太轻易,而又总将自以为是的奋力看得太贵重。除了对欲望的义无反顾,人还能在什么时候做到将自己全然交付呢?冰凉的颗粒们一齐向我攻击,我整个人都晕掉了,陷到昏沉中。静的轰鸣越来越响,银色的芒刺穿过脉隙流灌周身,我的心一阵阵紧缩,身体和四肢却舒张延伸,非要探到世界的边界。所有的时间都翻覆了,空间也颠倒了,男人,男孩,老头子都成了一个人,却并不能同时属于一个人。

生命的对立,有的是二元对立的,有的是凌乱多重对立的。如果是二元对立的,那么一端是操纵,另一端是顺从。

　　我的手脚还在延展,可是脖子僵住了,颈部与地面并没有完全贴合。这是为欲望专门留下的气口,但人千万要搞清楚,欲望随着性情的不同,在不同的人身上所设的局限和显现是不同的。欲望限定人,欲望也造就人。即使躺在一整片雪地中,我也不会忘记,它们是由粒粒颗颗单独的雪花融汇。灯光、舞台、话筒都准备好了,可演员就是迟迟没有到位。毫无头绪的我,为了停止胡思乱想,便索性开始计时。按自己的节律计秒,每六十秒为一个单元。为什么是六十？不能是五十、一百,或者十呢？一秒的长短到底由谁说了算？人类自作聪明的标准答案太多了,越来越多,也必然走向自取灭亡。如果我再也不能听到爱人的呼吸,我还能在这世上指望什么呢？原来,我不是因为有多好而得到拯救,实在是我对自己的罪错还过于陌生……一切尚未开始。

　　三十多年,我存在了三十多年,在全部时间中,这是多么微不足道的零星一点,即使接下来还有两个三十年,难道就能让前面的三十年显得有量吗？我所期待的无须与人对话的情境,在新生活中不是实现了吗？可我又有多激动多快乐呢？其实,在三十年的全部经历中,最常萦绕浮显的,始终是年少时那几个重复的片段。那是我刚出十岁,小学与初中交接那几年。那时所见到、听到的,那些日子的天气,还有我一个人在街道的行走,人生中第一次的孤独感,还有第一次遭遇身边最近的同学离世……信友、网友、电话好友,各种不同媒介的陌生交往,相互交织着成长的能量。好像我就是从那时候开始,渐渐地走到了外婆看护以外的领地。我是个从小就已看穿世界荒诞的聪明孩子,所以无可避免要因自作聪明而跌跌头。事实就是这样。

越是聪明的孩子越会犯愚蠢的错误,因为他们总把自己放在一个不恰当的高度,从而轻看了很多可贵的珍宝。我对外婆的信心一直那么强烈吗？诚实地讲,我不是,我没有做到。小学的时候,外婆给我做过一个很漂亮的棉布笔袋,在笔袋正面的按扣翻面上,右上角缝了一朵漂亮的白色梨花。我很喜欢这个特别的笔袋。可当棉布笔袋在学校与其他的金属、塑料、品牌、卡通文具盒或笔袋对峙时,我动摇了。我也开始比较品牌、价格、产地、稀有度、时尚度等等,无声息中,这一切对表面毫无波澜的我产生了影响。我是那么爱外婆,那么相信外婆的力量,如果这样的真心实意都会动摇,那么究竟还有什么是可靠的？表哥背叛的桥,我守住了吗？如果我一直告诉自己,说巴黎的街与上海的街是一样的,那么是否就说明我的潜意识中它们仍有分别？

我想起来到这里的第一天,第一个星期,第一个月。那时更多的是想生存,想未来。新生活顺畅以后,我却开始陷入过去。所有记忆中爱过的、暖过的、晕过的,全都来了。我觉察到,这并不是什么好现象。人好像是这样一种东西,非要到受灾落难,才能放下那些并不重要的、于存活以外多出来的念想。我终于觉悟到自己是多么罪恶,破败不堪！一定是,一定是因为极大的罪过,我才被选择到这里来的。没有这些极大的罪过,我怎么会对那些净化闪亮的瞬间有体会呢？阳光透过孔隙渗进血管的温度,干叶划擦地面的悦音。

叹息的长度又有了延长,疼痛的感受,疼痛正在减弱的感受……分秒在流逝,流逝也是美好,悔恨也是美好。我比王逸凡的罪要深重,也比柏夕蕹,不,柏夕蕹的罪一定要比我更深重。恐怕罪越重的,才越靠近神天。天使都是大罪身,全是犯了极重罪过的罪者。杀得好！真该杀！除了杀灭,除了犯罪,我还有什么别的路去靠近非罪？如果没有骄傲,我怎能懂得谦逊？没有虚荣和平庸,怎会晓得究竟什么是尊贵与朴素？初心于降世前已在。人坠入此世中，就是来经受罪孽的，作恶，旁观，伤人，被伤，还有悔恨，自满，以及不断地重复纠缠。

因为有了罪错，那些宁静的瞬间才会在来临时凸显。数着爱人熟睡中呼吸的长短，猜测他的梦境，或者想办法用身体的束缚掌控他的喜乐——我愿意看他为现实而愁苦紧缩的眉眼因我而舒展，也喜欢他的眉眼因我调动的生理愉悦而再一次紧缩。看吧，都是紧锁的眉头，而抽缩的原因却是截然不同的。所以啊，事情的结果怎样都没有关系，而为了什么却很重要。所有的血都朝我涌来，所有的光都充满力量。那些亲吻、拥抱、法国梧桐叶缘的棱角、街道的路牌、弄堂公用卫生间隔板上残留的蜡堆，汇结成波涛，一层一层翻涌过来。我愿意淋漓尽致地被浪花拍打，愿意肩负更大的重量，更深的沉沦。可是浪涛总会过去，浪涛只能是暂时。一番滚浪过去，倾斜垂落的涛水集中所有能量倾注下来，很厚重，很爽快，却也很快就流逝，让已经历受波涛的身体再一次陈立在对波涛的等待中。我在儿时用石头给蚂蚁们围的石头阵，是否报应给了我自己，也将自己困锁在一种牢笼中呢？燃烧吧，像蜡烛那样，被火点燃，加热，温暖，融化，凝固，又再融化，瘫软，晕厥……当蝴蝶只是承载美丽的田野想象时，它们那么圣洁高贵；当蝴蝶变成田野劳作中的虫害天敌时，它们又变得那么刻薄招厌。我不断在想这个世界，想别人，想外婆，想命运，但即使有再多自省作铺垫，我还是在极尽所能地躲避面对本质的自我。我爱他吗？我需要他吗？我爱过谁，能对谁好，能一直一直好吗？那些令我浑身通电晕厥，甜腻的拥抱，如咒语般的笑靥锁眉，全部是为了满足自我私欲而作的活体排演。

我坐起身体，双腿摊平留在雪地。斑驳的雪地中，北面有一片暗影，几个黑洞缀在其中。从左至右数一遍，一共七个。黑洞的走向和落点到底像什么呢？我一定在哪里见过这样的列阵。人没办法记住一生中所有见过的东西，可我还是烦恼，烦恼指甲长得太快，指际的倒刺太疼，头发也越来越不柔顺。真想讲话啊，不再是自己和自己，而是对别人，对任何人讲话，想到哪里讲哪里，而不用在乎讲完有什么结果，别人会有什么反应。当我越来越体会到曾经错以为是肤浅和浅薄时，恐怕就真的靠近深刻了。深刻是不能刻意去寻摸接近的，深刻其实潜匿在最庸常平凡的普通中，等着被有心人发掘和体受。人活着，长久的能量，恰是来自于罪。

我知道了，原来地上排列的七个空点，是瓢虫背壳的斑纹。

闭上眼睛，在新生活冷天的怀抱里憩息。我是谁，在等谁，追求什么？犀利的空气从鼻腔推送到额心，稍作停顿，然后弥漫至喉咙进入到身体。我重重地吸气，竭力拉长时间和深度，在最大极限时忽然发晕，昏昏胀胀。我又倒进雪中，而一个影子从地上站了起来，耸在我面前，黑压压的，一点不让我惊恐。"爸爸。"喉咙还没发声，嘴唇就先两次抿动，做出这两字的口型。我朝影子靠近，忽然感觉腿脚的控制方式变了，行动起来的感受也与从前不一样了。是梦吧？梦里发生一切都是可能的，不是吗？我移动着躯体，俯眼看见自己正在用六条腿交错爬行。说爬行，是眼睛所见，而以我当前的感受来说，就是行走，是再普通不过的行走，或者更准确一点，可以描述为一种接近滑行的行走。很多年不见了，没想到，爸爸，是我认出了你。

四

如果没有电，竟也遇见了光。那是长久的光，从父亲而来，将我照亮。

第四章 | 如果我死了

一

无论是走还是爬,我始终是要前进的。

往那个影子过去,朝我要去的地方过去。原来可怕的不是正在做什么,而是过早的聪明,知道事情的结果,才导致恐慌。从我遇着影子那一刻起,就已经有了害怕影子会破碎消失的恐慌。不知道自然中的其余生命是不是也有这些来自情识的烦扰,也会这样自讨苦吃呢?

爸爸,好久好久了,想念都不敢,此刻,你是来接我与你团聚的吗?

我往影子的方向过去,街景变得明亮起来。这不是一条我走过的路,却是一条我确信我曾经过的路。我闻见熟悉的醉息,有玉兰的幽香,栏杆的漆味,还有烟纸南货铺里淡淡的潮气。我的头顶被层叠的法国梧桐遮盖大半,它们既阻挡阳光,也隔绝掉阴郁的不良事物。路两边偶尔会有一些被晾在外头的衣物,一件杜鹃红的羊绒衫挂在很小的衣架上,这是一件按典型成人式样同比例缩小的儿童开衫。

不知道为什么，这看起来很唐突。耳边传来一些谈话，几个男人在寒暄，诸如要去什么地方，要办什么事情，然后匆匆道别。再平常不过的话了，此刻却正因为平常，让我难以自抑地温热悲伤。是乡音啊！很长时间了，听见几句故土的方言，就会使我难负其重。我已经与以往自己的世界隔离很久了。方言的部分，官方语言的部分，难道是两个不同的世界吗？我的心理活动究竟由着哪个思维牵引作用呢？我是从什么时候开始丢弃自己的方言，进到官方语言的表达中去的？外婆、桥、瓢虫、树叶、玉兰花，他们都是乡音阵营中的成员，而另一边又有谁呢？

　　做一只爬行的虫子，有六条腿的我也这么想入非非思绪万千做什么呢！不要忘记目的，不要忘记方向。方向是影子，影子是爸爸。爸爸，这条路在我童年的现实中并不存在，却在我童年的真实中日日经过。爸爸，为什么我看不清你？我真想把你的样子看清记牢，好让余下的日子能有清晰的念想。爸爸，我错了。我多么怯懦胆小，不敢承认我对你的需要和企盼。我想你，我希望所有美好和不美好的日子，你全都在场。我寻你，我一路都在寻你。因为寻你，那些漂亮的同龄男孩，我一个也不喜欢；因为寻你，我总是去你曾推着我游逛的那些街来回漫溯。你会逗妈妈哄妈妈，你会像孩子一样地笑起来。什么时候，你能把这些都对我也做一遍呢？你太急了，走得太早，而我却成长得那么迟缓拖延。当我会走路了，第一个就要走向你。我要用我的嘴触你的膝盖，再用耳朵贴你的膝盖窝取暖。爸爸，只要我能抱住你的腿，就再也不会放开了。你去哪里，我就跟你到哪里。你再也不能甩开我了！爸爸，你蹲下来亲亲我，或者轻轻地抱抱我，喊我的名字，摸摸头，只需一会儿就好。如果我会说话，第一个词就是叫你。爸爸，不管你到底叫什么名字，在我这，你永远都是爸爸。我太幸运了,世界上有那么多人,可你却只是我的,而不是任何别人的爸爸。一睁眼我就要叫你,入睡前我也叫你,有好吃的叫你,高兴叫你,不高兴也要叫你。爸爸,如果你在,其余的语言还有什么意义?我无须要再学别的发音,只要喊爸爸,一切就都能解决,就都能满足了。爸爸,如果我长成少女,我的漂亮一定全因为你。只有你笑了,我才是好看的。只有你赞许,我才会美丽。因为有你最喜欢最宝贵我,我才变得珍贵漂亮。爸爸,如果我们不得已分开,再见的时候,你一定要先认出我,一定要马上叫住我,对我笑啊!

影子,这是立起来的影子,与那些紧贴地面的影子不同。它既立着,地上便并不见影子。

这影子是一团黑雾,却又单薄如纸。这是什么东西,它也配做我的父亲吗?我的心却跳跃得亢奋,止不住一直狂欢。我朝它靠拢,却够不着。我继续往前,几乎朝影子飞奔过去,竟仍然与之相距甚远。十四岁、十七岁、二十二岁、三十岁,全部在身边匆匆而过。

爸爸,没有你就没有我,是你将爱和美给了我,也是你把悲哀痛苦给我。每一年对着镜子中那个长大的女孩,我都会记得要感谢你。爸爸,是你成就了我,也是你毁坏了我。你亲手养成我这个怪物,亲身造就我的罪孽。现在,你休想再做一个清闲的旁观者,用我的不堪和罪过为你解闷,却不来分担我痛苦的重量。既然我所有的罪孽全在你眼下,那么,你也该掉下来和我一道沉沦。你做鬼,我就是鬼的女儿;你成了影子,我就是影子的女儿。只要我跌进影子,你就走到哪里都丢不掉我了!爸爸,你为什么让我失望?为什么没有先认出我?为什么到现在也不肯蹲下来抱起我靠近你呢?你凭什么,为什么,总那么高高在上,只肯俯身来低视我呢?难道我永远都那么小,永远都长不大,只能做你的小孩子吗?

虽然影子就在眼前不远,可我怎么走也无法靠近,一路上竟有连贯的风景夺路而出,汹涌不止,它们像是来缓慰我的不安和焦躁。这条路在我过去的现实中没有,可在人生的真实里,它常常出现。我路过一个被树荫遮盖得很好的红色洋楼,里面有齐整的一张张床铺,每个床铺上的小孩都在安稳地熟睡。我知道,那些熟睡的孩子里,有一个就是我。在幼儿园,有一次午休,所有孩子都熟睡了,一个上小学的男生翻墙爬进来,将熟睡中的小孩一个个摇醒。我记得那个哥哥所有的动作。他先是捏我的鼻子,然后就捂住我的嘴,拼命摇我的肩头,最后还狠狠掐了一记我的大腿。当我不得不睁开惊惶的眼睛要面对这个恐怖的怪兽时,却看见他正对着我笑。他笑起来太好看了,眼睛圆圆的,眼珠会像布娃娃那样鼓鼓的。幼儿园的老师来了,那个哥哥就逃走了。所有的孩子都在叫闹,我也形式化地随着众人喊嚷几声。不知道是不是所有人都看见他的笑了,还是那个哥哥只对我一个人笑了呢?现在想想,那时的哭闹,一定是因为哥哥的笑容太短暂,一会儿就没有了,随着他离开就一起消遁了。

　　同一个时期,外婆给我做过一件紫色的小西装。我是个女孩,怎么会愿意穿那种奇怪的西装呢?既不是裙子,也不是背带裤,哪怕是一件标准的折领衬衣也好啊。外婆不知道怎么想的,就是忽然给我做了一件紫色的西装,还硬要我穿上,带我去影楼,和她拍一张纪念照。在那之前,我已经拍过好几次相片了,每一回都很顺利,偏偏就那一次心里别扭,无论如何都不肯合作。我记得自己一直有情绪,外婆在边上急得要命,但怎么哄我也哄不好。一张照片,来回来折腾了差不多半个小时也没有拍成。最后,外婆利用了我当时最迷恋的青团才解决了问题。她告诉照相师傅的助手,让她骗我说她手里有个青团,只要我肯安静下来配合拍相片,一会儿就把那个青团送给我吃。一听到有青团,我眼睛就朝那边看过去了,身体也停止了晃动。就在那个瞬间,照相师傅迅速按下快门,完成了我和外婆最经典的一张合影。照片里,外婆把我抱在她腿上,眼睛带着笑意,朝向镜头,而坐在外婆腿上的我,定定地看着斜前方高处的某个位置,微启着嘴,一副痴傻的模样。虽然所有人都觉得照片里的我看起来很可爱,但实际上我那时满脑子想着的都是青团。

很久以后,我才知道,那天是外婆的生日。

很久以后,我才知道,紫色是外婆最喜欢的颜色。

还有很多很多事情,等明白过来,总是要到很久很久以后。

是不是人死了就会变成影子?

我一直在这世上等着的,是你吗,爸爸?你现在是来看我,还是要来接我到你那里去?看来,人生的迎来送往,总是在出其不意的特殊时刻。不需要别人提醒,我自己都知道,这是一场梦。可我即使知道了,又能怎样呢?我能使自己醒来,或者使自己永远不醒来吗?拥有自由意志的人类,谁能把自由意志的指令延伸到梦境里呢?梦是未知的,没有人可以掌控它,它既不属于过去,也不属于将来和现在。它有时候是投射,有时候是心声,还有时候,它真的就仅仅是幻相,是无法用现实去评价和揣测的一些单纯的画面。

不管我离那个影子还有多少路要走,还有多远的距离,可以确定,我现在不想醒来。

再让我持续一会儿,再持续一会儿就好。我知道自己快醒了,可我离爸爸还有很远的距离。我的意识已经被冰冷僵硬的身体从梦中拉扯回雪地好几次了,每一次弹出,我都努力让自己立刻又返回到梦中。爸爸,爸爸。我重复启唇,固定这个发音的口型,可我却没听见有任何声音发出来。我紧张得浑身颤抖,感觉汗水正从头顶直往下渗落。爸爸，爸爸。我持续张口，却始终没有音响。这种情况下，我的心声反而变得愈加强大了，甚至几近振聋发聩。"爸爸！"当我终于听见这个美好的称呼被喊出来时，当我觉得自己立刻就要触到影子时，我跌落了，飞速地下陷，像曾经所有那些被陷落而结束的梦一样，我就这么平庸而俗套地被弹出梦境，再一次只身回到了没有影子也没有爸爸的新生活的现实中。

一切就这么结束了，我再也回不去了。

二

我从雪地里站起来，掸落身上忽然结出的许多冰珠。我现在没兴趣探寻它们的来龙去脉，再不做些什么来打破这个冬季的胡乱思绪，我就要丧失活着的信心了。我强忍住自己想回放梦境的冲动，利用身体的惯性从雪地里径直走回家里。经验就是这样一种东西，在你不想思考、难以思考、无法思考的时候，有它，就可以什么都不管先顺着它生活再说。

现在，不管屋子里会生出多少烟雾，我也决定要在家里生火取暖了，我实在太冷了。我将几块金属板搭在一口大锅四周，封好顶盖，留下侧边的一面做散气和添柴的出口。之前存留的木条都太大，我必须将它们劈得小些，才方便为新做的暖炉所用。生火前，我在屋内各处察看，想寻个最好的位置放置暖炉。如果将暖炉的开口面放到窗前正对着窗，可以让烟散出去。这样，没风的日子还好，万一起风了，反而烟气回流，满屋子都是。而且，风太大，还会将火吹灭。来回寻思，我最后决定把暖炉放在窗户左侧，将开口面稍侧向窗口，这样既方便透烟，又可借微风助燃，还多少可以避免回风。

天看起来快黑了，灰暗，惨淡。所有声音都消散了，气流仿佛也沉寂着静等生火。我把燃好的第一截木块扔到暖炉的锅里，用长钎挪动燃火的位置，期待柴薪被次第燃烧，传出霹雳炸裂的声音。两块、三块、五块，等到木块全都浸没在橙红的火焰里，我就退到暖炉的后方坐好，伸出双手感受暖气。为什么会这样呢？旧生活里，我从来没接触过这种暖炉，也没有人教过我到底要怎样取暖，可我现在就这么自然而然地伸手取暖了，像一切远古的人类祖先一样，在冬天生火取暖。

一切再正常不过了，冷了，就要取暖。就这么生火，上天恩赐柴火，开启取火的智慧。就这么点燃了，温暖和光明顿时充斥陋室。

天还没有完全断黑，不知从哪里透出的光映照着雪，又从雪映到我的窗前，我担心这是寒意的阴谋，是否它随时想要将头伸进屋子来与暖意对抗。或者，对抗也是一种交融。一束束银光穿透进来，被橙火发散的烟气缠绕，它们一簇簇纠葛在一起。光是静谧的，更显出火的狂烈。火焰间歇传出霹雳的声响，从暖炉的开口零乱跳出火星。火星很快就跌到地上变成了粉屑，成为最平凡的尘埃。假使没有疯狂而热烈的燃烧，它还是一截木头，或是一面，或是一端，只是植物死的纹理和筋脉。

屋里真的慢慢变暖了，可我整个人却并没有跟着热起来。屋里聚烟的情况比我预计的要好得多，也许是因为这会儿无风。

天终于黑了，很黑很黑。天光退场，屋里还没有点灯。现在，我所见的光，是暖炉中的火焰。真好，世界暗了，没有人能看见我，我也无须再顾忌那些来自尘埃、烟气和光束的眈眈虎视了。在暗中，不管我想什么都没人能知道，也不再有人可以对我指指点点，因为，我所做的一切都在暗中了。虽然我们活在光下，但光并不是永远照着这个世界的。这个世界,还有很长的时间是在暗中。但是,极大的光里也有暗影,再黑的暗场也总有微光,光暗都不是绝对,都不能让人淋漓尽致地恣意沉溺。世界的光暗既都有交错和混杂,何况人呢?有任何一人能只活动于光下,而在暗中永远保持睡眠吗?即使有人这么想,暗也不会放过醒着的他。就像光暗是被注定的,人也被预设了。我曾经就做过光的偷窃者,而且,那时候我还很小。那是一次突如其来的,非常莫名其妙的联谊。妈妈忽然让我去与一个女孩会面,说女孩的爸爸与我爸爸生前是同学,是很要好的朋友。我和那个女孩同岁,出生日期只差几个月。我记得,那天妈妈很早就带我出门乘车去她家,然后与她妈妈简单寒暄交接几句,就把我一个人扔在那里,直到晚饭以后才过来接我回去。不知是妈妈的刻意安排,还是对方家里的善意考虑,好像为了公平起见,那个家里的爸爸自始至终都没有出现过,只有那个女孩和女孩的妈妈。我大概只在进出的时候才不得不路过一下外厅,其余的记忆,全是和女孩一起待在她的房间里。女孩不算漂亮,但也不难看,就是那种非常普通的样子。我不记得自己当时到底是在上小学还是已经念初中,反正我记得女孩那时已经在读舞蹈学院的附中了。她一直在抱怨舞蹈训练的繁重和艰苦,然后不断地强调学校食堂的饭菜有多么好吃,是她每天艰苦习练中的唯一安慰。

她的房间很温馨,四四方方的,恰好就是一个正方的样子,格局很周正。一张床,一张桌子,一个书柜,一个衣橱,几样东西妥善地摆在适当的位置,虽然空间紧凑,但被安排得特别合理。我坐在书桌前的椅子上,女孩坐在床上。她是个活泼热情的人,脑子简单,心思也简单。她当时最烦恼的,就是等她再长高一点要换一张成人床的事。她觉得自己正在长高,很快就会长到那张儿童床容不下的高度,而她的房间不管哪一面的侧边,边长都达不到可以摆一张标准成人床的长度,家里显然也没有多余的可以摆一张成人床的房间了。尽管她当时根本没长到超过她那张床的高度,但她已经为未来换床的事极为郁闷苦恼了。她坐在床上跟我聊她的很多事,有关于舞蹈的,有关于平常玩闹的。谈话间,女孩好几次为不小心脱口而出的"我爸爸"而停顿,然后就匆匆地将话题转移出去。我知道她是好心,但她的好心却让我不舒服。

她的书桌正好对着房间唯一的窗户,就在窗下,桌面特别敞亮。桌上的东西不多,有一个很小的台灯,一摞草稿纸,几支铅笔和一些简单的文具。唯一吸引我的,是一个很大的砂面玻璃制作的白天鹅存钱罐。女孩还在继续讲话,但我的注意力已经不在她那些话音上了。白天鹅太好看了。白色的砂面玻璃,莹出一团氤氲的光圈。存钱罐很大,顶部有一个木制的扭盖,正好在白天鹅的头顶,是投取硬币的地方。透过玻璃,我看见整个白天鹅已经只差顶部的一截就快被硬币全部填满了。外面的光很亮,桌子却比外面还要亮,在氤氲中刺出辉芒。辉芒是尖的,很锐利,让所有光线中跃动的浮点都凝固止息。各种侧斜角度折耀的银光,在柔软的光晕里筑造硬实的壁垒,我看见了一把霜刀。我转头往床铺的方向看女孩,她把双手枕在头下躺着,一条腿在床上,另一条腿搭在墙上,摆出那种只有学习舞蹈的人才能有的柔韧幅度。我向女孩提议把存钱罐中的硬币都倒出来数一遍。她很怕麻烦和计算,从没清算过这些硬币。我告诉她我非常擅于整理和计算,可以帮她很快算出里面的数量,她就从床上起来,旋开存钱罐的扭盖,把白天鹅腹中的硬币统统倾倒在桌上。我好像听见了硬币轰然铺在桌上的声音,当时眼睛被所有撒在桌上的金属辉芒灼痛,痛得眼睛都渗出了泪水,好久都不能完全张开。女孩看见桌上那么多硬币很兴奋,告诉我她希望白天鹅装满以后可以买得起一双粉红色的纯皮舞鞋。她不是讨厌舞蹈吗?为什么又要用好不容易积攒的钱去买舞鞋呢?我对她的愿望不解,全心投入整理硬币。

我第一次拥有硬币,是很小很小的时候陪外婆去买菜得到的。那时候太小了,外婆用一只手搂着我把我抱在胸前,另一条胳膊挽着一个不大的菜篮。硬币是一个卖豆制品的阿姨递到我手里的,外婆让我收好放进口袋,然后就再也没有拿走。直到我回家疯玩,在家里乱跳,几个硬币在我的口袋里相撞发出声音的时候,我才重新想起被放进口袋的这几个硬硬的圆片。我没有马上把它们取出来,而是继续蹦跃,想要再听硬币碰在一起的声响。我把硬币拿出来,将它们立在地上旋转,欣赏它们每一次平稳落定前左右摆晃的响声和样子。一直扭,一直转,一直听,一直看,一直玩到外婆和妈妈来叫我吃饭。从那以后,我就开始有意从外婆和妈妈那里讨取硬币。当妈妈发现我在积蓄硬币时,还对我产生过误解,以为我成了财迷。她说硬币是钱,是可以换取别的东西的。当她开始教我分辨不同大小的几种面值时,察觉到我对她说的财货的交易功能并无兴趣。事实上我认为妈妈完全歪曲了硬币的意义。我喜欢硬币就因为它是硬币,是我喜欢的玩具和最好的朋友。每收集到一枚新硬币,我都会耐心地进行擦拭和清理,要把它正反两面和侧边的灰垢都清洁掉。我要把每一枚硬币都擦得干干净净光亮如新,才会放进我的小铁匣里。那个小铁匣,是我专门存留硬币的。我喜欢听越来越多的硬币碰在一起的声音,喜欢在阳光下打开铁匣盖被冷光刺晃眼睛的那个瞬间。太奇妙了,硬币明明是冷的,但却可以发光。它辉映光,摇摆转动的时候环着光,甩出丝丝条条的银线,经过我,却并不弄伤我。我沉迷在硬币中,越来越厌恶所谓面值给它们带来的其他含义。

女孩面对桌上繁多的硬币，失去了耐心，又躺倒在床铺上，将桌上那些硬币全权交给了我。我告诉她快速整理硬币的方法在于前期的归类，只要先把各种不同大小的硬币分出来，然后按类分堆，最后再计数相加就行了。桌上太亮，映得窗外的天都灰暗了。很多时候，人都会变得只能看见眼前的，而看不见其他。女孩平时得的零用钱肯定不少，硬币中一元面值的有很多，角币很少，分币更是凤毛麟角。她说起初用存钱罐的时候没有愿望，后来因为想买舞鞋，所以就刻意找爸爸妈妈讨硬币，并且常常用不够数的角币从他们那里换得一元的扔进来，算是一种有效的作弊。我开始规划这些硬币，它们有新有旧，有的干净，有的很脏，在女孩这里，这些硬币都只是面值。我把同样大小的硬币拢成一堆堆起来，每一堆是十五个硬币。女孩在床上换了动作，用双手轮流兜住两条腿的膝盖，再往前胸下压，看起来很轻松随便。她做了一阵动作，就问我硬币有多少了，我告诉她现在只是整理，并不计数，让她再等一等。白天鹅被掏空了，变成一只澄澈透明的空心白天鹅。所有的东西穿过它，经过它，却不必停留，也不会伤害和毁灭它。人总想肉身是承载精神的外壳，似乎庸碌的肉体死了，精神会长存。肉身是这只白天鹅吗？精神难道就是这些硬币？

　　人总是在评价，判断，批评或肯定，到头来没有控制思考，却被所谓的思考控制了。真是在做所谓独立的思考吗？有些人常常因为刚看一场浮夸荒诞的爱情电影而忽然就觉得身边的人平庸，怎么看都不顺眼了，又会在几分钟后因为读到了一篇论述相爱价值高于物质价格的小文后，重新看自己那个身边的人而两眼发光。如此往复，颠来倒去，所有的喜怒爱憎都被有明确用心的舆论捏得毫厘不差，自身还一无所知。吃一碗馄饨的时候，会想这个馄饨揭露、批判、说明了什么吗？爱人的拥抱呢？除了知道自己不想离开那个怀抱，还有什么其他的呢？会有中心思想，段落大意，或者需要大义灭亲、产生情感和理智的冲突吗？所有的冲突都是人自找的。自然中，万物此消彼长，本身就有平衡，没这些矛盾冲突。

硬币就是硬币。白天鹅就是白天鹅。装硬币的白天鹅就是装硬币的白天鹅。

女孩又问我硬币有多少了。根据我的大概目测，已经差不多两百多元了，但我不想告诉她，她太缺乏耐心，不能轻易就得到答案。我问她那双舞鞋要多少钱，她说很贵，要四百多元。我重新扫视一遍桌上所有的硬币，感觉她离自己的目标并不远，或者就快要达成了。所有的银光那么刺眼，互相辉映闪耀，让暗影无处着落。一元的硬币快归整完了，应该有三百元了。我开始堆叠其余的角币。女孩从床上坐起来，又絮叨起对换床的忧虑。忽然，她的妈妈进来把她叫出去了，房间里只剩下我和这些硬币。我确定，是硬币在对我闪耀，而不是面值。金属的辉芒冷峻锋利，却是暖的，可以让人快乐不是吗？我好像是弄丢了我的快乐，或许该趁此机会把它们找回来，反正它们在女孩这里是不被珍视的。没有人注视我，房间里太亮了，外头是黑的，我的心跳加速了。我把白天鹅的头对准窗外，无须深思熟虑，下意识地就从桌上拿起好几堆一元硬币，迅速装进自己的贴身口袋和带来的布包里，然后很快就恢复了平静。一切太顺利了，顺利得人能马上就忘记自己刚才做了什么。女孩太不懂事了，难道真的以为这些硬币只是面值，而不是其他的什么吗？她明明不喜欢跳舞，为什么要买一双粉色的舞鞋来继续做自己不喜欢的事呢？她说过她爸爸因为艰苦的舞蹈训练很心疼她，所以她才要用练习舞蹈来继续索求爸爸的疼爱吗？她太不知足了！为什么要担忧换一张成人床呢？成人床能让她做什么？她想做什么成人才能做的事情吗？她对白天鹅不感兴趣，对硬币不感兴趣，对辉芒也不感兴趣，她只晓得面值，只晓得用面值去换她的舞鞋，用来继续捆绑和虐待那些对她好、对她有爱的人。她以为我是可怜的吗？以为我没有爸爸而很难过吗？如果她看不见光，听不见光的声响，爸爸的爱对她有什么益处呢？她只晓得引诱索取，而不懂真正的爱。我继续归整硬币，将一元以外的其余角子分币也堆好了。她再回到房间的时候，我正在纸上做最后的统计。女孩看起来比出去前要高兴，坐下趴在桌上看我在纸上记录的数字。15＋15＋15＋15＋……我把每一堆硬币的数字相加，算出桌上所有的硬币是361.7。她有些泄气，不过泄气的时间很短，大概只有几秒，很快就又恢复了兴头，要我和她一起把硬币重新装进白天鹅里。我们一堆一堆往白天鹅的身体盛装硬币，我故意借着不同的空隙和角度撑开堆放的面积。全部重新装进去以后，甚至比之前看着还要满些。女孩没顾上把白天鹅头顶的扭盖扣上，就振奋地跟我说她妈妈决定晚上带我们一起到红房子西餐厅去吃牛排。以我存下的记忆回顾，那是我第一次正式地佯装高兴。我假笑，表示自己多么乐意这个安排，而实际上，在那之前，我是从来都不吃牛肉的。

我的口袋和布包里，装着那女孩看不见的银光。等晚饭后再回到她家，妈妈来接我回家以后，这些光就被我彻底带回去了。

我再也没有去过她家，再也没见过她，甚至已经忘了她的名字。

屋里应该热起来了，暖炉的火光渐渐暗了，照在墙面的影子摇摇晃晃，霹雳的声音变得比先前密集。我不想走过去直面火光，不愿看那些燃烧以后的灰炭。为什么要有冬天？如果在别的耕种的季节，这些灰炭是多好的养料，能滋养作物的生长。可偏偏就在冬天！暖炉只在冬天才被需要，而这些冬天的火灰最后该扔往哪里？难道不显在光下，就只好匿在暗中吗？我靠近暖炉，伸手擒捕暖气。好在暖炉的开口面不对向我，直对着墙，为此，火光并映不出双手的影子。我双手直向前伸，手心朝着地下，放开手指感受热流，然后缓缓地朝手心收拢手指，将拇指留在外头，做最后的封锁。我们的双手，总在为自己握不住的东西努力，而手中已经有的，早就忘却了。

爸爸，我想你，想光，想你的亲爱。你很爱我，狠狠地爱过我，我是知道的。可我现在却成了罪人，成了怪物，成了要在光下隐匿的尘埃。我是一些不完整的散乱的黑团，甚至不配做一个影子。那些有风的，在晒台上计较玉兰花伸进了谁家的日子，那些五月，醉倒在飘着玫瑰馨香里弄的黄昏，爸爸，不要只在我犯错的时候才来指点显现，却在所有灿烂美好的片刻退场缺席。我还没长大，没有给你应允，你怎么就能死呢？如果知道要死，那你何必要活，要让我出现在世上？我不是深山里那些不具名的花草，不遇见观赏的人还会照常盛败。我是你女儿，是有名字有血肉有爱憎的，我要盛开，哪怕在夜里开放都要发出响动。你看看我，看着我，哪怕遥远，也请你一直注视着我。我的美是为你生长，所有快乐、体验、痛苦、磨难，都是为了能更长久地获得你的目光。你隐隐地在看我吗？难道都是我自以为的假象吗？在硬币的银光里，有你的目光，在暖炉的火焰里，有你在注视。雨，种子，王逸凡，柏夕薤，大地，全是你为我带来的。到头来，我不过理解了一件事，那就是，人永远都只能接受自己的命运，只好接受。

命运到底由谁决定，是你吗，爸爸？如果你就是那个带给我生命的人，那么，没有了你，我是不是就变得没有生命、毫无意义了呢？管它什么意义不意义，意义没什么要紧，意义不重要，我不要意义！我只求不要丧失知觉，不要丢失感受。哪怕我不能思考，不能讲话，不能动,我也要可以看见,听见,闻到,感觉到一切其他的生命,感受爱、光、暗,感受痛、痒、胀。如果成了一个影子还能感受到爱,或者能被爱驱使,那么,做一个影子也好!爸爸,你的魂灵是否能够安息?这里没有祭坛,如果我死了,谁来为我安魂?

三

  一切都会好起来的。一切又是怎么好起来的呢?冷也好,暖也罢,都是人为了获得感受继续活着而付的代价。每一刻都是珍贵的,每一刻都在偿付。我被自己的思考驱动了太久,世界又被先进和科技驱动了太久,都是一丘之貉,五十步笑百步,谁都没有走近那被爱驱动的。很多话是想不起来的,知识、信息,都只是给行路以便利,替代不了那些能使人宁静的力量。

  暖炉里昨夜的燃灰停留在锅里,新的一天来了。每一天都曾是新的一天,只是被我们经历过去才成为旧的一天。它真的旧了吗?会像燃灰一样被使用后留下积物的印证吗?太阳没有显现,天却亮了。总是循环而至的白天,消磨掉人对光的感恩,只是机械地重复过去的明亮。我爱你,爱过你,我要爱你,都会成为习惯吗?入冬以来,一颗本应该顺应节气伏藏的心,反而异常叛逆。弄了暖炉又如何呢?我现在手指冰凉,浑身僵冷,却就是不想动,懒得清理炉灰再重新生火。大脑害了我,思考害了我,我找不到继续生活下去的动力,不想吃不想动不能睡,只好停顿在这里,做一个休止符。整阕乐曲还在进行,只是演奏到当下的乐句小节,成了休止。再厉害的休止,也无法阻拦时间继续推动,更没有资格使乐曲终止。作曲家预先就算好了时长、速度和小节,然后再在总谱上填写乐音。时间是流动的,休止也是音乐。而我不想流动,放弃了流动。过于追求意义,就会变得没有意义。前面的乐章交织穿插得过于紧密,却已经丢失了主题。我再一次失败了,不管在旧生活里还是新生活里,活着活着,就变成机械的重复,把来时的样子搞丢了。

地上的雪化了,冬天就只剩下冷,冷得令人发疼。疼是好事。在寒天里疼,总好过人自己内里生出的疼。当你不断地身处险境,就会发现其实人很结实。战胜眼前困难的一个好办法,就是找一个比眼前的困难更大的困难,于是,眼前的困难就会变得不那么困难。外头似乎没有风,我干脆把窗推开让冷气进来。屋里屋外,身体心中,人真可以将自己隔离在某一个空间中继续时间吗?人站得稍高一点,再高一点,越高越体会到觉悟者手掌的庞大无尽。我真是的,又启动思考,开始提问,回答,质疑,比对了。什么时候头脑才可以消停,学会静静地跟着心走,随命运的泛波一路逐流呢?觉悟者留下的警谶能救人于危难。人不能较真,不应变得偏执认死理,否则其实还是在懒惰逃避。谁能永远躲得开自己的心呢?既然能吃了白吃,那么也可以想了白想。愿意想就想,只不要信靠想的力量执着于想,那么,随你怎么想,反正想了也白想。

也许我的路线,一开始就错了。为什么需要这么多耕地呢?一个人,种多了都吃不完,剩下的只好任它们腐烂败坏,白白生长成活一遭。一头是为了自己活命栽种,另一头又糟践了别的生命。人都是有罪的,无处不在得恩,也无时不在偿付。谁能想到,在城市文明的一切好处中长大的我,会进入与城市文明毫无关系的新生活里。新生活就真的那么新吗?在城市文明没有到来以前,在其余的文明都没有到来以前,生命就不存在了吗?如果很多东西一旦过去就是死去,那么,当城市文明随着时间过去,它也要死。

一个人亲自种植,会有别样的心情。对每一颗种子,每一株成果,都有认识和记忆。这些体验在旧生活里,是完全没有过的。我不会知道一片卷心菜的叶子在被端上餐桌以前经历了什么,经过了多少时间和磨难。它们经历的风、雨、雪,还有养护的用心、虫害的滋扰,全都归总为养育,凝为它的身形和滋味。在最初的饥饿里,我没有这些心情去体会面对食物,等我自己吃到自己亲手种养的菜时,自爱和珍惜就到了顶点。择洗时,每一叶,每一叶上细微的孔隙、毛刺,都像是我自己的生命细节。我用心养它,它长成了又来养我。

当然,熟悉耕种后,我那种对种植物的珍稀就比从前淡了些,但并没有全然消失。我想不通为什么城市生活中会如此贱售这些珍稀的农产品。多年以前,我做交换生在巴黎那时,记得有一次我从北京出发乘机到法兰克福,然后再从法兰克福乘火车南下到巴黎。列车一驶入法国境内,就进入连绵的麦田。在我的记忆中,进入巴黎以前,列车好像再没有路过一个城市,尽是农地。如此高的农业覆盖率和已经进入工业化种植的法国,农产品的价格却并不低廉,分级还很明确。作物有机无机、品种差异、产地区域以及售卖场所分级,等等,都会影响到价格。按我所知道的巴黎人的收入情况来看,农产品价格并不便宜,当然其他国家的情况我不了解,但对比我所了解的上海,差距实在太大了。不管是稻米、蔬菜,还是水果、海鲜,甚至肉类、禽类,与法国比起来,上海简直可以说是天天在享受福利。一个富裕的巴黎中产家庭一个月在饮食上的花销要占到总薪资的四成,吃得还没有一个普通的上海工人好,这是我在巴黎体会到的事实。我现在自己栽种了,并且完全是靠自然和自己,没有工业化的器械和生化技术来帮忙,我对我现在自己劳作的定价,是绝对无法等同旧生活中我所知道的农产售价的。尽管劳作是人基本的偿付,但这个偿付的对象,并不是和我一样有罪债的人,这个偿付的对象是命运,是上天。我要依顺的,是命运对我的差遣,而命运起初就设定了我们必须从大地取食。一切尘归于土,人也只能得食于土。人由劳作获得饱肚,就是偿付。而当这些作物要去饱足其余未由劳作偿付的人,那他们不是更应该付出别的代价吗?换句话说,不仅是要支出金钱,还应当要更多地支付其他才是。此处侥幸,别的地方欠债更多。农作物价格的低廉,绝不是什么好事,必无任何侥幸的好运在里面。所以,在旧生活中吃了那么多便宜饭的我,现在就会落到这般时空来劳作抵付,什么指引和方便都没有,一切从零开始。

我想起外婆从小就教我,不要贪便宜。我一直觉得自己是懂这道理的,但事实上是我把这个道理本身给看便宜了。人生真的没有便宜,任何事情不付该付的代价,一定会遭到追讨。再聪明的人,都是只知局部不明全部的,哪怕有过来人不断劝诫,哪怕有间接经验的教育涵养,都只是管窥一线,只有极少数圣通者才能不到黄河心就死。但是,反过来想想,假如一个人原本就活明白了,那活着还有什么意思呢?活着,就是犯错,认错,成长,再犯错,再认错,不断犯错又不断重新认识的过程。就像我对不贪便宜的认识,已提升更新好几回了。从最开始只认识得到价格上的便宜,上升到社会交往中的便宜,男女间的便宜,还有外貌、身世、教育背景的便宜,直到现在,才终于认识到人生选择和价值的便宜。人生价值的选择,是需要偿付代价的。对于富人来说,穷人因穷困而所得的,是昂贵奢侈甚至一生都无法求得的珍宝。不管你在什么位置,都不要幻想可以便宜地得到别人所获得的结果。但人常常只被结果吸引,不知道结果前那人所付的代价。如果一种结果别人有而你没有,那必然是别人所支付的你没有支付,没什么好唏嘘喟叹的。当你与权贵买了一件同品牌同式样的大衣时,你能成为权贵吗?成为权贵不那么便宜,同样的,权贵想要成为你,也不是便宜的。尽管外婆在我很小的时候,就教了我最深的道理,我那时却也无法便宜地领会,还是要成长到一定时候,付够了代价才能明白。真的,这世界上是没有便宜的。

但是,如今这个新的世界,除了我,还有没有别人呢?我在这里忏悔醒悟的一切,只是单纯地接收而没有可传达的人吗?即使暖炉有了,过冬的食材也充沛,可我为什么就是暖不起来,也不想再吃任何东西,找不到将生命延续下去的坚实理由呢?在旧生活中,我总是避重就轻,而现在,如果我决定臣服于天命,为什么却顷刻间丧失了活着的动力呢?爱过我的,我爱过的,都不在了,而我既然怎么偿付都抵不尽所有债务,那为什么还要接着受苦,不如干脆死掉算了?横竖都是罪,都付不清,那就索性逃脱,反正孤苦伶仃一个人,真的没有任何留恋。天啊,为什么,为什么,我非要到现在才能明白,罪错才是留住生命的基石呢?如果我更早地知道这个道理,一切是不是就不一样了,就不会走到今天这般地步了?我反对的那些欲望、财富、进步、科技,绝对不可能是人类的全部,不应当被人信托,但它们真的就没有存在的理由吗?人可以摆脱欲望,没有欲望吗?

冷风在外头攒动,我却怎么也调动不了任何热情。

除了人,自然中的其余生命看起来都那么服帖,总能在神天的预设中安稳度日。而我,也许就要停在这里,终止在这个冬天了。万物有生有长,四时交替,萌生、衰亡阶段分明,死也是生的一部分。

风闹起来了,敲窗敲门,不知是打断我,还是为我鼓吹。我起身走到窗口,刚关上窗户就一阵晕眩,整个人直往下坠。可我的身体虽然下落,颈项却还强撑着不肯倒地。颈项,对于整个身体,它只是小小的一个部分。现在这个小小的部分在对整个身体的坍塌做反抗。它变硬了,强壮了,膨胀得越来越大,好像就要超过身体了。身体越软,它越硬;身体越要倒地服软,它就越拎紧悬昂。我的身体贴到地了,皮肤上每一个毛孔的缝隙都与地面压紧了,但是颈项还在负隅顽抗!如果身体不倒下,我都快忘记这个小小的、为身体支撑头脑的部分了。心呢?这个紧急关头,心在哪里?心会站在哪一边呢?心是随着身体匍匐到地上,还是要跟颈项一道傲然地坚挺呢?

我喊不出来,哭不出来。我完了。我已经丧失了一切感觉!我不知道心在哪里,我是不是还活着,心到底有没有在我身上存在过。我还疼吗?难受吗?这样的撕裂没有让我疼得昏厥不醒吗?现在是谁在工作?身体,还是颈项?贴地也需要力气,硬撑也需要力气,没有我,它们哪来的力量呢?

生很难,死竟也这样不容易!

如果我死了,倒好了!

第五章 只要能够祈祷

一

几声重锤把我敲醒,我躺在地上,睁开眼睛,丧失了先前颈项与身体大战的后段记忆。

间歇后,锤门的声音又来了,速度和节律与起初听见的一模一样。

我能站起来吗?感觉轻飘飘的,思绪也没有出离身体,好像还在残延。

重锤更换节奏,忽然变成无序的拍打。难不成是风来关心我,或者要告诉我什么答案吗?

我起来,把门打开,请风进来。

门口站着两个人,我好像见过他们,但一时想不起来。门口的两个人张嘴说着唇语,表情真实而热烈,像一出哑剧。我没有反应,也没有思索,只是站在那里,试探是否有风吹来,是否并不是这二者敲门。

我还站在门边,那两人就自己进屋了。其中一个迅速回转来关门,另一个拉着我的胳膊把我拽进屋里。门一关,屋里的旋风就停了,安静下来。我这才发现,进来的两人都有毛病,男的是跛足,女的是斜眼。男的关上门就去生火煮水,女的拉着我到床边坐下,然后就静静地看着我。我不能与她对视。她虽然有一只眼睛是正常的,但另一只眼睛的眼珠一直往斜上方注视,稍集中一些视线去看她的眼睛,我的眼睛就会发胀,头脑晕眩。我讲不出话,也没话好讲,就坐着,一直在床铺上坐着。

不知道过去多长时间,也许只有一瞬,也许已经一天,反正我再有记忆的时候,是那个男的支起饭桌,端上几盘热菜的时候。寒冷中,热气就会显出来,让人看见它飘散的形态和去向。我能看见,能想,好像也能闻到,摸到,但就是听不见。世界真的静止了吗?时间还在流动,空间依然广阔。女的又来拖曳我,直把我拉扯到饭桌前坐好。我想起来了,我记得他们!柏夕薙把我带到这里以后,我唯一遇见的两个人,就是他们!他们知道我的事,知道我的不堪和罪过。即使逃得掉旧生活的欠账,新生活里一样会有新的亏欠。人所做的,实在无法隐藏,也无法秘而不宣。

是的,就是一桌饭,就是为我续命的一桌饭,使我在这里犯下了不可饶恕的罪过。更讽刺的是,我也正因为犯了罪才争取到苟且的生命。如今,我不是已决定要寻死了吗?怎么俨然忘了自己曾为活下来而竭力付出的事实?如此不计代价、全力以赴地拼杀而续存的生命,现在就要扔掉吗?我一路在扔东西,所有重要的东西都扔尽了,最后会剩下什么?外婆与世界的取舍,从旧生活到新生活的取舍,在新生活里生死的取舍,这一路的赎价我买得那么昂贵,最终竟然要摒弃吗?谁晓得人的颈项可以那么硬呢!付过代价,不一定晓得代价,理解代价,结果心里还是相信侥幸,侥幸于自己可以决定命运。如果这样,那代价不是白付了吗? 如果选了一条路,而并不相信,不肯一路走到黑,那倒不如留在原地来得省心! 是花便得花的荣耀,不要觊觎云的飘忽。但是,我此刻想得这么清楚,心里却真相信吗? 我不断接受,不断让自己低头服帖,但颈项却始终不肯放弃傲骄。我那些充满诚心的祈愿,所有的祷求告解,全都是讲自己的所需,从不肯俯首听从命运的训诫。既这样,何必求呢? 信靠,不该是全盘接受和顺应吗? 我只晓得求我自己想要的,那不是要让命运按着我的意思办、不是反倒希望命运来俯就我吗? 如果命运不应我的祈求,我就不信、仇恨,甚至可以轻视吗?

斜眼又开始演哑剧。我真不懂她对表演的热情是从哪里来的,因为几乎没人敢直面她,做她的观众。跛足就知道笑,搞不清他到底安的什么心。他对你好的时候,总让人怀疑他是坏的,他要是真做坏事,恐怕人又要怀疑他用心其实是好的。我和他们两个按照曾经那餐饭的位置坐好,不同的只是时间、地点、天气、桌子的大小,还有桌上摆放的菜肴。跛足一如既往地愿意被斜眼摆布,也跟着表演起哑剧。我忽然觉得,要是世界真的全在安静中其实没什么不好。饭桌上有一个西红柿土豆蔬菜汤,一份菠菜和一盘蒸熟的山芋。斜眼看我没什么反应,就让跛足为我盛汤。跛足在西红柿土豆汤里,放了一些卷心菜叶,将西红柿土豆汤升级成了西红柿土豆蔬菜汤。虽然我已想不起自己上次吃饭到底是什么时候,但我确实这会儿没有胃口。汤从陶碗里冒腾出暖气,白色的,一束一束簇织在一起。盛汤的碗,是从前我自己亲手烧制的。做汤的西红柿、土豆、卷心菜,都是我种出来的。我的眼睛被热气熏蒸得湿润了,心里有点难过。我现在,是不是跟我爸爸是一回事,将生命培养出来,然后自己一走了之? 这种预设难不成也会遗传吗?

我低下头,不想让跛足和斜眼察觉到我的难过,伸出双手捧住了盛汤的陶碗。好热的汤啊,暖和,却不烫。

小时候太贪玩,总是一边吃饭一边玩,外婆就得追着我在整个家里边跑边喂。她总跟我说,吃饭要趁热,凉了就不好了。后来大一些,上高中那时候,有一阵又突然变得非常能吃。那时间一回家就等开饭,饭菜一上桌我就饕餮,外婆直劝我慢一点小心烫。从前真不懂外婆说的到底是什么道理,现在才知道一切都藏在那些看起来最平常的话中,只有足够用心才能听见听懂。是啊,外婆说吃饭要趁热,却不能烫,烫和热是两码事。而且,既不能烫,也不能凉。不光做饭是难事,要吃好一顿饭,也需要节制和偿付。贪玩分心吃冷饭,着急饱肚吃烫饭,都吃不到一顿真正的热饭。不被眼前所困而保持中正,是最难的。

我用勺子舀一勺汤喝下去,温度正好还热着,却不烫。这个瓷勺不出于我,而是我从旧生活弃置的卖场里拿回来的。不过就是一碗西红柿土豆蔬菜汤,为什么会那么好喝?它并没有多么特别的味道,不过分酸,不过分甜,没有任何夺人味觉的特殊感受,可我就是觉得它好喝。这种平淡、普通、中正的味道非常好喝。我有点忘记跛足和斜眼的存在,开始专心地喝起汤来。

一碗汤喝完,再抬眼看这个房间,我看到家,也看到了原来的自己。你在哪里,家就在哪里。家不是人生的目的,也不是别人赋予的。家是我们暂时的落点,是靠我们自己,靠一碗汤存在的。如果没有外婆,没有爸爸,我就没有家吗?我自己不是我的家吗?我不能像外婆一样去温暖别人吗?

太好了!斜眼终于放弃了对哑剧的执着,开始好好说话了。当然了,世界还是应该要有声音的,世界本来就有各种声音,保持安静不是靠别人不发出音响,而是我们自己信心强大到可以不被侵扰。

"光知道喝汤,其余的都被我俩吃完了。"斜眼说。
"屋里太冷了,喝汤暖和,暖和比什么都强。"跛足道。
我丝毫没参与对话,他们俩还是你一言我一语地继续讲着,仍然是那些没有意义也没有意思的废话,却一点没有冷场的意思。
我说不上来自己究竟是饱了还是饿着,反正汤喝够了,其余的就不想吃了。回想之前颈项与身体的战争,我的心猛抽一下。抽是好事,证明心还活着,没有弃我而去。我抬起右手往脑后下方的颈项处伸手探捏,想试试,看它是否仍然强硬。但我的手刚伸到脑后,就退缩了,我害怕了,还是不敢直面真实的答案。人想要获得直面的勇气,并不能靠期盼的结果来激励,只能靠对失败和成功无所谓。只有输得起、不怕输的人,才是真的勇士。在旧生活中,我总能看见别人的不足,却并不一针见血地勇视自己的过错。我太相信侥幸的力量,太把自己当回事了。什么都不肯丢的人,有什么资格去谈人生的收获呢?难道这世界有无价而得的好处吗?
我不知道。我现在糊涂了。我无法回答。

"这个菠菜怎么那么好吃,种得可真好!"
"我看她这屋里收拾得挺不错的,唯独就是太封闭,不透气,还背光。"
"这屋朝哪面?"
"我看是朝北。"
"那没商量,朝北是肯定阴冷的。"
"什么事情都可以做,就是不能逆老天的规矩。"

"你说这些又有什么用呢？这是你能管的吗？"

我停止思维，耳中只听几句斜眼和跛足互来互去的对话。我听到他们讨论这个房子的朝向，在此之前，我真不知道，原来自己的屋子是朝北的。北方是有神灵居住的地方，因为我朝着北方，所以我的许愿和祈求总是顺利就能得到应答吗？我的家里没有镜子，我不敢看我自己。也许我还是我，也许已经面目全非。我的记忆里，有很多个在镜子里的我，她们其中有的爱自己，有的总是对自己不满。我呢？镜子外面的那个人喜欢自己吗？我不敢想象颈项发硬胀大到超过身体的样子，无论我的审美如何变异，恐怕都不能接受那是美的。

跛足开始忙碌收拾，斜眼起身端来一瓶热水，泡了一壶以干蒲公英为主的混合干草茶。从前我怎么就没想到呢？可能因为我不爱喝那些东西，心思就不往那里去。真是这样，同样的条件下，有不同的认识，成就的结果就完全不同。归根结底，人最大的差异来自认识。盛好茶水的杯子在桌上散出热气，可我其实不太愿意尝试这个新饮品。为了不必以说话来打破眼下的氛围，我选择了忍耐。斜眼和跛足你一言我一语的，说得很协顺，一旦我开口说话，就等于默认开启了三人对话模式。凡事先想一想，慢一点，是有好处的，这至少可以赢得时间去理清里外账目。当下，为了凝固这气氛，我决意支付喝怪异草茶的成本，以保持缄口。

对我来说，无须与他们说话，非常重要。

又喝汤，又喝茶，一个人一辈子到底要灌入身体多少水？而这些水都去哪了？人的生长有太多奥妙和玄机，实在不是那些医学通识能解答的。跛足示意我离开饭桌，斜眼看我没动静就干脆拉我起来坐回床铺。不晓得是谁发现我制作的简易暖炉了，反正斜眼忽然有了兴趣,和跛足一道走到窗边去研究暖炉了。我的房屋很小,但现在却已然被分为两个独立的空间。我现在的所思所想和记忆,都只属于我一个人,不属于屋子里另外的两个人。我此刻的人生,没有与他们俩交错相会。但是,我不得不承认,从喝下那碗汤开始,我先前只想寻死的念头就消失了,甚至在此时看来变得有些可笑了。从前我总是放任自己的可笑回忆远走,不会像今天这样自己拉扯回来直面。我好像是变得勇敢了,对吗?人就是太把自己当回事,结果好高骛远却什么也做不到。难道外婆活一世就从没有烦恼吗?她怎么做到不受所谓先进科学的影响,怎么做到对人类文明更迭的处变不惊呢?对她来说,带鱼是不是新鲜,杨梅什么时候上市好像都比社会文明发展到哪一步更重要些。这是落后荒蛮的表现吗?可我为什么只在她那里觉得宁静,只在她那里闻得着活气?都是太闲了闹的。日子无忧,就难免无事生非。当宁静恩临,还有什么需要想的?看来,人是知道那些时刻宝贵的,于是才在它们消失以后无所适从,陷入意义、主义、冲突的纠葛中自我折磨。

那两个人成功生起火了吗?屋里渐渐有点暖了,只是暖得比较生硬。燃火冒出的白烟回旋在屋子里,找不到去往屋外广阔天地的出口。斜眼和跛足正在那边为成功生火而雀跃,还来不及觉察烟雾的麻烦。

我也怀念那些专注在某件事里的沉溺时刻。那时候,世界是真的可以只剩下我,也只为我存在的。那时候,别人的想法态度,以及接下来将面临什么问题,真的是可以全然抛置脑后的。只有我和我所关注的,没有别人,没有其他,没有时间,甚至可以忽略地点。太美好了!只要离开时间和空间的限定,人就会获得如此的美好。我愈发明白了,在那些至美时刻中,语言与文字的表达是有区别的。

是我先喜欢王逸凡的。在他还没有喜欢我的时候,我就喜欢他了。我面试进屋的一瞬,看见靠倒在椅子上的他迅速地逼迫自己坐起,又因为重心不太稳而摇晃的时候就喜欢他了。我看到了他的虚荣,骄傲,胆怯,但我还是喜欢他,哪怕只看见他,心里也觉得高兴。当我们在一起时,我总是要求他抱抱我。但事实上,他即使不能抱我,我也喜欢他,就是喜欢,看他的一切都好。哪怕我看到他,很想贴紧他,却不能触到他,对我都是美好而幸福的。我或者就是喜欢他的毛病吧。如果他没有那些胡乱的思想,没有急躁虚浮胆怯的性格,他就不是他,就不可爱了。等我真正靠近他,与他交融,就遇见了真正的他,遇见一个和我一样惧怕世界的、害怕失却自己而干脆掩藏自己的可怜的孩子。是的,他比我要可怜得多。从那时候起,我不喜欢他了。我爱他了,因为我怜悯他。爱和喜欢,竟然那么不同!

一旦怜悯,你就再也不能放开他了。他的所有,都让我心思牵动,心里只想落泪。他的可笑也显得不那么可笑,而愈加显出可怜了。他被害了,尽管有他自己参与,但是他也是一个受害者。为什么他要甘愿让自己那么可怜,而不肯接受命运的救赎呢?他一直以来对我的怀疑警惕,我有哪一点不明白呢?可我没力气让他明白真相,我自己也在寻找真相。有些话是用来说的,而有一些话,好像真的不适合被讲出来,而只能在心里想,或者写下来。我爱他,怜悯他,但我没有把我心里真正的感受说给他。我总是逗他,玩笑他,甚至故意用言语惹怒他憋屈他,真正做到了口是心非。然而,有几个人可以把心里想的告诉爱人呢?人们之所以执着于意义和主义,很有可能就是因为那些东西没有屏障和隔离,可以轻而易举就脱口而出。活够一世,能有几句话被我们如实地讲出来呢?

烟雾的浓度升高了,让我快看不清暖炉边那两个人了。一个地方,有两个时空,人的内里和外面,就是同处的却完全不同的两个世界。只有这样,才能解释为什么心里想好的话,说到外面却总是变了模样。

那两个人还没发觉烟雾吗?还是他们遇到了什么问题?我无法再视若无睹,起身到窗边打开窗户。只推开一条小缝,光就夺窗而入,整个屋里忽然亮闪得可怕。斜眼和跛足呢?烟气散掉了许多,可我在暖炉边竟然没看见一个人。光是有形状有力量的,光是实在的物质,投在我脸上感觉很重。我有点慌乱,环顾不大的空间,寻找刚才被我隔离的那两个人。难道他们走了吗?可我没听见开门的声音啊?上天总是要让人陷入这样自相矛盾而追悔莫及的境地吗?他们在这里的时候,我不想加入,要与他们隔绝,可他们消失了,我又开始慌乱担心,对自己方才的隔离感到懊悔。可是,假如刚才所有的事情再来一遍,我会选择加入他们吗?暖炉里迸出一颗火星,壮烈地纵跃到地面,变成一粒很小的黑点。这引我看向火光,在火幕中看见了自己和一只巨大的麒麟。谁说麒麟一定是一只瑞兽?我就不是,我是一头凶恶暴虐的怪物。火在光下是显不出亮的,火只在暗处能照出光来。越暗越喜欢火光。我无法再欺骗自己总在明亮中了,我的所作所为,所思所想,无一不在拉扯我面对明暗交叠共存的现实。当发现自己并不永在明光下时,就想索性逃遁到暗中,或者干脆完结性命,一了百了!生命不是由我们自己选择到来的,结束生命也不是。既不能依靠光的绝对,也不能坠入暗的绝对,光与暗都不是绝对的。是的,我怜悯过王逸凡,因为我曾长久地怜悯过自己。而怜悯也不常驻在我心中,如果常驻,我又怎会扔下他一个人在旧生活中死去,而一个人到这里来活命呢?如果颈项发硬,难道就干脆砍断颈项,或者努力进化成没有颈项的人吗?人生没有便宜,外婆从小就告诉我,人生没有便宜!

斜眼和跛足真的不见了。我四下环顾,根本寻不见他们。方才的热闹霎时抽离,我很不适应。他们让屋子里热起来,给灶头点火,为暖炉生火。他们好像总是在我命悬一线的时候出现,不着痕迹地将我从危难中拯救出来。可我心里感谢过他们吗?我对一个不能对我好,浑身充满令我讨厌的各种毛病的人那么喜欢,甚至怜悯,而对他们呢?就因为他们有缺陷,一个斜眼一个跛足,所以就被我厌弃,不能投以正常的关爱吗?我只是顺势地接受他们的给予,而从没有为他们做过什么,甚至没有想过,连感激曾经所得的心念都没有。更糟糕的是,我不仅没有感激和喜欢,甚至一度因讨厌而仇恨过他们。我把自己不堪的过错归结给他们,顺手就将难看的历史归罪给相貌难看的人。我太卑鄙了,我真是糟糕透顶了!

他们一次次来解救帮助的,就是一个这么视他们如草芥的混账东西,他们不让这个罪人死掉,他们反而要为她生火。

房间里的烟气散掉许多,我看见烟气热烈地从窗户推开的微缝中飘窜出去。斜眼和跛足也许就在这些急着要出去的烟雾里,他们也离开我了。人就是这样,清醒一时,浑噩一时。没有人永远是对的,只在于我们能不能看见、听见光的指向和劝诫。光不会永远亮,它跟我们一样需要暗来凸显。颈项不会消失,它是软弱和怜悯的见证。

我坐到饭桌前,回到曾经三人同桌的那个位置,又往杯子里添了一些热茶。这茶固然不是我喜欢的味道,只是我现在知道了它是因着什么而到来的。也许人对光的视而不见,也是预先就被设置好的,就是让我们的窍穴不能随时通畅。比如外婆说的话,为我摇的扇子,煮的饭,对于这些我回报过什么呢?挑剔、捉弄、顽皮、捣乱……在那些时刻,我似乎根本来不及反应外婆所做的事情源于什么,到底有什么意义。不过,就算知道了又能怎样呢?即使我已经理解外婆所做的全部意义,我又能回应些什么呢?不断地感谢、亲吻,或是减少她的付出吗?那样外婆会高兴吗?人还不如面对自己不可能把事情做好的现实,面对了,就获救了。

我大概是真的得救了。忽然,斜眼和跛足出现在他们各自的位置上,又回到我们三人在饭桌前的固定格局。斜眼的眼睛还是斜的,跛足的一条腿仍旧往椅子侧前方伸着。他们回来了,喝着热茶,看起来跟走的时候一模一样,好像从来都没有离开过。他们安静了,不说话了,两个人喝几口水,放下杯子,然后就端坐在椅子上。我想打破沉寂,却又不知道讲什么好,最终还是选择伏匿于安静中。斜眼和跛足没有跟我说话,甚至他们两人之间也没有眼神交流。我的心愿是想和他们同处一个时空,然而,斜眼和跛足却似乎在他们的时空里,把我隔断在另外的世界里。

过了好久好久,到底多久我难以描述,总之当时真的度秒如年,很难捱,我再也不堪这般死寂的气氛,主动跟他们说话了。

谈话居然很顺利。我们从蒲公英干草茶这个话题说开去,斜眼和跛足对我似乎并没有嫌隙,还是往常一样的神情。屋里不仅暖和了,还重新恢复了热闹。按说,这好像是我们三个人之间头一次的踊跃交流。他们没有再提任何往事,也没有对我做任何来事的预示,三个人谈话一点没间断,内容都是关于冷暖、天气、农业种植、健康养生之类。

水壶中的热水喝尽了,跛足打算再去烧些开水。跛足明明身体是最不方便的,反而做事始终是最积极的。我拦住跛足,抢先起身去烧开水。等我临近贮水的几个缸桶,才意识到自己已经很多天没往这边来过了,屋里的水恐怕早就不够了。可现在,几个小木桶里竟然满满都是水,最大的水缸里还闪着皑皑的光,里面装着的雪还有大半未化。我赶快从木桶里舀几勺水到接着过滤管的储水罐里,然后就去检查烧水壶里的银币还在不在。

刚提起水壶,就听见银币在里面移动的声音,但我偏执,非要打开壶盖往里面看一看才放心,非要确实看见银币不可。我看见银币平稳地躺在水壶一角,伸手到水壶的腹中,将银币取了出来。经过长久的水浸烧煮,银币似乎比从前更光洁亮闪,银光像匕首一样锋锐,却让我感觉到温暖。我捧着银币顺着银色的折光小心将它摆动,一定要让光点在银币上划出一个起落合一的完整的圆。光点之外的银光好像辉映出我的样子,或者是我把自己投映过去了。我看见我,看见得到过怜悯,付出过怜悯,忽视过怜悯,背弃过怜悯,又回到怜悯中的完整的我。

当我拎着重新灌满热水的水壶回到饭桌前时,斜眼和跛足静默无语。我不知道为什么当我重新感受到怜悯的力量时,他们俩就变得与从前完全不一样了,难道是非要试探我能付出多少,非要来衡量我此时信心的大小吗?我把热水冲进有干草的水壶,然后回到了自己的座位。气氛继续沉默了一会儿,我又忍不住和他们说话了。这次,我决定不再理会那种约定俗成的客套,准备直截了当,问出些究竟。

"你们是从哪里过来的?"虽然用词是"你们",但实际上我的身体和眼神更倾向于斜眼。

"你从哪里来的,我们就是从哪里来的。"斜眼说。

"我们和你是一样的。"跛足补充道。

难道他们也是旧生活里过来的?柏夕薤难道骗了我?我不是那

个新生活里唯一从旧生活中过来的幸存者吗？难道还有其余的人被接过来了？还有其余的柏夕薙存在吗？

我对我得到的答案感到震惊和疑虑，停顿了一会儿才继续提问："你们在这边住在哪里？"

"没有住处，我们不安定在一个地方，到哪里算哪里。"斜眼回答说。

"对，哪里都可以，哪里都是住处。"跛足接续道。

我就是得不到我预想的答案，好像他们俩已经察觉出我的意图，偏不让我把事情搞清楚似的。

"你叫什么名字？"无奈中，我下意识脱口而出。我也不知道我为什么会问这个。

"纪遹。"斜眼说。

什么？我听错了吗？告诉过他们我的名字吗？

我又问一遍："你叫什么名字？"

"纪遹。"斜眼回答道。

"纪是纪年的纪，遹是走之底上面一个南方的南，晴好的意思。"跛足补充道。

"那你叫什么名字呢？"我转向跛足问道。

"纪遹。"斜眼说。

"同一个纪，同一个遹。"跛足补充道。

我低下头，在桌前陷入了长久的语塞。我是纪遹，斜眼的是纪遹，跛足的也是纪遹。原来每一次，都是纪遹救了纪遹，也是纪遹激励了纪遹的罪过，记录了纪遹的卑鄙。

二

  我所想的，全部都失去意义。那就不要想，只要我还活着。可只要活着，就忍不住又会问为什么活，该怎么活，能活到什么时候。索性，干脆，最后还是只好承认想也是白想，只好伏匿土地。

  先贤留下开拓过的土地，后人唯一能做的偿付是养护。路是人走出来的。碾压尘土，踩踏尘土，化为尘土。一切动作，方向都是下坠，最后都跌落沉沦。而跌落并不是终点，跌落只是起点。风吹过来的时候，尘埃越微细，飞得就越轻快。我们来的时候弱小无绊，离开的时候难道能强大自由？人，看起来是从地上渐渐拔高了身体，实际上在长高的同时将欠债积埋进了地下。好像树，看起来是地里长出来的样子，其实根却深入土下。即使命终可知，又有谁确知命始之时呢？难道精血合于子宫就是生命的起点吗？一辈子究竟有多长，一辈子到底要从哪一刻算起？

  上天是一位开明的导师，给人开卷回答试题的机会。人两手空空地来，已经知道答案，却不肯两手空空地走。外婆一遍一遍地说，世界没有便宜，世界没有便宜。假如我生在北方，被雪覆没，就更靠近先灵圣祖，要多一份便宜吗？北方也不是绝对的。有法定的北方，有共识的北方，还有人心的北方，悲悯的北方。哪一种限定都有北方，哪一个北方都不是真正的北方。你指着月亮，你不是月亮，你的手指也不是月亮。月亮是月亮，你可以看，可以受，可以指向它，却永远不是它。你能体受月亮的情况吗？你能看见月亮所见的吗？连卑微都是人生富饶的代价，没有天赐，你不配拥有！

  你真的卑微过吗？真的任人碾踩而无力抗争逆反搏斗吗？是身

体卑微了,还是情感卑微了,还是身体和情感都卑微了?人怎可使人卑微?连魔鬼也无能让人卑微!人在世间的卑微都是自身欲望的捆索,对自己求之不得的愤恨和回避。

我们原本就卑鄙,原本就微小。在天的怀抱中,微小多么幸福。卑鄙是微小者的起点,因为可以跌落,落得更低,才有上升飘扬的空间。不要倔强,不要强硬,任你多粗蛮的颈项,你也只能支撑自己有限的脑袋,顶不住广博的天地。你看到的无际,在创世的眼中算得上什么呢?又需要多大的仁爱,让比无际还要微小那么多的我们拥有自由意志呢?

原来我一直有一只眼睛是斜的,视野偏颇;原来我一直有一条腿僵着,行动迟钝。人不止不能妄言爱,是根本就做不到爱啊!紧攥的拳头僵硬了身体,风来了也吹不动顽石。顽石就是顽石,你指望成为山,成为大地的一部分吗?雀鸟掩息在余热未散的枝头,立在点点垂悬的苍黄树叶中间。谁在呼吸?谁在说话?谁在分分秒秒川流不止地途经重复的路径?我不能爱,也没有爱。下雨了,雨不是因我的爱而来,雨是因怜悯而至。我在我的身体,我也在我的心中。只有你光临,爱才来到,花草的叶瓣都会微微地低垂,俯伏,落泪,蜷缩。你来了,我的身体就松软了,我就只想跌到最底,变得最小,想伸展开身体,任你不停踩踏。可惜我是人,我不是槐花,没有花蜜可碾压,让臣服的蜜汁粘着在你的脚底,甜腻你的身躯。倘若我只有卑鄙,那就身处卑鄙,再将卑鄙诚实显现,任你宰割。我求你,不该是索取你给我什么;我求你,乃是要让颈项松软,听到你的话语。谁晓得这一辈子该怎么度过?即使父母也不过是给我们身体,却不能教人怎么过活。你说,我祈求,就得到。我实在长久地不懂祈求与得到,因为曾经长久在祈求的不是我,不是卑鄙,是那强硬的颈项。我以为只有我知道,而你不知道。我只想要你听我说,而并不愿意听你说。

斜眼离开了,跛足也走了,纪逈留下了。我没有张嘴,却听见了歌声,闻到了音乐。雨没有落在外头,而是仅仅充满在我的小屋。这是纪逈的小屋,是她的家,她现在已经更深地懂得什么是家,可以自己当家了。她的双手不由自主地晃荡摇曳,抬起来,又落下。手肘拎着长长的骨条绵延出绮丽却分外婉转的线条。她变漂亮了,活起来了,浑身耀烁莹洁之光。她的颈项纤长,椎骨外的皮肤清透明澈得像水晶。我看见她的手指了,看见指关节与手腕间相连的骨隙边细细的血管。它们是青色的,在蜿蜒的行动路径中显出刚直坚毅的决绝。她端起杯子,喝了一点水。我能透过她的身体看见水柱迅速驰掣全身的瞬刻。她在光下,我在雨里。我爱她,真正地爱上了她。

三

今天早上,发生了一件事。现在,已经是晚上。昨天,早晨,刚才,都过去了。每一个过去的刚才,都成为永不可翻转逆回的曾经。按人世的时间长大以后,人常常不是回忆过去,就是在企划未来。未来可期,又并不可期,未来的也终于还是要成为以往。人要从往事中走出来,也不要沉湎于毫无预期把握的将来,那样的话,一不小心就又陷入了往事巡回的圈套。现在是最迷人的,现在也最容易被忽视。我在很多个现在想着过往,在过往中又幻化地期待未来。一个人将现在浪费得太多,现在就会来讨债,让你接下来的未来总会成为挥发不良的曾经。

春天来了。我没有勇气期待春天。春天还是来了。

没有日历,节气仍然一如既往地赴约。所以说,历法都是天设的预定,不过就是被人记录下来用以提醒,方便而已。

　　人以为的自由,实际上永远是在轨度限制中的。我在来新生活的路上,躺在柏夕薤背上,对即将展开的自由生活有过非常热烈的憧憬。我想到接下来将获得与过去累积的一切历史信息告别的自由,却不知道新生活中别无他人的大自由比旧生活中各种限制下的窘困将不自由得多。再也没有旁人的眼光和评判,我却并未较之前更加清晰,反而更不知道该如何选择。我怎么办?住哪里?吃什么?没有现实的参照,不懂新事物的品秩,没有间接经验或者哪怕错误的引导,一切全要靠自己不断地试错才可以靠近相对的是。当一个人确实拥有极大的自由,也终于可以自立标准时,却赢得一个极为可怕的现实,那就是当标准没有参比时,标准就凝固了,死了,丧失了全部社会的意义。

　　正确是基于错误才出现的一种评判。旧生活的时候,因为看见别人的非,才映照自我的是。我以为到了新生活,当全部我所讨厌的错误消失以后,我的人生会畅快起来。我错了,我一点也没变得比从前舒坦,反而多了苦闷。当然,我在来的路上并不知道这里竟是别无他人的,我只是为自己可以抛掉从前所有的信息而获得将一切重置的机会而高兴。离开那些让自己不舒服的过去,想想都是快乐的,而割舍掉自己已得的恩惠和幸运,就不那么简单了。多少过不来的人,都是为"已得"所困,反而那些总在失去,或一直求之不得的人,前行的负担要轻得多。人是清楚人生到底有多苦的,因为知道太苦了,所以才不愿意面对,才害怕失去。如果不是我太早就失去父亲,明白了人生无常是一种常态,一定也难免陷入以得失囚束自己的困境。爱既是一种恩典,有时候也会成为捆绑。

今天早上,当我盥洗完走出屋子到田里去整葺的时候,看见远处一个道路边的墙影,让我想起了菸茳。菸茳比我大一岁,也住在淮海路,也有一个宠她的外婆。菸茳的双亲都健在,都对她很好,但菸茳却并不幸福。旧生活中,已经很久没有菸茳的消息了,我甚至都快忘记她了。但今天早上,我好像在远处看见了她,想起了那个快被我忘掉的旧生活的她。

小时候,我和菸茳常因为各自的外婆而待在一起。她外婆与我外婆是好姐妹,两个人总爱一道出行。我对菸茳没什么坏印象,但也谈不上喜欢。她的身材比例特别好,个子长得也快,在我的印象里,总是很高,高人一等。她外婆喜欢邀请我外婆带我一起去她家玩,但我去过两次就再不愿意去了,外婆随着我性子也不再过去了,就变成菸茳总让她外婆把她带到我家来。菸茳特别乖,乖得可怕。她说,她觉得自己很幸运,家里人都对她特别好。爸爸对她有求必应,妈妈也很温柔体贴,还有一个特别宠她的外婆,她实在找不到任何不幸福不高兴的理由。但是,当她跟我讲这些的时候,她的样子看起来并不幸福,一点都没让我体会到她高兴。

我和菸茳都在长大,她只比我大一岁,两个人的成长轨道差不多一直是平行的。不过,从初中开始,尤其到高中的时候,我和菸茳的人生就变成了两种完全不一样的路径。我和她渐渐不来往,往后的事,都是听说,听她父母说她大学时去了英国,然后又在那边读了研究生。直到她后来再回上海,我们才又见面。那时候,我和她都已经是成年人了。成年的她和成年的我有过几次短暂的会面。彻底失去消息,应该是在她搬家以后。按一般的标准,菸茳非常成功。她履历漂亮,没有瑕疵污点,一路顺畅如意。当她跟我讲她工作的发展以及打算搬出这里去购置新房产的愿景时,她又一次感叹她非常幸运,有那么全力支持她爱她的家庭,如今又遇到了一个能和她共度余生的男人,她实在不晓得有哪一点是不对的,哪一点会让她高兴不起来。可是,说这些的时候,她哭了。真的,说着说着就在我面前哭起来,她说她从未跟任何人这样讲过,但是她真的很不高兴,她不知道哪里出现了问题,反正她就是一点也高兴不起来。

那时候的我,除了关注自己,还没有学会用心去体会他人。虽然身体已经成熟,但心智远远没有长大。菸莛的伤心我感受到了,但我却没有体会,也实在没办法理解。我只觉得她可怜,并不知道她为什么可怜,又怎么会那么可怜。

今天早上,我看见她了,我想起了她,也忽然理解了她。她真的好可怜,甚至可怜得可气。我想起小时候仅有的两次去她家的事情。第一次过去,只有她和她外婆在家。我感觉她外婆应该是真的对她好,因为她的方式和我外婆很像,总是随菸莛的性子,让菸莛尽兴,给菸莛做喜欢吃的东西,任菸莛按自己的方式撒野。菸莛家里有钢琴、古筝,还有绘画的画架和颜料。不大的空间全被利用了,哪一处都承载着父母对她的期望。菸莛经常玩一小会儿就会忽然黯淡,总觉得自己不该放任,好像很小就懂要帮着爸爸妈妈管好自己,她大概很害怕自己对不起她父母。第二次去她家的时候,她的父母和外婆都在。我的外婆跟她的外婆坐在餐桌前讲话,我和菸莛在桌子附近玩。我记得我好像是忽然对那些画板和涂料产生了兴趣,菸莛的妈妈发现后就过来了,还从阳台取出了一些菸莛完成的画作向我展示介绍。菸莛画了花瓶、桌子、钟表、沙发。那些画很完善很好看,但我竟一点儿也无法将它们与菸莛联系在一起。所有的画,都是画东西或者容器,菸莛还没有画过任何一个人。我对她们讲,我也会画画,我要画一个菈廷。菈廷妈妈就给我拿来一张画纸和一些彩笔,然后又去翻画架大夹子后的画纸。她翻腾了一阵,就把在一边看我画画的菈廷拉起来,自己坐到了沙发前,开始责问菈廷为什么没有完成她交代的绘画作业。她妈妈说话并不很严厉,可菈廷一听到发问就开始哭,丝毫都没有解释和反驳。她外婆听见菈廷哭了,马上就过来问发生了什么事情,抱着菈廷使劲安慰她。她外婆说,是她不好,没告诉菈廷有这个作业。她觉得菈廷太小太苦了,想让她轻松些稍微休息下,所以就故意没告诉她。菈廷的妈妈对菈廷外婆发脾气,话说得有些可怕,说得菈廷的爸爸都从屋子里出来劝了。菈廷爸爸劝菈廷妈妈不要生气,说还有客人在。他蹲下身体安慰菈廷说不怪她,一切都是外婆不好,还一直夸赞菈廷懂事。菈廷的妈妈不再说菈廷外婆了,也跟菈廷爸爸一起来安慰菈廷。她说,菈廷是个很乖的孩子,一直都很听爸爸妈妈的话,说爸爸妈妈实在是因为工作而不能总在家里照顾,所以才只好拜托外婆看管。她说,爸爸妈妈辛苦工作都是为了她,为了让她将来有成就,生活幸福,可以成为优秀的人。她说,他们作为父母宁可自己少吃少穿少用,也不能让孩子比别人家的孩子短一分。她还说,他们很遗憾自己的能力不够大,不能给菈廷提供更好的成长环境,但他们一定会拼尽全力让菈廷获得尽可能好的条件,给菈廷最大的爱,陪她成长……

　　就是那次以后,我再也不肯到她家里去了。我产生了很奇怪的感受,也不知道对菈廷羡慕还是嫉妒,或者可能是同情。我太小了,很多事情分不清楚,更说不明白,但我知道自己是不舒服的。我怎么能跟她比呢?我没有父亲,母亲也从不对我的学业和其余事情有要求。这样比起来,是否说明我的母亲对我完全没有爱呢?我妈妈虽然也管教我,但比起菈廷所受的那些算什么呢?不过,我特别心疼的是菸荭外婆。我的外婆是我最喜欢的人，而菸荭的外婆却没能成为菸荭最喜欢的人。

最后一次见到菸荭，是她外婆去世以后，她回来为外婆收拾东西。那时她刚带她爸妈搬到新家不久，而外婆一个人留在了淮海路的老房子里，不到几个月就去世了。那天，我在家楼下遇上她，我请她到我家去坐坐，她婉言说不去，两人便在淮海路上走了一会儿，选了一家饮品店停留片刻。菸荭看起来很冷静，没有过分的忧伤和憔悴，反倒劝我不要老想着安慰她，让气氛变得奇怪。她说这事没什么大不了的，人到时候都是要死的，活着的人只要继续做好该做的事就行了。她要一如既往地选择面对现实，不计较，不发怒，坚持，再坚持。她说，她这一辈子唯一能做好的，就是坚持，坚持活着。不论痛苦，还是快乐，人都要经历的，前提是活着，只有活着，才能体会到这一切。讲着讲着，她好像笑了起来，笑着笑着却开始落泪。她对我说她恨自己，恨自己无数次看见外婆的背影、为那个背影而感到弱小的瞬间。她晓得是自己不行，晓得是自己在怀疑外婆的力量，而被父母的爱动摇了。她知道了虚荣的厉害，却在虚荣的捆绑裹挟下，依然作出了欺骗自己的选择。她其实知道这世上只有外婆是真的爱她对她好的，可她却选择了父母，选择了虚荣。虚荣是有力量的，我也经受过虚荣的折磨，可人总该晓得，或者我们的心已然早就晓得，爱和怜悯是更大的力量，比虚荣要强大得多。但是很难。然而，如果不相信爱的力量，人生有哪一点会不难呢？要放弃人生的便宜好处，要计算眼下的生存困难，要面对一分钱憋死英雄好汉的时境！无家可归怎么办？没有下一顿饭怎么办？无法支付学费、医疗费、贷款，马上就要面临监禁、追杀、家破人亡怎么办？如果你问我，我也无法回答。你该去问命运。但作为一个同行者，我只能说，你该再好好问问你自己是不是真的有那么过不去。如果有,你到底弄丢了什么,缺失了什么呢?说无父无母,有身为王子的乔达摩·悉达多主动放弃自己的父母;说被爱情所困,有终身不得爱情圆满却依然相信爱的更多的见证。没有餐食的困境只在眼下,难道是丧失人生全部剩下的所有吗?曾经来世界趟过一番的所有的英雄,他们都没有面对过困境难关吗?那爱着你的,那全心为你付出的,他在这世间难道会未经风霜吗?很多困扰和陷阱,常常不是命运推送我们过去,而是心不知满足而贪婪乱来的恶果。换句话说,人常常是为了莫名其妙的脸面、虚荣、名利、渴望而自己将自己逼到了绝境。房子一定要买吗?孩子非得要去好的学校吗?谁又限定了人一定要结婚成家,一定要功成名就呢?我的外婆没有显赫的事业,没有儒雅浪漫的丈夫,唯一的女儿还早早成了寡妇。按一切颜面高低的排序,我的外婆在那里断然是排不上席位的,连壁角都立不住的。可外婆不是好好的吗?怎样过不是一生呢?她安静,快乐,幸福,还对我付出了爱,让我从小就能知悉爱的珍贵,而不至于轻易走失。

在外婆和父母中间,荪琵选择了父母。她曾经说过,如果她想回报父母,就必须强大,必须让自己取得社会肯定的成功。只有等她拥有那一切,她才获得资本有机会回报父母。我曾经只觉得她傻,并不晓得她有那么傻,或者,可以说坏,可以说坏得可气。难道爱竟然是贱价到以那些东西来估价买卖的吗?不是不幸在纠缠她,也不是她的父母有多么不可饶恕,是她自己选择了不幸。她明明可以自择,但她却不相信外婆的力量,她怀疑了,屈服了,她信靠了颜面的力量。她已经相信,那些来自社会名利的力量比爱强大。从她为外婆感到弱小的那个瞬间起,她就输了,已然弃舍原有的万吨黄金的财富,而俯首拜伏于画符为钞的颜面魅偶之下。人不是将很多东西都定价了吗？定着定着，就偷换了概念，将贱价当作了那唯一至上的重价。有人竟以为假花要比野花珍贵，其实人只可给人造的花定价，而野花只有价值，没有价格，因它的全部，没有一分是人可以插手决定的，它的一切全在预设。人欺骗另一个人，人又被另一个人欺骗，此处骗人，别处受骗，然后在往复循环的窟窿中咒骂怨恨，不晓得自己早已经面目全非。

太多的心沉滞衰弱，而别的器官又过分发达，过分发达而又劳损。原本的美丑序列，在颈项的骄傲壮大中乱了秩序，乾坤颠倒。

今天早上，我看见了荙芷，想起她说的那句"坚持，坚持活着"。如果活着是一件需要坚持的事情，那活着该有多么不幸，那你就一定活出了问题。正如荙芷所说，活着本身太珍贵了，即使是挫折痛苦，也只有活着才能经受，活着是最重要的。既然如此，活着就是最大的恩典，无论悲痛哀苦、困塞烦恼，只要还活着，就应该心存感激。幸福地活着，就会不惧怕那些外在的或者脸面的力量，就会顺心，就会感恩，哪怕再大的曲折，都不惧怕了，还会需要坚持吗？你已然在人生中胜出，已然得了最大的恩惠和幸运，还有哪一刻不是喜乐无比的呢？活着，只要还活着，就是最大的喜乐。爱和被爱，美味和腥膻，香气与恶臭，风吹雨淋，遭遇雪，看见山、河，惊闻雷电……只要活着，我们可以看见听见闻见的东西太多了，可以体会的事情太多了，一切都在命运的恩赐中为我们预设准备好了，我们已然在最珍贵的恩典中存在了。

还有什么，比这份恩典贵重呢？

四

我不敢期待的春天来了。

没有经过祈求,我一样得到了春天,一样得到了爱。凡你所需,都会被施予。只是我们要活很久才能明白,究竟什么是凡"我"所需,而不是"别人""脸面""尊严""名利"所需。人既有心,也有头脑。头脑和心在一个身体里工作,是被定好的预设。伏藏慌乱的冬天,在春天来临时,被重新整理生发,反倒忽然变得清晰明洁。我不再为昨夜的美梦消失而遗憾伤感,反而对那个超乎现实的美梦充满感激,感谢有那么美的人给我那么温暖的拥抱来到梦中安慰我。我感激梦中的自己竟然记得像曾经那样,用双手捧起那么美的那张脸,在他闭上眼的瞬间,朝他的眼睛、鼻根、人中、下巴、嘴唇依次缓缓地亲吻。我和他凑得那么近,等他的眼睛一睁开,我们就直直地看着对方。我不晓得原来这么近的注视,只看对方眼睛的注视,眼珠竟还会有细微的晃闪。我希望自己可以嵌进他的瞳孔,在被嵌入的那双瞳孔中,又能装载着我正看着的那么美的他。他的脸是陌生的,但他的眼神我认得,而且熟悉,就是我爱着,一直一直爱着的人。

曾经,一场梦做得太恐怖,醒来总会惊悸难过,而假如一场梦过分美好,醒来后要面对远不如梦境的现实,比面对一场噩梦更让我难过。如今,无论有没有梦,无论梦美与否,我都很感激,因为,我还活着,我还能感受所有的一切。

一个胡乱的冬天,让我放弃了高高低低的追求,放弃了人生晋级的可笑想法。生命已经胜出,总看其他人的错误、漏洞,而自己难道就无过吗?没有对,只有错。带着自由意志的人生,就是不断试错,然后在试错中靠近对的过程。我在过去的影像中看见了自己,也看见了他人。我终究认识到思考的无益和无义,终究懂得了自己不可能更改、扭转已然预设的性情。改不好的,改了也白改,唯一能做的,就是认,承认。

我错了,我一直在错。为什么错却活着?活着,难道是为了错?我已经不确定自己有没有对过,也已经忘了梧桐在盛夏的颜色。我是在南方长大的,心被潮气熏染得很湿,总遇不到充足的阳光将它晒干。心是软的,滴着水,搭在阳台拴得紧紧的那根晾衣绳上。一旦迈出第一步,人就永不得逆转,退不回初始的地方。只有拼命地走,一路狂奔,勇敢地不懈往前,直到将这一路走尽,才有可能回到出发时的预设。你想停留,想躲避,想搭在别人的背上借力行路,就终要在过程中做别的偿付。落地的时候双腿还在吗?你还记得怎么走路吗?顶端的发垂到地底,颈项伸出枝杈隆突在灰蒙蒙的脸上。你厌烦标点符号占用太多空间,于是字行的呼吸终于被掐断。生和死,对与错,究竟谁的力气要大些呢?最大的平等就是不平等,就是各自在不平等中被平等理解。彼桥,此月。他有可能是时间,也有可能是地点,还有可能,是被你匆匆经过的一缕炊烟。

炊烟是最美的烟。它飘散发扬,在所有不公平的预设中夸耀公平的较量。黄昏也许不是最昏的时候,黄昏只是一种暗沉的开始。初始的时候,谁能猜到结局?或者说,猜到了又能怎样?我实在是不幸,不幸地做了一个聪明的人,聪明得总是提前就看到了不该晓得的晓得,预先获取了自作聪明的未知烦恼。忧天的杞人只能是庸人,而庸人往往都是自以为的义人、良人,一本正经地向世界传授着提前获取的未来判断。聪明人除了向别人提前传递烦恼和痛苦、夸耀自满于自己的机灵,还晓得做什么呢?难道这些是他们减轻自己痛苦的益药良方？

你不是月亮,也不是太阳,就没有资格说你孤独。哪怕贫困,都是一种昂贵。没有预先的铺设,或者后世的偿付,连苦难都是无法轻易获取的。你是群星中的一点,在夜里记得闪亮就行,不要妄自菲薄去谈论善良。善良和闪亮在今天的读音很像,可谁晓得曾经三百年、五百年、甚至一千年以前它们究竟被读成什么？音是后来的,象才是原本。谁都没办法保证自己完整完全地讲着心里所想的话。

人太迟钝是一种缺憾,太敏感也是一种漏洞。残缺是宿命,是获得恩典和幸福的起点。你想要光,光就会来,只是你需要先经历黑暗,要学会在黑暗中等待。没有黑暗的对比,如何能认得出光的到来呢？我来到这里的时候,房中本没有窗。我以为没有窗的屋子就是好的,就是一个完整的可以隔开外界的小屋。我错了,我只能错,一路犯错,直到将犯错当作常态。错了没有荣耀,只有认错才能获取恩赏。我的恩赏不是你的,我的恩赏只属于我,即使我跟你讲,对你显现,你都未必懂得,也总不计在我的账中。我那么糟糕无用,春天为什么还要如期到来？那么美的梦给我安慰,那么灿烂的生意竟在枯朽的我面前盎然。谁晓得垂老才是青春力量的源泉？谁知道不走完全程竟没资格妄谈初始？人只晓得逃遁躲避,贪图舒服再舒服一点。舒服其实早就预留给你了,只是颈项又带你扭头转向了别处。别处的道路艰难险阻,但你却只看得见眼前便宜的舒服。演员都在谢幕,灯光迟早要全熄。谁都想坐在观众席看戏,又都不甘愿一辈子只在观众席看戏。我那么卑劣微小,站在台上有谁会真的在意？你看见我了吗？听见、闻着、感到我了吗？

原来痛苦和承受痛苦不是人可以获取恩赏的缘故。凡在苦痛中得到的恩典,都来自我们在苦痛中寻见的懊悔。懊悔吧,去懊悔中祈求。除了懊悔与祈祷,人还可以做什么呢?在竹园,只得见竹园的风景;在江湖,人只得捡江湖的便宜。人总不能按自己的得失喜怒来衡度神天的赏罚。因为你永远搞不清,也不可能搞懂,此时你以为的欢愉,是取悦了自己,还是全部来自命运。要虚度多少时间,才能学会看天的脸色?我终于越过颈项,抬头,发现自己只能望着天,却不能看懂天。为什么愈加努力地探寻,所得到的,终归是越来越多的无知和愈加的无奈?越过颈项,抬头看天,只是望着,看不懂也要看。看累了低头,丧气后垂头,然后再次抬头。是的,这是我唯一可以做的,也是我唯一可以做好的。

春天来了,花还没有开。盛开是美的,但盛开却令人悲伤。人一生竭力避开死亡,却极其热衷欣赏别人或者别的东西的死亡。勃发的涌动在气流中跃跃,鼻腔吸入的通道被分了左右,混淆未来生长的序列。我是我,是外婆,是春天,是过去,也是现在。我的烦恼还是烦恼,但我已经晓得怎么让自己不为烦恼困踬。关灯以后,灵魂就会破碎,徒留下身体经受电流。要死,也让灵魂先去。明知道没有意义,仍然需要停一停想一想,然后再继续于世间存在。未来是无知,也是无力的,但对人来说,恐怕只有无知才是永远。人所喜爱的,总会与所厌恶的并存。不管走到哪里,都要偿付受苦。所以啊,干脆不如自寻苦处,自讨苦吃。

柴薪的火光延续到初春枝杈的芽尖立着,光点虽然缥缈却透露着坚决。

爸爸来过,爱来过,我没有资格说自己孤独。

风渐渐大了,春光投射过来。我是第一个经受春风和春光的人,也是唯一经受春风和春光的人。我在心里默数嫩芽摇摆的次数,单数是幸运,双数是幸福。巫法在人的眼界之外有极广的领地,人可以借鉴,不应当冒犯,也不好贪迷,更不可信拜。

春天刚来,就好像快结束了。春光让身体绵绵的,痒痒的,被暖流迫涌的胀痛将汗水委屈在腺体里,钻不出皮肤的孔隙。

没有历法的提醒,我按自己体受的节点是否也可以演算出六九的日子呢?春打六九头,翻土撒种的时机到了。野生的地界,也有许多未知的初果等着被我采摘。

一切都预备好了,那祈祷究竟还有没有作用?

祈祷,不是张口讨要,凡你所需的,早被预留铺设。

祈祷,不是求命运听你,而是让自己静下来听命。

祈祷,是发现懊悔,又在懊悔中获取安慰。所有的罪都已经犯下了,所有的罪都已经被担保赎清。

祈祷,是要看得到见证,自己作见证。不要妄图改变生命的预设和造化的旨意,只祈求让自己顺从命运的指令,只祈求加给你信心,信心。

第六章 | 来了一群人

一

我绝对想不到自己有一天会真的把天空看空。太阳不见了,云消散了,整个天白茫茫的,既没有起雾,也没有霜。春天正打算离场,夏季的暑湿还未到达。按温度和体感来说,眼下是最舒服的时候。可是,天却忽然空了。

一块有序的田地在整片荒野中很醒目,也很突兀。当个人成绩鹤立而出时,我既为自己荣耀,又为全部田野的荒疏遗憾。我所掌握的毕竟有限,我的劳作也有限。尽管不断振奋自己再努力扩充一些耕种面积,但实际能力根本就支撑不起我美好的愿念。

春在隆冬以后的勃发无所忌惮,实在令人羡慕。

不顾后果的激烈和热情在人身上总是稍纵即逝,而在季节中却持续有力。不知后果是一种激情,明知道后果而无惧就是勇敢。四季何曾言说?四季勇敢吗?

我惴惴不安地完成一天的工作,然后就坐到屋口去静等,等待黄昏,等待黑夜,等待天之时序中一切往而又复原的彰显。日之夕矣,牛羊下山。这里没有牛羊,日也不见了踪影,夕还会不会来呢?看着看着,人就累了。天仍是白茫茫的,地却慢慢暗了。我记不得自己的眼皮什么时候耷下来的,无意识中就睡着了。

  当我再醒来的时候,天已大亮。我感觉口渴,也很饿,不知道自己是怎么睡过去的,也无法确认自己在梦中究竟度过了几个夜晚。我仍然要去处理生存问题,直到按部就班地做完一天中计划好的农耕事务,才放心回顾天空,空的天空。

  天没有变回原本的样子,没有瓦蓝澄澈的底色,没有云,没有太阳,和我醒来前一模一样,没有任何表情,仍然是白茫茫一片。到底能不能相信我的眼睛?怎么忽然就这样了呢?难道是前几天吃的蘑菇毒性再次发作了吗?难道大脑真的中毒很深坏掉了?难道是新生活即将要崩坏了吗?

  大概五六天前,在试过几次蘑菇汤后,我被一种外表看起来很坚实的朴素蘑菇给欺骗了。那种蘑菇在后方的山林里并不多见,半个手掌大小,是一种标准的伞状蘑菇。那时附近的河道一直不见水流,池塘里却有水,山背林子里冒出各样的野菜花叶,全是我分不清种类也叫不上名字的,只能凭外貌和眼缘择选部分摘取回家,既果腹,又可以间接体验神农尝百草的乐趣。也许不是神农尝过百草,是百草终于有机会被神农一尝。到底是神农先在,还是百草先在?各种野蔬杂果,都有茎须根叶,尝起来的滋味多半大相径庭。有些看着漂亮,滋味却涩苦刺口,另有些看起来平淡,吃着却味厚醇美。很奇妙。饮食,消耗和排泄——饮食是人在世间唯一由外至内的身体补给。这么简单基本的生存道理,在旧生活里怎么就被掩盖了?地位、身份、储蓄、标价,竟然都变得比身体的基本补给重要。

  我按成功的先例以少量清水混些葱叶炖煮了一小碗蘑菇汤。那种蘑菇没有一般蘑菇的阴冷湿气,味道尝起来也很普通,近乎平菇。汤水和蘑菇刚吃下去没任何异常,只是胃里有点沉,心里就揣测这蘑菇大概是寒性的。等我起身清洗碗盘、想取出炉中烘烤的土豆时,人突然不对了。身体开始发热,胃中不是寒意,而是滚烫的烧灼感,这感觉迅速传遍肠道和肢体,全身顿时刺痛难忍。我站不起来了,头重眼昏,人顺势后退到床铺上倒下。我感觉自己很烫,可头上却不断在冒冷汗。胃和肠道一阵阵抽搐,视野中如有万花筒一般的环旋,眼前出现许多火柴棍构造的人形,在橙黄的光线下跳舞。人形们的动作整齐划一,我的呼吸节律立刻就被它们的节奏左右。我现在睁着眼吗?我所见的,是在我眼前,还是在眼皮里呢?我只觉得天旋地转,身体经过一阵极热又变成极冷。我分不清冷热,也已经失去对神经的掌控,只能抛开恐惧和忧虑,沉浸在万花纷呈的轴卷中。光的颜色由橙换成红,鲜红鲜红的底,一个个全黑的人列队朝我跨步而来。他们的步子怎么那么整齐,难道就没有任何一个糊涂捣蛋的掉队出错吗?人该如何把自己的视角从本在的身体中升起来,临到外面高高地看每样事物表象后面的真实呢?左右左右,一二一二,所有的步子机械而夸张,但很快就使观者消除了警惕,变得适应且相融。我在哪?也在这些黑色的人里面吗?真有那么多人会源源不断地朝一个地方走吗?还是同一群人为了夸张演出的效果在不断反复上场呢?我不喜欢幻觉,幻觉是先验中没有、外部非要强塞进来的东西。幻觉,是欺诈。我记得等我从幻觉中挣脱的时候,天已经黑了,放在炉子里的土豆也早已经凉了。床上湿漉漉的,我的身体发胀,十根手指粗得吓人。

这是我试菜史中最惊险的一次。还好我较早就摆脱了饥荒,每次试吃新品种时晓得限量,否则,事情就不可收拾了。我再一次深切体会到人类为什么要如此依赖已知和经验,很简单,因为无知意味着冒险和承担代价。

同样的白茫茫,此时的白茫茫与睡前的白茫茫是不一样的。空气变重了,尘埃的交织比从前密集。蓦然间,冷寂和安静遁逸,一股热闹纷杂的氛围正渐渐朝我聚拢。熙攘鼎沸的声音间歇浮显,轰然而至时隆隆作响却让人失聪,很难捕捉到源头。

我起身出发,去探寻变异,以应证心中的感受。我沿着枯涸的河道一路行进,不安的感觉随着与喧嚣的靠近渐次递减。啊,是递减,不是加重! 也许是一个人在寂静中待得太久了,我的听觉变得尤其敏锐。

"空气真好。"

"来对了,这里人少地方大,一点都不挤。"

"终于抢到前面了! 要是还在那里排队,鬼知道要排到什么时候!"

"孩子带来了吗?"

"两个小的先留在那边,万一这边不行我就回去。"

"你会种地吗?"

"都是从地里出来的,还不知地的脾性? 我就不信种地有多难。"

"从前就是为了躲种地出去,现如今又回转,你说咱是不是亏了?"

"对待问题要辩证,事物是运动发展的,不是静止孤立的。今时已绝对不同往日了。"

"五月的鲜花开遍大地,大家好好干,这里一定是新热点!"

这是人说话的声音吗？哪里来的人？

花？为什么我没有看见开遍大地的五月花？我只是听见人声，且每句话都听得清清楚楚，却并没有看见一个人。

说话的声音越来越大，我放慢步子，集中注意力去辨听。太阳没有显现的时辰，光是怎么透过来的呢？我又搞不清自己在什么处境了。突然，不知道是激动还是紧张，我的心难以自抑地蹦跃着，像要跳出来了。我看见了人，前面，不，就在眼前，我看见了人，好些人，不，一群人，好多好多的人。我没有吃毒蘑菇，那就是说，这既不是梦，也不是幻觉。当我已经接受一个人在新生活的现实以后，竟突然又遇见了人，和我一模一样的、旧生活里曾经多得成灾的人。我不自觉地攥紧拳头，心里阵阵狂喜。这时候眼睛是不是应该要涌出热泪？或许一切来得太突然了，或许是泪水还来不及流出来就已然抑制不住要笑？

我停下步子，思绪中断，不知该向前还是退后。

都是中年人，有男有女，没有老人，也没有孩子。我被激动和欣喜冲昏了头脑，眼睛好像蒙覆上霜雾，有些模糊。人群继续忙碌穿梭，没有任何一个人发现我。他们除了身形高矮胖瘦不一，脸面都是接近的样子。

紧接着，站在原地注视着他们的我，被眼前所看见的一切震惊了——

被我注视着的人群，在我可见的空间和时间中，飞快整理好田地和房屋，修缮了道路，搭建好圈养禽畜的场地。真的，我不敢相信这速度，但是，一切就是如此不可思议地发生了。我想都不敢想的事，在他们那里简直轻而易举。人群分工明确，很快就整理好废田引来水源,将水稻的秧苗分区插好。扭头过去,另一边的人竟然已经将鸡鸭鹅都圈住喂起来了。尽管暖棚中的菜还没有全部长成,他们甚至已经布设好了将来进行买卖的摊位。一些人在抢建发电的风车,一些人在装置照明的路灯。一片荒芜的废地,顷刻间繁华昌盛。

是真的吗?从我眼里所见的事实,难道是真的吗?按我亲眼所见的一切,实在没有怀疑的理由,但不知道是来自先验还是经验的质疑,让我始终无法信服眼前正在发生的现实。这么快就建好的房子是真的房子吗?这么快就长大的鸡是真的鸡吗?如果一切竟是这么简单就能做到的,那过往历史中的偿付不都显得愚蠢和荒唐了吗?

人群的干劲和专心程度令我感到极为意外和敬佩。在飞速发展的过程中,无数人在我眼前轮番经过,无数近的远的视线,却就是没有一个人分散出半点注意力来察觉我的存在。这可能吗?是否他们中有人看见了我却选择当作没看见我呢?人群很快就把一片地方按格式收整完毕,完成之后并不休憩,又立刻移动到下一个区域复制格式,继续扩张。

他们过来了,他们正朝我所站立的位置接近,他们一定看见我了……不,他们直接穿过了我!

时间究竟过去了多久?我心里充满困惑。他们看见了我,也一定确实感觉到了我,却怎么能无视我的存在,甚至那样匆匆地穿过我呢?我不再停留在原地,而是主动朝他们进击,打算将事情探出些究竟。我伸出手捕捉他们的身体,却没有摸到任何东西。不可能的,明明就在眼前,明明就是人形人体,为什么看得见却摸不着?为什么就这样凭空穿过?一个人过去了,两个人,三个人,一群人……我的手从他们的胸膛、腰间、手、头颈一一穿过,什么也感觉不到。我是不是坏掉了?是不是中毒后感觉彻底失灵了?可我明明还能够碰到自己,还能用左手抓住自己的右手!

人群又移动到下一个区域,吵闹的中心转换了方向。我想不出答案,只好手足无措地就这样跟着他们的阵仗行进。不管怎么乱走乱撞,人群都没有反应,除了一次次触到自己,我根本就碰不到任何一个他们的实体。我像无头苍蝇一样循环穿透人群,又被人群无数次穿越,直到黑夜毫无预知地忽然降临,我才借着他们建好亮起的路灯回家。

我感到前所未有的疲倦与饥饿。进门坐下以后,才想起自己在他们的节奏中已迷失长久,竟一整天都没顾上喝水、吃饭。难道他们不会饿吗?那么高强度的劳作,一点都看不出疲倦,他们那种奋勇的干劲哪里来的?

等我简单地进食盥洗后,靠着无比强悍的意志力调动了最后一点残存的体力走到窗边,看人群所在的远处那片零星的光点,我意识到,哪怕没有星星的夜空,也已被他们照亮了。那群光点,就是我来到这里的起点。

按他们的发展速度,该是很快就会伸展到这里,而我的田地和房屋即将要被他们格式化了吗?忧患,此时并抵不住困倦,我竟在忧患中倒头睡着了。一觉直到天亮。

二

天是亮的,仍然不是阳光的明亮。

尽管满腹充斥着昨天未解的疑虑和担忧,但我望了一眼窗外,那群人还没有往我这里过来,于是便放下心为自己烧开水准备食物。

对人来说,无论多么痛苦艰难的事,总会在饱肚饱睡后,变得比从前轻松一些。多数时候人都是自己吓唬自己,自己为自己设限。这么想着,我便劝慰自己,不要被突如其来的变化打乱了原本的节奏才好。

现在是农事的重要时刻,一天不看顾除虫,菜叶根苗就有可能被全面倾吞。我一定要趁着夏季到来之前,把这一批成果保住。因此,早饭后,我就又回到先前的劳作轨度中,按计划护理我的田地。

我是对的。当我重新走到耕地上时,天上又有了太阳。终于,茎秆伸出的枝条在土地上重新有了影子。我的直觉告诉我这是一个极好的征兆,心里为自己合了太阳的心意沾沾自喜。人一旦获得来自命运的肯定,就会收获难得的平安。先前的疑虑和担忧都随着太阳的出现暂时消散了,我满怀喜悦地投入到劳动中。

夏天真的快要来了。没风的日子,太阳真好。要是明天太阳还这么好,就把被子抱出来晒一晒。等什么明天?索性就今天!不,今天来不及了,门口的影子已经东斜,晒不了一会儿天就要黑了。

我结束劳作,宽心坐在屋外等斜阳西下。一截支棱出来的灌木条在我右侧,很多绿叶盘围着枝干簇拥生长。我无意识地摘下木枝上的树叶。树叶很小,摸起来很厚,凉凉的,朝上的光面很滑,朝下的毛面摸起来有些棘手。我一片一片摘叶子,我说不清这么做的乐趣在哪里,但就是停不下来。

在人群真的来到新生活以前,我曾无数次构想这里有其他人的样子。田地被规整铺展,道路也曲径分明,春夏秋冬在劳作和生活中顺遂潜匿。我也在心中组织过对话,排演遇到其他人之后的场景,问候或者提醒。可是,当一切果然发生的时候,先前的预想却一个都没有实现。人在悔恨和期许里构想的事,要么迟迟不能发生,要么发生时全部与预想背离。许多的遗憾,都在对下一次一定要把握机会的预先排演中一晃就过去了十年、二十年,甚至一生,成为长久彻底的遗憾。

很多天过去了,人群依旧没有伸展到我这里。

即使夜沉深黑,远处都是灯火通明,喧嚣声不止。按他们的扩张速度,应该很快就会覆盖到我这里的,可他们好像在有意避开我居住和劳作的区域,沿着外围绕过去了。

好奇心已然胜过了恐惧,我决定再次出发,往人群密集的地方探索这些来客的信息。暮春的一个晌午,我准备去他们那里看一看。为了增加勇气,我拿上了木枝,就是我摘掉厚厚的叶片的那根。

从我这里往池塘去的方向,路已经修得非常好,杂草和乱石都不见了,两边也已有一些不高的电线杆上悬挂了路灯。人群的声音仍然很响,但却见不到他们。我顺着河道朝楼群那边走,路旁已有了商铺、医院、校舍和工地,老远就能望见那边高层楼房的窗台全密密麻麻挂满了各种东西。走到楼前,才看清住户们晾在外面的是水管、电线、铁链和胶带,没有一件是衣服,也不是正在风干的腌制品。

等我走到高楼跟前时,忽然就觉得饿了。明明刚吃过不久,怎么走这么一点路就饿呢?我不知道现在到底是真饿还是假饿,是肚子饿还是心里饿。这些人在已建好的区域,设置了那么多店铺,却偏偏没看见一家饭馆。明明耕地里种了水稻,也有很多暖棚在培养蔬果,怎么就没人想到要开一家饭店呢?人群的声音依旧很响,但他们好像并不在楼里,我没看见一个人。

接下来该往哪里去?左边?右边?喧嚣的声音萦绕充斥在所有方向,我不知道究竟该去哪里才能找到他们。路上经过的耕地,秧苗整齐划一。难道他们不担心虫害吗？如此大面积的种植，竟不留一个人看守护理，是有什么特殊的措施或使用了哪些独特的农药？虽然我已决定不再追求意义，但不代表应该追求毫无意义。如果说的全是废话，那何必要说？在尽是荒唐废话的环境中，不仅无须听力的延伸，连听觉都索性丧失了才好。

终于，有一群人朝我过来了，其中几个领头的飞快地奔向我。就在我欣喜难抑时，忽然对即将面临的人群产生了害怕，下意识用手拦了一下身体，结果非但没有挡住人群，还用手上拿着的木枝划伤了自己的肩膀，刮擦出一道长印，我流血了。

"有人！"
"她是人！"
"真晦气！怎么这里也有人？"
"还好没去她的地盘，不然就麻烦了。"
"都离她远点！"

人群喧腾起来，我却没有因为负伤而变得慌乱。我朝一个男人走近，试图拽住他的手询问些什么，但我伸出的手直接从他胳膊中穿过去了，没抓住任何东西。那个男人以最快的速度后退到离我很远的地方。

我问："你们是人吗？"

"不是。"我的话音还没有全落，人群里就有人抢答，语气带着不屑。

"我们曾经是人，但现在升级了。"被我提问的那个男人在远处答道。

我虽已听见答案,却还无力直面,一时间竟语噎。我不知道自己在忧惧什么,也不知道为什么会忧惧,反正明明害怕,却壮起胆子朝他们走近,还刻意摆出一副愉快的姿态。结果,出乎我意料的是,比起我,好像他们更害怕。只要我前进,他们就后退,再近,他们又退,我越往他们走近,他们就退避得越远。虽然他们的脸上仍挂着礼貌性的微笑,但我却有了一种被排斥的感觉。

"非要让你理解的话,你可以把我们想成影子。"从他们中,传来说话声。

影子,他们全是影子吗?明明有头有脸有身体有形状,为什么是影子呢?影子也可以站起来吗?我把木枝重新举起,影子们突然往后散开。他们是在害怕木条,害怕什么尖锐的东西吗?

我不对影子的说法作出回应,问道:"为什么要躲着我,你们不是可以穿过任何东西吗?"

"我们不怕你,怕的是你身上的血。"

"还有你手上举着的木棍沾了血。"

"血是不净的,人所有的罪孽都来自血。"

影子们变得骚动起来。

"好不容易才排干净的,再沾上一滴就前功尽弃了。"

"我想到血就头晕。"

影子中有人在表演晕厥的样子。

"我好像闻见味道了,太可怕了,我难道又能闻到味道了吗!"

在陷入影子们纷乱的聒噪以后,我才觉察到在他们的地盘里,太阳又不见了。对,天是亮的,和我遇见他们那天一样,白茫茫的,虽然亮着,却不见太阳。所有的影子只是身形不一,相貌全是接近的,男影一种面貌,女影一种面貌,谁都不比谁漂亮,谁也不比谁难看多少。

为了让他们不避讳我,我站在原地对自己的伤口和木枝上的血做了清理。

难道血真的是罪过的根源吗?如果身体里没有了血,血不再流淌,人就脱罪,可以解放了?经过这些影子们的提醒,我开始仔细体会血液的滑行和涌动。血液川流不息,多数时候是飞奔,偶尔也会缓滞。但凡提速,人就会兴奋、愉悦、充满活力;一旦放缓,人就抑郁、惆怅、低落。真的,在此之前,我从来都没想过,人也许就是被血控制的。

"除你之外还有人吗?"影子中忽然有声音发问。

"没有,只有我。"我说。

"别怕,我们是有礼信的组织,不会乱来,你可以放心接着过你的日子。"某影子说。

"你们打算在这里住下吗?"我问。

"当然。不但要住,还要把这里发展起来,建设成一个顶级都市。"某影子说。

"是的,这并不难,我们已经很有经验了。"另外的影子接着说。

"还有,假如你有什么需要的,完全可以来找我们买。"又一个影子说。

他们大概是见我把血止住了,络绎凑近来跟我讲话。

"我看你种了不少东西,但没有水稻。我们种的一季稻,下个星期就可以收割了,你如果现在就预订的话,我可以给你优惠。"离我最近的那个影子说。

"你住的地方怎么样?难道不想重新建设一下吗?你现在有血有肉,不适合和我们生活在一起,但我们可以帮你建设更好的生活环境,环境是共生的。"又有影子插进来说。

我感觉自己被影子围住了,分不清声音到底是从哪个方向传来的。他们长得全是接近的样子,任凭我再努力分辨,也还是完全无法区别。

照他们所述,他们曾经是人,曾经有血有肉,而现在排掉血液晋升成了比人高级的存在,一种类似于影子的存在。我在他们混乱交错的吵闹声中,继续对先前未解的疑惑发问,从相继得到的回答中,渐渐对他们的存在有了一点点了解。

"不光是血,人需要血气兼备。有血,就会饿会渴,就有情感;有气,就会高兴愤怒,就有愿望。只有彻底摆脱掉血气,才能融进空气,晋升成像影子一样的空人。你是人,有气血,虽然血被裹在身体里不可能经常流出来,但气是一直在与自然交互流动的,周围的环境会影响你的气,你的气也会对周围的环境有影响,这就是为什么我们要避开你的原因。"

"万物皆空,诸法也是空。人要是不把自己做空,就会活得很累,就一辈子脱不开劳作的苦罚。你说,我们现在做的,是劳动吗?人能知道的,我们都明白,但我们懂的,你不知道。"

"我们是不需要睡觉的。还有,吃饭难道是因为饿吗?有血气的人才会饿,我们是不会饿的。吃饭是一种格式,是为了成就比吃饭高的事而做的。只晓得口腹之欲的人是低级的,吃饭是形式,它代表着一种规格。食物怎么种出来不重要,而描述和价格才重要。同一个西红柿,你当西红柿吃,而我们可以使它成为地位和身份,这是完全不一样的。"

"还有,其实我们比你更讨厌黑暗。没了气血的人在完全无光的情况下会消形,消形了就什么都做不了了。所以我们喜欢灯,喜欢明亮,要在一切光照下赶追进度。光越亮我们显形越清晰,气力也越强。"

"你太幼稚了,孩子,吃的苦远远不够,不知道人世间的无趣和无奈有多么荒谬。难道你不想轻巧起来吗?人只活一次,如果全是憋屈和不堪,你能心满意足吗?太矮了是罪,太高了也是罪,长得漂亮是罪,长得难看也是罪,只要做人,就摆脱不了自己的罪,更无法逃脱别人的罪。"

"千万不要觉得我们是道德的躯壳。道德是无能的人最无力的手段,道德资源的滥用必将带来毫无道德的极大颠覆。人的生命已经很沉重了,再给自己加上道德或其他的绑缚,还怎么走得动路呢?那些利用道德的人,终将自己毁灭在道德之下。多少迷信道德的人,都在洪水中死去了。我告诉你,只有活着才是最大的胜利。存在就是道理,而我们还活着,就见证了我们的正确和高尚。"

"情感是最大的浪费,人为之耗尽了生命资源。这么说吧,人与人之间只有好处,没有好意。说一些好听的话不是好意,情感是需要通过物质体现出来的,没有物证,何以谈情?人的眼睛只能看见血,感受欲望那部分东西。能看见气吗?能摸得着情感的大小吗?这是物种设置的败笔,这一点最需要优化。"

"这世界存在意义吗?人最愚蠢的就是耗尽力气去寻求意义。我告诉你,世上只有贫穷和富裕,只有先进与落后。哪来什么意义?只有见得到摸得着的好处才是真的好处,只有好处才让人不枉此生。我们发电,是为了照明,照明,是为了显形。明白了吗?一切都出于非常具体的目的。当你无须吃饭睡觉,必然就站在了高于吃饭睡觉的位置上;当你不再有人的气血毛病,你也必然已成为高于人的存在。我们不需要信仰,也不用再信靠别人的力量,我们从此只需要管顾好自己的利益就行。"

"当所有人都管顾好自己的利益,实际上所有人就可以和谐共生,这是最轻易达到的公平和解放。你在我这里图利,我在你那里再得回我付出的,共生是平衡的。能供我们赚取极大利益的,肯定是低于我们的人所付出的。一个人力气单薄,只有汇众才能成势。但所有势力的起头,都是少数个体的结合。人生是一种格式,有血气的人要携着情感和志愿的负重完成格式,那是很累的。当我们获知人可以排除掉气血消灭掉情感和志愿,不得不称赞这个人类历史上最光辉的发现!完成生命的格式从此变得简单,并且可以成为一种享受了!"

涌上来叙述的影子太多,我有些应接不暇。一些胆子比较大的不断来往穿梭我的身体,拿我给其他影子作证明。我得到了不少关于影子的信息,也产生了很多之前未有的疑惑。

天稍阴沉些了,他们在天色变成浓灰之前就开启了路灯和其余一切可用的照明。怪异的光照让我浑身无力,直想睡觉。有一个男影凑到离我很近的地方,说他们中的一位尊者想邀请我去他家做客。天快黑了,他们的力量不大了,我只稍微为自己担忧了一下,就马上同意赴约。

三

带我前去赴约的影子空人们走成很长一个列队,他们的身形在明暗交接的间歇中果然在缥缈闪烁。这些宣称自己排除了气血类似于影子一般存在的空人,对他们的存在有一整套完善体面的说辞。谁是这一切的始作俑者呢?谁告诉他们排除气血能晋升成比人更高级的存在呢?他们说自己没了欲望,也无须要追求意义,为什么还要费力地兴建都市,按某种标准执着地开发呢?

  我的视线越过悬得不高的路灯,瞥见已完全黑沉的夜空。有了对空人的认识,我深深觉得原来黑夜也是对光明的一项重要保守,令那些在世上借着光明坚硬的傲骄颈项不得不消散形迹、不得不放低自己。

  我要见的尊者并不屈尊在高楼中居住,他选择高楼后方一片隐秘的区域修建了一方很气派的庭院。给我引路的影子们只送我到庭外门边,然后就示意我自己去按门铃。户主应了门铃,庭外的铁栏自动松开,我独自走了进去。庭院的草坪上,次第安装了一排立式草坪灯。院内中心留出一条满是包浆的老石板路,两边的草地则种上了好几种不同的绿植。户主似乎不像其他的空人那么需要路灯,低矮的草坪灯显得昏暗,除了能照明地上的路,根本无法让我看清两边栽种的绿植。但我闻到了青草的味道,还有裹着一丝甜意的露水湿香。这幢洋楼修得很像上海法租界的一些西式宅第,我头一次在新生活里感受到与旧生活同样的体验,像是在一个傍晚去哪个熟人家里探访。

  入户的门关着,把手上没有钥匙锁孔,装着一块数字触屏的面板。门框是凹进墙面的,头顶有一个透明玻璃圆罩围着一个典型的钨丝灯泡,地上的门缝透出屋里明亮的光照。我站在门前轻轻叩了几下门板,门开了。一个男人,很像王逸凡的男人,为我打开了门。

  整个一层都是大厅,左侧有一个未使用的壁炉,右侧是一个沙发群围着一张做工沉稳的橡木方桌。除了为我开门的人,我再没看见任何人,也没有成群的空人。

  "你好,欢迎。"他说。

  "你好。"男人摊手示意我换上拖鞋,又引我往沙发群落座。若不是脱鞋时不得不扔下那根带在身上的木枝,我几乎要忘了这是在新生活中,因为现在所发生的一切,都太亲切了,完全与旧生活的气氛一样。

"喝点什么?"男人等我在沙发上坐好后说。

"热水就可以。"

"不喝点茶吗?水壶里有刚烧开的水,你可以自己倒。这是杯子。"他指给我看橡木方桌上的热水瓶和水杯。

"我自己来就行,谢谢你。"我拿起桌上的热水瓶,往他指示给我的玻璃杯中倒出半杯热水,然后就晾在桌上,等他下一步动作。

他坐下了,在我对面的长沙发上坐下,样子很放松。他的面容跟王逸凡完全不一样,与外面那些空人很像,但他整个人的气质与王逸凡几乎是一模一样的。我已经学会不对未知产生无端且无意义的恐惧,镇定地坐在他对面的一个单人真皮沙发上,等着他开口说话。

"你比我们先到这里,不管怎样,我觉得还是应该与你会一会。"他很冷静,但说话发音位置有些靠后,声音里自带有一些混响。

"能否冒昧先问一句,你是人还是空掉的人呢?"

"倒不是我要卖关子不想答你,但这件事情还真不好说,我也没找到可靠的描述来说明我的存在。"

"你还有气血吗?"

"有气血,但超越了欲望和志愿,只是使用它们,却不被它们影响。"

"外面那些人说你是他们中的尊者。"

"这只是说法,是我教给他们的说法而已。其实我是什么,他们是什么,谁也说不清楚。不过为了方便管理才先给他们一种说法,只要他们愿意信,他们能心安理得就行。"

"这么说,他们全是你的信徒?"

"这个说法不恰当,员工比较准确。"他把双脚都勾起来,双手环住两腿,坐靠在沙发上晃着。

"但是,我真的看见他们在黑暗中会消散掉形象,难道他们真的全都排除了气血吗?"

"我确信他们是真的排光了气血。这个不难,我们有一整套流程和技术,安全高效。当然,一切的前提是他们自己愿意。"

我伸手去拿刚才倒出的半杯水,手碰到杯子以后却迟疑了,我想起外婆教我的,不要吃任何陌生人给的东西。

"为什么做空人有这么大的诱惑?难道你对他们有什么允诺吗?"我问。

"我从不允诺什么,更没做过什么招揽,跟从我全凭他们自己的意志。我告诉你,其实压迫和奴役的尖锐关系是极少存在的特例,人是有很多途径和手段改变处境的。人凭自己意愿能达到的事,比人自以为的要多得多。大多数人埋怨处境中的压迫,都是自己不想努力的无病呻吟罢了。人怎么过活,其实都是按自己的心意。"

"为什么偏偏是你成了他们众望所归的心意?"

"这我也不知道。我不过总是提供很多说法而已。例如自由是什么,安定是什么,选择是什么。当然,还有血如何,气怎样,人怎样,苦难是怎样的。其实,我不过是诚实地向他们说出我只相信自己不相信希望,没想到却成了别人的希望。"

我冷笑一下。这是我从小到大几乎没有做过的,无论在旧生活还是新生活中,我从来不会冷笑。

"我没听出有什么不一样的,"我说,"你和我一样,都无法逃脱时空的限制。"

"不,你理解错了,对你来说是时空,对我来说只是盈利模式的切换。"

"你真可悲。"我说。

"是你太幼稚了。"他说。

"你叫我来有什么必要呢?我们井水不犯河水,我并不会侵犯到你的利益。"

"你喜欢什么?是不是需要一个男人?如果我为你找到一个满意的男人,你是不是能放弃这里,去别的地方活呢?现在愿意把自己做空的人越来越多了,你那点地方虽然不大,但对我们来说,是很重要的黄金地带。"

"我没拦着他们不许过去,是他们自己在绕道。"

"你已经知道了,他们害怕你,你是人。"

我想起放在门边的木枝,往那边瞥了一眼。

"你不是说那些都是说法吗?"

"说法有说法的逻辑。老实讲,我也不知道排净气血的人会有什么感受,是不是真的不能再靠近人。如果,我是说万一他们出了问题,我的整个体系就会崩盘,那样就需要再新建一套说法了。"

"你不会死吗?"

"我死不要紧,模式不会死。模式可以一直运作发展,掌控那些愿意臣服的人。"

"你的生意做得确实不小,但很可惜,我是人,我是会死的。"

"你的意思是你不离开,让我们等到你死吗?"

"你既然那么有能力,为什么不能决定时空,不去重新创造一个世界呢?你只是用一些说法偷换了世界,却根本无力改变世界的哪怕一粒尘屑。我不会拆穿你,败露你不是我的事。但我不信你,他们信是他们的事,他们只好自负盈亏。"

"如果你相信命运,那你要想想为什么命运会让你遇见我。"

"遇见你是必然的,遇见所有意外和灾难都是必然的,遇见是为了选择,为了作见证,在选择中更加坚定自己的信心。"

"我看你确实病得不轻。"

"我对你们已经没有好奇,我该走了。谢谢你的款待。"我直接往门口走,穿鞋之前先拿上木枝,生怕忘记。

"你是一个丧失道德的坏人,你很邪恶。"

"所以离我远点,说不定哪天我也寻出一套说法把你的员工抢走了。"

"你所信仰的存在已有千万年了,人要是愿意信早就信了,怎么还会来投靠我?"

"谎言重复千遍都可以成为真理,真理难道还怕重复?既然你可以用谎言带走人,真理就更轻易可以带走人了。"

"你掌握不了人心。所有人过来都是凭自己愿意,抛弃血气是他们自己的选择。"

"你说得对,你不能掌控人的心,我也不能,但有那高于我们的能。"

我带着木枝迅速离开庭院回去了。

四

人这一世最可怕的,不是不愿意,是不相信。不相信努力是偿付和代价,不相信光,不相信生命,不相信明天一定会到来,不相信人定的规则没有效力,不相信那高于自己的力量在决定着自己。如果不信那高于自己的，还能信什么呢？低于自己的，或者错把低于自己的当成高于自己的？主义、欲望、财富、江湖，看起来不同的东西，实际上都如出一辙，都叫作势力。人因为弱小，又不甘于面对自己弱小，就试图去依傍比自己强大的、让自己能变得看起来好像大一点的势力，靠着靠着，把那低于自己的当作绝对，迷失在里面，再不相信势力之上那至高的势力了。

这就是昏昧，却并不是黑暗，是被认识的尘土遮蔽的昏昧。

可是，人实在是弱小的。难道不可以倚靠任何强大的来使自己心安吗？但凡世间的所有，都是相对的，只有一种绝对，而这种绝对是高于世界的存在。所有的力量都是从那里应允而来，甚至包括其他势力，包括罪罚与弱小，全都来于那绝对的力量。人做不到的，高于人的可以做到。我不想再说太多了，这些话语从来都多说无益。人在社会界定的各种偏颇中浸染得太久，仅靠几句言语就能消除认识壁垒的欠账吗？只有相信奇迹的人或许可能吧。

无罪是最大的罪。那些空人知道自己不可原谅，知道罪罚有多重，所以才不愿意被气血拖累。他们想摆脱情志，对道德的因束也嗤之以鼻，然而他们竟以为可以靠自己的力量成为零度的干净的像空气一样轻飘的人！人生看起来是有迹可循的一种格式，然而实际上再多的间接经验也无法让人获得任何一点关于未来命运的信息。觉悟者说得好，人生是苦海，只有面对苦海的现实，人才可能学会苦中作乐。空人们想要消灭欢乐和痛苦、想要消灭出身和阶级，这一切怎么可能呢？木是木，草是草，再美的花终归只能是花，做不成飞鸟和游鱼。创世的垂训说，起初，天地是混沌。这只说了开头，没有讲到结尾，也从来没说过程中就一定不是混沌。

渐渐升温的土地熏蒸田野散出清香，我，纪遹，一个陌生的耕者，用先验来体验耕种。我一定来过,只是记不得何时,也想不起何故,只是熟悉同样的光线、温度和扬起的尘土。雨水止顿住过去,我终于找到了自己,找到了你。我祈求上天不要再生出任何声音把那个人吵醒,除非他来的时候是出于自己的心意。趁所有人被阳光照得眯眼的瞬息,我会再一次偷偷地和他亲近,被玫瑰的花香染晕熏醉,也发现了玫瑰的凶狠和暴戾。我真幸运,幸运地在新生活中获得从荒芜走向隆盛的生机,幸运地懂得不再为自己的不堪消沉隐匿。我学会了接受,热爱,并以它们讨取更多的恩赏。

空人尊者所居之处,曾是瑞麟苑,现在是西洋楼。空人们谨慎行事,小心避开我的生活区域,却又努力地吸引我为他们的发展入股投资。

我为自己理发,也为自己做衣服了。哪怕没有观众和对象,日子也要过起来。虽然活在新生活,但我无论如何也摆脱不掉旧生活的成长史,只能按旧生活中所认识的那种日子过起来。我为自己找到了说话的对象,尽管它们总是无法回应,却算得上是我有生以来遇见的最好的倾听者。

风一遍遍来,让所有冒出头的线条摇晃。这个世界既有能被风吹动的,就一定有那无法被风吹动的。我看着阳光和水汽交合,变成了云。穿过云层,无隙的亮光成为白幕,所有色彩都消失了,不再有暗滞或明朗。我还在呼吸,还能够用身体亲近身体以外的东西。

阳光耀泽花蕾的绽放,而深夜又用黑沉来保守万物的生长。爱是风,是雨,是任何东西,既催生万物,也将花瓣吹散落地。春天难道厌嫌自己短促吗?它倏忽间就淡去,失却了来临时的决绝坚毅。

全部春天,留给我的,只有一颗草莓。

我恪守在尊者家里承诺的话,与那些空人井水不犯河水地在同一个环境中生活。夏天到来的时候,空人们所占的地盘已呈现一派繁荣的面貌。这种繁荣,比曾经的荒弃凋敝更使我厌恶。我不明白为什么他们没了血气还能存在!我宁肯没有稻米,也坚决不吃他们的收成。

空人们的声音越来越响,人数好像也比从前更多了。夜晚的光照愈加明亮,如今几乎不分昼夜了。我究竟做错了什么,要蒙受这般惩戒和试探呢?是不是曾经在一个人生活的时候太贪心了,而那些不切实际的祷告应验了,所以才要面临这一副烂摊子呢?除了我活动的区域还有一小部分夜空,四周绕行的边缘,全部在最初的低杆路灯上又叠加建造了好几层高杆路灯,任何一条路上都找不到暗黑渗透的死角。他们甚至要消灭黑暗了,这难道是可以逾越的吗?

除了祈祷能给我安宁,我余下可以保持冷静的时间实在少之又少。当带着热度的风吹来,当天亮的时间越来越早,黑夜越发短促的时候,我开始憎恶即将到来的夏天了。原本忙碌于收获的愉悦的夏天,倒是给了那些空人以便利,连老天都是站在喧嚣吵闹的空人那边吗?

我的心情很不好,不想吃饭,对耕种的积极性也下降许多。

只有白天,只有发展,不停地发展。

推土机的声音,人的声音,碰杯的声音,走路、开会、辩论的声音连绵不绝,吵闹得我快崩溃瓦解。除了我的区域,其余所有地方已经和旧生活一模一样,甚至可以说是旧生活的高度凝练,有过之而无不及!睡眠越来越糟,要么睡不着,要么睡不好,越睡不好人越烦,越烦就越憎恨,越憎恨就越静不下心祈祷。我不是那个被选择来到新生活的幸运儿吗？怎么命运又让我遭受比旧生活更极端的苦罚呢？自然的声音在空人们的躁动喧腾中消失了，不光是见不到飞鸟，连鸟的声音都听不到了。除非不得不去池塘取水，我实在是非常排斥要进入那些空人的区域。不光是讨厌，更可怕的是诱惑。他们真的将生活变得简单便利了，再也不用取水蓄水，也无须费体力去耕种，有电器有娱乐，有通信有交通。真的，什么都有，甚至比旧生活更加有序公平。水龙头一开就有所需的各样的水出来，需要热水可以转动温度控扭随意选取想要的温度，需要饮用水可以输入滋味信息任意调配辛甘浓淡；商场店铺无须实体看管，许多简单劳力都通过电子系统来解决，因为每个人都不再有情志，所有人都在只算计得失的模式里获得了相对的保险和尊重。

池塘的水被他们嫌弃，现在只有我一个人还在取用。

河道竟然有水了。黄河清，圣人出，我孤单一人时水不来，凭什么这些空人当道的时候水却来了！他们不需要自然中的水，他们有的是办法弄出科技的水。我的力量呢？信心呢？在被空人团团围住的处境下，我对自己在洪水后的幸存不得不生出后悔和质疑。如果活着这么受罪，当初真不如死掉算了！

池塘中的水清澈纯净，映着白的天光，气温逐渐高起来，我却在水的面幕上看见了雪，沉厚坚实的白雪显在池塘的水面，我的面颊发烫，大概已成了彤彤的两团。在新生活中走到今天，是不容易的。为了使我活下来，命运相继遣派柏夕薙、外婆、斜眼、跛足、雨、风、雪、光来引导搭救，难道我重新建立的生活在空人们喧嚣便利的诱惑下如此不堪一击吗？这真的不是我所希望的结果，但我真的很苦恼，凭我一个人的话，即使还有气血，还有情志，有什么用？好像真的反而成了负担！

我终于投靠自己的意识,又一次在池塘边坐下,从左侧开始,将双腿浸没到池水中。水面映幕的白雪融化,周围忽然寂静下来,太好了,我总算回到了久违的宁静中。我索性起身站立到水中,挪动双腿,划动水流,听水的声响。从我到这里的第一天起,我就从来没有弄清楚池塘的水究竟是从哪里来的。我走到更深的地方,将手也伸进水里,舀出来捧在手心,端到自己的面前。这个凝视着水的孩子真陌生啊!她是怎么走到这里的呢?浸没身体的水温温的,捧在手里的水却冰凉得可怕,鼻子受了刺激,忍不住打喷嚏,整个人踉跄翻滚就躺到了池水中。我划动双手,让自己浮在水面。只要不取水离开池塘,池塘中的水就是温暖的,人躺在里头其实很惬意。耳边是水流的声音,或者是水流直接灌进耳道,又从耳道中淌出。水让我平静,忘记空人降临后的一切苦恼,我漂浮着,身体放松了,心松弛下来,眼睛里也渗出水滴。

　　我飘起来了,飘回到旧生活中,高高地看着自己曾亲身参与的熟悉时空。妈妈,王逸凡,靳尚义,学跳舞的女孩,还有好多好多我经历过的人都在那里,在原先自己存在的位置上奋力追求着,没有一个人看得见我。原来我在那里一直是被轻视、被众人瞧不起的怠惰存在吗?为什么没看见外婆?难道我的外婆也和我一样不受他们喜爱吗?忙碌追逐的人看得见彼此,但并不支持彼此,只永远比照着对方来确定自己所在的位置。我想降下去,落到他们眼前,看看自己在他们瞳仁中折射出的形貌。学舞蹈的女孩将右脚的足尖立在菽茞的肩上,菽茞躺在王逸凡的背上,王逸凡用手肘掐拢着靳尚义吊在自己的身边……一层一层,他们的身体全都变形了,只是脸色还保持着镇定。妈妈挤在一个很小的角落不断换着底裤,她身前并没有镜子,却始终乐此不疲地比试着。他们太骄傲了,骄傲得显出了我的谦卑和弱小。原来,我是因为被他们忽视才赢得神天的怜悯和恩典存活下来的!我的一切,都来自命运。那么,此刻,我对过去已经没有留恋了,人也不可能回到过去,只有过好当下的新生活。求上帝再次怜悯我,求命运为我肃清周围的空人。这些不甘做人的人,为什么还让他们活着呢?一切人做不到的,只有你可以成就,请你使他们灭亡消失,见证你的大能吧!

下雨了,风暴来得比雨水迟些。雨水由天而降,池塘的水却在我身边升腾起来。几股水柱冲到树冠的位置,然后朝我平躺的身体俯冲,我看见水柱在空中汇成一只巨鲸的形貌朝我扑来。不知道是来自风还是水的压力,逼得我实在无法睁眼,一团强大的水流带着冰冷的锐气从我的面部压到后脑枕骨正中的地方,我感觉自己被钉住了,肢体瞬间被冻凝,然后忽然又松软下来。我睁开眼睛,整个人裹在一个很大的暖洞中。洞是圆的,环面两侧有固定在位置上的飞虫断续闪光。我感觉到的壁面是软的,还有些烫,隔一段时间就会摇晃浮动一阵,然后又停止一阵,往复循环着,很有规律。我深深叹气,气息在圆洞环境的反射下,生出很强的共鸣。我又小声发出一个长音,音被延长翻转,音高越飘越高。我心里多少有点发怵,但并不恐惧,因为我相信命运,凡事都可以交给造物主。我静坐,闭眼凝神接收命运的默示。在池塘中所见的最后一个画面,就是水柱在空中汇成的巨鲸。巨鲸又闪现了,我意识到自己被鲸鱼倾吞了,现在我身处的圆洞原来是鱼腹。我心里暗暗高兴,感谢上天应了我的祈求来新生活收拾那些无信的空人。

下雨了,进入鱼腹之前,新生活也下雨了。这是我熟悉的,旧生活中最后的那场雨,新生活的地界因为我的存在而不至于毁灭,现在身处鱼腹是命运对我的保守,让我能不在将至的暴雨洪水中毁灭。

我没有烂柯的奇遇,身处鱼腹的时间很难熬。圆洞中有时会突然闯进一股阴冷的强风,我整个人都会被狂风卷起来然后又摔下来。哪怕鱼腹的壁面是软的,每折腾一次身体也有散架崩裂的感受。我只能祈祷,不断地祈祷,愿以这种难熬的疼痛来偿付灭绝空人的代价。很久很久了,我一点都不渴,也好像从来不觉得饿,但我实在不安,也实在不晓得不安的根源来自哪里。我开始在每一回被狂风吹落以后为间歇闪烁的虫灯计数,一、二、三、四……五百五十一,五百五十二……直到冗长的念数来不及赶上闪烁的速度,我只好将完整的计数简化成一一五三五,一一五三六,一一五三七……狂风吹来的时间并不固定,有时会在亮点闪烁五万多时才来,也有时间隔很短,最短的一次是灯点闪烁刚七千出头的时候就来了。我没有别的事做,只能计数,在每一回被强风卷起又跌落后,在每一次整顿好行将分散的身体后,开始静静地数,一、二、三、四……五三三一,五三三二,五三三三,五三三四……一六二七五,一六二七六,一六二七……一六二七七的七还没数出,一声巨响从头顶传来,轰的一声,外面全亮了,几团水柱从我身边升起在空中汇成一股,然后直接朝我迎面砸来。我的眼睛没来得及合上,被击打得很疼,渗出涩的液体混进水柱中。耳朵好像听不见了,脑袋里全是嗡鸣。这种情况下,我心里对刚才没计完的一六二七七仍有执念,只等着水流过去以后能把它数完。

　　痛苦总会把时间拉长,也许水流很快就过去了,但于我来说,那瞬间因为感觉的敏锐而被拉成一段很长的时间。等水流过去,我才终于可以闭上眼睛,听觉渐渐恢复了,我好像又听见了人群喧嚣吵嚷的声音。

　　"出来了,人出来了!"

"她已经失踪整整三天了。"

"真的是她,她被吞到鲸鱼肚子里了,还能活着就是万幸。"

"她为什么非要到池塘里来呢?她不知道自然里随时都有灾祸吗?"

"我一直以为鲸鱼的血是蓝色的,没想到也是红的。这可怎么办?我沾上血污了,我要完蛋了!"

"为什么要救她,她跟我们不是一种人,她也并不喜欢我们。"

"真晦气!总是躲不掉人!"

"谁知道她真在鱼肚子里!不管怎样,雨停了,我们算是值了,没白干。"

"她动了,她还能动。"

"散了吧,该收拾的去收拾,沾了血的赶紧重新去申请排血,我还得回去干活呢。"

"散吧散吧,该干什么接着干什么,她还活着就是万幸。"

我实在是不想看见他们啊。难道洪水没有来,没有把空人赶走,没有将新生活重置成纯澈无染的净土吗?怎么事情反过来了?竟成了我被他们救活?而他们其实连人都不算啊!为什么,为什么,这一切到底是为什么?等确定人群的声音消失,我才愿意重新睁开眼睛。我坐在池水中,池边的草木跟我进入圆洞前没什么两样。大地是干的,并没有被暴雨侵袭过的样子。头顶的树荫挡住了视线,我不能确定太阳是不是悬挂在空中,或者此刻只是极强照明中的夜晚。我不清楚,但很想搞清楚,只是不堪,又恼怒,真的是恼羞成怒。

这算什么?我站起身体,所有的姿态都淌露着我的不满情绪,一路怨愤地从池塘仓皇回到我的区域。只有回到我的地界,才能发现此时真的是夜晚,只是空人弄出的光照混淆了昼夜而已。不过,我并不知道,现在究竟是夜的初始,还是夜的尾端。我心里确实有借着睡眠逃遁现实的想法,但身体的情况和意志都不配合,怎样都无法平静。夜真长,怎么会那么长呢?我从屋里走到门外,靠着门墙坐到了地上。同样的坐姿,在这堵墙还没有门也没有窗户的时候,我以同样的坐姿坐在这里,确定了家的位置。地不凉,夏季的暑气原来并不是从上而下的,而是从地下往上升腾的。墙面比地冰冷,我特意紧贴着冰凉,让我的心能清醒一点。

我只能看见一小部分的黑夜。夜晚,在空人们来到新生活以后,变得多么珍贵。只有这样一小部分黑夜,我还如何能看见明星呢?空人们还在发展,没日没夜,喧嚣不止!楼越来越多,越来越高,每一支灯杆上都悬挂着数十盏亮灯。他们有电有水,他们能超越欲望和志愿,他们甚至都不愿意做人,为什么还活着?为什么还活得比我好些?天不是明明下雨了,明明应了祈祷要从地上除灭他们吗?他们跟旧生活那些骄傲无信的人有什么差别?他们甚至还不如那些旧人!那些旧人都死了,而他们竟然活着,竟然活下来了!我太生气了,愤怒,甚至生出了仇恨。我好像被老天捉弄了,感觉自己的存在在天的眼里并没有我自以为的那么严肃。我不愿意相信了,我所信的并没有为我带来公义,我所信的甚至捉弄了我!我决定离开,一刻也不愿意待在这里了。我是被柏夕薤带到这里来的,谁知道柏夕薤是不是一个恶鬼,又到底是不是一个骗子!我不信现在只有这个区域可以生活,也许洪水以后曾经的旧地也成了新地,我应该离开这里,自己去重新寻找生活。

五

　　愤恨推动着我直接起身出发，甚至没有进屋取任何行装。我什么也不需要，一件这里的东西都不想留，我已然获得了生命的技能，我相信自己可以靠自己的力量活下去。可是，尽管我的愤恨已强烈到如此地步，我的心仍会不合时宜地不安发慌，我有错吗，是不是太过分太骄傲了？这些念头总会寻些缝隙冒出头来让我难堪。

　　今夜怎会那么长？难道白昼已经决意再也不来了吗？在夜空中，我无法确定自己的行路方向是否一直是正南，反正一直走一直走，走了很久很久，走到很远很远，才脱离掉空人们发展的地界，走到一片完全的黑暗中。

　　我不想承认自己已经累得不行，浑身已再发不出一点力气。我瘫倒在地上，任由疲倦裹挟我被愤恨缠绕的身体。哪来的水滴到我的脸上？难道天又要下雨了吗？并没有什么值得悲伤的事，我为什么流泪？为什么开始抽噎着哭泣了？这个夜晚怎么那么长？我是谁，在哪里，将要去哪里，能够去哪里呢？到底是我背叛了命运，还是命运背叛了我？在被极度愤恨弄得精疲力竭以后，我的心一下子软下来，蜷缩着抱住自己，在夏夜温热的地上感到冰凉寒冷。

　　外婆，你在哪里，纪遹快死了，纪遹需要你，纪遹已经快不是纪遹了……我为什么要伤心呢？我难道哪里错了吗？那些阉割了情志的存在，难道比我的存在精贵吗？我真的想不明白，对命运产生了怀疑。外婆，能救我的只有你！我知道，只有你是对我好的，其余所有人都是坏人！明明那么多天没有喝水，可泪水却源源不断地往外滚落，我伤心极了，在伤心中还掺杂着恼怒和羞愧。凭什么我要羞愧！到底心是件什么东西？为什么不是凭我来控制心，反倒要让心来控制我呢？哭着哭着，我忽然暖了一点，好像有人在黑暗中为我覆上了一条薄毯。我什么也看不见，周围全是漆黑。毯子很轻，像是纯棉的质地，很软很舒服。毯子的气味让我平静下来，它的味道让我想起了外婆。我晓得的，是外婆来了，她真的来救我了。我现在愿意这么死去，只要能永远跟她在一起，被她爱护着就好。

　　再醒来的时候，烈日当头，我躺在一片荒地中，身上覆着一条米黄色的纯棉薄毯。现在好像是正午，太阳在天空中央的位置。再等一会儿它就会西落，我就能确认南部的方向了。于是，我选择在日头中等待，什么也不做，只抱着薄毯静静地等待，等确认了方向再继续往南行进。

　　薄毯跟着我一路南下，直到夜晚再一次降临，我才停靠在一处石垒边休憩。我用毯子覆住自己，将身体平摊伸展，发现这条毯子的长度正好与我的身长契合。要是毯子再重些就好了，越重就能与我愈加贴合。我躺在地上，夜空中没有看见星星，漆黑漆黑的，也不知道明天是否还能见到阳光。在毯子的覆盖下我得到了难得的心安，很快就睡着了。忽然，一个火点朝我靠近，我不晓得这是梦境还是现实，一只瓢虫头顶着火烛正朝我爬过来，而且速度很快。这是我曾经遇见的那一只瓢虫吗？我的那只瓢虫背壳上是七星，左边三颗，右边三颗，正中顶前的一颗左右壳各分一半，斑点分布及大小，都跟正顶着火烛过来的这只瓢虫一模一样。昨晚外婆来看过我，今夜，我唯一的朋友,那只瓢虫也来看我了吗？它临近我,从我的脚边开始,飞快地啃食我身上的薄毯,很快就蠕动到我的腹部,将半条毯子全部咬空了。它那么小,竟可以吞噬比它的身体要大得多的棉毯吗？这是梦吧？我如何才能醒来呢？我还在被疑虑纠缠困惑着,瓢虫就把毯子从尾到头全部吞噬干净了。而它,看起来仍然还是跟原先一样,没有因为吃了毯子而大出一点。

我问道:"你是谁？为什么吃掉我的毯子？"

"我就是那个我,没有别的名字。"

"如果你就是我,那我是谁？"

"你是我的孩子,但不是我。我是唯一的,你是被我造出来的。"

"我信过你是唯一的,但我现在不愿意信了。"

"信不信由不得你,由我。"

"你怎么是一只瓢虫呢？"

"我可以是任何人,也可以是任何东西,但任何东西都不是我。我可以化身万千,但我只有一个。我曾经在你里面住过,也可以同时住在很多人里。"

"你怎就允了那些空人存在,人不比他们精贵吗？"

"我喜欢怜悯,不喜欢祭祀。"

"怜悯难道毫无公义可言吗？他们甚至都不是人,甚至要阉割掉情志。"

"那么想割除情志,正说明他们最害怕的就是情志。越怕,越知罪,越晓得罪有多深重,所以才会逃遁。我实在告诉你,他们倒是容易得救的。"

"你为什么应允逃遁呢？"

"你对他们这样记恨是合适的吗？你是否记得,正是你厌恶的人群救了你的性命？"

"我不愿被他们救助，假如知道是要被他们救，我那时真不如干脆死掉！"

"你骄傲了。原本你因为弱小和谦逊得了怜悯，现在，你也变得骄傲要蔑视他人了。"

"他们并不算人。"

"起初我也打算剿除他们。但是，他们为自己作了见证，他们并没有死灭。暴雨来临之后，他们心中有了忏悔，停了全部的恶行，弃掉手中的强暴，只是静坐在那里忏悔。他们中有人意欲寻你，想从你那里得了血气再生，他们的心没有死灭。他们只是躲避，因知道罪孽才怯懦逃遁，他们甚至比很多人更谦逊知罪，我实在不能不对他们恻隐。"

"可他们救我以后又再犯罪，全忘了之前的忏悔。"

"谁能只犯一次错就知道悔改，再不二过呢？你们不是我，你们只会错，错一次和错一万次是一样的，唯一得救的是本着懊悔。懊悔，认了，相信，就得救。他们救你，是在悔罪中生了恻隐。我实在告诉你，这世上绝没有人能去了血气而存在。"

"可你为什么要吃掉我的毯子？"

"你不是正因着毯子而生气吗？"

"这又怎样？"

"你想一想，做这毯子的棉花不是你培养的，毯子也不是你亲手编制，它一夜来临，又一夜消失，你尚且这样爱惜，何况那些人呢？纵使他们中不能分辨左手右手的有二十多万人，并有许多的牲畜，我岂能不爱惜？"

哪有什么新生活旧生活,哪一个新的不会变旧?哪一个地方能令你永远满意?人只会错,人竟然全是错。我弱小过,也骄傲过,骄傲了最终还是会发现自己弱小。

瓢虫走了,我回去了,和我所讨厌的空人们继续生活。

二〇一九年至二〇二〇年于上海、北京、伦敦